vmn

Matthias Fischer

Die Farben des Zorns

Roman

vmn
Verlag M. Naumann

6. Auflage 2010
ISBN 978-3-940168-46-7

Gesamtherstellung:
AALEXX Buchproduktion GmbH, Großburgwedel

Umschlagbild:
Mit freundlicher Genehmigung
der Tourist-Information Gelnhausen

Bibliografische Information Der Deutschen Bibliothek
Die Deutsche Bibliothek verzeichnet diese Publikation in
der Deutschen Nationalbibliografie; detaillierte bibliografische
Daten sind im Internet über http://dnb.ddb.de abrufbar.

**Dies irae, dies illa,
calamitatis et miseriae,
dies magna et amara valde.**

**(O jener Tag: Tag des Zornes,
des Unheils, des Elends!
O Tag, so groß und bitter!)**

*Giuseppe Verdi,
Requiem, 7. Satz - Allegro agitato*

Prolog

Christoph Caspari hasste nichts mehr als peinliche Situationen. Ein gemeinsamer Nachmittag mit seinem Cousin Benny war die beste Gelegenheit, in eine solche zu geraten.

»Hast du das Schneckchen da vorn am Tresen gesehen? Mann, sieht die gut aus!«

Caspari suchte verzweifelt nach einer Möglichkeit, den sicheren Verlauf der Dinge aufzuhalten. »Schrei doch nicht so, das ganze Fitnesscenter hört ja mit!«

»Ist mir doch egal. Die mach' ich jetzt an.«

Caspari rollte die Augen, während sie die Halle mit ihren modernen chromblitzenden Fitnessgeräten und Hanteln durchquerten. Es war immer dasselbe Spiel: Benny baggerte nur zum Spaß jede Frau an, die ihm schon von weitem gefiel. In der Regel bekam er einen Korb. Jeden anderen Mann hätte das die Art und Weise überdenken lassen, in der er Frauen kennenzulernen versuchte. Benny war anders. Benny war der fleischgewordene Schuh im Fettnapf.

»Sei doch einmal vernünftig! Du bist klatschnass geschwitzt, und genauso riechst du auch. Meinst du allen Ernstes, du kannst so auch nur einen Blumentopf gewinnen?«

Unaufhaltsam näherten sie sich Bennis neuestem Opfer. »Und? Du siehst auch nicht besser aus.«

»Im Gegensatz zu dir will ich keiner Frau ein Gespräch aufzwingen!«

»Mensch, Alter, so kommst du nie zu was. Wie lange willst du denn noch solo bleiben?«

Caspari verkniff sich eine Erwiderung. Sie waren fast an der Saftbar angelangt, an der eine junge Frau stand und ahnungslos einen Milchshake trank. Hilfesuchend blickte

Caspari nach hinten. Aus ihrem Trainingsraum kam gerade der alte Seydel, ihr Lehrer. Lachend schüttelte er den Kopf, als er sah, was sich vorn anbahnte.

»Hallöchen! Neu hier? Ich habe dich noch nie gesehen. Ich meine, es wäre mir ja gleich aufgefallen«, fiel Benny inzwischen mit der Tür ins Haus.

Casparis Zunge klebte am Gaumen. Aber lieber wollte er am Wasserhahn in der Umkleide trinken als noch eine Sekunde länger dableiben.

»Meinem Kumpel bist du auch gleich aufgefallen.«

Bisher hatte er nur auf einen Hinterkopf mit langem dunkelbraunen, fast schwarzen Haar geblickt. Die zwei äußeren Strähnen waren zum Zopf geflochten, der das Haar dazwischen im Zaum hielt. Nun drehte sich die Frau um und lächelte gequält.

Am liebsten wäre Caspari im Erdboden versunken. Er merkte, wie es langsam heiß in seinem Kopf wurde. Wahrscheinlich war er wieder einmal feuerrot. Benny war ein Idiot! Wie gern hätte er ihm einen Haken verpasst! Statt dessen stand er wie angewurzelt da und brachte keinen Ton heraus.

Das Gesicht der jungen Frau wurde ausdruckslos, als sie sich Benny zuwandte. »Ich muss weitertrainieren.«

Ohne Hast wandte sie sich ab und ging zielstrebig auf die Butterfly-Maschine zu. Immer noch zu jeder Bewegung unfähig, blickte Caspari ihr nach. Sie war eine Frau von natürlicher Schönheit, die weder Schminke noch einer aufwendigen Kosmetik bedurfte. Dank Benny würde er sie nun nie ansprechen können. Andererseits hatte er seit Jahren keine Frau angesprochen. Dazu war er im Grunde viel zu schüchtern.

»Benny, du bist ein Trottel! Musst du Christoph jedes Mal so blamieren?« Seydel war inzwischen an der Safttheke angelangt und versetzte Benny einen Klapps auf den Hinterkopf.

Sein Cousin grinste ihn völlig tumb an. Das weckte Caspari aus seiner Versteinerung. Wütend blickte er Benny an und ging strammen Schrittes Richtung Duschen.

Kapitel I

»DIE HEXE HAT MEINES WEIBES Leibesfrucht verdorben. Jetzo ging das zweite Kind ab. Hebamme nennt sie sich. Hexe nenne ich sie!«

Zornig dreinschauend deutete der Hufschmied auf die gefesselte Frau, die auf dem Kopfsteinpflaster kniete.

Mit ernster Miene befragte sie der Richter: »Sprich die Wahrheit, Weib! Bist du mit Luzifer im Bunde?«

»Nein, Herr! Mein Leben lang bin ich eine aufrechte Christin gewesen.«

»Aufrechte Christin? Dass ich nicht lache! Seit meine Frau Umgang mit dir hat, verliert sie die Kinder noch vor der Geburt. Das nenne ich einen schlechten Dienst an Nächsten. Sie ist des Teufels, sie ist des Teufels!«

Der Hufschmied tobte.

»Du weißt, Weib, dass wir Möglichkeiten haben, dich zur Wahrheit zu zwingen!« drohte der Richter. Er gab den Folterknechten ein Zeichen, worauf sie die schreiende Frau packten und wegführten.

Begeistert klatschten die Gäste der historischen Altstadtführung, als die Vorstellung endete. Die Schauspielgruppe verneigte sich tief. Seit Jahren erfreuten sich diese Führungen in Gelnhausen einer sehr großen Beliebtheit. Der Besichtigung des Fratzensteins, wie der Hexenturm auch genannt wurde, war eine besondere Attraktion. Richard Hein war stolz. Von Anfang an war er dabei gewesen, dieses Mal wieder als der Richter Koch. Langsam zogen sich die Darsteller in einen Winkel des kleinen Gartens zurück, der den Turm umgab. Einige Besucher reckten die Köpfe, um seine Spitze besser sehen zu können. Lang und schlank setzte sie sich von dem ansonsten wuchtigen Bauwerk ab.

Geduldig wartete Hein, bis sich die Aufmerksamkeit wieder ihm zuwandte.

»Wir gehen nun weiter in den Hexenturm. Er hat eine lange Geschichte. Ursprünglich wurde er als Bollwerk erbaut. Später kerkerte man dort Frauen ein, die als Hexen angeklagt waren. Die Statue rechts neben dem Eingang erinnert an die menschenverachtenden Prozesse, die damit einhergehenden Folterungen und Hinrichtungen. Heute sind in dem Turmverlies Folterinstrumente ausgestellt, aber wir wissen, dass die Frauen an einem anderen Ort dem ›peinlichen Verhör‹ unterzogen wurden.«

Sie gingen eine Holztreppe hinauf, die zu einem kleinen überdachten Wehrgang an der Stadtmauer führte. Umständlich zog Hein wie ein Kerkermeister einen Eisenring aus seinem Wams, an dem alte schwere Schlüssel hingen. Gespannt starrte die Besuchergruppe auf ihn, als er versuchte, das altertümliche Schloss zu öffnen. Mit einem lauten schnappenden Geräusch sprang der Riegel zurück. Um die Spannung zu steigern, tat er, als wäre der Lichtschalter seit dem letzten Mal abhanden gekommen. Bereitwillig traten die Besucher dennoch ein und ließen sich von der eisigen Dunkelheit im Inneren verschlucken. Einer nach dem anderen betrat die finstere Galerie, von der aus man über eine Treppe zum Verlies hinuntersteigen konnte.

Hein sog den vertrauten muffig-feuchten Geruch des Turmes ein, während er das Licht anschaltete. Eigentlich hätte ihm dabei auffallen müssen, dass an diesem Tag etwas anders war als sonst. Denn darunter mischte sich dieses Mal kaum merklich eine andere Duftnote, leicht süßlich. Hein achtete jedoch nicht darauf. Seine Aufmerksamkeit galt vollkommen der Inszenierung der bevorstehenden Attraktion. Sobald das Licht angehen würde, könnten alle von hier aus die Museumsstücke bestaunen, die im Auftrag des Magistrats vor einigen Jahren aus ganz Europa zusammengekauft worden waren. Beim Anblick der Folterinstrumente würde auch den Teilnehmern dieser Besuchergruppe ein Schauer über den Rücken laufen. Die in Eisen geschmiedeten Zeugnisse menschlicher Perversion hatten immer diese Wirkung, das hatte Hein oft genug beobachtet.

Doch was die Dunkelheit ausspie, übertraf jede Vorstellung von Grausamkeit. Zwei Frauen, die ganz vorn standen, begannen gleichzeitig zu schreien, eine andere biss sich auf die Faust. Die Gesichter einiger Männer nahmen eine aschfahle Farbe an. Hein konnte sich nicht so recht erklären, was dieses Entsetzen verursacht haben mochte. Er machte einen Schritt nach vorn und sah von der Brüstung der Galerie nach unten.

Der Anblick, der sich ihm bot, schnürte ihm die Kehle zu. Er blickte in den schlimmsten Abgrund seines Lebens. Nie zuvor hatte er so etwas Unfassliches gesehen. Unter ihnen saß ein zu Tode gequälter Mensch auf dem Eisernen Stuhl. Die langen Nägel auf der Sitzfläche hatten ihn völlig durchbohrt. Seine Augen waren weit aus den Höhlen herausgetreten und zeugten von den furchtbaren Qualen, denen er ausgeliefert gewesen sein musste. Sein Mund war zu einem stummen Schrei geöffnet und sah seltsam leer aus. Die Zunge war dem Toten herausgeschnitten worden, die Zähne waren von dunklem, getrocknetem Blut verfärbt. Wo zuvor Daumen, Zeige- und Mittelfinger an der rechten Hand gewesen sein mussten, waren nur noch blutige Stümpfe. Ein unbekannter Folterknecht hatte sie zusammen mit der Zunge an den Stuhlrahmen genagelt.

Richard Hein stand gelähmt vor Entsetzen auf der Galerie. Als der erste Teilnehmer der Gruppe an ihm vorbei ins Freie stürzte, um sich dort zu übergeben, kam wieder Leben in den Fremdenführer. Mit fahrigen Bewegungen suchte er sein Mobiltelefon im Wams seines mittelalterlichen Kostüms und wählte mit zittrigen Fingern den Notruf. – – –

Clara Frank rang mit den Worten. Spanisch war ihre zweite Muttersprache. Dennoch wollte sie gelegentlich an der gestelzten Sprache mancher zeitgenössischer südamerikanischer Schriftsteller schier verzweifeln. Gerade saß sie an der Übersetzung eines Textes, den sie furchtbar fand. Das hatte sie dem Verleger auch in aller Deutlichkeit gesagt. Aber der hatte nicht darauf hören wollen. Er sah in jedem Chilenen, der nur halbwegs den Bleistift halten konnte, einen zweiten Pablo Neruda. Clara musste übersetzen, was er drucken wollte. Warum bloß hatte sie sich dazu breitschlagen lassen, die Übersetzertätigkeit nach ihrem Studium fortzuführen! Jetzt war sie Pfarrerin mit halber Stelle in Gelnhausen. Die übrige Zeit widmete sie den Gedanken unbekannter Poeten und solcher, die es noch werden wollten. Dabei verdiente sie allerdings nicht schlecht. Clara widerstand dem Drang, ihre Übersetzungsversuche in die Papiertonne zu werfen.

Ein entsetzlich schrilles Alarmgeräusch ließ sie zusammenfahren. Erschrocken suchte sie nach der Quelle dieses Sirenengeheuls, als es abrupt abbrach und sich eine Männerstimme meldete.

»Kreisleitstelle Main-Kinzig für Notfallseelsorge Gelnhausen. Die Polizei Gelnhausen fordert Sie zur Betreuung von Zeugen in einem Mordfall an. Bitte setzen Sie sich umgehend mit uns in Verbindung.«

Der Melder der Notfallseelsorge. Sie trug ihn nun schon fünf Tage mit sich. In dieser Woche hatte sie zum ersten Mal Bereitschaftsdienst. Bisher war der Melder allerdings ein stummer Begleiter gewesen. Die Möglichkeit, zu einem Einsatz gerufen zu werden, hatte sie daher völlig verdrängt. Wann immer die Polizei Unterstützung bei der Überbringung von Todesnachrichten brauchte, der Notarzt einen Seelsorger für notwendig hielt, die Feuerwehr die Betreuung von Unfallopfern und ihrer Angehörigen anforderte, wurden die Pfarrerinnen und Pfarrer, die in der Notfallseelsorge mitarbeiteten, alarmiert.

Clara verwünschte den Tag, an dem sie sich zu diesem Dienst entschlossen hatte. Seit zwei Monaten erst war sie Pfarrerin in Gelnhausen. Schnell hatte sie sich von den Kollegen überreden lassen, im Team mitzuarbeiten. Die Worte ihrer Mentorin am Ende ihres Vikariats gingen ihr wieder durch den Kopf.

»Begehe nicht den typischen Anfängerfehler! Sage nicht zu allem, was andere wichtig finden, ja. Fange schon früh an, nein zu sagen. Sonst sind deine Kräfte schneller erschöpft, als dir lieb ist.«

Wütend über sich selbst griff sie den Telefonhörer und wählte die Nummer der Kreisleitstelle. Als sie auf der anderen Seite die Stimme aus dem Notfallmelder vernahm, hämmerte ihr Herz heftig. Mit einem Kloß im Hals stellte sie sich vor.

»Guten Tag. Pfarrerin Frank von der Notfallseelsorge Gelnhausen. Sie haben mich alarmiert …«

»Es hat einen Mord gegeben. Die Leiche wurde im Hexenturm von den Teilnehmern einer Altstadtführung gefunden. Die Polizei hat Sie zur Betreuung der Gruppe angefordert.«

Clara schluckte. Das Herz schlug ihr bis zum Hals. Am liebsten hätte sie das Telefon an die Wand geschleudert und wäre weggelaufen, so schnell und weit sie nur konnte. Dann fielen ihr bruchstückhaft Passagen aus der Einführung ein.

»Es sind immer zwei Notfallseelsorger. Einer im Vordergrund und einer im Hintergrund. Wenn du als Vordergrunddienst einen Einsatz hast, übernimmt der Hintergrundienst deine Bereitschaft. Wirst du angefordert und hast den Eindruck, du brauchst Unterstützung, dann lässt du den Hintergrundienst auch anfordern. Bei besonders schwierigen Einsätzen mit vielen Betroffenen kannst du auch die Kreisleitstelle beauftragen, den Kriseninterventionsdienst vom Roten Kreuz zu alarmieren. Wir arbeiten eng zusammen.«

Sie musste Zeit gewinnen, um eine Entscheidung treffen zu können.

»Wie viele Personen sind betroffen?«

»Nach unserem Kenntnisstand etwa fünfundzwanzig.«

Der Mann am anderen Ende der Leitung konnte seine Ungeduld kaum verhehlen.

»Gut, dann alarmieren Sie bitte den Hintergrunddienst und den KID.«

»Geht klar. Soll ein Einsatzfahrzeug Sie abholen?«

»Das wäre sehr hilfreich.«

Clara hatte zu ihrem Amtsantritt von ihrem Vorgesetzten, Dekan Kern, eine historische Altstadtführung geschenkt bekommen. Doch in ihrer Aufregung hätte sie beim besten Willen nicht sagen können, wie sie zum Hexenturm finden sollte.

Der Notrufmelder sandte wieder schrille Töne durch ihre Wohnung. Die Stimme von der Leitstelle, die den Hintergrunddienst anforderte, riss sie aus ihrer Erstarrung. Sie musste die Weste der Notfallseelsorge aus dem Schrank holen. Der Aluminiumkoffer mit Kuscheltieren, Gummibärchen, Zigaretten, einem Gebet-, einem Gesangbuch und einer Bibel stand schon im Flur. Das Martinshorn gellte von weitem, als sie mit zittrigen Knien auf die Straße trat. Unter Missachtung sämtlicher Verkehrsregeln und Geschwindigkeitsbegrenzungen, die in der Altstadt galten, raste ein blau-weißer Passat auf sie zu. Die ungewöhnlich warme Oktobersonne blendete sie, als sie ihm entgegenblickte. Die Beifahrertür wurde aufgerissen, und ein junger Uniformierter sprang heraus.

»Pfarrerin Frank?«

»Ja.«

»Schneider. Wir bringen Sie zum Fundort.«

Der Polizist öffnete die Tür. Clara nahm auf dem Rücksitz platz. Hastig grüßte sie den Fahrer, der ihr über die Ränder seiner Sonnenbrille im Rückspiegel ernst zunickte.

Während der Fahrt wollte sie sich auf die Situation vorbereiten, Fragen stellen, sich einen ersten Eindruck verschaffen. Es war nicht möglich. Der Fahrer glich eher einem pubertären Verkehrsrowdy denn einem Polizeibeamten. Er raste mit einer unglaublichen Geschwindigkeit durch die engen Gassen und über das graue Kopfsteinpflaster der Altstadt. Clara hatte Schwierigkeiten, sich trotz Gurt in ihrem Sitz zu halten.

Als sie vor der Einmündung in die steil abfallende Gasse zum Stehen kamen, die zum Hexenturm führte, schämte sie sich für den Aufwand, der für sie betrieben worden war. Der Hexenturm lag nur zweihundert Meter von ihrem Pfarrhaus entfernt. Zu Fuß wäre sie in drei Minuten dort gewesen. Mit dem Wagen hatten sie einen großen Umweg durch die Altstadt nehmen müssen. Die Polizisten mussten sie für völlig unbeholfen halten.

Etwas benommen versuchte sie sich abzuschnallen. Dank des Fahrstils von Mister Sonnenbrille hatte ihr Gurt blokkiert. Schneider öffnete die Tür und betrachtete nachsichtig ihre Bemühungen, den Streifenwagen zu verlassen. Nach einer Zeit, die ausreichend genug war, um sich zu blamieren, schaffte es Clara, aus dem Wagen zu steigen.

»An wen kann ich mich wenden, um Einzelheiten meines Einsatzes zu erfahren?«

Der Polizist blickte sich um. »Am besten, Sie gehen zu Hauptkommissar Jungmann. Der steht direkt neben dem Eingang an der Gartenmauer vor dem Turm.«

Clara bedankte sich kurz bei Schneider. Auf Höflichkeiten gegenüber dem Fahrer verzichtete sie ganz bewusst. Sie atmete noch einmal tief durch und streifte sich ihre Weste über, bevor sie auf die Absperrung zuging. Ein weiterer Uniformierter, der Schaulustige und allzu dreiste Pressevertreter mit seinem strengen Blick davon abhielt, näher zu treten, hob die Banderole hoch, damit sie gebückt durchlaufen konnte.

Wie ein mahnender Zeigefinger ragte der Hexenturm vor ihr auf. Sein Schatten nahm ihr die Sonne. Sie fröstelte, als sie ihm näher kam. Neben dem kleinen Tor, das zum Turmgarten führte, bemerkte Clara einen sportlich wirkenden Mann in einer schwarzen Lederjacke. An einem Oberarm trug er eine rote Binde mit der Aufschrift ›Polizei‹. Mit der linken Hand hielt er sich sein Mobiltelefon ans Ohr, während er mit der rechten hastig in ein Notizbuch schrieb. Als er sein Gespräch beendet hatte, nahm er sie wahr. Mit einem einnehmenden Lächeln kam er auf Clara zu und reicht ihr die Hand.

Ihre Augen blieben an seiner Erscheinung hängen. Der Drei-Tage-Bart unterstrich sein schlankes Gesicht. Die wohlgeformte Nase überspielte den dünnlippigen Mund. Von dem üppigen braunen Haar hatte sich eine Strähne gelöst und hing ihm in die Stirn. Die braunen Augen und das Grübchen am Kinn unterstrichen seine Attraktivität. Sein Händedruck war ihr allerdings unangenehm. Er hatte etwas Vereinnahmendes. Sie zwang sich zu lächeln.

»Guten Tag. Ich bin Hauptkommissar Jungmann. Sie müssen die Notfallseelsorgerin sein.«

»Ja, ich bin Pfarrerin Frank.«

»Sind Sie schon länger bei der Notfallseelsorge?«

»Ehrlich gesagt ist das mein erster Einsatz.«

Jungmann schaute sie mitleidig an. Clara fühlte sich an ihren großen Bruder erinnert.

»O Gott! Da haben Sie es ja gleich richtig getroffen. Das ist eine ziemlich hässliche Angelegenheit hier.«

Was sollte das? Jungmann traute ihr wohl nicht zu, professionell an diese Situation heranzugehen. Langsam erwachte in Claras Trotz. So gönnerhaft ließ sie sich nicht behandeln.

Betont sachlich konterte sie: »Das habe ich mir bereits gedacht, als die Leitstelle mir einige Einzelheiten mitteilte. Ich habe deshalb auch einen weiteren Notfallseelsorger und den KID alarmieren lassen. Können Sie mir einen Überblick über das geben, was geschehen ist? Ich muss mir ein ungefähres Bild von dem machen, was die Besuchergruppe erlebt hat.«

»Ja, natürlich!«

Jungmann setzte gerade an, als eine Donnerstimme vom Eingang her schallte. »Jürgen! Wo bleibst du denn? Die Kollegen können die Angehörigen schneller feststellen, wenn du sie nicht dauernd anrufst!«

»Das ist doch schon längst erledigt. Die Notfallseelsorgerin ist gerade eingetroffen, die du angefordert hast. Ich gebe ihr gerade einen kurzen Überblick.«

Im Eingangstor des Turmes erschien ein breitschultriger Mann. Sein gepflegter schwarzer Bart war mit etlichen Grautönen durchsetzt, während sein kurzgeschorenes Haar sich mit Erfolg gegen diesen Farbwechsel gewehrt hatte. Sein kantiges Gesicht zierte eine große schlanke Nase, unter der ein energisches Kinn hervorsprang. »Ach ja, das mache ich. Geh du wieder rein und hilf der Spurensicherung.«

Clara spürte Erleichterung, als sich Jungmann widerwillig von ihr abwand und die Treppe zum Eingang hinaufeilte. Flüsternd wechselte er mit dem Älteren auf dem Absatz vor dem Tor noch schnell ein paar Worte, ehe er vom Turm verschluckt wurde. Flink ging der Ältere die Treppe hinunter auf Clara zu.

»Ich bin Oberhauptkommissar Bertram. Guten Tag, Frau Frank. Gut, dass Sie da sind. Vor ungefähr einer halben

Stunde hat eine Besuchergruppe hier im Hexenturm die Leiche eines Mannes gefunden, der vor seinem Tod wahrscheinlich gefoltert wurde. Die Leute sind völlig verstört und unter Schock. Einen entstellten Toten während einer Altstadtführung im Hexenturm zu finden ist natürlich nicht die Art von Attraktion, die man sich wünscht.«

Clara wollte sich erst gar nicht vorstellen, was die Besucher gesehen hatten. Mit aller Kraft unterdrückte sie Phantasien, die aus ihrem Unterbewusstsein vor ihr inneres Auge drängten.

»Wir sind mit der Zeugenbefragung fast fertig. Sie können sich also gleich um die Gruppe und den Führer kümmern.«

Über Bertrams Schulter hinweg sah sie den Kollegen Horst Gärtner und zwei Männer vom KID auf sie zukommen. Sie war erleichtert, die drei zu sehen. Bertram drehte sich herum und folgte ihrem Blick.

»Ah, da kommt ja Verstärkung für Sie. Sehr gut. Die Kollegen haben Anweisung, Ihnen Bescheid zu sagen, wenn sie fertig sind. Brauchen Sie noch etwas?«

»Etwas zu trinken für die Leute vielleicht.«

»Das ist eine gute Idee. Daran hatte ich in dem Trubel gar nicht mehr gedacht. Ich werde das gleich veranlassen.«

Das Gespräch war beendet. Clara ging zu ihrem Team, das etwas abseits an der grob verputzten Gartenmauer auf sie wartete. Als sie zum Reden ansetzte, schnitt ihr der Klang zwei weiterer Martinshörner jäh das Wort ab. Sie blickte wieder zu Bertram. Der sah sich fragend um. Aus Richtung Untermarkt kamen die schrillen Sirenen beängstigend schnell näher. Clara fühlte sich auf unangenehme Weise an ihre Fahrt über das alte Kopfsteinpflaster hierher erinnert.

An der Einmündung der Straße hielt der Uniformierte die Banderole hoch. Zwei Kombis glitten darunter hindurch und hielten mitten auf der ohnehin schon engen Gasse.

Aus dem Passat stieg ein südländisch aussehender Gigolo mit langen Koteletten und gegeltem Haar. Neben ihm schwang sich eine dynamisch wirkende Frau mit kupferroter Löwenmähne heraus.

Und aus dem Volvo schälte sich ein Mann, der zu diesem wuchtigen Wagen passte. Seine Körpermaße lagen jenseits jeder Konfektionsgröße. Clara schätzte sein Alter auf fünfunddreißig bis vierzig. Er musste knapp zwei Meter groß sein. Seine breiten Schultern, die kräftigen Arme und Beine ließen den Südländer neben ihm schmächtig wirken. Das rotblonde Haar schien sich mit Erfolg gegen jeden Versuch zu wehren, es in die Form einer Frisur zu zwingen. Der Vollbart leuchtete rot in der Sonne und umrahmte das breite Gesicht. Ohne das Blaulicht vom Dach abzunehmen, wandte er sich den beiden anderen zu und trieb sie zur Eile an. Sein schwerer Gang wirkte behäbig und strahlte dennoch etwas Kraftvolles aus. Clara fühlte sich bei seinem Anblick an jemanden erinnert; sie konnte aber beileibe nicht sagen, an wen.

Während sich die drei mit Koffern auf den Turm zu bewegten, lamentierte Jungmann vor dem Turmeingang. »O nein, Doktor Freud persönlich. Musste das sein, Heinz? Hältst du uns für so inkompetent? Den Fall können wir auch ohne das LKA lösen!«

»Von Zeit zu Zeit solltest du die Dienstpost lesen«, antwortete Bertram ungehalten. »Das Präsidium hat uns angewiesen, bei diesen Fällen mit dem Landeskriminalamt zusammenzuarbeiten.«

Clara blickte aus dem Augenwinkel zu Bertram hinüber. Sein gereizter Gesichtsausdruck entspannte sich, als der Hüne mit seiner Mannschaft vor ihm stand. Herzlich schüttelte er dem anderen die Hand. Der grinste wie ein Lausbub nach einem gelungenen Streich. Bertrams Donnerstimme bekam einen warmen Klang.

»Grüß dich, Christoph. Tut gut, dich zu sehen, auch wenn das hier mal wieder kein erfreulicher Anlass ist. Wie geht's denn?«

»Ich kann nicht klagen. Ein bisschen weniger Arbeit täte gut. Aber daraus scheint vorerst ja nichts zu werden. Das sind übrigens meine Leute: Hauptkommissarin Tina Hergenrath und Hauptkommissar Mario Bartoldi.«

Bertram gab beiden die Hand. »Meinen Mitarbeiter muss

ich dir ja nun wirklich nicht mehr vorstellen«, raunte Bertram.

»O ja, ich hatte schon befürchtet, ihn hier zu sehen«, seufzte der Hüne und rollte dabei die Augen.

Clara blickte den beiden noch einen Moment hinterher, wie sie mit den zwei anderen die Treppe zum Eingang hinaufstiegen. Dann wandte sie sich ihrem Kollegen und den Männern vom KID zu, die ebenfalls Zaungäste dieser Begegnung gewesen waren. – – –

Das Leder des alten englischen Sessels knarrte vertraut, als sie sich müde darauffallen ließ. Sie streifte die Pumps von den Füßen und warf sie nachlässig auf den Teppich. Als die Beine auf dem Hocker lagen, pochte das Blut heftig in ihren Zehen. Stöhnend massierte sie die Füße. Sie hatte diese Schuhmode schon immer gehasst. Aber was half's? Man kam ja doch nicht daran vorbei. Langsam begann sie sich zu entspannen.

Wie sie einst in dieses Haus und in dieses Leben kam, wusste sie nicht mehr genau. Es spielte genau genommen auch keine Rolle. Sie hatte die Erinnerung abgelegt wie ein Kleid, das aus der Mode gekommen war. Sie nannte sich Inge. Dieser Name schien ihr passend. Mit zwei kräftigen Schlucken leerte sie ihr Weinglas. Chardonnay, etwas Besseres gab es nicht. Ihr langes haselnussfarbenes Haar lag wie ein Fächer auf ihren Schultern und verlieh ihrem muskulösen Körper einen weichen, femininen Ausdruck. Ihre Erschöpfung wich dem Gefühl einer unnatürlichen Zufriedenheit. Sie war erfolgreicher gewesen, als sie zu träumen gewagt hatte. Bald schon würde ihre Mission erfüllt sein. Doch was kam dann? Konnte sie so einfach von ihrer Aufgabe lassen und wieder ganz selbstverständlich in ihr normales Leben eintauchen?

Inge musste sich eingestehen, dass sie die Jagd liebte wie einen Rausch. Es erregte sie, Finten zu legen, die Dämonen in die Falle zu locken und die Angst in ihren Augen zu betrachten, wenn sie ihnen den Lebensatem nahm. Ohne ihren Atem verloren sie ihre Macht, konnten sie ihr nichts tun. Inges Mund verzog sich zu einem hässlichen Grinsen, als in ihr die Erinnerung an den letzten Dämon, den sie getötet hatte, wieder erwachte. Er hatte gezappelt wie ein Fisch an der Angel, als der Lebensodem aus ihm wich. Ihr langes Messer hatte den Bann gebrochen, in dem er andere Menschen gefangen hielt. Seine Zunge konnte sie nicht mehr einlullen. Er konnte seine rattenfängerischen Worte nicht mehr von sich geben, denen sie so blind vertrauten wie die Lemminge. Seine Finger konnten die anderen nicht mehr als Opferlämmer am Altar eines grausamen Gottes verstümmeln.

Inge goss sich zufrieden nach und nahm einen großen Schluck. Den Wein behielt sie eine Weile im Mund, bis er sein ganzes Aroma entfaltet hatte. Dann schluckte sie ihn mit einem tiefen Seufzer hinunter.

Der wievielte Dämon war es mittlerweile gewesen? Sie wusste es nicht. Diese Unwissenheit machte sie unsicher. Sie ließ diesen Gedanken wieder fallen. Wichtig war doch nur das Ziel. Weit entfernt glaubte sie es jedenfalls nicht mehr. Bald würden auch alle anderen aufwachen und begreifen. Dann war Inges Mission erfüllt. Das Ziel lag schon greifbar nahe. Aber bis dahin gab es noch einiges zu tun.

Inges Blick verfinsterte sich. Plötzliche Zweifel zermahlten ihre Visionen wie schroffe Mühlsteine. Hart presste sie die Lippen aufeinander. Warum hatten die anderen ihre Botschaft noch nicht verstanden? Noch erkannten sie nicht, dass Inge sie vor den Dämonen beschützte, noch hassten die Menschen sie für ihr eingeübtes Blutritual. Sie umklammerte unwillig das leere Glas. Warum dauerte es so lange, sie aufzurütteln? Oder blieb sie am Ende etwa die einzige, die die Wahrheit erkennen konnte? Nein, das konnte, das durfte nicht sein! *Sie* war die Botin, die Prophetin! Was aber, wenn ihr Rufen nicht gehört würde? Sie hasste diesen Gedanken. Er machte alles kaputt, fraß ihre Selbstzufriedenheit auf.

Das Glas zersprang, als es dem Druck ihrer Hand nicht mehr standhalten konnte. Feine Splitter bohrten sich in ihr Fleisch. Als wäre sie die Beobachterin eines fremden Geschehens, sah sie ohne jede Regung von Schmerz, wie das

Blut von ihrer Hand auf das Parkett troff. Nein, das Blut sprach eine klare Sprache. Irgendwann würden die anderen ihre Botschaft begreifen; irgendwann! Bis dahin würde Inge ihrer Berufung folgen.

Der Anblick ihrer blutenden Hand erregte sie. Inge spürte heißes Verlangen. Mit ihrer unverletzten Hand begann sie sich zu streicheln. Ihre Finger bekamen plötzlich ein Eigenleben. Sie gehörten einem körperlosen Liebhaber, der ihrer verzweifelten Lust entstieg. Er liebkoste ihren Körper, streichelte zärtlich über ihre Beine. Langsam fuhr er nach oben. Dann glitt die Hand in ihren Slip. Mit heftigem Keuchen gab sie sich ihrer Begierde hin. Nein, sie würde nicht mit ihrer Mission aufhören! Noch nicht! Zu sehr liebte sie das erregende Gefühl der Jagd. – – –

Caspari trat durch den Eingang des Turms. Durch die dicken Mauern war die Wärme des milden Oktobertags nicht nach innen gedrungen. Das eisige Klima kam indes nicht nur von der Kühle des Raumes. Der Zustand der Leiche jagte selbst dem Hartgesottensten einen Schauer über den Rücken. Caspari, der hinter Bertram ging, sah, wie sich diesem die Nackenhärchen stellten. Er selbst atmete beim Anblick des Toten geräuschvoll aus. Es war nicht das erste Mal, dass er einen Menschen so zugerichtet vorfand. Sein Magen reagierte mittlerweile auf diese Konfrontation des Grauens nicht mehr, Gott sei Dank. Gewöhnen konnte er sich an die Bilder von geschundenen Leibern trotzdem nicht. Sein Mitleid für diese so brutal ermordeten Menschen verdrängte jede Form des Abstumpfens.

»Porca miseria.«

Mario brach das Schweigen, wofür ihm Caspari dankbar war. Er blickte sich nach seinen Leuten um und sah einen jungen Streifenbeamten, der den Eingang bewachte. Sein Gesicht war kreidebleich. Der nachlässig weggewischte Speichel in den Mundwinkeln des jungen Beamten zeugte davon, dass er sicher zum ersten Mal mit dem Anblick einer so grausam zugerichteten Leiche konfrontiert war.

Die Männer von der Spurensicherung untersuchten den

Boden hinter dem Folterstuhl. In ihren weißen Overalls, den Hauben auf dem Kopf und den Überschuhen aus Folie erschienen sie Caspari wie aus einer anderen Welt.

Bertram wandte sich zu ihm. »Die Kriminaltechnik ist fast fertig. Nur noch das kleine Stück da hinten.«

Neben der Leiche kniete Doktor Richter, der gerade die Temperatur des Verstorbenen zu ermitteln versuchte.

Caspari blickte ihn verwundert an. »Guten Abend, Doktor. Was machen Sie denn hier? Müssten Sie nicht längst in Heidelberg sein? Das Semester fängt doch bald an.«

»Guten Abend, Doktor Caspari. Der Innenminister des Landes Hessen höchstpersönlich hat die Kultusministerin von Baden-Württemberg gebeten, mich so lange zu beurlauben, bis die Mordserie aufgeklärt ist. Hatten Sie das schon wieder vergessen?«

Bertram machte auf einem Treppenabsatz halt. »Als ich an das Präsidium in Offenbach den Leichenfund meldete, wurde ich angewiesen, Doktor Richter einzuschalten.«

Die Treppenstufen knarrten, als Caspari hinabstieg. Bartoldi und Hergenrath folgten ihm in respektvollem Abstand. Unten angekommen, öffneten sie die Koffer und nahmen Vinylhandschuhe heraus. Während Caspari sich diese unkomfortable zweite Haut überstreifte, mied er den Blick zu Jungmann, dessen Augenpaar er auf sich gerichtet spürte. Er wollte eine Konfrontation so lange vermeiden, wie es nur irgendwie ging. Doch er wusste nur allzu gut, dass Jungmann nicht lange auf sich warten ließ. Bedächtig, als wolle er den Toten nicht in seiner Ruhe stören, ging er auf den Stuhl zu, dessen Nägel sich in das Fleisch des Unglücklichen gebohrt hatten.

»Können Sie schon etwas zur Todesursache sagen?«

Der Gerichtsmediziner richtete sich auf. Er war deutlich kleiner als Caspari. Sein graumeliertes Haar war kurz geschnitten, seine Kleidung tadellos. ›Selbst im Arztkittel sieht er noch elegant aus‹, schoss es Caspari durch den Kopf. Die farbliche Komposition von Hemd und Krawatte zeichneten ihn als einen Menschen mit weltmännischem Geschmack aus. Ein feiner Hauch von Eau de toilette stieg Caspari in die Nase. Er war dankbar dafür. Der Duft von Sandelholz war ihm deutlich angenehmer als Formalin und Verwesungsgeruch.

Doktor Richter antwortete wie immer präzise. Überflüssige Ausführungen waren ihm wesensfremd. Die strenge Aura eines nüchternen preußischen Geheimrates umgab den Gerichtsmediziner seit jeher.

»Was sich bis jetzt sagen lässt, ist dies: Der Todeszeitpunkt ist wahrscheinlich zwischen gestern dreiundzwanzig Uhr und heute zwei Uhr morgens eingetreten. Der Mann wurde zuerst mit einer Gavotte erdrosselt. Die Drahtsaite staute das Blut in der Carotis. Für die medizinischen Analphabeten in diesem Raum: Das ist die Halsschlagader. Todesursache ist also nicht die Erstickung, sondern der Hirntod aufgrund eines dauerhaften Blutstaus im Gehirn. Die Zunge wurde dem Toten post mortem abgeschnitten, gleiches gilt für die Finger. Dass sich hier trotzdem noch relativ viel Blut befindet, weist darauf hin, dass die Amputation der Finger rasch nach der Erdrosselung stattgefunden haben muss. Bei der Zunge scheint der Täter sich etwas mehr Zeit gelassen zu haben. Die Amputationen sind, wie auch in den vorausgehenden Fällen, mit einer gewissen Professionalität ausgeführt worden. Die Wundränder sind glatt. Ebenso wurden die Knochen sehr korrekt durchtrennt. Meine Meinung dazu kennen Sie ja. Es muss jemand aus dem Metzgerhandwerk oder aus einem chirurgischen Beruf sein. Dementsprechend wurde dafür ein fachspezifisches Werkzeug benutzt. Da kommt nur ein sehr scharfes Schlachter- oder ein Amputationsmesser in Frage. Mit einem Skalpell schafft man so etwas nicht. Das ist alles, was ich bisher feststellen konnte. Die Details lesen Sie in meinem morgigen Bericht. Bevor wir den Toten allerdings aus seinem Nagelbett befreien, muss ich mir noch etwas genauer ansehen, wie er darauf sitzt.«

»Wie meinen Sie das, Dottore?« Bartoldi war neugierig herangetreten.

»Die Art, wie er sitzt, und wo die Nägel in welcher Tiefe in seinen Körper eingedrungen sind, gibt möglicher Weise Aufschluss darüber, ob er in diesen Stuhl gestoßen wurde, oder ob man ihn vielleicht unter heftiger Gegenwehr seinerseits auf den Stuhl gedrückt hat.«

Caspari ging in die Hocke und sah sich die rechte Hand des Gefolterten aus nächster Nähe an. Die Handgelenke des Mannes waren bis auf die Knöchel wund gescheuert. An den Lederbändern, mit denen die Arme an den Lehnen fixiert waren, sah er Blut. Er musste bis zum Schluss versucht haben, sich zu befreien.

»Mario, ich will Detailaufnahmen von dem Toten. Kleidung, Gesichtsausdruck, Haltung der Hände, einfach alles. Sie kennen das ja schon zur Genüge.«

»Das könnt ihr euch schenken! Wir haben alles schon fotografiert«, schaltete sich Jungmann gereizt ein. »Es sei denn, dass das LKA über eine bessere Fotoausstattung verfügt als wir Provinzbullen.«

Caspari ließ sich nicht aus der Ruhe bringen. Das hier war sein Fall. Der ›Chirurg‹, wie die Polizei den Täter mittlerweile wegen seiner fachmännischen Amputationen nannte, hatte wieder einen Menschen getötet. Ihm waren Caspari und seine Mannschaft seit sechs Wochen auf den Fersen. Caspari hatte es zu seiner persönlichen Aufgabe gemacht, diesen Mörder zur Strecke zu bringen. Das war er den Opfern und ihren Familien schuldig. Das gereizte Klima zwischen Jungmann und ihm hatte hier keinen Platz. Das war eine reine Privatangelegenheit.

Er zog eine Taschenlampe und eine Lupe aus seiner Tasche. Der Leichnam erzählte seine Geschichte. Nichts davon durfte ihm entgehen. Als Caspari das Gesicht genauer betrachtete, durchflutete ihn eine Woge des Mitleids. Dieser Mensch hatte nicht in Frieden aus diesem Leben gehen dürfen. Die verkrampften und verzerrten Gesichtszüge des Mannes ließen keinen Zweifel daran. Obwohl sie leblos waren, meinte Caspari einen Ausdruck von Trauer in den Augen zu entdecken. Vielleicht gab es für den Toten Menschen, die er nicht so plötzlich und unvorbereitet verlassen wollte, denen er gern noch Lebewohl gesagt hätte. Ein solcher Tod hatte eine furchtbare zerstörerische Gewalt – nicht nur für das Opfer, sondern auch für alle, denen dieser Mensch lieb und teuer war. Caspari wurde einmal mehr bewusst, wie krank jemand sein musste, der, einem absurden Trieb folgend, ohne Mitleid für seine Opfer und deren Familien auf diese Weise tötete.

Er wandte sich dem Gerichtsmediziner zu. »Und?«

Doktor Richter gefielen Ein-Wort-Sätze überhaupt nicht. Als Zeichen seiner Missbilligung zog er die linke Augenbraue hoch. Caspari kannte diese Reaktion. Sie störte ihn nicht weiter. Vor einer Leiche kniend war ihm der akademisch korrekten Satzbau egal.

»Der Mann wurde ohne Gegenwehr in den Stuhl gesetzt«, antwortete der Arzt. »Wahrscheinlich betäubt und dann zum Ort seiner Hinrichtung gebracht, wie die anderen auch.«

»Woran machen Sie das fest?«

In Detailfragen ließ Caspari nicht locker. Eine scheinbar unwesentliche Beobachtung konnte sich als wichtiges Teilchen im großen Mosaik des Mordes entpuppen.

Doktor Richter deutete auf die Nägel, die sich in das Gesäß und die Oberschenkel des Toten gebohrt hatten. »Wäre er in den Stuhl mit Wucht gestoßen worden, hätten sich die Nägel nicht so sauber in das Fleisch gebohrt, sondern breitere Wunden gerissen. Deshalb entfällt auch die Möglichkeit eines Kampfes, in dem er in diesen Stuhl gedrückt worden wäre. Er ist wahrscheinlich darauf gehoben worden, ohne Gegenwehr zu leisten. Es würde mich keineswegs wundern, wenn wir auch in seinem Blut die Reste von Chloroform finden würden. Dann wurden die Bänder um Hände, Brust und Beine fest gezogen. Wahrscheinlich hat man Druck auf die Oberschenkel und das Gesäß ausgeübt, was den Körper mehr oder weniger gleichmäßig tief in das Nagelbrett gedrückt hat. Genauere Angaben kann ich erst nach der Obduktion machen.«

Caspari nickte. Die Vorgehensweise war identisch mit den drei Fällen, die sie untersuchten.

Er sehnte sich nach frischer Luft und blickte zum Ausgang hinauf. Der junge Beamte, der dort oben stand, schien nach der Beschreibung des Gerichtsmediziners mit dem Rest seines Mageninhaltes zu kämpfen. Caspari sah, wie er tief Luft holte und dabei immer wieder aufstieß. Er musste jetzt etwas tun, bevor der Junge den ganzen Tatort vollkotzte. Eilig lief er die Holztreppe hinauf. Tina, die gerade in ein Gespräch mit einem Kriminaltechniker vertieft war, sah irritiert auf.

»Wie spät ist es jetzt?« fragte Caspari den jungen Streifenbeamten.

Der blickte ihn überrascht an und blickte auf seine Uhr. »Halb sechs.«

Caspari griff in die Brusttasche seiner Jacke und holte sein Portemonnaie heraus. »Ah, gut! Dann haben die Geschäfte ja noch auf. Kennen Sie den Tabakladen beim Ziegelturm?«

»Ja, ich glaube schon.«

»Bitte seien Sie so gut und holen mir ein paar Zigarren dort. Ich möchte drei Santa Damiana Pyramides und drei Punch Corona. Können Sie sich das merken?«

Der Junge schüttelte vollkommen irritiert den Kopf.

Caspari ließ nicht locker. »Schreiben Sie sich das auf!«

Caspari diktierte dem jungen Beamten, der die Angaben nervös in seinen Notizblock kritzelte. Dann steckte er ihm einen Fünfzig-Euro-Schein in die Brusttasche und klopfte ihm auf die Schulter. »Ach, und bringen Sie mir noch ein Päckchen Streichhölzer mit! Die gibt es dort als Beigabe kostenlos.«

Caspari sah dem jungen Mann ins Gesicht. Der Verwirrung war ein Ausdruck von Dankbarkeit gewichen. Er klopfte ihm auf die Schulter und ging wieder nach unten.

Jungmann verzog verächtlich seinen schmalen Mund. »Was soll der Mist? Kannst du dir deine Zigarren nicht selbst holen? Wer bist du, dass du hier einfach einen Beamten für dein Privatvergnügen abziehst?«

Caspari brauchte seine Konzentration nicht mehr für die Untersuchung der Leiche. Nun konnte er sich ganz seinem Intimfeind widmen. Eisig blickte er Jungmann an. Aus den

Augenwinkeln sah er, wie Tina und Mario fragende Blicke tauschten.

»Wer ich bin? Ich bin derjenige, der die Untersuchung hier leitet! Und ich kann keinen jungen Kollegen gebrauchen, der mir beim Anblick seiner ersten Leiche den ganzen Tatort vollkotzt. Erinnere dich einmal an deinen ersten Toten. Mein Gott, was hast du da gereihert! Und der sah nicht annähernd so schlimm aus wie dieser hier. Im übrigen: Wenn dir mein Stil nicht passt, oder wenn du Privates nicht von Dienstlichem trennen kannst, wird es kein Problem sein, dich von dem Fall abzuziehen.«

Caspari wandte sich zu Bertram um, der Jungmann einen warnenden Blick zuwarf. Der verzog seinen Mund zu einem verächtlichen Grinsen.

Bertram winkte Caspari zu sich und stellte sich mit ihm etwas abseits. »Was soll ich nur mit euch beiden machen? Wollt ihr euch wirklich gegenseitig das Leben schwer machen, bis ihr alt und grau seid? Mensch, früher wart ihr unzertrennlich. Ich mag euch beide. Ich kann nicht verstehen, dass ihr euch anfallt wie tollwütige Hunde, wenn ihr euch über den Weg lauft. Das muss ein Ende haben! Elke leidet furchtbar darunter.«

Der Name seiner Ex-Frau versetzte Caspari selbst nach den Jahren der Trennung immer noch einen Stich. Er schaute unter sich. Er wollte nicht, dass sein früherer Mentor es bemerkte. Was sollte er darauf antworten? Ratlos zuckte er mit den Schultern.

»Es ist zu viel kaputt gegangen bei Jürgen und bei mir. Das kann man nicht mehr kitten.«

»Dann versucht wenigstens, euch nicht noch mehr auf der Seele herumzutrampeln.«

Caspari schaute zu Bertram mit versöhnlichem Blick. »An mir soll es nicht liegen«, antwortete er und fügte mit ernster Miene hinzu: »Wenn er allerdings unsere privaten Probleme miteinander nicht aus dem Fall heraushalten kann, werde ich dich auf dem Dienstweg bitten, ihn davon abzuziehen. Es geht hier um Menschenleben! Wir müssen den Killer kriegen, bevor er noch mehr Menschen hinrichtet. Das hat für mich absoluten Vorrang gegenüber verletzten Eitelkeiten.«

Bertram nickte. »Du hast recht«, antwortete er. »Willst du eine Dienstbesprechung einberufen?«

»Morgen, wenn die ersten Laborergebnisse vorliegen und die Protokolle der Zeugenvernehmungen geschrieben sind, machen wir einen runden Tisch. Sagen wir: so gegen halb elf Uhr?«

»Das müsste reichen, um alles zusammengestellt zu haben. Anschließend sollten wir uns der Presse widmen.«

Christoph rollte die Augen. »Ja, du hast recht!« lenkte er ein. »Sag mal, was wisst ihr eigentlich von dem Toten?« Es war ihm unangenehm, dass er fast vergessen hätte, diese Frage zu stellen. Normalerweise war das eines der ersten Dinge, die er geklärt wissen wollte. Doch bei diesem Mord war es anders. Er hatte sich diesmal wohl mehr, als ihm lieb war, auf die Begegnung mit Jungmann konzentriert.

»Das ist …« Bertram unterbrach sich und fing noch einmal von vorn an. »Das war Doktor Karl Hoffmann, ein bekannter Gelnhäuser Arzt, Allgemeinmediziner. Im vergangenen Jahr feierte er seinen 75. Geburtstag mit allerlei Stadtprominenz. Vor sieben Jahren hatte er seine Praxis verkauft, nachdem seine Frau gestorben war. Hoffmann lebte seither allein. Er hat einen Sohn, der in den USA lebt, eine Tochter in Mainz und eine Schwester, die hier in einem Altenpflegeheim lebt. Ein weiterer Verwandter, der Enkelsohn dieser Schwester, ist in Altenhaßlau gemeldet.«

Caspari notierte sich Name und Adresse des Großneffen. »Also wieder ein Arzt. Das würde für unseren ›Chirurgen‹ sprechen. Die Art der Hinrichtung und die Verstümmelungen an dem Toten sprechen auch dafür. Die Inszenierung ist hier allerdings eine ganz andere. Der Ort ist diesmal anders gewählt, und der Scheiterhaufen fehlt. Ich bin mir noch nicht im klaren, was das zu bedeuten hat.«

Ein untersetzter Polizist kam durch das Turmtor und rief von der Galerie aus nach unten: »Der Leichenwagen ist da! Kann der Bestatter den Toten mitnehmen?«

Doktor Richter blickte hoch. »Von mir aus schon. Wie steht es mit der Kriminaltechnik, Herr Jungmann?«

»Wir sind mit allem fertig«, antwortete er und fügte mit eisigem Ton hinzu: »Es sei denn, das Landeskriminalamt braucht noch etwas Zeit.«

Caspari blickte seine Mitarbeiter an. »Ich habe alles gesehen, was ich wollte. Tina, Mario, sind Sie fertig?«

Tina nickte. »Ich denke, wir haben alles.«

Mario tätschelte seine Kamera. »Alles im Kasten, Chef!«

Caspari blickte zu Bertram. »Na, dann kann sie in die Gerichtsmedizin. Ich möchte, dass der Stuhl in unser Labor nach Wiesbaden kommt.« Respektvoll fragte er: »Ist das in Ordnung, wenn unser Laden ihn auseinander nimmt?«

Bertram nickte. »Einverstanden. Ich kümmere mich darum, dass er zu euch gebracht wird.«

Ein rumpelndes Geräusch ließ sie aufschrecken. Zwei schwarz gekleidete Männer manövrierten gerade einen Zinksarg durch das Tor zur Holztreppe. Langsam kamen sie damit die Treppe herunter. Als sie schnaufend und verschwitzt den Sarg auf dem Boden abstellten, richtete sich ihr Blick auf die Leiche im Folterstuhl.

»Großer Gott«, entfuhr es dem einen, »man bekommt im Laufe der Jahre ja einiges zu sehen; aber das hier, das ist ja furchtbar!«

Caspari zuckte mit dem Schultern und ging zur Treppe. Tina und Mario folgten ihm. Bertram wies sein Team noch an, den Bestattern zu helfen, dann schloss er sich an.

Christoph war froh, den Turm wieder verlassen zu können. Tief sog er die angenehm milde Abendluft ein. Ihr würziger Duft verdrängte die finsteren Gedanken. Der junge Streifenbeamte kam durch das Gartentor und reichte ihm eine kleine Schachtel, ein Päckchen Streichhölzer und das Wechselgeld.

»Mit den besten Empfehlungen des Inhabers. Bei dieser Bestellung wusste er gleich, für wen die Zigarren sind.«

Caspari schmunzelte. Er hatte wieder etwas, womit er seinen Humidor auffüllen konnte. Die aschfahle Gesichtsfarbe des Jungen war einem gesunden Rot gewichen.

Er wandte sich seinen Mitarbeitern zu. »Tina und Mario, Sie fahren mit auf das Revier und sind bei den Verhören der Schauspieltruppe dabei. Ich fahre jetzt noch zum Großneffen des Verstorbenen. Morgen früh gehe ich dann in das Altenpflegeheim zur Schwester von Doktor Hoffmann und rede mit ihr.«

»Lass dich von einem der Notfallseelsorger begleiten«, schaltete sich Bertram ein. »Wir haben hier ein Team, das sich um die Zeugen kümmert. Ich frage mal schnell nach, wer von denen noch Zeit und Kraft hat.«

Ohne auf eine Erwiderung zu warten, war Bertram losgezogen. Caspari sah ihn mit einer jungen Frau zurückkommen, die in ihren Jeans, der Bluse und den Turnschuhen sportlich wirkte. Er fragte sich, ob er sie ohne ihre violette Einsatzweste der Notfallseelsorge für eine Pfarrerin gehalten hätte. Gleich darauf verwarf er diesen Gedanken. Von Klischees hatte er noch nie etwas gehalten. Er hatte sich selbst ja seit jeher Mühe gegeben, keinem zu entsprechen. Irgendwie kam ihm diese Frau bekannt vor, er konnte sie aber beim besten Willen nicht zuordnen. Als sie ihren Kopf zur Seite drehte, während sie Bertram etwas sagte, erkannte Christoph den in eigentümlicher Weise geflochtenen Zopf wieder. Ein flaues Gefühl machte sich in seiner Magengrube breit. Hastig blickte er zu seiner Mitarbeiterin.

»Tina, fahren Sie lieber mit der Pfarrerin«, sagte er heiser. »Ich glaube, es ist sinnvoller, wenn ich bei den Verhören im Revier anwesend bin.«

»Nee, Chef, das geht nun wirklich nicht mehr. Wir haben uns schon mit den Kollegen aufgeteilt und untereinander abgesprochen. Das mit den Angehörigen ist Ihr Ding!«

Casparis Ohren wurden plötzlich heiß. Aus Tinas belustigtem Blick zu schließen, hatte sein ganzes Gesicht die leuchtendrote Farbe seines Bartes angenommen.

Mario zog die Augenbrauen hoch und spitzte den Mund. »Ma che bella!«

Bertram stand nun mit Bennis Opfer aus dem Fitnesscenter vor ihm. »Christoph, das ist die Notfallseelsorgerin,

Pfarrerin Frank. – Frau Frank, das ist Doktor Caspari, Oberhauptkommissar beim Landeskriminalamt.«

Caspari hatte wieder jenen Kloß im Hals, der sich immer dann zu expandieren entschloss, wenn ihm eine attraktive Frau begegnete. Er zwang sich zu einem Lächeln, nickte kurz und gab ihr die Hand.

»Guten Abend.« Ihre Stimme war weich, klangvoll und freundlich.

Caspari fasste Mut und sprach in der Hoffnung, sein Kloß hätte sich nach diesem freundlichen Gruß dazu durchgerungen, auf Erbsengröße zu schrumpfen. »Angenehm. Lassen Sie uns gleich fahren. Das wird vielleicht noch eine lange Nacht.«

Sein sonst sonoriger Bass hörte sich zwar merkwürdig heiser an. Doch er hatte es aber immerhin geschafft, zu antworten.

»Ja, Sie haben recht. Kann ich bei Ihnen mitfahren? Ich wurde von einem Streifenwagen hierher gebracht.«

Caspari nickte verlegen. Mario klopfte ihm auf die Schulter und zwinkerte seinem Vorgesetzten mit einem ›Andiamo‹ zu. Auf dem Weg zum Auto überlegte Caspari fieberhaft, wie er die peinliche Situation im Fitnesscenter wieder aus der Welt schaffen konnte. Beim Gespräch mit dem Großneffen des Toten brauchte er schließlich alle seine Sinne und durfte nicht abgelenkt oder blockiert sein.

Das war allerdings nicht das einzige, was ihn zu diesem Versuch trieb. Unter dem massiven Panzer seiner Schüchternheit regte sich so etwas wie ein kleiner Schimmer von Interesse. Doch was sollte er sagen? Er begann zu schwitzen. Bestimmt war sein Gesicht immer noch knallrot. In ihm keimte die verzweifelte Hoffnung, dass es bei der einsetzenden Dämmerung nicht so auffiel. Als er ansetzen wollte, kam nur ein »Mmmmh« aus seinem Mund. Seine Zunge klebte am Gaumen und ließ sich nur mit großer Anstrengung lösen. Er kam sich vor wie ein Idiot.

»Bevor wir gemeinsam arbeiten – ich meine«, er räusperte sich ein wenig zu laut, »bevor wir in diesen Wagen steigen, nun ja, möchte ich etwas aus der Welt schaffen, was mir sehr – wie soll ich sagen – sehr peinlich ist.«

Die junge Pfarrerin sah ihn mit einer Mischung aus Interesse und Belustigung an.

»Das im ›Get Fit‹, na ja, Benny ist immer ein wenig … unsensibel, besser gesagt, er benimmt sich manchmal wie der letzte Trottel.«

Er sah, wie sich der Mund von Clara Frank zu einem leisen Lachen verzog. »Ach, Sie waren das in Begleitung dieses Ladykillers! Ich hatte Sie jetzt auf den ersten Blick gar nicht erkannt. Im Fitnesscenter sahen Sie mit der weißen Jacke und dem schwarzen Rock so anders aus.«

»Hakama, der Rock heißt Hakama. Das ist die Trainingskleidung im Aikido.«

»Aikido?« wiederholte sie fragend.

»Das ist eine japanische Kampfkunst«, gab er heiser zurück.

»Und ihr Trainingspartner führt Sie immer so vor, wenn er Frauen anspricht?«

»Gelegentlich schon. Benny ist im Grunde genommen ein feiner Kerl. Aber wenn es um das weibliche Geschlecht geht, benimmt er sich wie ein Neandertaler.«

Clara lachte auf, und Christoph merkte, dass er langsam wieder zu seiner alten Stimmlage fand. Er hielt ihr die Wagentür auf und ließ sie einsteigen.

Auf dem Weg nach Altenhaßlau erzählte er ihr bruchstückhaft über den Mord, das Opfer und seine Verwandten. Sie hörte schweigend zu. Caspari bekam am Lenkrad feuchte Hände. Ganz leise regte sich eine tiefe Sehnsucht in ihm. Er genoss es, ihre körperliche Nähe im Auto zu spüren. Andererseits war er gerade im Dienst. Und der verlangte höchste Aufmerksamkeit. Er war bereit, dieser Aufgabe seine volle Konzentration zu widmen. Die Aufklärung von Morden war sein Metier; hier war er zu Hause, hier war er auf eine Art und Weise selbstsicher, wie er es rein privat im Beisein von Frauen selten hatte sein können. Die berufliche Ebene war für ihn die einzige Chance, einer so schönen und sympathischen Frau nahe zu sein.

»Haben Sie schon einmal eine Todesnachricht überbracht?«

Sie blickte ihn wortlos an. Dann sprach sie mit einer ruhigen Stimme: »Nichts von dem, was ich seit Beginn dieses Einsatzes getan habe, hat es zuvor in meinem Leben gegeben. Das gilt auch für die Überbringung der Nachricht.«

»Ich bin froh, jemanden bei mir zu haben, der nicht vor Selbstsicherheit strotzt«, entgegnete Caspari. »Das hilft mir, mein flaues Gefühl im Magen besser zu ertragen. Ich habe in den vergangenen Jahren häufiger Todesnachrichten überbringen müssen. Glauben Sie mir: Man gewöhnt sich nie daran!«

Er war erstaunt über seine eigenen Worte. Wie hatten sie gebildet und ausgesprochen werden können, ohne dass er über sie nachgedacht hatte?

Ein Lächeln huschte über ihr Gesicht. »Danke.«

Die Hauptstraße lag im Ortskern. Sie stiegen vor einem schön restaurierten Fachwerkhaus aus. Ein altes, grün gestrichenes Eisentor versperrte ihnen den Weg in den Hof, von dem aus man zum Eingang auf der rückliegenden Seite kommen musste, wie Caspari annahm. Er konnte mit Mühe darübersehen. Eine Pergola, die mit wildem Wein bewachsen war, überdachte den mit Kopfstein gepflasterten Hof. Alles machte einen gepflegten Eindruck.

Caspari drückte den in der Hauswand eingelassenen Klingelknopf, als im selben Augenblick ein Mann auf einem Rennrad um die Kurve geschossen kam. Er bremste und stieg vor dem Haus ab. Caspari musterte ihn in seinem engen Radsport-Dress. Mit dem Helm, der Brille und den Handschuhen wirkte er futuristisch. An diesem Mann war kein Gramm Fett zuviel. Er war durchtrainiert und drahtig. Etwas beschämt schaute Caspari an sich herunter. Er war beileibe nicht dick; aber von einem Waschbrettbauch war er meilenweit entfernt.

Der Radfahrer musterte sie. »Kann ich Ihnen helfen?«

Caspari zog seinen Dienstausweis. »Jochen Arnold?«

»Ja, der bin ich. Worum geht es denn?«

»Christoph Caspari vom Landeskriminalamt. Das ist Pfarrerin Frank. Wir müssen mit Ihnen reden.«

Arnold erbleichte. Den Ausdruck auf dem Gesicht seines Gegenübers hatte Caspari schon oft gesehen. Der Mund stand offen, die Augen weiteten sich wie bei einem bösen Traum, dem man durch hastiges Erwachen zu entfliehen versucht.

»Was ist denn passiert?« fragte Arnold entsetzt.

»Herr Arnold, lassen Sie uns das besser im Haus besprechen«, schaltete sich die Pfarrerin ein.

»Ja, natürlich. Bitte entschuldigen Sie.«

Arnold kramte aus der Satteltasche einen Schlüssel und öffnete das Hoftor. Er ging voraus und stellte das Rad nachlässig an die Hauswand. Caspari folgte ihm nach der Pfarrerin und schloss das Tor hinter sich. Gierig sog er unter dem Blätterdach noch einmal die klare Abendluft mit ihrem milden Aroma ein, bevor er in das Haus trat. Arnold führte sie in eine große Küche und bat sie, sich an den massiven Esstisch zu setzten. Mit fahrigen Bewegungen entledigte er sich seiner Radsportschuhe und schlüpfte hastig in ein Paar Hausschuhe, die im Flur standen. Er wirkte nervös, als er sich zu ihnen setzte.

»Herr Arnold«, begann die Pfarrerin mit ruhiger, einfühlsamer Stimme, »wir müssen Ihnen eine schlimme Mitteilung machen«.

Caspari schaute sie überrascht an. Sie hatten auf der Fahrt gar nicht darüber gesprochen, wer das Gespräch beginnen sollte. Im ersten Augenblick war er irritiert über ihre Initiative. Doch ihre Art, mit dem Angehörigen zu reden, empfand er als sehr angenehm und empathisch.

»Ihr Großonkel«, fuhr sie fort, »Doktor Hoffmann, ist leider verstorben.«

»Wie?« fragte Arnold mit heiserer Stimme.

»So wie es aussieht, ist er das Opfer eines Gewaltverbrechens geworden. Mehr kann Ihnen Doktor Caspari sagen.«

»Herr Arnold, ihr Großonkel ist in der vergangenen Nacht im Gelnhäuser Hexenturm gefoltert und dann erdrosselt worden. Mehr kann ich Ihnen zum gegenwärtigen Zeitpunkt nicht sagen. Es tut mir sehr leid!«

Arnold rang nach Fassung. Er presste die Lippen aufeinander, während der Unterkiefer zitterte. Mit dem Handrücken fuhr er sich über die Augen, dann konnte er die Tränen nicht mehr halten. Er vergrub das Gesicht in seine Hände und schluchzte leise.

Caspari war froh, dass er die Notfallseelsorgerin mitgenommen hatte. Fremde Menschen zu trösten fiel ihm schwer. Er konnte mit der sich plötzlich einstellenden Nähe nur schwer umgehen. Außerdem war der emotionale Abstand für ihn wichtig, um klar denken zu können.

Clara Frank legte ihre Hand auf Arnolds Arm und fuhr ihm mit der anderen sanft über den Rücken. Caspari fühlte sich wie ein Voyeur. Er versuchte seinen Blick abzuwenden, es gelang ihm aber nicht. Gebannt blickte er auf die Szene wie auf eine Bronzeplastik im Museum. Alles schien er intensiver wahrzunehmen als sonst. Das kurze, blonde Haar Arnolds, das an der Stirn licht zu werden begann, der durchtrainierte Körper, von dem ein leichter Schweißgeruch ausging, und die dunklen Augen, aus denen er sich nun die Tränen wischte, prägten sich fest in Casparis Bewusstsein ein.

Daneben drängte sich eine Wahrnehmung ganz unprofessioneller Art. Er roch an diesem Abend zum ersten Mal Clara Franks Parfüm. Es war ein angenehm weicher, leichter Duft. Er versuchte ihn in seiner Nase und in seiner Erinnerung festzuhalten. Sein Blick glitt über ihr Gesicht. Die ebenmäßige Nase gefiel ihm genauso wie der Mund, dessen Bewegungen ihre Empfindungen stumm zu beschreiben schienen. Caspari tat sich schwer, seine Aufmerksamkeit von ihrem ausdrucksvollen Gesicht und ihren grünblauen Augen weg wieder auf Jochen Arnold zu lenken. Tief atmete er durch.

Arnold fasste sich. »Wissen Sie, er war nicht nur mein Großonkel. Er war mir der Vater, den ich nie hatte. Alles, was ich heute bin und kann, verdanke ich meinem Großonkel«, erklärte er.

Er stand auf, nahm drei Gläser aus einem Hängeschrank und goss sich Wasser ein. Danach fragte er Christoph und die

Pfarrerin, ob sie auch etwas trinken wollten. Beide nickten und ließen sich einschenken. Sie tranken schweigend. Caspari spürte, dass Arnold diese Pause brauchte, um sich von dem Schock zu erholen. Arnold starrte auf sein Glas, das er mit wenigen hastigen Zügen ausgetrunken hatte, bevor er weitersprach.

»Wissen Sie schon, wer es war? Ich meine, wer bringt denn so einen lieben alten Mann einfach um?«

»Wir verfolgen mehrere Spuren. Mehr kann ich zu diesem Zeitpunkt noch nicht sagen. Morgen, wenn wir die Untersuchungsergebnisse ausgewertet haben, wissen wir mehr.«

Caspari vermied es, von dem Serientäter zu sprechen. Er wollte Arnold nicht mehr belasten, als er es ohnehin schon war.

»Ich muss Sie bitten, morgen früh zur Polizeiwache nach Gelnhausen zu kommen.«

»Warum? Verdächtigen Sie etwa mich?« Arnold starrte ihn ungläubig an.

»Nein, aber wir hoffen, von Ihnen etwas über die Menschen erfahren zu können, mit denen Ihr Großonkel Kontakt hatte. Vielleicht finden wir unter ihnen zumindest eine Person, die den Mörder kennt. Mit Ihrer Großmutter müssen wir allerdings auch sprechen!«

»Ausgeschlossen!« rief Arnold heftig. »Die Frau hat keine besonders stabile Gesundheit! Sie lebt in einem Seniorenheim! Die Nachricht vom Tod ihres Bruders wird sie umbringen!«

»Sie können es Ihrer Großmutter nicht verschweigen«, schaltete sich Clara Frank ein. »Sagen Sie es ihr, bevor sie von anderen darauf angesprochen wird. Wenn es Ihnen eine Hilfe ist, gehe ich mit Ihnen zu ihr.«

»Ich werde ebenfalls mitkommen«, unterstrich Caspari. »Keine Angst, ich werde die größtmögliche Rücksicht auf Ihre Großmutter nehmen.«

Caspari erhob sich müde.

Clara Frank blickte Arnold an. »Haben Sie jemanden, der jetzt bei Ihnen sein kann? Soll ich jemanden für Sie anrufen?«

Arnold schüttelte den Kopf. »Nein, danke. Das ist sehr nett. Ich lebe allein, wissen Sie? Die traurige Pflicht, meinen Großcousin und meine Großcousine zu informieren, liegt wohl bei mir. Ich gehe dann rüber zu den Nachbarn, alte Freunde der Familie. Da habe ich Menschen, mit denen ich darüber reden kann.«

»In welchem Altenheim wohnt Ihre Großmutter?«

Arnold wirkte erschöpft. »Im Kreisruheheim.«

»Können Sie um neun Uhr dort sein?«

Arnold nickte.

Caspari blickte fragend zu der Seelsorgerin.

»Neun Uhr ist in Ordnung.«

Er spürte den Drang, wieder klare Abendluft einzuatmen. Auf dem Weg zum Ausgang hielt er aber noch einmal inne und wendete sich um.

»Fast hätte ich es vergessen. In der Kleidung Ihres Großonkels waren keine Schlüssel zu finden. Sind Sie im Besitz von Haustür- oder Wohnungsschlüssel?«

»Ja, natürlich. Ich habe öfters nach dem Haus gesehen, wenn er seine Kinder besuchte.«

Arnold gab ihm ein Schlüsselbund. Er begleitete sie zur Tür. Beim Verabschieden reichte er beiden die Hand.

Caspari gefiel der feste, entschlossene Händedruck. Er hasste das Gefühl, einen feuchten Schwamm zu drücken. Linkisch öffnete er der Pfarrerin das Hoftor und die Wagentür. Ihre Blicke trafen sich, als Clara Frank einstieg. Caspari bemerkte, wie ein Schmunzeln über ihr müde wirkendes Gesicht huschte. Bevor er losfuhr, gab er eine Nummer auf der Tastatur am Radio ein. Der CD-Wechsler startete, und eine Cello-Suite* erfüllte mit ihrer ruhig-melancholischen Melodie den Innenraum des Wagens. Die Frau neben ihm legte ihren Kopf in den Nacken und atmete geräuschvoll aus. Sie schloss die Augen und nahm gierig jeden Ton in sich auf.

»Bach?« fragte sie leise.

»Bach«, nickte er zustimmend.

Schweigend genossen sie die Ruhe, die das Cello wie einen kostbaren Teppich ausbreitete. Während sie vor den her-

*) *Johann Sebastian Bach: Cello-Suiten 1–6 (BWV 1007–1012)*

untergelassenen Schranken des Bahnübergangs standen, der Altenhaßlau von Gelnhausen trennt, zerriss der Klingelton von Casparis Mobiltelefon die klangvolle Stille. Unwillig fischte er es aus seiner Jackentasche.

Tina meldete sich am anderen Ende. »Chef, wir sind hier soweit fertig und können jetzt mit der Kriminaltechnik in die Wohnung des Opfers. Das einzige Problem ist bloß, dass wir keinen Schlüssel haben. Die Kollegen wollen einen Schlüsseldienst anfordern.«

»Nicht nötig«, antwortete er müde. »Ich bin auf dem Weg mit dem Schlüssel. Wir treffen uns vor dem Haus.«

Der Zauber der Musik war verflogen. Die Aussicht, die halbe Nacht mit dem Durchsuchen von Doktor Hoffmanns Haus zuzubringen, drückte seine Stimmung. Er wollte nur in seinem Wagen sitzen und mit dieser Frau dem Atem des virtuos gespielten Instruments lauschen. Sie seufzte neben ihm und er nahm es als ein Ausdruck des Bedauerns.

»Das wird wohl noch eine lange Nacht für Sie.«

»Das steht zu befürchten«, raunte er.

Ein InterCity Express rauschte vorbei, und die Schranken öffneten sich. Langsam arbeitete sich der schwere Wagen durch die Innenstadt. Je näher sie dem Untermarkt kamen, umso unruhiger wurde Caspari. Er wollte noch etwas sagen. Hektisch suchte er nach Worten, die beschreiben sollten, wie wohl er sich in ihrer Nähe gefühlt hatte. Doch ihm wollte nichts einfallen. Sollte er es nicht doch lieber lassen? Wenn er schwiege, würde er jeder Peinlichkeit aus dem Weg gehen.

»Hier ist es!«

Ihre Stimme riss ihn aus seinen Grübeleien. Der Wagen kam vor dem Eingang des Pfarrhauses zum Stehen.

»Danke«, sagte sie ihm zugewandt.

»Wofür?« fragte er überrascht.

»Das war mein erster Einsatz. Sie haben mir trotzdem zugetraut, dass ich das schaffe.«

»Es war sehr angenehm, mit Ihnen zusammenzuarbeiten«, gab er spontan zurück und war froh, dass ihm eine unverfängliche Antwort geglückt war.

Ein Lächeln huschte ihr über das Gesicht. »Bis morgen«, sagte sie erleichtert und stieg aus dem Volvo.

Caspari nickte zum Abschied und fuhr davon. Im Rückspiegel sah er, wie sie ihre Tür aufschloss und von dem dunklen Pfarrhaus verschluckt wurde. Ihr Duft begleitete ihn bis vor Doktor Hoffmanns Haus.

»Na, Chef, wie ist es gelaufen?« fragte Tina mit einem verschwörerischen Ton in der Stimme.

»Der Großneffe hatte ein enges Verhältnis zum Ermordeten. Entsprechend betroffen hat er auch reagiert«, antwortete Caspari sachlich.

Tina rollte die Augen.

»Patrone«, schaltete sich Mario ein, »wir wissen, wie es ist, wenn man eine Todesnachricht überbringt. Tina meinte eigentlich etwas anderes.«

Caspari lächelte. Seine beiden Assistenten waren die einzigen Mitarbeiter des Landeskriminalamts, die seine Geschichte kannten. Seine große Schüchternheit gegenüber Frauen, denen er außerhalb seiner beruflichen Aufgaben begegnete, war ihnen nicht entgangen. Tina und Mario versuchten von Zeit zu Zeit, Amor zu spielen. Meist musste dann eine Freundin oder eine Cousine herhalten. Wenn sie nach einem langen Arbeitstag noch gemeinsam ein Bier trinken gingen, tauchte plötzlich eine dieser Damen auf und versuchte, mit Caspari ins Gespräch zu kommen. Meist fiel ihm nichts ein, worüber er mit einer wildfremden Frau hätte reden können. Eigentlich frustrierten ihn solche Begegnungen, weil er sich als Langweiler vorkam. Andererseits wollte er Tina und Mario nicht vor den Kopf stoßen, hinter deren Kuppelversuchen er ein aufrichtiges Bemühen und Sorgen um ihn sah.

»Die Lotosblüte entfaltet sich dort am prächtigsten, wo man es am wenigsten vermutet«, antwortete er nach einer Pause.

»Che? Was heißt das jetzt wieder?« Mario schüttelte überfordert den Kopf.

»Alles und nichts, mein Lieber«, meinte Tina und klopfte ihm auf die Schulter. »Ich erkläre es dir nachher. – Wir brauchen den Schlüssel, Chef. Sie sollten nach Hause fahren. Lukas wird sicher schon lange warten.«

Caspari war dankbar für ihre Rücksichtnahme. Er wusste, dass er sich auf seine Mitarbeiter verlassen konnte. Müde drückte er ihr den Schlüssel in die Hand, nickte beiden zu und ging zu seinem Wagen.

Hinter sich hörte er Mario fragen: »Was ist das mit dem Lotos?«

»Der wächst in Asien und gedeiht am besten im Schlamm.«

»He? Was meint er damit?« Mario war hilflos.

»Er meint, dass man dem richtigen Menschen meist dann begegnet, wenn man gar nicht damit rechnet.«

»Ah – und was bedeutet das?«

»Wir sollen uns keine Sorgen machen. Comprende?«

»Mamma mia, ich kapiere gar nichts!«

»Das musst du auch nicht, Schätzchen. Lass uns arbeiten!«

Caspari musste leise lachen, als er die Wagentür schloss und losfuhr. Die beiden waren ein liebenswertes, verrücktes Pärchen. Offiziell waren sie nur gute Freunde, die sich die Wohnung in der Wiesbadener Innenstadt miteinander teilten. Nur einige wenige Eingeweihte wussten, dass sie seit langem ein Paar waren. Die Leitung des Landeskriminalamts schätzte Liebesbeziehungen am Arbeitsplatz ganz und gar nicht.

– – –

Der Junge weinte wieder. Inge liebte ihn, sie brauchte ihn. Er war Teil ihres Lebens. Aber seine Schwäche ekelte sie an. Gemeinsam hatten sie viel durchgestanden. Im dunkelsten Tal ihrer beider Leben hatten sie sich gegenseitig entdeckt. Seitdem waren sie unzertrennlich. Sie war schon immer die Starke gewesen. Sie hatte ihn beschützt. Von ihr hatte der Junge wieder gelernt, ein Mann zu sein, sich durchzusetzen. Und er verkörperte das, was sie nicht besaß und doch so sehr ersehnte. Er war ihr Gefühl. Doch nun saß er wieder da und weinte. Er flehte sie seit ihrer ersten Jagd an, damit aufzuhören. Aber warum sollte sie das tun? Sie folgte doch nur ihrer Berufung. Konnte er das nicht verstehen? Sie musste ihren Auftrag zu Ende bringen – koste es, was es wolle.

Irgendwann – das wusste sie – würde die Zeit kommen, da sie sich seiner entledigen musste. Doch noch nicht jetzt, noch lange nicht. Später, wenn er ihr im Weg stand. Wenn dann alles vorbei war, würde sie ihm folgen, und sie wären für alle Zeit vereint. Nur wie sollte sie jetzt reagieren, da er zusammengekrümmt dasaß und heulte? Sie kannte sein Geflenne, aber sie wusste nicht, wie man es beenden konnte. Inge war ratlos. Am besten würde sie ihn wieder ignorieren und sich auf die nächste Jagd vorbereiten. Den Dämon hatte sie schon auf ihren Streifzügen entdeckt und war seiner Fährte gefolgt. Bald würde sie ihre Kreise um ihn enger ziehen und ihn zur Strecke bringen. Bald, sehr bald.

Kapitel II

PAPA, AUFWACHEN!« Caspari rang nach Luft, als sich Lukas schwungvoll auf seine Brust setzte. Herzhaft gähnend blickte er in das Gesicht des Fünfjährigen. Lukas' Augen waren genauso ausdrucksvoll wie die seiner Mutter. Auch das schlank geschnittene Gesicht hatte er von ihr. Der Rest seiner Erscheinung stammte aus dem Erbgut der Casparis. Sein ungestümer rotblonder Haarschopf verlieh ihm ein spitzbübisches Aussehen. An Körpergröße überragte er alle anderen Gleichaltrigen. Caspari fuhr seinem Sohn durch die Haare und zog ihn an sich. Lukas genoss die Umarmung. Für eine Weile lag er auf seinem Vater, bis er den Kopf hob und eine erbarmungswürdige Miene aufsetzte.

»Papa, wann machst du Frühstück? Ich habe Hunger! Mein Bauch hat ein großes Loch!«

Caspari warf einen Blick auf seinen Wecker. »Ich kenne niemanden außer dir, der schon um sieben Uhr so ausgehungert ist. Man könnte meinen, du bist ohne Abendessen ins Bett gegangen. Aber wie ich Oma kenne, halte ich das für völlig ausgeschlossen.«

»Ach, Papa, das war doch gestern abend. Jetzt ist schon ein anderer Tag. Und außerdem ist Schlafen sehr anstrengend und macht großen Hunger.«

Caspari lachte. Gegen solche schlagkräftigen Argumente war er machtlos. In einem kleinen Ringkampf beförderte er Lukas von seiner Brust und stieg schwerfällig aus dem Bett. Ein paar Stunden mehr Schlaf hätte er gut gebrauchen können. Er hatte die halbe Nacht mit Recherchen im Internet und mit Grübeln zugebracht. Gegen halb zwei war er völlig übermüdet ins Bett gefallen.

»Papa, heute ist Samstag. Am Wochenende gibt es immer

Kakao!« erinnerte ihn Lukas an die Feinheiten des Frühstückrituals.

»Ja, ich weiß. Willst du ein Ei?«

»Mensch, Papa, du kannst dir aber auch gar nichts merken«, antwortete Lukas mit vorwurfsvoller Miene. »Ich esse doch immer ein Ei beim Frühstück am Wochenende!«

Caspari stellte den Milchtopf auf den Herd, schaltete den Eierkocher an und startete die Cappuccinomaschine. Im Bad warf er sich seinen Bademantel über und schlurfte in seinen ausgetretenen Hausschuhen auf den Hof, um die Brötchentüte aufzuheben, die der Bäcker samstags immer unter das Vordach legte. Die Oktobersonne stieg gerade über das Dach der gegenüberliegenden Stallungen. Er blinzelte und streckte sich dem jungen Tag entgegen. Sein Vater trat vorgebeugt aus der geduckten Stalltür.

»Morgen, Christoph. Hat der Wahnsinnige wieder zugeschlagen?«

»Morgen, Paps. Sieht so aus, als wär' er es wieder.«

»Mensch, Mensch, Mensch«, sinnierte der alte Caspari. »Was für ein krankes Hirn muss so einer haben? Schnapp dir den Verrückten endlich! So wie du aussiehst, macht der dich sonst fix und fertig. Und dein Sohn braucht auch mehr Zeit und Aufmerksamkeit von seinem Vater als in den letzten zwei Monaten.«

»Ja, ich weiß. Ich bin euch auch unendlich dankbar, dass ihr euch so um ihn kümmert. Wenn wir den Kerl haben, kehrt wieder etwas mehr Ruhe ein. Versprochen!«

Es gab Momente, in denen er seinen Beruf hasste. Dieser Morgen gehörte dazu.

Mit schlechtem Gewissen kehrte Caspari in die Küche zurück, wo sich gerade der Eierkocher bemerkbar machte. Lukas hatte schon den Tisch gedeckt und strahlte ihn an. Caspari ließ seinen Blick über die Tafel schweifen und entdeckte das neue Glas Schokoladenaufstrich, das Benny wieder einmal in den Küchenschrank geschmuggelt haben musste. Benny war ein Patenonkel, wie man ihn sich nur wünschen konnte. Aber väterliche Vorstellungen von einem gesunden

Frühstück interessierten ihn nicht im mindesten. Unwillig brummend stellte Caspari die übrigen Dinge auf den Tisch.

»Papa, musst du heute wieder arbeiten?« fragte Lukas laut schmatzend.

»Ja, heute vormittag muss ich noch einmal wegfahren. Ich hoffe aber, dass ich gegen Nachmittag wieder hier sein werde. Tut mir leid, mein Kleiner, dass ich im Moment so wenig Zeit für dich habe.«

»Macht nichts«, meinte Lukas, »Denis und ich wollen heute Morgen dem Opa helfen, die Strohballen vom Feld zu holen. Und dann spielen wir hier im Hof Fußball.«

»Prima«, gab Caspari erleichtert zurück, »dann wird dir ja nicht langweilig.«

Er war froh, dass sie Tür an Tür mit seinen Eltern auf dem alten Bauernhof wohnten. Anders hätte er seinen Beruf und seine Rolle als alleinerziehender Vater unmöglich miteinander verbinden können.

Unter der Dusche zuckte er zusammen. Ein stechender Schmerz durchfuhr sein linkes Schienbein. Stöhnend rieb er über seine alte Schussverletzung, die ihn in unregelmäßigen Abständen an jenen Tag erinnerte, an dem er seine körperliche Unversehrtheit verloren hatte. Das Stechen hörte genauso plötzlich auf, wie es gekommen war. Trotzdem nahm Caspari eine seiner Schmerztabletten als reine Vorsichtsmaßnahme und verdrängte den Gedanken, dass er mehr auf sich achten müsste.

Lukas, der im Schnelldurchgang seine Morgentoilette erledigt hatte, war schon fertig angezogen. Die erdbraune Patina auf der Jeans und der unverwechselbare Stallgeruch verrieten seinem Vater, dass er es wieder einmal versäumt hatte, seine Kleider zur Schmutzwäsche zu legen. Demonstrativ baute sich Caspari halb bekleidet vor seinem Sohn auf und stemmte seine breiten Fäuste in die Hüften.

»Mein lieber Freund, die Sachen tust du höchst persönlich heute abend zur Schmutzwäsche. Sonst ist die Nutella morgen zum Frühstück gestrichen! Habe ich mich klar ausgedrückt?«

»Schokoladenklar, Papa«, antwortete der Kleine mit einem spitzbübischen Grinsen.

Gemeinsam gingen sie in den Flügel des Anwesens, den Casparis Eltern bewohnten.

Besorgt blickte Irma Caspari an ihrem Sohn hoch. »Du siehst schlecht aus. Wie lange willst du das noch durchhalten? Du brauchst dringend den Urlaub mit Lukas!«

»Ja, ich weiß. Vielleicht hat der ›Chirurg‹ ja diesmal einen Fehler gemacht und geht uns endlich ins Netz. Wenn wir ihn gefasst haben, werde ich ein paar Tage lang ein paar Überstunden abbauen.«

»Die Botschaft hör' ich wohl; allein, mir fehlt der Glaube!« antwortete Irma Caspari mit hochgezogener Augenbraue.

Caspari umarmte Lukas, der ihn fest drückte. Als er sich wieder aufrichtete, gab ihm seine Mutter einen Kuss.

»Pass auf dich auf, Junge. Dein Sohn braucht dich.«

Wortlos hob Caspari die Hand und ging zum Auto. Bevor er den Wagen startete, wählte er die Peer-Gynt-Suite als Einstimmung auf den vor ihm liegenden Tag. Er liebte das langsame Wachsen der Klänge in eine hoffnungsfrohe Melodie, die den Sieg des Lebens über die todbringenden Mächte ausdrückte. Seine Gedanken gingen zur jungen Pfarrerin. Die Aussicht, ihr heute wieder zu begegnen, stimmte ihn versöhnlich mit den Aufgaben, die an diesem Tag vor ihm lagen.

Langsam fuhr er mit dem Volvo über den geteerten Weg zur Straße nach Wittgenborn. Als er noch ein Kind war, hatten seine Eltern diesen halb verfallenen Bauernhof nahe Waldensberg gekauft. Die Leute vom Dorf hatten sie damals für verrückt erklärt, aber die beiden restaurierten mit Hilfe von Freunden und Verwandten das alte Anwesen in jahrelanger Arbeit liebevoll. Für Kinder war es ein idealer Ort aufzuwachsen. Den Hof umgaben Felder und Wald, und die alten Gebäude boten viel Gelegenheit zum Spielen. Obwohl er die meiste Zeit seines Lebens hier verbracht hatte, konnte Caspari sich an dem Anwesen und der Landschaft nicht satt sehen.

Gelassen nahm der Volvo die kurvenreiche Straße nach Wittgenborn und von dort hinunter nach Wächtersbach. Der

Vogelsberg war in bunte Herbstfarben getaucht, die sich mit der Musik zu einer prächtigen Symphonie vereinigten. Caspari fühlte sich davon berauscht. Er spürte, wie die Anspannung der vergangenen Wochen für einen Moment von ihm abfiel. – – –

»Mir reicht es! Ich fahre jetzt heim und lege mich aufs Ohr!«

Doktor Thorsten Rosskopf hatte eine anstrengende Nacht hinter sich. Um ein Uhr fünfunddreißig waren sieben Jugendliche nach einer Bandenschlägerei eingeliefert worden. Der diensthabende Assistenzarzt hatte ihn sofort verständigen lassen. Gemeinsam mit ihm hatte Rosskopf in Anwesenheit von vier Polizisten drei Stichverletzungen, Platzwunden am Kopf, einen Jochbeinbruch und zwei Nasenbeinbrüche versorgen müssen. Seinen Einstieg als neuer Oberarzt der Unfall-Chirurgie hatte sich Rosskopf ein klein wenig ruhiger vorgestellt – zumindest, was die Rufbereitschaft betraf. Nachdem er die halbe Nacht im Operationssaal gearbeitet hatte, war er noch zur Visite geblieben.

Rosskopf freute sich auf ein paar Stunden Schlaf – vorausgesetzt, die Zwillinge würden das zulassen. Mit seiner Frau und den Zweijährigen wohnte er seit zwei Wochen in einem kleinen Dorf nahe Fulda. Als das Angebot auf die Stelle des Oberarztes kam, hatte er sofort zugegriffen. Besser hätte er es nicht treffen können. ›Hoffentlich hält meine Glückssträhne an‹, dachte er bei sich, als er in seinen Wagen stieg.

Er konnte nicht wissen, wie nahe er dem Tod war. Jemand hatte seine Fährte aufgenommen und zog langsam und unsichtbar sein Kreise um ihn. Ein Raubtier in Menschengestalt wollte ihn für ein Vergehen bestrafen, dass er nicht kannte. Rosskopfs Leben hing an einem seidenen Faden. Im Schatten stand ein Wesen, das es zu seinem Lebensinhalt gemacht hatte, dieses dünne Band zu durchtrennen. – – –

Clara stand im Badezimmer vor dem Spiegel. Sie hatte heute morgen schon versucht, die bleierne Müdigkeit mit Jogging zu vertreiben. Das war ebenso wenig effektiv gewesen wie das anschließende Wechselduschen. Aus dem Spiegel blickte ihr ein blasses Gesicht mit dunklen Augenringen entgegen. Während sie sich ihre feuchten Haare kämmte, schellte schon die Türglocke. Panisch blickte sie auf ihre Uhr: Es war fünfundzwanzig Minuten vor neun. Dieser Polizist schien zu jenen Menschen zu gehören, die es mit der Pünktlichkeit sehr genau nahmen. Beneidenswert! Während die Türglocke zum zweiten Mal schellte, versuchte sie die Gegensprechanlage hüpfend zu erreichen und dabei ihre Hose anzuziehen.

»Ja, bitte?« keuchte sie in den Hörer.

»Guten Morgen, hier ist Caspari. Bin ich zu früh?«

»Ja … ich meine: nein. Kommen Sie doch noch einen Augenblick hoch. Ich bin gleich fertig.«

Clara öffnete die Wohnungstür und eilte in ihr Schlafzimmer, um sich fertig anzuziehen. Auf der Treppe hörte sie seine schweren Tritte. Sie dachte über diesen Mann nach, den sie gestern kennengelernt hatte. Wer mit ihm zu tun hatte, würde sich schwer tun, ihn in eine Schublade zu pressen – davon war Clara überzeugt. Seine Schüchternheit stand im Gegensatz zu der souveränen Art in der Rolle des Polizisten. Der Körperbau und das breite Gesicht mit dem Vollbart vermittelten einen rauhen, derben Eindruck, der ganz und gar nicht zu einem Doktortitel und zu Cello-Suiten passte. Clara hatte gelernt, im Umgang mit Menschen Klischees beiseite zu lassen; dass sie eines hätte, wünschte sie sich für die Zusammenarbeit mit diesem Mann. Das Klopfen an der Wohnungstür riss sie aus ihren Gedanken.

»Kommen Sie rein! Gleich links ist die Küche. Nehmen Sie sich einen Kaffee, wenn Sie wollen. Ich bin gleich fertig«, rief sie, während sie sich schnell die Bluse zuknöpfte.

Nach einem letzten Blick in den Spiegel trat sie in die Küche. Der Polizist saß schweigend vor seinem dampfenden Kaffee und betrachtete den gedeckten Frühstückstisch.

Langsam blickte er zu ihr auf. »Frühstücken Sie ruhig, bevor wir anfangen. Wir sind gut in der Zeit.«

»Wollen Sie auch etwas essen?« fragte sie der Höflichkeit halber. Im Grunde genommen war sie verärgert über sein frühes Erscheinen.

Er lehnte freundlich ab. Clara schmierte sich linkisch ein Brötchen. Sie konnte es nicht leiden, wenn jemand die Rolle des Zuschauers einnahm, während sie aß. Verstohlen warf sie einen Blick auf ihr Gegenüber und bemerkte, dass er genauso müde aussah, wie sie selbst sich fühlte.

»Sie sehen erschöpft aus«, stellte sie mit einem seelsorgerlichen Tonfall fest.

»Das kann schon sein«, antwortete er und fuhr sich mit der schweren Hand über das Gesicht. »Ein Mordfall schlaucht schon, aber eine Mordserie geht auf die Dauer ans Eingemachte.«

»Mordserie?« fragte sie erschrocken.

»Ja, das ist mittlerweile das vierte Opfer. Das LKA wird nicht automatisch bei Mordfällen eingeschaltet. Die Kollegen vor Ort können meist sehr gut allein Täter und Motiv ermitteln. Nur in besonderen Fällen, wie bei Ritualmorden, bei Tötungsdelikten im Umfeld des organisierten Verbrechens oder bei der Suche nach Serientätern unterstützen wir die Kollegen. Oder wir leiten die Ermittlung selbst, wie in diesem Fall.«

»Das scheint wohl nicht immer auf Gegenliebe zu stoßen. Einer der Polizisten reagierte ja sehr verärgert, als Sie am Hexenturm aufgetaucht sind«, erinnerte sich Clara.

»Jungmann?« Er zuckte mit den Schultern. »Wir beide können nicht so gut miteinander.«

»Mir war aufgefallen, dass Sie Herrn Bertram gut kennen.« Claras Neugier war geweckt. Langsam tastete sie sich vor.

»Vor meiner Zeit beim Landeskriminalamt habe ich als Kriminalbeamter auf dem Polizeirevier in Gelnhausen gearbeitet. Bertram war mein Mentor, wenn Sie so wollen.«

Clara verzog das Gesicht als sie versuchte, den heißen Kaffee in großen Schlucken zu trinken. Warum musste dieser Polizeibeamte nur so ein überpünktlicher Mensch sein? Seinetwegen verbrühte sie sich den Mund. Schnell verstaute sie die Sachen in Kühlschrank und Schrank.

»Es tut mir leid, dass ich Ihre Zeitplanung durcheinander gebracht habe«, entschuldigte er sich. Sein Gesicht rötete sich leicht.

»Das ist nicht schlimm«, log sie, während sie den letzten Schluck Kaffee in den Ausguss schüttete.

Nach einem kurzen Besuch im Bad schlüpfte sie in ihre Schuhe. »Ich bin jetzt soweit.«

»Wunderbar«, erwiderte er und erhob sich vom Stuhl.

Clara bemerkte, dass er dabei sein Gewicht auf das rechte Bein verlagerte. Das Parkett knarrte, als er auf die Wohnungstür zusteuerte. Im Halbdunkel des Flures wirkte sein wuchtiger Körper bedrohlich auf sie. Dieser Mann irritierte Clara. Ein solches Gefühl war ihr bisher fremd.

Vor dem Pfarrhaus hielt er ihr wieder die Wagentür auf. Als er den Volvo anließ, drang Orchestermusik aus den Lautsprechern. Clara kam das Stück bekannt vor, ohne dass sie es näher hätte zuordnen können.

»Sie hören gern klassische Musik?« fing sie das Gespräch an.

»Das ist für mich eine Tankstelle für die Seele.«

»Und wie steht es mit Pop und Rock?«

»Dem Radiogedudel kann ich kaum noch etwas abgewinnen. Was da an neuen Liedern gespielt wird, ist so vorhersehbar geworden. Die Musikbranche hat sich zum Fastfood-Markt entwickelt. Diese Art von Musik gibt mir nichts. Neben diesen gecasteten Elendsgestalten gibt es hier und da noch richtige Künstler. Deren Musik höre ich mir gern an. Alles andere langweilt mich«, antwortete er. »Und wie steht es mit Ihnen?«

»Ich bin nicht festgelegt. Ich höre quer Beet. Am liebsten mag ich südamerikanische Musik oder guten alten irischen Folk.«

Zum ersten Mal, seit sie diesem Mann begegnet war, sah Clara ihn lächeln. Gleich darauf nahm sein Gesicht einen ernsten Ausdruck an.

»Hier vorn ist das Kreisruheheim«, sagte er knapp.

Clara war es, als habe sie einen Unterton des Bedauerns gehört. Neben dem Eingang des neogotischen Gebäudes aus Sandstein sah sie Arnold stehen. Caspari steuerte auf einen freien Parkplatz zu. Clara beeilte sich, den Gurt zu lösen und auszusteigen. Es reichte völlig, wenn der Kriminalbeamte ihr die Tür beim Einsteigen aufhielt. Alles andere hätte sie als peinlich empfunden.

Arnold kam auf sie zugelaufen. Er hatte dunkle Ränder unter den Augen und sah sehr blass aus. »Guten Morgen. Ich bin froh, dass Sie dabei sind, Frau Pfarrer. Ich weiß gar nicht, wie ich meiner Oma den Mord an ihrem Bruder beibringen soll.«

Clara verkniff sich eine Bemerkung zu der Anrede. Sie reichte Arnold die Hand, der darauf Caspari begrüßte. Gemeinsam machten sie sich zum Zimmer der alten Dame auf. Sie mieden die Aufzüge und nahmen statt dessen die alte Sandsteintreppe.

»Der Flur, auf dem meine Großmutter ihr Zimmer hat, wird von alten Menschen bewohnt, die körperlich zunehmend gebrechlich werden, so dass sie nicht mehr allein leben können, auch wenn sie geistig noch ganz auf der Höhe sind«, erklärte Arnold.

Clara und Caspari sahen sich an. Wollte Arnold ihnen damit erklären, dass seine Großmutter trotz ihres wachen Verstandes in diesem Heim lebte? Hatte er Angst vor der unausgesprochenen Frage, weshalb er nicht die alte Dame zu Hause betreuen ließ? Clara war sich unschlüssig.

Auf dem Flur im ersten Stock schlug ihnen ein leichter Desinfektionsmittelgeruch entgegen. Das Stockwerk wirkte frisch renoviert, an den Wänden hingen Bilder von Claude Monet und Marc Chagall. Auf einem Blatt an einer Pinnwand war die Tageslosung zu lesen. Clara war beeindruckt von der ansprechenden und freundlichen Atmosphäre, die dieses Haus ausstrahlte.

Eine stämmige junge Frau mit rotem Gesicht kam auf sie zu.

Arnold stellte sie vor. »Das ist Schwester Maike, die Stationsleiterin. Ich habe mit ihr heute morgen schon telefoniert. Sie wird uns begleiten und auf meine Großmutter achten.«

Clara und Caspari stellten sich vor. Schwester Maike ging ihnen voraus. Als sie die Türklinke herunterdrückte, fühlte sich Clara wie eingeschnürt. Ihr Herz fing an zu klopfen. Gestern hatte es keine Gelegenheit gegeben, nervös zu werden. Der Alarm aus dem Notfallmelder hatte sie in eine andere Realität gezogen, in der es weder Angst noch langes Nachdenken gab, nur jede Menge Adrenalin und intuitives Handeln. Auf den Besuch bei der alten Dame war sie vorbereitet. Sie wusste, welche Reaktionen Käthe Arnold auf die Nachricht vom Tod ihres Bruders zeigen könnte und welche Kraft es kosten würde, den Weg der Trauer mit ihr zu gehen. Sie blickte die anderen an, bevor sie eintraten. Sie spürte ihre Erwartungen an sie als Seelsorgerin, die plötzlich wie ein Berg vor ihr standen. Sie betraten ein geräumiges Zimmer, das mit ein paar antiquarischen Möbelstücken ausgestattet war, die Käthe Arnold wohl von zu Hause mitgebracht hatte. An der Wand hingen alte Schwarzweißfotos, daneben ein geschmackvolles Landschaftsgemälde, das eine aufgewühlte See, Dünen und einen Leuchtturm darstellte. Der frische Duft von Kölnisch Wasser lag in der Luft.

»Frau Arnold, Ihr Enkel ist da. Er hat zwei Besucher mitgebracht.«

Maike näherte sich einem alten Ohrensessel, der zum Fenster gewandt stand. Clara sah zuerst den weißhaarigen Hinterkopf, dann den leicht nach vorn gebeugten Rücken einer alten Frau, die sich langsam erhob.

»Ja, ich habe Sie vor dem Eingang gesehen«, sagte sie und drehte sich herum.

Clara sah eine zierliche Frau mit tief zerfurchtem Gesicht. ›Diese Augen haben schon viel Leid gesehen‹, ging es ihr durch den Kopf.

Jochen Arnold ging auf seine Großmutter zu. Sie hielt seinen Kopf in ihren Händen und sah ihn liebevoll an.

»Mein lieber Junge. Schön, dass du da bist.« Ihr Gesicht wurde nachdenklich. »Was ist denn? Du siehst so bedrückt aus.«

»Es ist wegen Großonkel Karl«, stammelte er.

»Nein, nicht er!«

Arnold stützte die alte Dame und führte sie gemeinsam mit

Schwester Maike zu ihrem Bett, auf das sich Käthe Arnold setzte. Ihr Enkel hielt ihre Hand. Stumm rannen die Tränen entlang der Furchen des alten Gesichts. Als sie sich wieder gefangen hatte, blickte Arnold Clara und Caspari an. Clara spürte das Fragende in seinem Blick und nickte.

»Oma, das ist die Pfarrerin Frank, und der Herr ist Doktor Caspari von der Polizei.«

Erschrocken sah Käthe Arnold auf. »Polizei?« wiederholte sie. »Aber warum?«

Clara hörte die meditative Ruhe, die Casparis sonore Stimme ausstrahlte.

»Es tut mir leid, Frau Arnold. Ihr Bruder ist das Opfer eines Gewaltverbrechens geworden.«

Die alte Dame rang nach Fassung. »Frau Pfarrer, was soll ich dazu sagen! Das kann es doch nicht geben! Ausgerechnet Karl! Warum er? Einen so hilfsbereiten Menschen und mitfühlenden Arzt wie ihn können sie lang suchen!«

»Ein solcher Tod ist sinnlos, besonders wenn er einen liebenswerten Menschen trifft«, antwortete Clara.

Sie kam sich im Moment deplaziert vor. Warum nur hatte sie dabeisein sollen? Ihre Anwesenheit war in nachfolgenden Trauergesprächen vonnöten, nicht jetzt. Käthe Arnold hatte die Altenpflegerin und ihren Enkel, die sie emotional stabilisierten. Als sich ihr Blick mit dem Casparis traf, wurde ihr klar, dass sie seinetwegen hier war.

»Frau Arnold, wir suchen nach Anhaltspunkten, die uns helfen, das Verbrechen an Ihrem Bruder zu verstehen, damit wir es aufklären können«, fuhr Caspari fort. »Hatte Ihr Bruder Feinde?«

Verständnislos sah Käthe Arnold ihn an.

»Mein Bruder hatte keine Feinde. Dazu war er viel zu gutmütig!«

»Hat er sich in der letzten Zeit vielleicht anders verhalten als sonst?«

»Nein, mir ist nichts aufgefallen. Er hat seit einiger Zeit nur öfter von seinen Kriegserfahrungen erzählt. Als Jugendlicher musste er noch kurz vor Kriegsende an die Ostfront. Es muss schrecklich gewesen sein. Aber so viel wie in den letzten Wochen hat er noch nie darüber gesprochen. Obwohl er unter den Erinnerungen sehr litt, hatte er immer versucht, selbst damit fertig zu werden. Er meinte, er wolle keinem anderen seine Albträume zumuten.«

»Gut. Ich möchte Sie im Augenblick nicht länger belästigen. Vielen Dank, Frau Arnold. Ich weiß, wie schwer das für Sie sein muss. Ich wünsche Ihnen viel Kraft.«

Caspari reichte Käthe Arnold die Hand. Clara war sicher, dass er es ehrlich meinte.

»Ist es Ihnen recht, wenn ich Sie morgen nach dem Gottesdienst besuche?« fragte sie die alte Dame.

»Das wäre sehr schön!«

Clara wandte sich an den Enkel. »Herr Arnold, möchten Sie auch dabeisein?«

»Ja, bitte – ich meine, wenn das geht«, stammelte er und gab Clara unsicher die Hand.

Clara und Caspari verabschiedeten sich und gingen. Vor dem Eingang standen beide eine Weile in der wärmenden Herbstsonne und starrten schweigend auf die Erde.

Casparis Stimme riss Clara aus ihren Grübeleien. »Ich muss zum Polizeirevier. Kann ich Sie auf dem Weg zu Hause absetzen?«

Clara schüttelte den Kopf. »Nein, danke. Das ist sehr freundlich. Ich glaube, ich laufe lieber.«

»Danke.«

»Wofür?« Sie blickte Caspari fragend an.

Der schien verzweifelt nach einer passenden Antwort zu suchen. Clara ärgerte sich über sich selbst: Warum konnte sie den Dank nicht annehmen, ohne ihn zu hinterfragen?

»Sie haben mir sehr geholfen«, brummte er.

Clara sah, wie ihre Hand ganz in seiner verschwand, die er ihr zum Abschied reichte. – – –

Schlecht gelaunt betrat Caspari das Polizeirevier. Der Abschied war unvermeidbar gewesen, das war ihm klar. Und doch hatte er sie nicht gehen lassen wollen. Ihre Anwesenheit tat ihm auf eine Weise wohl, die er fast vergessen hatte.

Ein älterer Polizeibeamter in Uniform kam auf ihn zu. »Mensch, Christoph! Schön, dich zu sehen. Verdammt lange her, seitdem du hier aufgehört hast.«

Casparis Stimmung besserte sich bei dem herzlichen Empfang. »Grüß dich, Gerhard! Wie geht es dir denn? Du hast dich ja gar nicht verändert.«

Der Polizist lachte und rief seine Kollegen. Bald stand Caspari umringt von Beamten, die er noch von seiner Zeit auf dem Gelnhäuser Polizeirevier kannte. Die Jahre, die seither vergangen waren, hatte er vergessen. In diesem Augenblick war er wieder der junge Kommissar bei der Kripo Gelnhausen. Als sie gerade über die Geschichte mit dem völlig betrunkenen Dieb lachten, der in ein Haus eingestiegen und dann auf dem Klo eingeschlafen war, kam Tina um die Ecke.

»Morgen, Chef. Könnte ich Sie mal sprechen?«

Caspari verließ schweren Herzens die lustige Runde. »Was gibt es denn?« fragte er unwillig.

»Die Lagebesprechung beginnt in zehn Minuten, und wir müssen uns noch vorher zusammensetzen.«

Caspari nickte. Tina hatte recht. Manchmal vergaß er, wie wichtig es war, dass sie sich gegenseitig zuarbeiteten. Ohne Mario und Tina wäre er beruflich nicht dort, wo er jetzt stand.

»Wie halten Sie beide es nur mit mir aus?« fragte er entschuldigend.

»Das frage ich mich auch manchmal«, lachte Tina. Sie blickte sich schnell um, als wollte sie sichergehen, dass niemand sie hören konnte.

»Wir haben immer noch nichts. Keinen Anhaltspunkt. Wir stochern mit langen Stangen im Nebel, während dieser Killer weiter sein Unwesen treibt.«

Caspari grinste. »Bei diesem Mord ist ihm ein kleiner Fehler unterlaufen. Der erste in dieser Serie.«

Tina blickte ihn ungläubig an. Caspari ging mit ihr in ein Büro, das man dem LKA zur Verfügung gestellt hatte. Mario saß am Schreibtisch und tippte die Tastatur seines Notebooks. In Kürze tauschten sie sich über die Ergebnisse der vergangenen Nacht aus. Caspari studierte gründlich Marios Fotos vom Tatort und überflog den Bericht von Doktor Richter. Dann ging er mit Tina und Mario zum Besprechungsraum, in dem bereits Bertram, Jungmann und sechs weitere Beamte saßen, deren Gesichter Caspari vom Tatort kannte. Am Kopfende war neben Bertram ein Platz frei. Als er sich dorthin setzte, begegnete er dem ablehnenden Blick Jungmanns mit desinteressierter Miene.

»Zunächst tragen wir zusammen, was wir an Erkenntnissen im Mordfall Hoffmann bisher gesammelt haben«, begann Caspari, nachdem Bertram ihn und sein Team den anderen Beamten noch einmal vorgestellt hatte. »Dann werden die Kollegen Hergenrath, Bartoldi und ich Sie über alle Details der Mordserie informieren. Der Bericht des Gerichtsmediziners beschreibt folgenden Tathergang: Doktor Hoffmann wurde Donnerstagabend überwältigt und mit Chloroform narkotisiert. Danach hat der Täter ihn in den Hexenturm geschleppt und dort auf den Nagelstuhl gesetzt und gefesselt. Nachdem er seinem Opfer mit einer Spritze ein Medikament verabreichte, das das Aufwachen beschleunigt, hat er Doktor Hoffmann hingerichtet. Der genaue Hergang ist wie folgt: Der Täter benutzte eine Gavotte, an deren Enden wahrscheinlich Knebel angebracht sind. Er legte die Drahtschnur von vorn um sein Opfer und zog dann mit großer Kraft zu. Wir vermuten, dass er das tat, damit er dem Opfer ins Gesicht sehen und ihn beim Todeskampf beobachten konnte. Der Tod trat durch einen Blutstau im Kopf ein. Anschließend amputierte der Täter zuerst Daumen, Zeige- und Mittelfinger der rechten Hand und dann die Zunge. Diese Körperteile nagelte er an den Stuhl. Der Todeszeitpunkt liegt laut Doktor Richter im Zeitraum zwischen vierundzwanzig Uhr und drei Uhr morgens. Was hat die Spurensicherung gefunden?«

Ein blass wirkender Mann mit schmalem Gesicht und grauem Haar meldete sich zu Wort. »Wir haben nichts Verwertbares gefunden. Kein Haar, keine Hautfetzen, keine

Kleidungsfasern; Fingerabdrücke haben wir jeden Menge. An dem Eingang, am Geländer und an den Geräten finden sich so viele, dass wir sie nicht auswerten können. Jeder Besucher der historischen Stadtführung hat da etwas angefasst. Am Opfer selbst oder an seiner Kleidung war allerdings nichts zu finden. Einfach nichts! Man kann fast den Eindruck bekommen, der Täter sei mit einer Seelenruhe am Werk gewesen. An kriminaltechnisch nachweisbaren Spuren gab es nichts. Das Haus des Ermordeten bringt auf den ersten Blick auch keine neuen Erkenntnisse. Nichts weist darauf hin, dass Doktor Hoffmann hier überwältigt wurde.«

Der Mann wirkte nach seinem Bericht noch blasser, als wolle er damit seine Enttäuschung zum Ausdruck bringen.

Caspari goss sich einen Kaffee ein und trank in stoischer Ruhe. Er hatte nichts anderes erwartet.

»Vielen Dank. – Mario, bitte berichten Sie von den Untersuchungsergebnissen bezüglich des Folterstuhles.«

Mario wirkte auf eine Weise seriös, die man ihm auf den ersten Blick nicht zugetraut hätte.

»Zunächst die Details über den Stuhl: Der stammt aus dem sechzehnten Jahrhundert und ist für sein Alter sehr gut erhalten. Die Lederbänder, mit denen der Delinquent an der Brust, den Unterarmen und den Beinen fixiert wurde, sind vor ein paar Jahren erneuert worden. Deshalb finden sich nur das Blut und die Hautpartikel von Doktor Hoffmann an den Bändern, die die Handgelenke fixierten. Die Breite der Bänder passt im übrigen zu den Blutergüssen am Körper des Opfers. Das heißt, er war bei seiner Ermordung bei vollem Bewusstsein. Doktor Hoffmann hat sich in seinem Todeskampf gegen die Fixierbänder gestemmt. Dafür spricht auch die hohe Konzentration von Adrenalin im Blut des Verstorbenen. Die Abdrücke der Stachel auf der Leiche sind gleichmäßig tief. Doktor Richter geht deshalb davon aus, dass Doktor Hoffmann ohne Bewusstsein war, als ihn der Täter auf den Stuhl gesetzt hat. Die einzigen Spuren, die am Stuhl sichergestellt werden konnten, sind die des Opfers. Vom Täter fehlt im wahrsten Sinne des Wortes jede Spur.«

Caspari, der den Bericht bereits aus dem Vorgespräch kannte, hatte während Marios Vortrag am Fenster gestanden und auf den Parkplatz vor dem Polizeirevier die wachsende Schar der Pressevertreter betrachtet. Er drehte sich herum, dankte Mario und übergab Tina das Wort.

»Das ist nunmehr der vierte Mord dieser Serie. Alles begann vor sechs Wochen. Direkt nach Ende der Schulferien verschwand Professor Kleinert, ein langjähriger Chirurg und Dozent an der Frankfurter Universitätsklinik, plötzlich spurlos. Er machte an diesem wie an jedem Abend vor dem Schlafengehen einen letzten Spaziergang mit dem Hund. Als er nach zwei Stunden nicht wiederkehrte, alarmierte seine Frau die Polizei. Am kommenden Morgen fand eine Joggerin die Leiche von Professor Kleinert, an einen Baumstamm stehend angebunden. Man hatte ihn mit der Gavotte erdrosselt, den Daumen, den Zeige- und den Mittelfinger und die Zunge abgetrennt. Die Amputate waren in Kopfhöhe an den Stamm genagelt. Bezeichnend für die Verstümmelungen ist die saubere, fachmännische Ausführung.«

Tina zog aus ihrer Tasche ein Futteral heraus. Bedächtig öffnete sie es und ließ ein Messer herausgleiten, das sie auf den Tisch legte. Mit der Spur eines Grinsens kommentierte sie die starren Gesichter der Kollegen.

»Der Täter hat dafür ein Amputationsmesser wie dieses hier benutzt. Klingenlänge fünfzehn bis zwanzig Zentimeter, Klinge und Griff sind aus Edelstahl. Es ist rasiermesserscharf und durchtrennt kleinere Knochen wie die der Finger wie Butter. Es kann beliebig oft abgekocht werden, so dass keinerlei genetisches Material außer dem des jeweiligen Opfers an den Wunden zu finden ist.«

Jungmann nahm sich als erster das Amputationsmesser und betrachtete es eingehend. Respektvoll pfiff er durch die Zähne, bevor er es weitergab.

»Zwei Wochen später verschwand Professor Münch«, fuhr Tina fort, »seines Zeichens Chefarzt der Pädiatrie am Stadtkrankenhaus Hanau, auf die gleiche Weise. Bauarbeiter fanden seine Leiche. Er war an einer Restmauer der alten

Kinzigbrücke in Hanau gebunden.«

Der blasse Kriminaltechniker sah Tina verständnislos an. Caspari musste sich ein Grinsen verkneifen. Die Dramaturgie ihres Berichtes war unüberbietbar.

Der Täter hat Bergsteigerhaken in ein Reststück der Brückenmauer eingeschlagen und sein Opfer an den Hand- und Fußgelenken darangefesselt. Professor Münch wurde auf dieselbe Weise entführt, getötet und verstümmelt wie Professor Kleinert. Auch hier hinterließ er am Tatort keine verwertbaren Spuren. Wiederum zwei Wochen später starb Professor Hagen vom Universitätsklinikum Gießen. Er war als Chefarzt und Dozent der Urologie tätig. Am Tag nach seinem Verschwinden fand man ihn im Wald nahe seinem Wohnort Rauschholdshausen im Marburger Land. Er war ebenfalls an einen Baum gebunden. Der Tathergang ist mit den ersten beiden identisch.«

Tina gab Mario einen Wink, der darauf die Jalousien herunterließ und den Videobeamer anschaltete.

Starr blicken die Beamten auf die Bilder der Tatorte. Caspari brauchte nicht mehr hinzusehen. Er trug die Bilder in seinem Kopf. Sie verfolgten ihn. Der Anblick der malträtierten Körper war ein stummer, anklagender Schrei, der ihn in seinen Träumen verfolgte.

»Wie Sie sehen können, hat der Täter vor jedes seiner Opfer einen Stapel Holz aufgeschichtet«, erläuterte Tina. »Dabei zog er Handwerkerhandschuhe an. Die sind in jedem Baumarkt erhältlich und werden tausendfach verkauft, so dass wir die Suche nach Käufern sehr schnell abgebrochen haben. Selbst bei den Fußspuren ist er uns voraus: Er hinterlässt keine. Auf der Baustelle ging er über die ausgelegten Bohlen, und die Waldwege, die er benutzte, sind geschottert. Außerdem sind es beliebte Wege für Jogger und Walker. Es wimmelt dort nur so von Fußspuren. Reifenspuren sind auch nicht auf den Waldwegen zu finden. Wenn man versucht, den Tathergang zu rekonstruieren, heißt das im Klartext: Unser Mann stellt seinen Wagen auf einem geteerten Parkplatz am Waldrand ab, hebt sein betäubtes Opfer aus dem Kofferraum und trägt es wie einen Zementsack zur Hinrichtungsstätte.«

Caspari nickte Mario zu, der den Beamer ausschaltete und das Tageslicht wieder hereinließ.

»Meine Herren«, schaltete er sich wieder in das Gespräch ein, »wie Sie sehen, haben wir es hier mit einem kühl planenden und präzise agierenden Täter zu tun, der obendrein noch sehr durchtrainiert sein muss, damit er seine Opfer blitzschnell und unauffällig überwältigen und betäuben kann. Man braucht viel Kraft und Ausdauer, sich einen ausgewachsenen Mann über die Schultern zu legen und ein- bis zweihundert Meter durch den Wald zu schleppen.«

»Woher hat er das Holz?« wollte Bertram wissen.

»Wir fanden kleine Holzstücke an der Kleidung der Opfer«, antwortete Mario. »Wir gehen davon aus, dass die Opfer im Kofferraum transportiert wurden, in dem unser Mann auch das Holz bereitgelegt hat.«

»Haben sie keine Faserspuren vom Filzboden des Kofferraums?« fragte der blasse Kriminaltechniker neugierig.

»Nein, nur von einer handelsüblichen groben Wolldecke, wie sie auch das rote Kreuz benutzt. Die Faserspuren fanden sich auch am Holz. Der Täter hat den Kofferraum wahrscheinlich damit ausgelegt, bevor er das Holz und sein Opfer darauflegte.«

Caspari warf einen Seitenblick zu Jungmann, der nachdenklich von seinen Notizen aufblickte.

»Abgesehen davon, dass Doktor Hoffmann auf die gleiche Weise verstümmelt und ermordet wurde, passen die Vorgehensweise und der Hexenturm nicht zu den vorhergehenden Fällen. Wer sagt uns, dass wir es hier nicht mit einem Trittbrettfahrer zu tun haben?«

»Die Frage ist berechtigt«, stimmte Caspari zu. »Ich habe gestern abend noch lange über diesen Punkt nachgedacht. Betrachten wir die Taten allerdings als Ritualmorde, dann sprechen die Details dafür, dass wir es hier wieder mit dem ›Chirurgen‹ zu tun haben. Der Mörder legt Wert darauf, dass seine Opfer ihre Ermordung bei vollem Bewusstsein erleben. Außerdem will er sie öffentlich zur Schau stellen, ähnlich den

Hinrichtungen im Mittelalter. Deshalb plaziert er sie an Lauf- und Wanderwegen oder auf einer Großbaustelle. Hier kann er seine Tat nachts ungestört arrangieren, ohne dabei entdeckt zu werden. Außerdem kann er sich sicher sein, dass die Leiche am kommenden Tag gefunden wird. Das gleiche gilt auch für den Hexenturm. Die historischen Führungen finden an jedem Wochenende statt. Die Leiche Doktor Hoffmanns musste also sehr zeitnah entdeckt werden. Außerdem will uns der Chirurg mit der Weise, wie er seine Morde inszeniert, etwas sagen. Für ihn haben seine Opfer etwas Dämonisches. Von den Hexen glaubte man, sie stünden mit dem Teufel im Bund. Deshalb wurden sie so lange gefoltert, bis sie ihre vermeintlichen Taten gestanden. Anschließend kamen sie auf dem Markplatz auf den Scheiterhaufen. Dort wurden sie coram publico verbrannt.«

Caspari fing einen missbilligenden Blick Jungmanns auf. Manchmal bemerkte er erst zu spät, dass seine Sprache elitär auf andere wirkte.

»Ich meine, alle sollten sehen, was mit jenen geschieht, die sich mit dem Teufel einlassen. Das war Mahnung und Unterhaltung zugleich. Den Bezug zur Hexenverfolgung stellt unser Mann durch den symbolischen Scheiterhaufen in den drei ersten Fällen her. In dem aktuellen Fall ist der Bezug durch den Hexenturm und den Tod im Folterstuhl offensichtlich. Das heißt, der Täter hat die örtlichen Gegebenheiten kreativ genutzt, um uns seine Botschaft zu übermitteln. Entweder auf alle Vertreter des Ärztestandes oder speziell auf die Ermordeten hat er einen großen Hass. Den kanalisiert er durch seine Hinrichtungen, mit denen er die Betroffenen vernichtet. Er will uns gleichzeitig vor Augen führen, dass sie mit dem Teufel im Bunde sind.«

»Mit wem haben wir es deiner Einschätzung nach zu tun?« fragte Jungmann weiter.

»Mit einem sportlichen, dreißig bis fünfunddreißig Jahre alten Mann deutscher Abstammung. In seiner Kindheit hat er vermutlich eine schlimme Erfahrung mit einem Vertreter der Ärzteschaft gemacht, vielleicht ist Missbrauch im Spiel gewesen. Das Herausschneiden der Zunge und das Abtrennen der Finger könnten darauf hindeuten. Jedenfalls sieht er sich als ein Opfer. Die Ärzte hält er für eine Bedrohung. Wahrscheinlich glaubt er, sie missbrauchen ihre Fähigkeit zu heilen. Sie führen die Menschen an der Nase herum: Sie gaukeln den Menschen vor, sie meinten es gut mit ihnen, aber in Wirklichkeit planen sie den Untergang des Patienten. Er muss sie öffentlich bloßstellen und hinrichten. So in etwa könnte sein Weltbild aussehen. Mit den Verstümmelungen will er sie nicht bestrafen, sonst würde er damit vor der Erdrosselung anfangen. Offensichtlich will er sie damit demütigen. Mehr kann ich dazu im Moment noch nicht sagen, nur noch so viel: Er ist intelligent und gebildet. Sein Verstand und seine körperliche Kraft gebraucht er als Waffen. Er ist zutiefst seelisch gestört. Seine Morde plant und führt er mit einer derartigen emotionalen Distanz aus, wie wir uns das nicht vorstellen können. Diese Eigenschaften machen ihn extrem gefährlich.«

»Was wisst ihr über die Beziehungen der Opfer zueinander?« wollte Bertram wissen.

»Bisher haben wir noch keine gefunden«, antwortete Caspari frustriert. »Kleinert, Münch und Hagen waren in der Forschung tätig, hatten einen Lehrstuhl inne; Kleinert und Münch in Frankfurt und Hagen in Gießen. Zudem waren sie in den jeweiligen Kliniken behandelnde Ärzte. Alle drei haben an unterschiedlichen Universitäten studiert, haben sich in unterschiedlichen Fächern spezialisiert. Die Kollegen aus Frankfurt, Hanau und Gießen durchforsten seit zwei Wochen die Patientenakten. Das gleiche gilt für Mainz, Heidelberg und Marburg. An den dortigen Kliniken haben die drei früher gearbeitet. Die Akten der vergangenen fünfzehn Jahren ergaben keinerlei Übereinstimmungen. Wir haben die Kollegen trotzdem gebeten, weiterzusuchen. Viel verspreche ich mir davon allerdings nicht, bestenfalls ein Zufallstreffer.«

»Der Täter muss doch mit dem Umfeld von Universitätskliniken Kontakt haben oder selbst daraus kommen. Ganz willkürlich wird er sich ja nicht genau diese Ärzte ausgewählt haben«, schaltete sich Jungmann ein. »Habt ihr schon in dieser Richtung gesucht?«

Caspari war einmal mehr vom messerscharfen Verstand seines ehemaligen Partners beeindruckt.

»Wir durchleuchten jeden Mitarbeiter der Kliniken, vom Oberarzt bis zur Putzfrau. Das sind allerdings mehrere hundert Personen.«

»Was ist mit den Pharmavertretern?« hakte Jungmann nach.

»Auch diese Berufsgruppe wird überprüft. Für die gilt allerdings das gleiche wie für das medizinische Personal«, gab Caspari zu bedenken. »Doch mit der Ermordung von Doktor Hoffmann hat uns der Chirurg einen Gefallen getan. Der alte Herr hat seit einigen Jahren nicht mehr praktiziert. Er war nicht in der Forschung tätig, hat nie doziert und arbeitete nur von 1955 bis 1961 im Kreiskrankenhaus Gelnhausen, bevor er seine eigene Praxis als Allgemeinmediziner eröffnete. Der Täter könnte also aus dem Altkreis Gelnhausen kommen, sonst ist es eher unwahrscheinlich, dass er sein Opfer gekannt hat. Dafür spricht außerdem seine genaue Ortskenntnis. Nur wenige außerhalb des Kinzigtals wissen über die regelmäßigen historischen Altstadtführungen und kennen den Hexenturm und sein Inventar. So wie es aussieht, hat der Chirurg zum ersten Mal einen Fehler gemacht. Der Löwe hat seine Beute zu nahe vor seiner Höhle gerissen. Das ist unsere Chance, ihm auf die Schliche zu kommen. Ich möchte deshalb, dass Sie über diese Einschätzung vorerst außerhalb unseres Kreises Stillschweigen bewahren. Wir warten zunächst erst einmal ab, ob Hinweise aus der Bevölkerung kommen. Vielleicht hat ja doch jemand etwas gesehen, das uns weiterbringt. Der Chirurg wird nicht ewig ein Phantom bleiben können.«

Bertram tippte auf seine Armbanduhr. »Wir müssen zur Aufgabenverteilung kommen, die Presse und das Fernsehen warten schon.«

Ohne Hast verabredeten sie, wer die Patientenkartei Hoffmanns durchforsten solle. Jungmann übernahm die

Leitung der Befragung aller Personen aus dem Umfeld des Ermordeten. Als Caspari sich zum Gehen erhob, hielt Tina ihn zurück.

»Chef, ihre Krawatte!«

Irritiert blicke er sie an.

»Sie sitzt schief. So wollen Sie doch nicht auf den Pressefotos erscheinen, oder?«

Mario grinste, während Tina Casparis Knoten richtete.

Plötzlich wurde ihm ganz heiß. »O Gott, ich habe ja ganz vergessen, Ihnen beiden ein Quartier zu besorgen. Sie sind doch nicht letzte Nacht noch zurück nach Wiesbaden gefahren?« fragte Caspari schuldbewusst.

»Keine Sorge, Patrone!« erwiderte Mario. »Die Kollegen haben uns zu einem netten Motel gebracht.«

»Herrje, als Teamleiter bin ich ein Versager!«

»Chef, wir sind schon ganz groß und können auch schon ganz toll für uns selbst sorgen«, gab Tina ironisch zurück.

»Darf ich Sie dann wenigsten heute zum Abendessen auf unseren Hof einladen?«

»Nichts lieber als das«, meinte Tina. »Aber wir sind sozusagen in Familienangelegenheiten unterwegs. Eine der vielen Tanten Marios feiert Geburtstag. Das ist Pflichtveranstaltung. La famiglia, comprende?«

Tina schürzte die Lippen und zog die Augenbraue nach oben. Caspari musste lachen.

Bertram drängte zur Eile. Man tat sich keinen Gefallen, die Presse warten zu lassen.

Caspari fühlte sich unwohl, als er die vielen Fernsehkameras im improvisierten Pressezimmer entdeckte. Die Mordserie war mittlerweile über die Grenzen Hessens hinaus auf großes öffentliches Interesse gestoßen. Eine Stunde lang ließen er, Jungmann und Bertram die Fragen über sich ergehen. Warum sie den Serienkiller noch nicht gefasst hätten, ob es keine heiße Spur gebe, welche Verbindung zwischen den Opfern bestände, und wann mit einem Fahndungserfolg zu rechnen sei. Gegen ein Uhr war die Konferenz beendet. Caspari verabschiedete sich knapp und fuhr mit einem Umweg über die Wächtersbacher Eisdiele nach Hause. Lukas musste für die Geduld, die er für seinen Vater aufbrachte, belohnt werden. – – –

Inge brauchte Ruhe. Der Kleine war heute sehr aufgewühlt. Es hatte sie viel Kraft gekostet, ihn zu beruhigen. Er durfte ihre Mission nicht stören, sie nicht abhalten von ihrer Jagd. Wenn sie ihn nicht im Zaum hielt, konnte sie die Dämonen nicht beobachten, konnte ihren Tod nicht vorbereiten. Jetzt war er endlich still. Zusammengekauert lag er da und schlief.

Sie atmete tief durch. Leise ging sie zum Sekretär. Aus einem der Fächer zog sie eine Mappe. Sie betrachtete die Digitalfotos des jungen Dämons, den sie aufgespürt hatte. Ihr Bedürfnis nach Entspannung war plötzlich verflogen. Sie spürte eine Hitze in sich aufsteigen, als sie sich das arrogante Gesicht ansah. So selbstgefällig war er, so unerschüttert im Glauben an seine eigene Macht, dass er gar nicht merkte, wie hauchdünn der Lebensfaden war, an dem er hing. Sie würde seine Macht brechen! Sie würde ihm ins Gesicht sehen, wenn er verzweifelt nach Luft röchelte! Sie würde ihm die Symbole seiner Macht abschneiden! Ihre Nackenhaare stellten sich auf und ein Schauer schüttelte sie.

Mühsam riss sie sich von den Fotos los. Sie durfte nichts überstürzen. Jeder Fehler gefährdete ihren heiligen Auftrag. Es war noch zu früh. Sie brauchte mehr Zeit, um seine Gewohnheiten, seine täglichen Rituale zu verstehen. Dann erst dürfte sie sich an ihn heranschleichen und ihn töten. Sie musste jetzt die Gier wieder in den Griff bekommen, musste sich ablenken.

Unruhig ging sie im Zimmer auf und ab. Ohne Genuss nippte sie an ihrem Wein. Mit jedem Mal wurde es schlimmer, die Zeit vom Beobachten bis zum Zuschlagen herumzubekommen. Lustlos schaltete sie den Fernseher ein. Die Nachrichten liefen. Inge wollte gerade in einen anderen Sender wechseln, als ein Bericht über ihre Jagd auf dem Bildschirm erschien. Endlich war das Fernsehen auf sie aufmerksam geworden! Jetzt konnten alle ihre Botschaft sehen und verstehen!

Eine tiefe Stimme aus dem Fernsehen ließ unbarmherzig diese Traumblase platzen. Der Mann, dem die Stimme gehörte, überragte die anderen. Seine breiten Schultern und seine wuchtige Erscheinung ließen sich mit dem Jackett nur mühsam verbergen. Er sprach von einem Täter mit schwersten psychischen Störungen. Inge ballte die Fäuste und schrie auf. Die frisch verheilte Narbe an ihrer Hand öffnete sich wieder und ließ dem Blut freie Bahn. Der Hüne im Fernsehen sprach von ihrem tief sitzenden Hass gegen die Ärzte. Wie recht er damit hatte! Als er den Serientäter beschrieb, musste Inge lachen. Ein gut durchtrainierter, gebildeter Mann zwischen dreißig und fünfunddreißig, alleinlebend, etwas zurückgezogen und im Alltag unauffällig. Inge grinste. Dieser Polizist hielt sie für einen Mann. Niemand kam auf die Idee, dass eine Frau dazu in der Lage sein könnte. Das war ihr Vorteil. Niemand würde einer Frau Beachtung schenken, die an Orten auftauchte, an denen man sie sonst noch nie gesehen hatte.

Inges anfänglicher Zorn wich einem Gefühl der Überlegenheit. Sie konnte ihre Jagd fortsetzen. Dieser Polizist war schlau, aber mit seinen Vermutungen steckte er in einer Sackgasse. Trotzdem durfte sie ihn nicht unterschätzen. So groß und breit er war, so gefährlich konnte er ihr werden. Irgendwann könnte er hinter ihr Geheimnis kommen, das sich wie dichter Nebel um sie ausbreitete. Sie musste noch vorsichtiger sein als bisher. Inge war froh, dass sie ihren Jäger kannte. Sie hatte plötzlich bei ihrer Jagd einen großen Spürhund hinter sich und war nun selbst zur Gejagten geworden. Im Grunde genommen war Inge dankbar um dieses Wissen. Sie war jetzt gewarnt! – – –

»Welchen Sinn hat Leiden?«

Clara leitete ihre Predigt mit der zentralen Frage im Buch Hiob ein. Nach den Erlebnissen der vergangenen beiden Tage hatte sie es für göttliche Fügung gehalten, dass für diesen Sonntag ausgerechnet eine Textstelle aus diesem Buch innerhalb des Alten Testaments auszulegen war. Nach den Eindrücken im Altenpflegeheim hatten sich Claras theoretische Gedanken mit Leben gefüllt. Mit dem Gefühl, lebensnah zu predigen, stand sie auf der mit reichen Schnitzereien versehenen Kanzel und blickte über die Gottesdienstbesucher im Kirchenschiff der Marienkirche.

»Hiob leidet! Er verliert Hab und Gut, Familie und Gesundheit. Seine Freunde besuchen ihn und suchen den Grund für dieses Elend in Hiobs Verhalten gegenüber Gott. Am Ende des Buches greift Gott selbst in das Gespräch ein und bestätigt Hiob als einen Gerechten, der bisher ein gottgefälliges Leben geführt hat. Der Suche nach dem Sinn des Leidens erteilt Gott eine Absage. Er, der Schöpfer, hat Wege und Gedanken, die für die Menschen nicht verstehbar sind.«

Als wollte der Himmel ihre Worte bestätigen, zogen dunkle Wolken vor die Sonne. Im Inneren der romanisch-gotischen Kirche färbte sich das Licht in ein meditatives Grau, in dem sich zwei hellrote Farbtupfer abhoben. Clara musste einen Blick auf ihr Konzept werfen, um nicht ins Stocken zu geraten. Als sie wieder aufsah, suchte sie nach diesen Farbtupfern. Doch die Wolken hatten sich verzogen, und das altehrwürdige Kirchenschiff bot im Licht, das durch die spitzbögigen Kirchenfenster fiel, ein farbenfrohes Bild. In der Menge der Gottesdienstbesucher war das Hellrot nicht mehr auszumachen.

»Das Hiobbuch fragt auch uns heute: *›Wer seid Ihr, dass Ihr nach Erklärungen für Schicksalsschläge sucht? Und wenn Ihr keine findet, meint Ihr, nicht mehr an Gott glauben zu können? Verhebt Euch nicht mit dem, was Ihr von Eurem Verstand erwartet, mit dem, was Ihr ihm zutraut.‹* Zu behaupten, es gebe keinen Gott, weil man mit den Möglichkeiten seines Verstandes Leid nicht erklären kann – das ist eine Position, die zumeist außenstehenden Betrachtern zu eigen ist. So fragen diejenigen, die es selbst nicht betrifft. Die Menschen aber, die selbst die Erfahrung von Leid und Not durchmachen, werfen sich mit ihrer ganzen Existenz in Gottes Arme. Für sie gibt es nicht die Frage, ob Gott tatsächlich angesichts ihres Leides existiert. Für sie gibt es die Klage an seine Adresse und den Glaube daran, dass er ihnen in ihren schwersten Stunden beisteht und ihnen hilft.«

Da war dieses Hellrot wieder. Sie hatte es wieder entdeckt. In einer der hinteren Kirchenbänke saß Caspari. Er hatte seinen Arm um die Schultern eines Jungen gelegt, dessen Haarfarbe mit seiner identisch war. Dieses Kind war unverkennbar seines. Der Junge lehnte an seinen Vater und blätterte in einem Bilderbuch.

»Wir sollen klagen, unseren Schmerz auch vor Gott herausschreien. Das ist unser gutes Recht als seine Geschöpfe. Aber es ist vermessen, Gott aufzugeben, weil man nicht versteht. Wir sind vielmehr eingeladen, uns an das zu halten, was wir kennen und was uns tröstet: seine Liebe. Wir können, ja, wir sollen uns mit all dem, was uns kränkt und verletzt, was uns zu Boden wirft und nicht mehr hochkommen lässt – wir können mit allem zu ihm kommen und seine Liebe erfahren durch die Nähe einfühlsamer Mitmenschen und durch das Gebet.«

Clara schloss die Predigt und blickte auf dem Weg zu ihrem Sitzplatz noch einmal in Casparis Richtung. Sie stimmte mit der Gemeinde in das Lied ›Befiehl Du deine Wege‹ ein. Obwohl der Text ihre Predigt abrundete, konnte sie sich nicht so recht darauf konzentrieren; sie sang mechanisch. Claras Gedanken gingen immer wieder zu Caspari, so sehr sie sich das verbat. So einem schüchternen Menschen hätte sie gar nicht zugetraut, verheiratet zu sein. Wie wohl seine Frau aussehen mochte? Clara war von ihrem eigenen Interesse am Leben dieses Mannes irritiert.

Als das Orgelausgangsstück verklungen war, erhob sie sich und ging mit leicht gesenktem Haupt zum Ausgang. Der Küster öffnete das schwere Holztor. Eine frische Herbstbrise blähte ihren Talar und ließ die Enden ihrer Stola flattern. Clara verabschiedete die Gottesdienstbesucher.

Dekan Kern blickte sie väterlich wohlwollend an. »Manche Erfahrungen muss man wohl machen, damit man so überzeugend über dieses Thema predigen kann. Gut gepredigt, Frau Frank! Wie ich gehört habe, waren sie im Einsatz bei dem Mordfall vorgestern. Solche Notfälle gehen an die Substanz. Sie sollten morgen einmal richtig ausspannen. Zu viel Arbeit hat noch keinem gut getan.«

Clara fühlte sich ertappt. Seit sie ihre Pfarrstelle angetreten hatte, war sie völlig in ihre Arbeit eingetaucht. Außer dem Sport zum Ausgleich gab es für sie seit den letzten zwei Monaten nichts als ihr Pfarramt. Ihr Vorgesetzter hatte recht: Sie musste mehr auf sich achten.

Als sie sich dem nächsten Gottesdienstbesucher zuwenden wollte, blickte Clara in zwei große, fröhliche Kinderaugen, die zu ihr aufsahen. Der Junge, dem sie gehörten, stand vor Caspari. Er gab ihr die Hand, rief schnell ein »Tschüss!« und sprang mit einem großen Satz alle Treppenstufen hinunter in den Hof.

Clara wandte sich zu Caspari. Ihr Blick fiel auf seine Hände. An keinem der großen Finger war ein Ring zu sehen.

»Ich wusste gar nicht, dass sie ein Gemeindeglied sind …«

Caspari schüttelte den Kopf. »Ich gehöre zur Gemeinde Waldensberg. Wir sind heute in Gelnhausen, weil Lukas hier mit seiner Mutter verabredet ist.«

Clara wunderte sich über die Erleichterung, die sie empfand – Caspari lebte getrennt.

»Gehen sie öfter in den Gottesdienst?«

»Gelegentlich schon. In meinem Beruf sehe ich viele menschliche Abgründe. Ich stehe dem Bösen in verschiedener Gestalt gegenüber. Man kann diese Erlebnisse und Bilder zur Seite drängen und sich in das heile Familienleben auf dem Land flüchten. Das mache ich genauso wie viele andere Kollegen. Aber darüber hinaus will ich dieses Leid auf Seiten der Opfer wie der Täter in einen größeren Zusammenhang gestellt sehen. Deshalb gehe ich von Zeit zu Zeit in die Kirche.«

»Die Musik ist also nicht ihre einzige Tankstelle für die Seele?«

»Nein, sicher nicht. Aber auch da steckt ja viel christlicher Glaube drin. Denken sie nur allein an Bach oder Händel. Oder an das gewaltige Requiem von Verdi.«

Lukas meldete sich und drängte zum Fortgehen. »Papa, komm jetzt!«

Clara sah Caspari grinsen. Seine Augen strahlten, als er zu

dem Jungen blickte. Die Vaterliebe dieses Mannes berührte sie auf eine ganz eigentümliche Weise.

»Ihre Predigt hat mir gut gefallen.« Caspari reichte ihr die Hand.

Sie wollte etwas antworten, doch seine Schüchternheit schien sich plötzlich auf sie übertragen zu haben. »Gesegneten Sonntag«, erwiderte sie und fügte lächelnd hinzu, »Sie müssen mir bei Gelegenheit sagen, welche Cello-Suite wir vorgestern abend gehört haben.«

»Gern!« Er nickte ihr noch einmal zu. Clara blickte ihm hinterher, wie er mit weit ausholendenden Schritten versuchte, seinen Sohn zu erreichen. – – –

»Es ist die Nadel im Heuhaufen, die wir suchen!«

Mario rieb seinen steifen Nacken. Tina blickte von Doktor Hoffmanns Patientenakten auf und gähnte herzhaft. Caspari brachte frisch gebrühten Kaffee und setzte sich. Den gesamten Montagvormittag durchforsteten sie bereits die Aufzeichnungen des Ermordeten. Bisher hatten sie noch nichts Auffälliges finden können.

Caspari sah sich die letzte Akte seines Stapels an, legte sie zur Seite und notierte Name und Adresse des Patienten.

»Wir machen jetzt erst einmal Mittagspause. Die Kollegen, die schon gegessen haben, geben währenddessen die Namen in den Computer ein. Die ersten Daten aus Frankfurt, Hanau und Gießen kamen heute früh als Mail an. Das Programm wird nach Gemeinsamkeiten suchen. Vielleicht stoßen wir auf etwas!«

Caspari hielt es selbst eher für unwahrscheinlich. Aber sie mussten jede Möglichkeit wahrnehmen.

Hungrig fuhren sie zu dem kleinen italienischen Restaurant ›Sale e Pepe‹, in dem es nur drei Tische gab. Es lag am Ende der Langgasse, dort, wo sie in den Untermarkt einmündet. Einer der Inhaber, ein untersetzter junger Mann mit fröhlichen Augen, empfing sie. Nachdem sie bestellt hatten, blickte Caspari nachdenklich aus dem Fenster. Ein kleiner Junge lief fröhlich an der Hand seiner Mutter an ihrem Fenster vorbei. Caspari betrachtete die beiden, dann atmete er tief durch.

So unbeschwert würde Lukas wohl nie mehr mit seiner Mutter durch die Gelnhäuser Altstadt schlendern. Wie ein dunkler Schatten hingen die Ereignisse aus der Vergangenheit über jedem Treffen mit ihr.

Tina riss ihn aus seinen trüben Gedanken. »Was machen wir, wenn wir keine Schnittstelle zwischen den Opfern finden? In keiner der Akten war ein Hinweis auf eine Überweisung an Kleinert, Münch oder Hagen zu finden. Keiner der drei hat einen Patienten von Hoffmann behandelt.«

»Ich habe mir gestern abend noch einmal die Akten angesehen. Seither bin ich mir sicher, dass unser Mann mit der Ermordung Hoffmanns nicht nur einen, sondern zwei entscheidende Fehler gemacht hat«, antwortete Caspari ruhig. Er war froh, dass Tina seine Gedanken wieder auf den Fall gelenkt hatte. »Denn mit der Ermordung Hoffmanns hat der Täter gezeigt, dass er seine Opfer nicht zufällig auswählt. Hoffmann praktizierte seit Jahren nicht mehr. Er fällt somit aus dem bisherigen Opferschema des ›Chirurgen‹ heraus. Warum ausgerechnet Hoffmann nach Kleinert, Münch und Hagen? Diese Frage hat eine enorme Bedeutung! Etwas ist ihnen gemeinsam, ein winziges Puzzleteil. Das müssen wir finden! Über den anderen Fehler haben wir schon gesprochen. Der Chirurg hat zu nahe vor seiner eigenen Haustür zugeschlagen. Ich glaube, er ist so berauscht von seinem Erfolg, dass er unvorsichtig wird. Selbst wenn wir die Übereinstimmungen zwischen den Opfern nicht entdecken sollten, liegt hier unsere große Chance.«

»Meinen Sie, wir kriegen ihn, bevor er wieder zuschlägt?« fragte Mario, während er mit der Gabel die Spaghetti aufdrehte.

»Ich wünsche mir nichts mehr als das! Allerdings befürchte ich, dass er noch einmal mordet, ehe wir ihn erwischen. Der Mann ist sehr intelligent. Auch wenn er sich neuerdings hier und da einen kleinen Fehler erlaubt, ist er nicht leicht zu greifen«, antwortete Caspari ernst. »Aber warten wir erst einmal auf die Computerauswertung. Vielleicht ergibt die ja doch etwas. Falls das nicht der Fall sein sollte, müssen wir doch die Katze aus dem Sack lassen.«

»Sie wollen den Druck auf ihn erhöhen?« fragte Tina überrascht.

Caspari nickte und weihte sie in seine Pläne ein, während sie heißen, starken Espresso tranken.

Als sie wieder zum Polizeirevier zurückkamen und über den Gang zu dem Büro gingen, das ihnen zur Verfügung gestellt worden war, hörte Caspari Bertrams Donnerstimme hinter sich: »Christoph, wir haben die Computerauswertung!«

Überrascht drehte er sich um. »Ich hatte nicht damit gerechnet, dass es so schnell geht. Und?« Sein Blick drängte Bertram zu einer Antwort.

»Nichts, rein gar nichts! Die sind sich nie über den Weg gelaufen. Gemeinsame Patienten gab es auch nicht.« Bertram wirkte frustriert.

Caspari war nicht sonderlich überrascht. Leicht war bisher noch keiner seiner Fälle zu lösen gewesen. »Ich hatte das schon befürchtet. Ist es möglich, in einer halben Stunde eine große Dienstbesprechung anzuberaumen?«

Bertram überlegte einen Moment. »Die Kollegen in zivil sind zur Zeit ausnahmslos im Haus. Die Streifenbeamten könnte ich zu großen Teilen in dieser Zeit ins Revier beordern. Was hast du vor?«

»Ich will den Killer verunsichern!« antwortete Caspari entschlossen.

Er trat in dieser Mordserie schon zu lang auf der Stelle. Die Zeit, die zwischen dem Zubettbringen von Lukas und seiner eigenen Nachtruhe lag, hatte er am Wochenende sich den Kopf darüber zermartert, wie er diesem Albtraum in menschlicher Gestalt Einhalt gebieten konnte. Falls er nicht dem System auf die Spur kommen würde, nach dem der Chirurg sein entsetzliches Ritual fortsetzte, musste er ihn in Panik versetzen. – – –

Inge musste sich verbergen. Es waren fremde Leute in der Nähe. Niemand durfte sie hier sehen. Kein Mensch vermutete sie an diesem Ort. Sie hatte den Jungen zu ihnen geschickt. Er sollte die Fremden von ihr ablenken. In seiner Gegenwart wurden die Menschen niemals argwöhnisch. Von ihm ging keine Gefahr aus, das spürten die Leute immer sofort. Er sollte die Fremden auf eine freundliche Art vertreiben, ohne ihr Misstrauen zu wecken.

Warum dauerte es diesmal nur so lange? Inge wollte näher heran, verbat sich aber gleich wieder diesen Drang. Sie durfte nichts tun, was sie verriet. Das würde ihre Mission in Gefahr bringen. Schleichend durchquerte sie immer wieder das dunkle Loch, das ihr als Versteck diente. Sie suchte nach Gedanken, die sie ablenkten. Erneut rief sie sich die Vorbereitungen für die nächste Jagd ins Gedächtnis. Der Dämon, auf den sie es jetzt abgesehen hatte, war schwerer zur Strecke zu bringen als die anderen. Er war jung und strahlte viel Energie aus. Es würde mehr Kraft und Geschicklichkeit erfordern, ihn zu betäuben. Auch einen passenden Baum hatte Inge für ihr Ritual noch nicht gefunden. Sie nahm sich vor, vertrauter mit ihrem neuen Jagdrevier zu werden. Mit diesem Vorsatz fiel sie in einen unruhigen Schlaf.

– – –

Caspari kam mit einer großen Flasche Mineralwasser in den Besprechungsraum. Die Tagliatelle Diavola hatten eine Feuerspur in seinem Rachen hinterlassen, die sich nicht so recht löschen lassen wollte. Mit einem großen Zug trank er das erste Glas aus. In den Gesichtern der Kollegen sah er gespannte Erwartung.

»Lassen Sie uns zusammentragen, was wir seit unserer letzten Sitzung ermitteln konnten«, begann er sachlich. »Wie weit bist du mit dem Umfeld Hoffmanns, Jürgen?«

Jungmann strich sich eine Strähne aus der Stirn, ehe er antwortete. »Ich habe alle Personen außer der Familie befragt, die Hoffmann in seinem Adressbuch verzeichnet hatte. Alle hielten Doktor Hoffmann übereinstimmend für einen Gutmenschen. Niemand konnte sich vorstellen, dass er Feinde hatte. Der alte Herr war sehr beliebt und wegen seines sozialen Engagements hoch geschätzt. In den letzten Jahren war er in einem Verein aktiv, der sich um die deutsch-polnische Versöhnung bemühte. Das kann etwas mit seinen Kriegserfahrungen zu tun haben. Als Jugendlicher war er in den letzten beiden Kriegsjahren bei der Kriegsmarine. Dabei kam er auch einige Male an die Ostfront. Er war so etwas wie ein Überlebenskünstler. Das war alles, was ich bisher in Erfahrung bringen konnte. Nichts davon scheint in Verbindung mit seiner Ermordung zu stehen. Ach ja, noch etwas: Alle Befragten haben für die Tatzeit ein Alibi.«

Caspari nickte Jungmann anerkennend zu. Dann erteilte er Tina das Wort.

»Die Patientenakten von Doktor Hoffmann bringen uns auch nicht weiter«, sagte sie nüchtern. »Darin lässt sich kein Hinweis auf einen problematischen Patienten oder eine dramatische Fehldiagnose finden. Wir konnten nichts finden, das sich für ein Motiv zu einer solchen Tat eignet.«

»Der Abgleich mit den Akten der anderen Opfer erbrachte auch keinerlei Übereinstimmung«, schaltete Bertram sich ein.

Jungmann meldete sich zu Wort. »Was macht dich eigentlich so sicher, dass wir es hier nicht doch mit einem Trittbrettfahrer zu tun haben? Hoffmann war immerhin schon einige Jahre nicht mehr im Geschäft.«

»Die Frage ist berechtigt«, antwortete Caspari. »Diese Einschätzung mache ich an einem wesentlichen Punkt fest: Allen vier Opfern wurden der Daumen, der Zeige- und der Mittelfinder der rechten Hand sowie die Zunge post mortem amputiert. Dieses Detail haben wir den Journalisten verschwiegen, um etwaige Nachahmungstaten von unserer Serie unterscheiden zu können. Es war in den Medien nur von Verstümmelungen der Leichen die Rede, nicht zuletzt auch aus Rücksicht gegenüber den Angehörigen. Ein Trittbrettfahrer kann also nicht über dieses detaillierte Wissen verfügen.«

Ein bubenhaft wirkender Beamter meldete sich. »Ich habe vorhin einen Anruf von den Marburger Kollegen bekommen. Dort hat sich ein Pärchen gemeldet, das in der Nacht, in der Hagen im Wald bei Rauschholdshausen ermordet wurde, etwas beobachtet hat.«

»Was hat ein Pärchen mitten in der Nacht im Wald zu tun?« unterbrach der blasse Kriminaltechniker.

»Mamma mia!« schaltete sich Mario ein. »Was machen Männlein und Weiblein wohl nachts im Wald? Amore natürlich!«

Alle brachen in ein schallendes Gelächter aus, während der Kriminaltechniker sichtlich irritiert mit den Schultern zuckte.

Nachdem wieder Ruhe eingekehrt war, fuhr der junge Beamte fort. »Die sind tatsächlich beim Liebesspiel gestört worden. Das Pärchen vergnügte sich auf einem Waldparkplatz im Auto, als eine Frau aus dem Wald kam, in einen Wagen einstieg und davonfuhr. Die beiden waren nur noch leicht bekleidet, weshalb sie sich schnell duckten, so dass die Frau sie wahrscheinlich nicht gesehen hat. Sie beschrieben sie als durchschnittlich große Frau mit schulterlangem Haar in einer Art dunklem Overall. Mehr konnten sie im Dunkeln nicht erkennen. Der Wagen, den sie fuhr, war ein silbermetallicfarbener Opel Zafira neueren Baujahres. Der Romeo ist Automechaniker bei einem Opelhändler, die Julia sitzt im selben Betrieb in der Buchhaltung. Deshalb waren die beiden sich bei der Beschreibung des Wagens sehr sicher.«

»Warum melden die sich erst jetzt?« brummte Bertram.

»Zum einen, weil ihnen die Situation hochnotpeinlich ist. Zum anderen, weil nach einem Mann gesucht wird«, antwortete der Beamte.

»Könnte es nicht auch ein Mann mit langen Haaren gewesen sein?« hakte Bertram nach.

»Das hat der Kollege in Marburg auch gefragt. Das Pärchen, so sagt er, habe aber von eindeutig weiblichen Konturen gesprochen«, antwortete der Angesprochene und ahmte mit den Händen einen großen Busen nach, womit er Gelächter erntete.

»Männer!« Tina rollte die Augen und stieß Mario, der herzhaft mitlachte, einen Ellenbogen in die Rippen. Auch Caspari konnte sich ein Schmunzeln nicht verkneifen.

Als wieder Ruhe eingekehrt war, ergriff Jungmann noch einmal das Wort. »Wenn diese Frau unser Täter ist, habt ihr die ganze Zeit in die falsche Richtung ermittelt!«

»Zunächst müssen wir erst einmal herausfinden, ob sie

überhaupt etwas mit der Mordserie zu tun hat«, konterte Caspari. »Es ist möglich, dass es für ihr Auftauchen auf dem Waldparkplatz eine völlig harmlose Erklärung gibt. Aber auffällig ist es schon, das gebe ich zu. In einem solchen Wagen ist jedenfalls genug Platz für einen betäubten Menschen und ein Bündel Holz. Ich halte trotzdem an einem Mann als Mörder fest. Diese Form von Morden, wie der ›Chirurg‹ sie praktiziert, ist typisch männlich. Weibliche Serientäter haben meist durch Giftmorde von sich reden gemacht. Frauen setzen keine körperliche Gewalt ein, um Menschen zu töten, ganz im Gegensatz zu Männern. Das Verstümmeln und Zerstückeln von Menschen ist bisher ausnahmslos eine männliche Domäne gewesen. Es ist allerdings gut möglich, dass unser Pärchen die Komplizin des Chirurgen beobachtet hat. Diese Variante ist durchaus vorstellbar. Das wäre kein Novum.«

Caspari spürte, wie seine Kehle nach seinem Vortrag wieder zu brennen begann. Warum war er nur ausgerechnet heute so experimentierfreudig beim Essen gewesen? Als er das nächste Glas Wasser wieder auf einen Zug trank, fühlte er, wie alle Blicke auf ihm ruhten. Jeder wollte wissen, wie die Ermittlungen nun weitergeführt werden sollten. Mit einem wesentlich angenehmeren Gefühl im Rachen fuhr er fort.

»Unsere Nachforschungen sind auf einem Stand, den ich vermutet hatte. Um weiterzukommen, müssen wir unseren Täter oder – wenn Sie so wollen – Bonnie und Clyde verunsichern. Wir legen ein schönes Feuer vor der Höhle des Löwen, lassen den Qualm hineinziehen und warten darauf, wie er oder wie die beiden reagieren.«

»Und wie stellen Sie sich das vor?« fragte der blasse Spurensucher.

»Wir gehen über die Medien an die Öffentlichkeit«, antwortete Caspari ruhig. »Wir fordern die Bevölkerung noch einmal zur Mithilfe auf und erklären, dass wir den Täter im Kinzigtal vermuten. Des weiteren geben wir bekannt, dass wir im Zusammenhang mit den Morden eine durchschnittlich große Frau in einem silbermetallicfarbenen Zafira suchen.«

»Weißt du, wie viele Wagen dieses Typs allein im Main-Kinzig-Kreis zugelassen sind?« maulte Jungmann. »Die Leute werden ihre Nachbarn anschwärzen!«

»Mag sein«, gab Caspari zurück. »Aber die Reaktion der Bevölkerung ist mir dabei nicht so wichtig wie die des Chirurgen. Ich will ihn bei seinem Werk empfindlich stören und ihn zu Fehlern provozieren. Wenn ein Raubtier selbst gejagt wird, muss es sich auf Opfer und Angreifer gleichermaßen konzentrieren, oder es bricht seine Jagd ab und flieht. Unser Täter ist ein Getriebener. Er kann nicht von seinem Ritual ablassen. Seine Umsicht und seine Gründlichkeit werden ganz entscheidend darunter leiden, dass er unseren Atem im Nacken spürt. Dabei wird er schwerwiegende Fehler begehen!«

»Du gehst dabei ein großes Risiko ein!« erwiderte Bertram mit gerunzelter Stirn. »Möglicherweise zwingst du ihn dadurch, seine Opfer in kürzeren Abständen zu töten. Uns bliebe dann noch weniger Zeit, die Personen auf seiner Todesliste vor ihm ausfindig zu machen und in Sicherheit zu bringen.«

Caspari nickte ernst. »Mag sein, aber es ist unsere einzige Chance, ihn zu Fehlern zu provozieren. Was haben wir denn bisher? Nichts! Nur verstümmelte Leichen, die offensichtlich in keinerlei Beziehung zueinander standen. Und doch scheint seine Wahl nicht völlig willkürlich gewesen zu sein. Solange wir den Grund für sein Morden nicht kennen, sind wir bloß Zuschauer seiner widerwärtigen Inszenierungen. Ich bin mir sicher, dass er seine nächste Hinrichtung bereits plant. Diesmal will ich es ihm verdammt schwer machen, sein Vorhaben auszuführen. Das heißt nicht, dass wir die Suche nach einer Verbindung der Opfer abbrechen. Es muss sie geben, wir haben nur noch nicht an der richtigen Stelle nachgesehen!«

Caspari hatte sich in Rage geredet und ließ zur Bestätigung seiner wilden Entschlossenheit die Faust auf den Tisch krachen. Der bleiche Kriminaltechniker zuckte zusammen.

»Ich brauche die uneingeschränkte, hundertprozentige

Unterstützung von jedem von Ihnen!« sagte er und erhob sich dabei. Seine schweren Arme auf den Tisch gestützt, blickte er jeden an. »Kann ich mich auf jeden von Ihnen vollkommen verlassen?«

Seine strenge Miene ließ keinen Zweifel daran, dass er keine Frage formuliert hatte, sondern eine Erwartung. Alle nickten schweigend.

In scharfem Tonfall redete er weiter. »In Ordnung. Ich warte auf Vorschläge, wo wir sonst noch nach einer Verbindung zwischen den Ermordeten suchen sollten. Wer eine Idee hat, meldet sich bei mir, auch wenn es drei Uhr morgens ist! Denken Sie alle daran: Dieser Fall hat absoluten Vorrang! Denken Sie über Lösungsansätze nach, egal, was Sie gerade tun. – In einer Stunde will ich Presse, Rundfunk und Fernsehen im Pressezimmer haben. Tina, Mario, organisieren Sie beide das bitte. – Also dann, an die Arbeit!«

Mit der Wasserflasche unterm Arm verließ Caspari den Sitzungsraum. Er hatte die beteiligten Polizisten auf das gemeinsame Ziel eingeschworen und ihnen unmissverständlich klar gemacht, welche Rolle er selbst bei dem Aufspüren des Killers hatte. Diesen Fall konnten sie nur als Team mit einer klaren Hierarchie lösen. Er war das Alphatier, alle anderen hatten sich unterzuordnen, selbst sein ehemaliger Mentor.

Caspari ging mit weit ausholenden Schritten in sein provisorisches Büro. Er brauchte Zeit und Ruhe, um seine Worte an die Öffentlichkeit präzise zu formulieren. Bertram eilte ihm nach.

»Christoph, einen Moment. Kann ich dich nach der Pressekonferenz privat sprechen?«

Caspari nickte. Er ahnte, was Bertram von ihm wollte. Es gab für ihn keinen Zweifel, dass er das Anliegen seines alten Freundes ablehnen würde. Diesem Mann hatte er viel zu verdanken. Der Gedanke daran, ihm eine Bitte abzuschlagen, machte Caspari das Herz schwer. Immer wieder sagte er sich, dass es hier nicht um eine bloße Gefälligkeit ging, sondern um weit mehr. Es betraf nicht nur ihn und seinen alten

Lehrmeister. Hier ging es um mehr, um etwas, wofür er Verantwortung trug, das Wohlergehen seines Sohnes. Alles andere hatte dahinter zurückzustehen.

Nur mühsam gelang es Caspari, seine Konzentration wieder auf die Pressekonferenz zu richten. Er atmete dreimal tief durch. Im Aikido hatte er gelernt, durch Atmung eine seelische und körperliche Ruhe und Entspannung zu erreichen. Konzentriert begann er mit seinem Konzept.

Kapitel III

Die Leute waren gegangen. Inge kroch wieder ans Licht. Der Junge zog sich mit einem Lächeln zurück. Es war lange her, dass sie ihn das letzte Mal heiter gesehen hatte. Sie spürte, wie ihre Unruhe langsam von ihr fiel.

Sie war in ihrem Wohnzimmer, wo sie sich wieder frei bewegen konnte. Sie hatte beschlossen, heute nicht weiter die nächste Jagd vorzubereiten. Nach dem Ausharren in dem dunklen Loch hatte sie sich nun Entspannung und ein Glas Wein verdient. In der Küche entkorkte sie eine Flasche Chardonnay und goss sich ein. Im Wohnzimmer ließ sie sich in ihren Ledersessel fallen. Der erste Schluck glitt geschmeidig ihre Kehle hinunter. Inge grunzte vor Vergnügen. Sie hoffte, ihr Liebhaber würde wieder ihrer Phantasie entsteigen. Doch heute schien er nicht kommen zu wollen, um ihre Begierde zu entfachen.

Unschlüssig spielte sie mit der Fernbedienung herum, bis sie schließlich den Fernseher anschaltete. Auf jedem Sender lief die übliche Ablenkung, um die Menschen davon abzuhalten, das wahre Gesicht der Dämonen hinter ihrer Maske zu erkennen. Sie machte den Fernseher aus und schaltete das Radio ein. Sie hörte nebenbei, dass ein Reporter einen Mann interviewte. Sie wollte gerade nach einem Sender mit mehr Musik suchen, als ihr die Stimme des Interview-Partners bekannt vorkam. Es war der hünenhafte Polizist.

»Bei der Mordserie an den Ärzten gehen wir mittlerweile davon aus, dass es sich um einen oder mehrere Täter handelt, die im Kinzigtal beheimatet sind …«

Inge spürte, wie sich ihre Nackenhaare stellten. Ihre Hände krallten sich in die Armlehnen. Wie dicht war ihr dieser Jagdhund auf den Fersen?

»… Im Zusammenhang mit der Mordserie suchen wir nach einer Frau zwischen dreißig und vierzig Jahren mit schulterlangem Haar. Sie fährt einen silbermetallicfarbenen Opel Zafira. Wir bitten die Bevölkerung um Mithilfe bei der Aufklärung dieser schrecklichen Verbrechen und um erhöhte Achtsamkeit. Wenn Sie etwas Ungewöhnliches im Zusammenhang mit den Morden beobachtet haben, so teilen Sie es uns bitte mit, selbst wenn Sie es für unbedeutend halten. Für sachdienliche Hinweise, die zur Ergreifung des Täters führen, ist eine Belohnung von 50 000 Euro ausgesetzt.«

Der Polizist nannte noch die Telefonnummern, unter denen man anrufen konnte. Inge nahm es nicht mehr wahr. Ihr wurde plötzlich heiß. Sie atmete heftig. Mühsam öffnete sie mit zittrigen Fingern die obersten Knöpfe ihrer Bluse, um sich mehr Luft zu verschaffen. Ihr war, als würde der Hüne seine riesige Hand um ihren Hals legen und langsam zudrücken. Sie versuchte sich aus dem Griff zu winden, aber die großen Finger ließen sie nicht frei. Der Druck wurde unerträglich. Ihre Mission würde sterben wie ihr Körper. Wieviel Zeit blieb ihr noch?

Die trotzige Stimme des Jungen drang zu ihr. »Habe ich es dir nicht gesagt? Habe ich es dir nicht immer gesagt, seitdem du von deiner Berufung erzählt hast? Habe ich dir nicht immer und immer wieder gesagt, dass du selbst zur Gejagten wirst und man dich selbst hetzt? Man erntet, was man sät!«

Inge stöhnte. Mühsam stammelte sie mit zugeschnürter Kehle: »Hilf mir!«

»Ich denke gar nicht dran! Du hast dich ohnehin schon zu breit gemacht in meinem Leben. Mit deinem unseligen Treiben habe ich nichts zu tun. Sieh selbst zu, wie du dich an deinem Schopf wieder aus dem Morast ziehst!«

In Inge wuchs die Wut auf den Jungen. Mit ihr wich das Gefühl, gewürgt zu werden. Sie wollte aufspringen und ihm Schmerzen zufügen. Er hatte ihre Schwäche ausgenutzt. Das durfte nie wieder passieren! Als sie wieder genug Atem hatte, war er schon wieder still. Hemmungslos prügelt sie auf das Ledersofa ein, bis sie keuchend auf den Teppich sank.

Langsam gewann sie ihre Fassung wieder und mit ihm ihren klaren Verstand. Nein, sie durfte dem Jungen nichts antun! Sie brauchte ihn. Er war ihr Gefühl. Ohne ihn gab es für sie nichts Lebensbejahendes. Inge würde mit ihm reden. Sie würde ihn um Verzeihung bitten und ihn dann als Fallensteller ausschicken, ohne dass er es merkte. Der Hüne da draußen wartete auf sie. Der Junge würde mit dem Zafira keinen Verdacht erwecken. – – –

»Ich mische mich sonst nicht in eure Angelegenheiten.«

Caspari betrachtete Bertram bei dessen umständlichem Versuch, den Gesprächsfaden zu knüpfen. Nach dem Interview mit den Journalisten der Presse, dem Hessischen Rundfunk und Radio FFH fühlte er sich ausgelaugt. Er saß in Bertrams Büro. Sein früherer Mentor saß hinter seinem Schreibtisch und wirkte angespannt.

»Elke hat mich gebeten, mit dir zu reden«, fuhr Bertram fort. »Sie leidet sehr unter der gegenwärtigen Situation.«

Caspari wusste, wie schwer es seinem Ex-Schwiegervater fallen musste, über dieses Thema zu sprechen. Ob er ahnte, wie Caspari antworten würde? Caspari hätte ihn gern aus dieser Situation erlöst. Er hatte nur keine Ahnung, wie. Ein Entgegenkommen seinerseits war ausgeschlossen.

»Elke weiß, dass Lukas bei dir bleiben will«, sagte Bertram mit belegter Stimme. »Wir alle wissen, was vorgefallen ist.«

In dunkler Erwartung dessen, was jetzt kommen würde, verschränkte Caspari instinktiv seine muskelbepackten Arme vor der Brust.

Bertram schien dieser Ausdruck der Blockade nicht zu entgehen. Er rollte die Augen und brummte: »Komm Junge, lass uns vernünftig reden. Elke hat furchtbare Sehnsucht nach ihrem Kind. Die Sonntagvormittage in Bennys Haus sind nicht ausreichend. Das wirst du einsehen müssen. Sie möchte Lukas wenigsten jedes zweite Wochenende bei sich haben.«

»Und was macht Jürgen an diesen Wochenenden?« fragte Caspari ungehalten. »Macht er vielleicht jeden zweiten Samstag und Sonntag freiwillig Dienst? Das glaubst du doch selbst nicht!«

»Ich bin zuversichtlich, dass Lukas und Jürgen ihr Verhältnis zueinander klären können«, antwortete Bertram.

»Vergiss es! Da gibt es von Lukas' Seite aus nichts mehr zu klären. Die Sache ist gelaufen. Jürgen hat es verbockt. Lukas wird das Haus seiner Mutter und ihres Gatten nicht mehr betreten, es sei denn, man zwingt ihn dazu. Das steht fest.«

Bertram ließ nicht locker. »Ich denke, ein guter Kindertherapeut könnte dem Jungen helfen, seine Ängste abzubauen.«

»Ich war lange Zeit mit Lukas beim Therapeuten«, gab Caspari unwirsch zurück. »Dreißig Sitzungen hat es gebraucht, bis er dieses traumatische Erlebnis verarbeitet hatte. Als Ergebnis stand unter dem Strich, dass er seine Mama und seinen Papa liebt. Lukas findet es nach wie vor doof, dass wir nicht mehr miteinander verheiratet sind. Mit Jürgen will er nichts zu tun haben, ebensowenig mit dem Haus, in dem Elke mit ihrer neuen Familie lebt. Ich dränge ihn nicht dazu.«

»Ich verstehe dich ja«, setzte Bertram erneut an.

»Entschuldige, aber du verstehst gar nichts!« schnitt ihm Caspari das Wort ab. »Du verstehst gar nichts, genausowenig wie Elke und Jürgen. Hier geht es nicht um mich, auch nicht um deine Tochter und deinen Schwiegersohn. Es geht hier einzig und allein um Lukas. Seine Kinderseele und sein Wohlergehen stehen an erster Stelle. Alles andere ist zweit- oder gar drittrangig.«

»Was kann ich deiner Meinung nach tun, um die Situation zu entschärfen?«

Caspari wurde plötzlich hellhörig. Es war ihm völlig bewusst, dass Bertram sich nicht verplappert hatte. Sein ehemaliger Schwiegervater hatte ihn soeben vor einer bevorstehenden Auseinandersetzung gewarnt. Er fragte sich, was Elke und Jürgen unternehmen würden. Caspari verengte die Augen als Zeichen, dass er den Wink verstanden hatte.

»Du kannst nichts tun. Aber deinen Enkel könntest du zusammen mit deiner Frau wieder einmal besuchen. Ich glaube, Lukas würde sich darüber freuen.«

Bertram nickte. »Du hast recht. Wir waren schon eine halbe Ewigkeit nicht mehr auf eurem Hof.«

Christoph nickte und erhob sich träge aus dem Stuhl. Er verabschiedete sich von Bertram und ging zu Tina und Mario. Beide warteten bereits ungeduldig auf ihn. Gemeinsam fuhren sie nach Wächtersbach ins ›Get Fit‹, wo sie mit dem alten Seydel verabredet waren. Beim Aikido-Training wollte Caspari allen seelischen Ballast abschütteln. – – –

Clara wachte erholt auf. Der gestrige freie Tag war bitter nötig gewesen. Der Hausputz, ein paar Erledigungen und Einkäufe waren die einzigen Pflichten gewesen, die sie auf sich genommen hatte. Sie fühlte sich frisch für die Aufgaben, die dieser Dienstag für sie bereithielt. Gähnend blickte sie aus dem Fenster. Trüb und grau begrüßte sie der junge Tag. Auf der Terrasse unter ihrem Fenster glänzte der Sandsteinboden. An einigen ausgetretenen Stellen hatten sich kleine Pfützen gebildet. Es hatte die ganze Nacht hindurch geregnet. Von Linsengericht her zogen neue schwere schwarze Wolken in Richtung Gelnhausen. Eigentlich hatte sie sich einen Lauf durch den Gelnhäuser Wald vorgenommen. Aber die Aussicht, im dichten Regen zu joggen, brachte sie schnell davon ab.

Statt dessen schlüpfte sie in ihre Trainingskleider und zog sich ihre Faustschützer über. Im Gästezimmer hing ein schwerer Sandsack, der fast so groß war wie sie selbst. Neben einem ausziehbaren Sofa und einem alten Kleiderschrank war er das einzige Mobiliar in dem schmucklosen Raum. Die abgewetzten Stellen am Leder verrieten sein Alter und seinen intensiven Gebrauch. Wie in einem Ritual tätschelte ihn Clara, bevor sie anfing, locker auf ihn einzuschlagen. Aus den Boxen des kleinen CD-Spielers schepperte Musik von Meat Loaf.* Langsam steigerte sie das Tempo und begann mit der Beinarbeit. Zwei Geraden, einen Haken, wieder zwei Geraden, einen Schwinger von außen, drei Haken. Clara keuchte. Sie hatte sich zu sehr an die Gleichmäßigkeit von Bewegung und Atmung beim Joggen gewöhnt und ihr Sandsacktraining in der letzten Zeit vernachlässigt. Nach wenigen Minuten lief ihr der Schweiß über die Stirn. Sie verlangsamte das Tempo, ohne zu unterbrechen. Gutmütig schluckte der

**) Meat Loaf, Bat out of Hell*

Sandsack ihre Schläge und begann, sich träge ein wenig zu bewegen. Clara tänzelte um ihn herum und steigerte wieder ihr Tempo, während der Regen heftig gegen das Fenster prasselte.

Nach einer dreiviertel Stunde hatte Meat Loaf seine letzten Töne gesungen. Claras Arme waren schwer wie Blei, und ihre Oberschenkel brannten. Erschöpft wischte sie sich mit einem Handtuch die nassen Strähnen aus der Stirn, die sich aus dem straff zusammengebundenen Pferdeschwanz gelöst hatten. Glücklich schälte sie sich aus ihren verschwitzten Kleidern. Sie hatte nicht ihrem inneren Schweinehund nachgegeben. Das Regenwetter war dieses Mal keine taugliche Ausrede gewesen, sich noch einmal ins Bett fallen zu lassen. Sie genoss das heiße Wasser der Dusche, das ihre Muskeln entspannte. Als Clara zum Schluss den Wasserhahn kalt drehte, schnaufte und quietschte sie vergnüglich. Jetzt konnte der Tag kommen.

Auf Schminke verzichtete sie wie üblich. Lippenstift und Rouge waren nicht ihr Ding. Sie legte etwas Parfüm auf und schlüpfte in ihre Jeans und die auberginefarbene Bluse. In aller Ruhe setzte sie sich an den Frühstückstisch. Als sie die Kaffeetasse in der Hand hielt, kam Clara noch einmal das frühe Auftauchen Casparis in den Sinn. Die Erinnerung an den viel zu heiß getrunkenen Kaffee in seiner Gegenwart ließ sie schmunzeln. Mit seiner ruhigen, schüchternen Art hatte er sie ein wenig aus ihrem chaotischen Rhythmus gebracht. Dabei war dieser menschliche Berg eigentlich gar nicht ihr Typ. Die Männer, mit denen sie bisher zusammen war, wirkten fast zierlich gegen ihn.

In der Reihe ihrer ehemaligen Partner fanden sich meist Banker, Jungmanager oder andere Erfolgsmenschen. Clara ließ sich oft von deren attraktivem Äußeren und selbstsicherem, leicht arrogant wirkendem Auftreten verführen. Doch sehr schnell fühlte sie sich immer unwohl in ihrer Nähe. Die Oberflächlichkeit, mit der diese Männer ihre innere Leere kaschierten, und die zur Schau getragene Egozentrik gingen ihr auf die Nerven. Clara hatte den Eindruck, zum dekorativen Anhängsel jung-dynamischer Konsumjunkies degradiert zu werden. Ihre Interessen und ihr Studium hatten ihre Ex-Liebhaber meistens belächelt und für antiquiert gehalten. Clara wollte als denkender Mensch ernst genommen und nicht auf die Rolle der Schönheit an der Seite von selbstverliebten Machos reduziert werden.

Vielleicht war es an der Zeit, diesen Mann näher kennen zu lernen, der so ganz anders war als ihre Verflossenen.

Voller Tatendrang ging Clara in ihr Amtszimmer. Das Chaos auf dem Schreibtisch dämpfte ihre gute Laune ein wenig. Von ihrem Übersetzerhonorar hatte sie sich einen riesigen Buchetisch in der Hoffnung gekauft, darauf alles geordnet ablegen zu können, bevor sie es abheftete. Der Pfarrberuf war aber nur schwer zu strukturieren. Viele Vorbereitungen und andere Tätigkeiten liefen parallel. Meistens hatte sie keine Gelegenheit, eine Sache abzuschließen, bevor sie sich der nächsten zuwandte. Neben den Fotokopien für den Konfirmandenunterricht lag die Unterrichtsvorbereitung für den Religionsunterricht. Die Herbstferien hatten begonnen, diese Unterlagen würde sie erst wieder in zwei Wochen brauchen. Aber wohin damit bis dahin? Schicht um Schicht trug sie ab, räumte die Unterlagen ins Regal oder heftete sie ab. Als Letztes blieben nur noch der großformatige wissenschaftliche Kommentar zum Matthäusevangelium und die Predigtstudien auf dem Schreibtisch liegen. Clara beschloss, sie dort liegen zu lassen. Sie brauchte beides zur Vorbereitung für die nächste Predigt.

Zufrieden mit sich blickte sie auf ihren Arbeitsplatz. Immerhin hatte sie sich wenigstens den Weg zum Notebook freigeschaufelt. Das schrille Klingeln ihres Büroweckers erinnerte sie jäh daran, dass sie sich auf den Weg zur Dienstbesprechung im Dekanat machen musste. Schnell stopfte sie ihren Terminkalender, ein Notizbuch und einen Zettel mit Stichpunkten in ihre schwarze Umhängetasche, schlüpfte in ihre Lederjacke, griff nach ihrem Schirm und ging los.

Der Weg zum Dekanat stieg steil an. Auf den letzten hundert Metern, die sie auf dem Kapellenweg zurücklegen musste, bis sie ankam, erinnerte sie die Schwäche in ihren

Oberschenkeln an das morgendliche Training. Schnaufend kämpfte sie sich die hellen Stufen zum Eingang hoch, bevor sie freundlich von der Dekanatssekretärin begrüßt wurde. Sie führte Clara in Dekan Kerns Amtszimmer.

Clara war die Erste. Die anderen Teilnehmer der Dienstbesprechung waren noch nicht eingetroffen. Dekan Kern bot ihr einen Platz an. Clara warf einen sehnsüchtigen Blick auf die Thermoskannen mit Kaffee und das Gebäck, das einladend auf dem Konferenztisch in der Mitte stand. Obwohl ihr Frühstück nur etwas mehr als eine halbe Stunde zurücklag, verspürte sie große Lust darauf. Clara gehörte zu den Menschen, die gern und reichlich essen konnten, ohne dabei anzusetzen.

»Bitte, bedienen Sie sich doch«, lud Kern sie mit einem Lächeln ein.

Er nahm ihr gegenüber Platz und sah sie an. Clara fiel wieder einmal auf, welche Kraft und gleichzeitig welche Ruhe in seinem Blick lagen. In seinem Wesen verband sich, was für Clara fast unvereinbar schien: Dynamik und Gelassenheit. Er konnte väterlich auf sie wirken, ohne dass sie vergaß, dass sie es mit ihrem Vorgesetzten zu tun hatte.

»Wie geht es Ihnen denn mit dieser schrecklichen Geschichte?« fragte Kern und kratze sich dabei an seinem weißen, akkurat geschnittenen Haarkranz.

»Ich habe heute nachmittag das Trauergespräch im Altenpflegeheim mit den Angehörigen«, antwortete sie. »Die Staatsanwaltschaft hat den Leichnam heute feigegeben. Die Beerdigung soll am Donnerstag stattfinden.«

»Die Begleitung von Angehörigen bei einem solchen Verbrechen und die Beerdigung sind selbst für erfahrene Pfarrerinnen und Pfarrer eine große Belastung. Wie kommen Sie denn damit klar?« insistierte Kern.

»Im Moment kommt es mir noch so unwirklich vor, fast wie ein schlechter Fernsehkrimi. Ich vermute, wenn die Beerdigung vorbei ist, werde ich in den Seilen hängen.«

»Wenn es für Sie hilfreich ist, mit jemandem darüber zu reden, können Sie sich gern an mich wenden«, bot Kern an.

Clara wusste, dass er es ehrlich meinte. Das Wohlergehen der Pfarrerinnen und Pfarrer in seinem Kirchenkreis lag Kern am Herzen.

Es klopfte an der Tür. Die Sekretärin führte Claras Kollegen Horst Gärtner, den Jugenddiakon, die Gemeindesekretärin, den Küster der Marienkirche und den Kantor herein. Sie alle waren die hauptamtlichen Mitarbeiter der evangelischen Kirchengemeinde Gelnhausen, in der Kern neben seinen Aufgaben als Dekan ebenfalls eine halbe Pfarrstelle inne hatte, deren andere Hälfte Clara betreute.

Nach Terminabsprachen und kurzen Berichten über die einzelnen Tätigkeitsfelder leitete der Dekan zum Hauptthema des Treffens ein. Am 9. November, dem Jahrestag der Reichspogromnacht, würde das Requiem von Giuseppe Verdi aufgeführt.

Kantor Breughel, ein drahtiger Mittfünfziger mit grauen Locken, beschrieb die Proben und Vorarbeiten als überaus zufriedenstellend und erfolgversprechend. »Am Anfang war ich nicht überzeugt, dass dieses Requiem für den 9. November geeignet ist«, erklärte er. »Ich tendierte eher zu einem Werk eines zeitgenössischen jüdischen Komponisten. Aber nach der intensiven Beschäftigung mit Verdis Totenmesse bemerkte ich, dass die Wahl der Stiftung Marienkirche und des Landeskirchenmusikdirektors gut überlegt war.«

Clara versuchte, mit einem wissenden Blick den Ausführungen zu folgen. Offensichtlich schaute sie aber recht fragend drein.

Breughel begann ihr den Inhalt des Requiems von Verdi genauer zu erläutern. »Im Requiem geht es um die Ehrfurcht vor der Macht des Todes, das Gefühl des Menschen, von seinem Schuldbewusstsein geplagt zu werden, seine Angst vor dem Jüngsten Gericht und sein flehendes Bitten um Gnade. Das sind Themen, die mit dem Jahrestag der Reichskristallnacht und mit unserer Verantwortung gegenüber unserer Geschichte und unseren Mitmenschen zu tun haben.«

Clara spürte, wie ihr langsam die Felle wegschwammen. Es waren nur noch drei Wochen bis zum Konzert. Ihr war die

Aufgabe zugefallen, die Eingangsrede vor Beginn des Konzertes zu halten. Über die Reichspogromnacht hatte sie bisher schon genug Informationen gesammelt und Ideen für einleitende Worte zu Papier gebracht. Aber die geistlichen Werke vergangener Epochen der Musik waren ihr bisher verschlossen geblieben. Breughel war sehr bemüht, sie mit Literatur zu versorgen. Doch irgendwie hatte ihr bisher der Zugang dafür gefehlt. Sie brauchte ein niederschwelligeres Angebot, das ihr den Weg in diese ihr fremde Welt der Klänge eröffnete. Sie dachte kurz an Caspari, als Kern sie aus ihren Gedanken riss.

»Wie weit sind Sie mit Ihrer Vorbereitung, Frau Frank?«

»Ich bin zufrieden«, antwortete sie knapp.

Kern spürte offensichtlich, dass sie gegenwärtig nicht mehr Informationen geben wollte. Er lenkte schnell das Thema auf die Öffentlichkeitsarbeit, die Pfarrer Gärtners Aufgabengebiet war, und fragte nach dem Stand des Kartenvorverkaufs, über den ihn die Gemeindesekretärin informierte. Die Vorbereitungen für den 9. November liefen aus Claras Sicht sehr gut, abgesehen von ihren Lücken. Kern schien das genauso zu sehen. Er bedankte sich und beendete die Sitzung.

Als sie sich zum Gehen erhob, bedeutete ihr der Dekan, noch einen Moment zu warten. Als er die anderen Sitzungsteilnehmer verabschiedet hatte, schloss er die Tür seines Büros.

»Ich habe heute morgen die Zusagen vom staatlichen Schulamt und vom Landeskirchenamt bekommen«, begann er ohne weitere Einleitung. »Am Grimmelshausen-Gymnasium wird nach den Herbstferien eine halbe Stelle für Schulseelsorge eingerichtet. Es ist alles so bewilligt worden, wie die Schuldirektion und wir es beantragt haben. Ich hatte mit einem Bescheid erst zum Schuljahresende gerechnet. Umso überraschter bin ich, dass die Bewilligung so schnell erfolgte, gerade in dieser Zeit. Um ehrlich zu sein, habe ich bei der Besetzung der Stelle an Sie gedacht. Das Lehrerkollegium hält Sie für kompetent, wie mir der Direktor erzählte. Sie sind jung, Sie verstehen die Jugendlichen und ihre Sprache, und Sie können auch Klartext reden, wenn es notwendig ist. Gemeinsam mit unserem Jugenddiakon könnten Sie die Schulseelsorge aufbauen. Die Schule stellt dazu einen Raum zur Verfügung. Überlegen Sie sich, ob Sie sich das vorstellen könnten. Sie hätten dann zusammengenommen eine volle Pfarrstelle und müssten sich dann nichts mehr mit Übersetzungen dazuverdienen.«

Clara wusste nicht, ob sie lachen oder weinen sollte. Auf der einen Seite wäre sie froh, ein volles Gehalt bekommen. Sie hatte schon lange die Lust am Übersetzen zeitgenössischer lateinamerikanischer Literaten und solcher, die es noch werden wollten, verloren. Auf der anderen Seite wurde ihr mulmig zumute, wenn sie sich vor Augen hielt, wieviel Verantwortung sie sich besonders als Berufsanfängerin mit der Schulseelsorge auflud.

Kern schien ihren inneren Zwiespalt zu spüren. »Lassen Sie sich das in Ruhe durch den Kopf gehen, und geben Sie mir dann in den nächsten beiden Tagen Bescheid.«

Mit seinem einnehmenden Lächeln verabschiedete er sie. Den Bauch voller widerstreitender Gefühle verließ Clara das Dekanat und lief auf dem Weg zu ihrem Pfarrhaus durch den Stadtgarten am Kapellenweg. Der würzig-feuchte Duft des bunten Laubes in den Bäumen und auf dem Boden stieg in ihre Nase, als sie mit knirschenden Schritten über den Kiesweg lief. Sie atmete tief die herbstlich kühle Luft ein. Der Regen hatte einen Nebelschleier über die Stadt gelegt. Clara spürte, wie er ihr Gesicht ganz sanft benetzte. Sie versuchte, in sich zu horchen, doch es gelang ihr nicht. Die Herbstlandschaft und die Häuser der Altstadt boten zuviel reizvolle Ablenkung. – – –

Andächtig blieb Breughel eine Weile vor der schweren Holztür am Haupteingang der Marienkirche stehen. Das imposante mittelalterliche Gebäude strahlte eine fast schon unheimliche Ruhe im bunten Treiben der Stadt aus. In der Kirche schloss er die Tür zur Orgelempore auf. Als wolle er niemanden stören, betätigte er mit einer sachten, leisen

Bewegung von innen die Klinke. Langsam stieg er die Treppe hinauf und setzte sich in den Schatten der Orgel. Bevor er mit seinem Spiel an dem mächtigen Instrument begann, wollte er einer alten Gewohnheit folgend meditieren. Er blickte zum Lettner hinter dem Altar. Die aus Sandstein gemauerte Chorschranke trennt den Chorraum vom übrigen Kirchenschiff ab. Früher hatten dahinter Mönche gesessen. Ihre Gesänge waren über den kunstvoll gearbeiteten Lettner gedrungen, der sie vor den Blicken der Gläubigen schützte.

Breughel war von seinem ersten Tag als Kantor der Gelnhäuser Kirchengemeinde an in diese kunsthistorisch wertvolle Chorschranke verliebt gewesen. Mächtig erhebt sich der rote Stein vor dem Chorraum und beugt sich mit einem ausladenden Balkon nach vorn. Darunter steht der geschnitzte, reich verzierte dreiflügelige Laienaltar, der die Wand des Lettners schmückt. Breughel konnte sich an dem Bild gar nicht satt sehen. Aber im Moment wollte er meditieren, sich nicht an einem Kunstwerk berauschen. Im Halbdunkel, in dem er saß, suchte er einen Ruhepunkt, auf den sich seine Augen fixieren konnten. Lange blickte er auf das riesige Kruzifix, das über den Lettner ragt. Breughel konzentrierte sich auf seinen Atem. Einatmen, ausatmen, einatmen, ausatmen. Er wurde ruhiger. Langsam klärten sich seine inneren Bilder. Er hatte den Eindruck, seine Seele sei ein Bergsee, dessen Wasseroberfläche sich nach einem heftigen Wind wieder zu glätten begann.

Ein polterndes Geräusch riss ihn aus seiner Meditation. Die schwere Holztür am Eingang fiel wie immer viel zu laut zu. Breughel duckte sich noch mehr in den Schatten der Orgel. Er wollte ungestört von Touristen, die das ganze Jahr über in die Marienkirche kamen, seine Gedanken und Gefühle sortieren.

Den Mittelgang entlang lief eine Frau, die einen eleganten Trenchcoat trug. Breughel konnte sie nur von hinten sehen. Die Frau trug ihr haselnussbraunes Haar offen. Es wippte auf ihrem Trenchcoat, als sie lief. Fasziniert betrachtete Breughel sie, wie sie sich in eine der vorderen Bankreihen setzte. Hastig blickte sich die Fremde um, als wollte sie sich davon überzeugen, dass sie allein war. Ihr Blick schweifte über die Orgelempore. Breughel hielt den Atem an. Er wollte nicht für einen Voyeur gehalten werden.

Offensichtlich hatte die Frau ihn nicht gesehen, denn kurz darauf fing sie an zu wispern. Breughel war gefesselt von der Szene, deren Augenzeuge er unfreiwillig war. Das Wispern schwoll an in halblautes Reden und steigerte sich in der Lautstärke immer mehr. Plötzlich sprang die Fremde auf, so dass Breughel zusammenzuckte, und lief bis vor den Altarraum. Sie legte den Kopf in den Nacken und sah zum Kruzifix hoch. Breughel konnte nicht genau verstehen, was diese Frau sagte. Aber auf irgendeine Weise schien diese Unbekannte zu beten und dabei ihrem Unmut Luft zu machen. In seinem Versteck auf der Orgelempore glaubte er die Worte ›Dämonen‹, ›Auftrag von dir‹ und ›Blindheit‹ gehört zu haben.

Breughel starrte gebannt auf dieses Schauspiel. Er bemerkte nicht, wie er in seiner vorgebeugten Haltung das Bund mit den Kirchenschlüsseln förmlich aus seiner Jackentasche drückte. Klirrend fiel das Schlüsselbund zu Boden. Breughel glaubte, sein Herzschlag würde in diesem Moment aussetzen. Blitzschnell fasste er sich und reagierte. Er duckte sich hastig. Regungslos verharrte er, den Oberkörper auf die Beine gepresst. Er spürte, wie die Augen der Fremden die Empore absuchten. Durch die hölzerne Balustrade war Breughel den suchenden Blicken entzogen. Diese Frau war ihm unheimlich. Breughel hätte es nicht beschreiben können, doch er fühlte sich von der Fremden bedroht.

Er wagte kaum zu atmen und hörte in die Stille der Kirche hinein. Eine Zeitlang, die ihm vorkam wie eine Ewigkeit, geschah nichts. Langsam begann sein Rücken zu schmerzen. Lange konnte er nicht mehr in dieser Haltung ausharren. Wartete die Unbekannte darauf, dass er sich wieder aufrichtete? Einen Augenblick später hörte Breughel das Klackklack der Stöckelschuhe, als die Unbekannte eilig aus der Kirche lief. Erst als er das Krachen der Eingangstür hörte, richtete er sich wieder auf. Er blieb noch eine halbe Stunde auf seinem Platz sitzen. Alle Versuche, die Szene zu verdrängen und wieder zum Grund seiner Anwesenheit auf der Empore zurückzukehren, misslangen. Zu eindrücklich und exotisch war das Verhalten der Frau gewesen. – – –

Der Junge fuhr den Wagen. Inge kauerte sich darin in ihrem Versteck. Sie war vorsichtiger als bisher. Nicht den kleinsten Fehler durfte sie sich mehr erlauben. Ihre Mission stand auf dem Spiel. Dieses Auto hatte der Junge ihr verheimlicht. Durch Zufall war sie dahintergekommen, dass er dieses Cabriolet besaß. Nach einigen Gesprächen und etlichen Zugeständnissen ihrerseits hatte er sich bereit erklärt, sie zu fahren.

Gemeinsam waren sie zu einem abgelegenen Grundstück im Wald gefahren. Dort hatte sich Inge aus ihrem Versteck gezwängt. Sie hatte den Jungen zurückgelassen und sich selbst ans Steuer gesetzt. Das Cabrio war ihr unsympathisch gewesen. Aber sie hatte keine andere Wahl: Mit dem Zafira konnte sie im Augenblick nicht fahren.

Trotz ihrer markanten Erscheinung gelang es Inge immer, sich unauffällig zu bewegen. So hatte sie es bis in die Marienkirche geschafft, ohne dass ein Mensch sie richtig wahrgenommen hätte. Gott hatte ihr zugehört. Er hatte sie sogar schimpfen lassen. Inge hatte ja auch allen Grund dazu. Wie konnte er sie erst mit ihrer Mission betrauen und ihr dann solche Bluthunde wie diesen riesigen Polizisten hinterherhetzen? Mitten in ihrem Zornausbruch war sie unterbrochen worden. Ein helles Klirren hatte ihr das Wort abgeschnitten. Dieses Geräusch konnte nicht von Menschen stammen. Gott selbst hatte sie unterbrochen! Aber was wollte er ihr mit dem klirrenden Geräusch sagen?

Nachdem sie den Jungen im Waldstück wieder abgeholt hatte, wurde sie erneut im Cabriolet für fremde Augen unsichtbar. Sie musste sich nicht auf die Straße konzentrieren. Sie hatte Zeit und Gelegenheit zu grübeln.

Hatten nicht die Propheten des Alten Testaments ähnliche Schwierigkeiten mit ihrer Mission wie sie? Kaum ein Mensch wollte auf das hören, was sie sagten. Die Botschaft Gottes blieb ungehört. Deshalb war das Volk Israel in die Katastrophe gesteuert. Inge fiel eine Stelle aus dem Buch des Propheten Jesaja ein. *»Und der Herr sprach: Geh hin und sprich zu diesem Volk: Höret und verstehet's nicht; sehet und merket's nicht!«**

Sollte es das gewesen sein, worauf sie Gott aufmerksam machen wollte, als er es klirren ließ? Inge hatte es mit verstockten Menschen zu tun, die nicht verstanden, was sie für sie tat. Das war ihr Schicksal. Sie teilte es mit den großen Propheten des Alten Testaments. Erst viele Generationen später würden die Menschen verstehen können, welch eine heilige Mission Inge erfüllt hatte. So musste es sein! Sie war sich nicht sicher, ob sie sich in ihr Schicksal ergeben oder dagegen rebellieren sollte. Verwirrt von widersprüchlichen Gedanken und Gefühlen ließ sie sich vom Jungen fahren. – – –

»Chef, ich habe eben mit Jochen Arnold gesprochen.«

Caspari sah von seinen Akten auf und blickte Mario, der mit seinem italienischen Temperament um die Ecke geschossen kam, amüsiert an. Er mochte seinen Mitarbeiter nicht nur wegen dessen Kompetenz. Mario war ein warmherziger und humorvoller Mensch, dem es immer gelang, mit seiner Lebensfreude andere anzustecken. Caspari beneidete ihn um die südländische Leichtigkeit, mit der er durchs Leben ging.

»Was gibt es denn von ihm?«

»Er meint, Sie können sich mit der ganzen Familie im Altenpflegeheim treffen. Um fünfzehn Uhr hat la bella pastorella ein Trauergespräch mit ihnen dort. Arnold hat mit der Pfarrerin gesprochen. Sie meint, dass sie so gegen sechzehn Uhr damit fertig wären. Danach, sagt Arnold, könnten Sie noch mit ihnen sprechen.«

»Danke!«

Caspari schien seine Mimik nicht im Griff zu haben. Als er Mario breit grinsen sah, wusste er, dass sein Gesichtsausdruck Bände sprach. Er freute sich darauf, der Pfarrerin wiederzubegegnen. Augenscheinlich war ihm das anzusehen.

Caspari dachte an die CD, die er für sie gebrannt hatte. Er hätte auch eine neuere Einspielung mit einer besseren Klang-

**) Jesaja, Kapitel 6, Vers 9*

qualität besorgen können. Doch das wäre ihm peinlich gewesen. Was würde die Pfarrerin von ihm denken, wenn er ihr eine neue CD schenkte? Vielleicht wäre es ihr unangenehm, dass ein Mann, den sie kaum kennt, ihr ein solches Geschenk macht. Die gebrannte CD sollte ihn davor bewahren, mit der Tür ins Haus zu fallen und dabei eine Bauchlandung zu erleiden. Aber das war nicht der einzige, wenn auch der wichtigste Grund. Der andere, nicht ganz unbedeutende war der Zauber, den die alte Aufnahme beim Hören über sie gelegt hatte. Keine andere Einspielung der Cello-Suiten von Bach wäre in der Lage gewesen, an jenen Moment der fremden und doch vertrauten Nähe zu erinnern, als sie im Wagen vor der Bahnschranke warteten.

Tina gesellte sich zu Caspari und Mario. Ihr ernster Blick riss Caspari aus seinen Träumereien.

»Wir haben das Phantombild aus Marburg bekommen. Das ist Schrott! Damit kann kein Mensch etwas anfangen!«

Sie hielt es Caspari hin. Er betrachtete es eingehend. Mit einem solchen Bild war wohl zu rechnen gewesen. Das Pärchen hatte die Frau nur im Dunkeln gesehen und dabei versucht, nicht entdeckt zu werden.

»Das Bild können wir jedenfalls nicht veröffentlichen«, brummte er. »Dann merkt der Täter oder die Täterin gleich, wie sehr wir bluffen.«

Wir treten auf der Stelle«, meinte Mario ungeduldig. »Der ›Chirurg‹ wird sich auch nach dem gestrigen Medienrummel keine nennenswerten Fehler erlauben. Der führt uns weiterhin an der Nase herum.«

Caspari griff noch einmal nach dem Bild. Irgend etwas irritierte ihn an dieser Zeichnung. Was stimmte daran nicht? Millimeter für Millimeter glitt sein Blick über das Papier. Ein Detail passt nicht zum Gesamteindruck, doch welches? Caspari wiederholte seine Untersuchung mehrmals. Er wollte gerade aufgeben, da entdeckte er es: Der Mund passte nicht zu den anderen Merkmalen des Gesichts und zur Frisur. Er wirkte wie ein Fremdkörper, als gehörte er nicht dorthin. Caspari sah erstaunt auf.

»Tina, besorgen Sie mir bitte die Telefonnummer des Phantomzeichners. Es ist nur so ein Gefühl.«

Nach wenigen Minuten kam Tina mit der Telefonnummer zurück.

Caspari rief gleich an. »Guten Tag. Hier ist Caspari vom Landeskriminalamt. Ich habe eine Frage zu Ihrer Zeichnung der Frau, die das Pärchen aus Marburg beschrieben hat.«

»Leider keine besonders genaue Beschreibung«, antwortete der Zeichner entschuldigend. »Das Paar sah die Frau auf zehn Metern Entfernung bei Nacht. Und die beiden versuchten, unbemerkt zu bleiben.«

»Das Gesicht gibt in der Tat kaum etwas her«, fuhr Caspari fort. »Aber der Mund ist doch sehr auffällig. Mich interessiert, wieso bei der gesamten Ungenauigkeit der Mund so präzise dargestellt ist.«

»Das Paar konnte nicht viel erkennen. Aber den Mund beschrieben beide unabhängig voneinander so, wie ich ihn gezeichnet habe. Mir selbst ist dieses Detail auch aufgefallen. Ich kann mir das nicht recht erklären, aber der Mund scheint nicht in dieses Gesicht zu passen. Vielleicht haben wir es hier mit einer Frau zu tun, deren Gesicht von einem plastischen Chirurgen verhunzt wurde.«

Caspari bedankte sich und legte auf. Er hatte das Gespräch über den Lautsprecher geführt, so dass Tina und Mario mithören konnten.

»Ich glaube nicht, dass er recht hat«, brummte er.

Tina nahm die Phantomzeichnung und betrachtete den Mund eingehend. »Komisch«, sagte sie, »auf den ersten Blick war mir dieses Detail gar nicht aufgefallen. Warum, meinen Sie, hat der Kollege nicht recht?«

»Ich kann es noch nicht so genau beschreiben. Aber irgend etwas viel Komplexeres steckt hinter diesem Mund. Die Erklärung mit der verpatzten Schönheitsoperation scheint mir zu einfach. Am besten, ich spreche selbst einmal mit dem Paar.«

Caspari griff zum Telefon und ließ sich mit der Kriminalpolizei in Marburg verbinden. Er trug dem Kollegen am anderen Ende der Leitung sein Anliegen vor. Der Marburger Polizist versprach, das Zeugenpaar für den kommenden Morgen auf das Polizeirevier zu bestellen. Sie vereinbarten, dass er Caspari wegen der genauen Uhrzeit noch Bescheid gab.

Der bubenhafte Beamte kam um die Ecke. »Ich habe mir alle Telefonverbindungen von Hoffmann aus den vergangenen drei Wochen angesehen. Es gibt nichts Außergewöhnliches. Gespräche mit Freunden und Verwandten. Zwei Tage vor dem Mord hat er noch einen Termin mit seiner Autowerkstatt wegen einer Inspektion ausgemacht. Am Tag seiner Ermordung hat er überhaupt nicht telefoniert. Auf seinem Anrufbeantworter waren auch keine Nachrichten. Das ist alles.«

Caspari nickte und bedankte sich.

Mario legte die ausgebreiteten Akten auf einen Stapel. »Ich bin jetzt die Berichte der Kollegen aus Mainz, Frankfurt und Marburg zum dritten Mal durchgegangen. Auch die Patientenakten vor dreißig Jahren ergeben keine Übereinstimmung. Ich stimme Ihnen ja zu, dass es eine Verbindung zwischen den ermordeten Ärzten gegeben haben muss. Aber ich finde diese Nadel im Heuhaufen nicht. Irgendwas haben wir übersehen. Es will mir nicht einfallen, was es ist.«

»Ich schlage jetzt erst einmal einen kurzfristigen Tapetenwechsel vor«, meinte Caspari. »Lassen Sie uns etwas essen gehen und dann kurz durch die Stadt bummeln. Vielleicht löst das die Blockade.«

Fast schweigend genossen sie die Gaumenfreuden im ›Schelm von Bergen‹, einem über die Grenzen Gelnhausens bekannten Speiselokal. Sie ließen den Wagen am Obermarkt stehen und schlenderten durch die historische Altstadt. Caspari zündete sich eine Punch Regalito an und sog genüsslich an der kurzen kubanischen Zigarre mit dem dunklen Deckblatt.

Tina schmunzelte. »Ich bin richtig froh, dass Sie die Dinger nicht im Büro rauchen.«

»Das würde mir im Traum nicht einfallen«, erwiderte

Caspari. »Ich rauche ab und zu eine Zigarre zur Entspannung, aber nicht mitten im größten Stress.«

Er führte seine zwei Mitarbeiter in die verwinkelten Gassen rund um den Ober- und den Untermarkt. Caspari liebte die verträumten Fachwerkfassaden der kleinen alten Häuser. Er sah dem Qualm seiner Zigarre nach, der sich seinen Weg durch die engen Winkel himmelwärts bahnte. Im hinteren Teil eines Geschäftes am Untermarkt betrachteten sie ausgiebig Engelfiguren, Schwippbögen und Weihnachtspyramiden aus dem Erzgebirge. Caspari kaufte einige der kleinen Engel als Schmuck für den Weihnachtsbaum.

Während die Verkäuferin die kleinen Holzkerlchen mit Posaune, Harfe und anderen Musikinstrumenten in den Händen kunstvoll verpackte, blickte er zu Tina und Mario hinüber. Er glaubte, die beiden nicht wiederzuerkennen. Sie glichen zwei Kindern, die staunend vor dem prächtig geschmückten Weihnachtsbaum stehen und vor Freude den Mund offenstehen lassen. Tina holte die Verkäuferin und deutete mit großen Kinderaugen auf eine mittelgroße Pyramide, während Mario vor einem liebvoll aufgestellten Engelsorchester stand und gelegentlich »Bellissimo!« raunte. Caspari hätte seinen beiden Mitarbeitern eher eine nüchterne Weihnachtsdekoration zugetraut. Dass sie mit glänzenden Augen und zwei vollen Einkaufstüten das Geschäft nach einer halben Stunde verließen, machte sie in seinen Augen noch sympathischer.

Ein leichter Nieselregen hatte mittlerweile eingesetzt. Sie gingen mit hochgeschlagenen Mantelkrägen und ausholenden Schritten zum Auto. Als sie einstiegen, blickte Caspari auf die Uhr: 15.40 Uhr.

»Ich fahre Sie beide jetzt zum Revier. Danach spreche ich mit den Angehörigen von Doktor Hoffmann. Wenn sich bei dem Gespräch noch etwas Interessantes ergibt, können wir das nachher nach dem Training bei Seydel besprechen. Bis dahin sollten Sie sich ausruhen. Sie beide haben ohnehin schon genug Überstunden. Wer weiß, was morgen auf uns zukommt.«

Am Revier stiegen die beiden aus. Während Caspari wendete, sah er im Rückspiegel, wie Tina und Mario die Einkaufstüten mit allergrößter Vorsicht im Kofferraum ihres Dienstwagens verstauten. Grinsend machte er sich auf den Weg zum Altenpflegeheim.

Nachdem er das alte Kasernengelände hinter sich gelassen hatte, schaffte sich ein Gefühl in ihm Raum, das ihn verfolgte, seit er denken konnte. Er spürte, wie der Kloß im Hals langsam wieder zu wachsen begann. Die bevorstehende Begegnung mit Pfarrerin Frank verunsicherte ihn. Bei welcher Gelegenheit sollte er ihr die CD geben? Was sollte er ihr dabei sagen, ohne völlig blöd zu wirken? Wie kam ein solcher menschlicher Brocken wie er nur zu der abwegigen Hoffnung, diese attraktive Frau würde auch nur einen Gedanken an ihn verschwenden? Caspari spürte, wie sein Herz heftig zu schlagen begann. ›Wenn du nicht ewig vor dir selbst weglaufen willst, musst du dich dieser Situation stellen‹, sagte er sich immer wieder. Langsam gelang es ihm, mit dieser Selbstbeschwörung und einer kontrollierten Atmung seine Panik in den Griff zu bekommen. Als er vor dem Altenpflegeheim ausstieg, glich er einem Krieger, der sich mit der Aussicht auf die bevorstehende Niederlage in einer Schlacht arrangiert hat. – – –

Clara war am Ende des Trauergesprächs erschöpft. Die nun zurückliegende Stunde war geprägt von der Sprachlosigkeit der Angehörigen von Doktor Hoffmann. Selbst jetzt, vier Tage nach dem Auffinden der Leiche, saß der Schock noch tief. Keiner der Anwesenden konnte begreifen, dass dieser liebe alte Mann auf eine solch grauenvolle Weise getötet worden war. Jochen Arnold hielt die Hand seiner Großmutter, die er immer dann liebevoll drückte, wenn sie wieder aufschluchzte, Karin Meisner und ihr Bruder Bernd Hoffmann hatten die meiste Zeit ins Leere gestarrt. Clara hielt mit ihnen ihr Schweigen aus, mehr konnte sie nicht tun. Hier und da zeigte sich der Ansatz eines Gespräches, das meist nicht über einige Sätze hinausging. Danach trat wieder Stille ein.

Die Beerdigung sollte in zwei Tagen sein. Clara würde heute noch mit den Vorbereitungen beginnen. Eine Beerdigungspredigt für einen Menschen, der auf fürchterliche Weise zu Tode gekommen war, brauchte Zeit. Das galt in besonderem Maße, wenn man als Berufsanfängerin damit betraut war – dessen war Clara sich bewusst.

Sie wünschte gerade den vier Menschen, die ihr gegenüber saßen, viel Kraft für die bevorstehende Zeit, als es an der Tür klopfte. Käthe Hoffmann nickte ihrem Enkel zu, der aufstand und öffnete.

Caspari trat mit geducktem Kopf ein und füllte mit seinen Körpermaßen den Türrahmen fast völlig aus. Clara glaubte, dass ein verstohlenes Lächeln fast unmerklich über sein Gesicht zu huschen schien, als er in ihre Richtung blickte.

»Guten Tag. Mein Name ist Caspari. Ich leite die Ermittlungen beim Mord an Doktor Hoffmann. Es tut mir leid, wenn ich Sie in ihrem Trauergespräch unterbrochen habe; ich wollte Sie nicht stören. Wenn Sie noch etwas Zeit brauchen, warte ich gern draußen.«

»Ich glaube, das ist nicht nötig«, erwiderte Clara. »Wir haben soweit alles besprochen.«

Während die alte Dame ihre Nichte und ihren Neffen vorstellte und Caspari ebenfalls die Hand reichte, stand Clara auf und wollte ihre Jacke nehmen, die über der Lehne eines unbesetzten Sessels hing.

»O nein, bitte nicht«, intervenierte Käthe Arnold. »Bitte bleiben Sie bei uns, während der Kommissar seine Fragen stellt.«

»Ich weiß nicht, ob das möglich ist«, antwortete Clara halbherzig. »Das muss Doktor Caspari entscheiden.«

Clara wusste nicht, was ihr lieber wäre. Es war eine verlockende Perspektive, diesem Raum zu entfliehen, in dem das entsetzte Schweigen sich ausgebreitet hatte wie ein muffiger Geruch. Andererseits hätte sie damit auf die Nähe von Caspari verzichten müssen, der eine ganz ungewohnte Faszination auf sie ausübte.

»Ich denke, in diesem Fall ist das möglich«, antwortete

Caspari mit einem freundlichen Klang in der Stimme. »Ich befrage Sie ja als Zeugen, nicht als mögliche Täter. Pfarrerin Frank kann als Ihre Seelsorgerin bei unserem Gespräch anwesend sein.«

Clara nickte und setzte sich wieder. Jochen Arnold raffte die Mäntel und Jacken zusammen, hob sie vom Sessel hoch und legte sie auf das Bett. Seine Großmutter bot Caspari den leeren Sessel als Sitzplatz an. Clara saß ihm schräg gegenüber. Sie bemerkte, dass Caspari kurz auf den Boden blickte, bevor er seinen Kopf hob und das Gespräch begann.

»Lassen Sie mich zuerst sagen, dass es mir sehr leid tut, was mit Doktor Hoffmann geschehen ist. Ich versichere Ihnen, dass wir alles in unserer Macht Stehende tun, um seinen Mörder zu fassen. Das macht Ihren lieben Angehörigen nicht mehr lebendig, aber es lässt ihm Gerechtigkeit zuteil werden. Es ist jetzt sicher sehr schwer für Sie, meine Fragen zu beantworten. Es ist aber unvermeidbar, damit wir den Verantwortlichen aufspüren, bevor er erneut zuschlägt.«

»Fragen Sie ruhig«, antwortete Bernd Hoffmann. »Ich weiß allerdings nicht, wie ich Ihnen weiterhelfen könnte. Ich lebe, wie Sie sicher wissen, mit meiner Lebensgefährtin in New York, wo ich bei der UNO arbeite.«

»Mich interessiert, ob Ihr Vater einmal bei einem Telefonat oder in einem Brief erwähnt hat, dass er Schwierigkeiten habe.«

Bernd Hoffmann schüttelte den Kopf.

Seine Schwester, Karin Meisner, eine Mittvierzigerin, zuckte mit den Schultern. »Mein Vater mischte sich mit seinem Engagement für die deutsch-polnische Freundschaft aktiv in die Politik ein. Dabei ist er sicherlich hier und da angeeckt. Das ist aber kein Grund, einen Menschen umzubringen, schon gar nicht auf diese brutale Weise.«

»Hat Ihr Vater einmal erwähnt, dass es Schwierigkeiten mit einem seiner früheren Patienten gebe?«

Clara sah Caspari zu, wie er den Stift über das Papier seines Notizblocks gleiten ließ, während er schon sprach. Alle vier verneinten die Frage.

»Wann haben Sie ihn zuletzt gesehen?«

Bernd Arnold stutzte. Dann antwortete er ruhig: »Über die Ostern waren wir, also meine Lebensgefährtin und ich, mit meinem Vater am Arlberg in Österreich zum Skifahren. Danach habe ich ihn nur noch durch das Telefon gesprochen.«

Karin Meisner hatte Tränen in den Augen. »In den Sommerferien haben wir wie jedes Jahr mit den Kindern bei ihm eine Woche Urlaub gemacht. Er hatte wieder ein tolles Programm für die beiden Jungs vorbereitet. Mein Mann und ich hatten dadurch ein bisschen Zeit für uns. Das war das letzte Mal, dass ich ihn gesehen habe. Wir haben aber wie sonst auch oft miteinander telefoniert.«

»Mittwoch letzter Woche besuchte er mich hier«, ergriff Käthe Arnold das Wort.

Clara sah, dass die alte Dame die Hand ihres Enkels fest drückte.

»Er kam immer mittwochs, seit ich hier lebe. Nur wenn er auf Reisen war, besuchte er mich nicht, ansonsten immer. Letzten Mittwoch war er ganz bestimmt hier. Ich erinnere mich noch gut, wie Jochen und er sich über die Gesundheitsreform unterhielten.«

Clara sah Casparis ratlosen Gesichtsausdruck und richtete den Blick dann auf Arnold.

»Meiner Großmutter bleibt nach Abzug aller Kosten für dieses Heim kaum noch etwas zum Leben. Sie hat ein Leben lang hart gearbeitet und immer in die Rentenkasse eingezahlt. Heute ist sie darauf angewiesen, dass ich ihr jeden Monat Taschengeld gebe. Das ist menschenunwürdig.«

Caspari lenkte das Gespräch wieder auf die Suche nach einer möglichen Spur.

»Hat Doktor Hoffmann irgendwann einmal mit Ihnen über einen außergewöhnlichen Fall gesprochen, mit dem er in seiner Zeit als praktizierender Arzt zu tun hatte?«

»Zu keiner Zeit, weder als praktizierender Arzt noch als Pensionär«, antwortete Bernd Hoffmann.

Clara nahm einen missbilligenden Unterton in seiner Stimme wahr.

»Er hielt den Berufsethos des Arztes sehr hoch. Die Schweigepflicht war ihm heilig, selbst seiner Familie gegenüber.«

»Vielen Dank«, sagte Caspari und erhob sich. »Mehr Fragen habe ich zur Zeit nicht.«

In Karin Meisner kam Leben. »Haben Sie denn schon eine Spur?«

»Es tut mir leid, ich kann Ihnen im Moment nichts darüber sagen«, antwortete Caspari sachlich.

Er gab allen die Hand zum Abschied. Clara schloss sich an. Sie wollte den Abschluss des Gespräches als Chance für ihren eigenen Aufbruch nutzen. Caspari zog beim Verlassen des Raumes wieder den Kopf ein, um sich nicht am niedrigen Türrahmen zu stoßen. Die unbeholfene Bewegung amüsierte Clara. Sie grinste in sich hinein.

Schweigend gingen sie nebeneinander über den Flur, als ihnen ein Mann in einem grauen Trenchcoat entgegenkam. Clara fiel seine Haltung auf. Er ging mit kerzengradem Rücken, ohne die Brust herauszustrecken. Sein Scheitel war wie mit einem Lineal gezogen, der Anzug, den sie unter dem offenen Mantel sah, schien maßgeschneidert. Die Krawatte auf dem weißen Hemd war in Muster und Farbe konservativ gewählt.

»Guten Tag, Doktor Caspari«, sagte der Fremde und hielt dem Hünen die Hand hin.

Der schien wie aus Tagträumen gerissen und erwiderte den Gruß. »Guten Tag«, antwortete er verlegen und stellte Clara und den Fremden einander vor. »Das ist Doktor Richter. Er ist als Gerichtsmediziner für das Landeskriminalamt tätig.«

Clara gab ihm die Hand.

»Das ist Pfarrerin Frank«, fuhr Caspari fort. »Sie war als Notfallseelsorgerin mit der Betreuung der Zeugen am Freitagabend betraut und wird Doktor Hoffmann beerdigen.«

Ein höfliches Lächeln huschte über das Gesicht Richters. »Ich habe von Ihrer Einführung in die hiesige Pfarrstelle vor einiger Zeit gelesen.«

»Doktor Richter ist eines Ihrer Schäfchen«, fügte Caspari hinzu. »Was führt Sie in dieses Haus?«

»Mein Vater lebt seit gut einem Jahr hier«, antwortete Richter nüchtern. »Nach einem leichten Schlaganfall konnte er nicht mehr allein in Bad König bleiben«, erklärte er auf Casparis überraschten Blick.

»Ich besuche Frau Arnold, die Schwester von Doktor Hoffmann seit diesem schrecklichen Mord gelegentlich. Würde sich Ihr Vater freuen, wenn ich mich auch mit ihm von Zeit zu Zeit unterhalte?« Ehe Clara darüber nachgedacht hatte, war ihr diese Frage herausgerutscht.

Was hatte sie bloß geritten, als sie ihre Besuche anbot? Sie wusste ja nicht einmal, ob Richter senior evangelisch war. Außerdem wollte sie sich eigentlich nicht noch mehr Arbeit aufladen, als sie ohnehin schon hatte. Das Altenpflegeheim lag im Gemeindebezirk des Dekans. Ihre Vorgänger hatten alle die Besuche dort stillschweigend für ihn übernommen, da die Aufgabenbereiche innerhalb des Dekanats ständig wuchsen. Dekan Kern konnte sich unmöglich zusätzlich um die Heimbewohner kümmern. Andererseits wollte Clara nicht einfach nur einer Tradition folgen, ohne vorher nach anderen Möglichkeiten zu suchen, wie die Menschen im Kreisruheheim betreut werden konnten. Ihr schwebte ein Besuchsdienstkreis vor, dessen Mitglieder ehrenamtlich die Menschen aufsuchen würden.

»Ich glaube, das ist nicht das Richtige, vielen Dank«, antwortete Richter nüchtern. »Wissen Sie, mein Vater hat zeit seines Lebens mit der Religion auf freundlicher Distanz gelebt.«

»Manchmal ändern Menschen im Alter ihre Einstellung dazu«, entgegnete Clara betont freundlich. Sie hatte den Eindruck, Richter bevormunde seinen Vater. Das machte ihn für sie unsympathisch.

Caspari lenkte die Aufmerksamkeit auf sich. »Haben Sie nachher noch ein wenig Zeit, auf das Revier zu kommen? Ich brauche Ihre Hilfe.«

»Natürlich. Ich sehe nur kurz nach meinem Vater, dann

komme ich in den Herzbachweg«, antwortete Richter. Mit einem »Guten Tag« verabschiedete er sich.

Clara bemerkte, dass Caspari wieder leicht hinkte, als sie die Treppe hinunterliefen. Als sie auf den Parkplatz kamen, fühlte sie sich unbeholfen. Wie konnte sie sich verabschieden und gleichzeitig die Möglichkeit eröffnen, dass sie sich wiedersehen? Clara bemerkte die in Casparis Gesicht langsam aufsteigende Röte. Offenbar wusste er auch nicht, wie er mit dieser Situation umgehen sollte. War es wieder die übliche Schüchternheit außerhalb des sicheren beruflichen Terrains, die ihn rot werden ließ, oder ging es ihm genauso wie ihr? Clara war verwirrt.

Caspari räusperte sich. »H-h-h-mm, Sie wollten doch wissen, welche Cello-Suiten wir neulich im Auto gehört haben …« Unbeholfen zog er eine CD-Hülle aus seiner Manteltasche. »Das waren diese Suiten von Johann Sebastian Bach. Die Aufnahmen sind sehr alt. Pablo Casals, einer der größten Cellisten des vergangenen Jahrhunderts, hat sie zwischen 1929 und 1939 eingespielt. Ich habe mir erlaubt, die beiden CDs für Sie zu brennen, da ich nicht weiß, ob diese Aufnahmen noch auf dem Markt sind.«

Clara spürte, wie ihr Herz plötzlich heftig zu schlagen begann. Sie kam sich vor wie ein Schulmädchen, das seinen ersten Liebesbrief in der Hand hielt. Um ihre Aufregung zu verbergen, betrachtete sie die Hülle mit den beiden CDs genauer. Das Cover war eine Farbkopie des Originals. Die CDs waren mit geschmackvoll gestalteten Etiketten bedruckt.

»Danke. Das ist ein wirklich schönes Geschenk«, antwortete sie und sah ihn dabei verlegen an.

Eine unwillkommene Melodie riss sie aus ihrer Stimmung. Auf Casparis Gesicht machte sich ein Ausdruck des Bedauerns breit. Er griff in seine Hosentasche und fischte sein Mobiltelefon heraus. Es musste eine dringende Nachricht sein, die er entgegennahm. Sein Blick verfinsterte sich.

Nachdem er das Gespräch beendet hatte, wirkte er fahrig. »Es tut mir leid! Ich muss leider wieder zum Revier. Soll ich Sie ein Stück mitnehmen?«

»Nein, danke«, antwortete Clara verwirrt. »Nach diesem Beerdigungsgespräch brauche ich ein wenig frische Luft.«

»Das kann ich gut verstehen«, meinte Caspari und reichte ihr die Hand zum Abschied.

Sie spürte, wie seine Pranke ihre Hand umschloss, und genoss die Berührung. – – –

Caspari trommelte nervös mit den Fingern auf seinem Schreibtisch, während er darauf wartete, dass jemand seinen Anruf entgegennahm. Tina und Mario schickten sich an, aus dem Büro zu gehen. Sie hatten genug Takt, ihn bei diesem Telefonat allein zu lassen.

Auf der anderen Seite meldete sich eine bekannte Stimme mit »Rainer Hirt«.

»Grüß' dich, hier ist Christoph. Was gibt es denn so Dringendes, dass du dich im Revier in mein Büro durchstellen lässt?« fragte Caspari mit klopfendem Herzen. Im Grunde ahnte er schon, was der Anruf des Sozialarbeiters vom Jugendamt Gelnhausen zu bedeuten hatte. Schließlich hatte Bertram ihn vorgewarnt.

»Es geht um das Sorgerecht für Lukas«, antwortete Hirt mit ruhiger Stimme. »Deine Ex-Frau und ihr Mann haben es beim Familiengericht beantragt.«

»Na, die beiden haben Nerven«, platzte es aus Caspari heraus. »Nach allem, was geschehen ist, wollen die den Jungen zu sich nehmen? Das kann doch nicht deren Ernst sein!«

»Ich habe den Eindruck, es geht Lukas' Mutter darum, ihn öfter und länger zu sehen, als das bisher von euch gehandhabt wurde. Die beiden wissen ganz genau, dass sie beim Familiengericht kaum Chancen auf ihren Antrag haben. Ich glaube, sie wollen dich nur unter Druck setzen, damit du deine Blockadehaltung gegenüber den Besuchen aufgibst.«

»Was schlägst du vor?« fragte Caspari ein wenig erleichtert.

»Wir treffen uns sehr zeitnah zum gemeinsamen Gespräch im Jugendamt. Das ist im übrigen auch der erste Schritt, den das Familiengericht einfordert. Vielleicht finden wir ja eine Lösung, mit der beide Seiten gut leben können.«

»»Sehr zeitnah««, polterte Caspari. »Mensch, du hast Nerven! Weißt du eigentlich, was hier los ist? Das betrifft nicht nur mich und meine Zeitplanung. Das gilt auch für Jungmann.«

»Ich weiß«, versuchte Hirt zu beschwichtigen. »Aber das Familiengericht nimmt darauf keine Rücksicht. Box dir ein bis zwei Stunden raus, das wird doch gehen. Du hast doch sicherlich gute Mitarbeiter. Ich schlage dir übermorgen, um fünfzehn Uhr vor.«

Caspari überlegte einen Augenblick. Am Donnerstag war die Beerdigung von Hoffmann für vierzehn Uhr angesetzt. Er hatte sich vorgenommen, mit Tina und Mario dort hinzugehen. Der Termin, den Hirt vorschlug, bedeutete, dass er nicht alle Trauergäste am Grab genau beobachten konnte. Er wollte die Möglichkeit nicht ungenutzt verstreichen lassen, unter ihnen den Täter zu entdecken. Es waren meist kleine Gesten, eine kaum wahrnehmbare Absonderlichkeit in der Bewegung, ein winziges Detail, das den Mörder von den anderen Trauergästen unterschied. Caspari hatte gelernt, darauf zu achten, wenn er zur Beerdigung eines Opfers ging. Ein solches Puzzleteilchen war für ihn wie ein versehentlicher, kaum erkennbarer Farbklecks auf einem großen Wandgemälde. Bei zwei seiner früheren Fälle hatte ihm diese Art des Betrachtens geholfen, auf einen Täter aufmerksam zu werden.

Er sagte den Termin zu. Hirt wirkte erleichtert, als er sich verabschiedete.

Caspari rief Tina und Mario wieder herein. Er informierte sie darüber, dass er wahrscheinlich nicht bis zum Ende der Beerdigung anwesen sei. Er wollte zwei Kollegen vom Landeskriminalamt anfordern, die mit versteckten Videokameras das gesamte Geschehen aufnahmen.

Mario zuckte zusammen, als Doktor Richter plötzlich in der Tür stand. »Dottore, schleichen Sie sich immer so an?«

Richter zog einen Mundwinkel zu einem Grinsen hoch. »Doktor Caspari, Sie wollten mich dringend sprechen. Worum geht es?«

Caspari war in Gedanken noch bei der bevorstehenden Beerdigung. Es dauerte einen kleinen Moment, bis ihm wieder einfiel, was er von Richter wollte. Er bot ihm einen Stuhl an.

»Wir haben die Patientendaten aller Opfer der vergangenen zwanzig Jahre nach Gemeinsamkeiten untersucht. Es gab keinerlei Schnittstellen. Und doch bin ich mir sicher, dass ihr Tod in Zusammenhang mit einem Patienten steht, den die vier untersucht oder auch behandelt haben. Ich weiß nur nicht, wo wir noch suchen sollen.«

Richter reckte das Kinn in die Höhe und sah nachdenklich aus dem Fenster. Keiner sagte ein Wort. Nach ein paar Minuten des Schweigens blickte Richter wieder Caspari an.

»Ich denke, Sie sollten sich die Habilitationen einmal genauer ansehen. Vielleicht entstanden sie innerhalb irgendeines gemeinsamen Forschungsprojektes.«

Caspari schlug sich mit der flachen Hand gegen die Stirn. »Warum bin ich nicht selbst darauf gekommen?«

»Ich glaube, ich verstehe nicht so recht«, sagte Mario ratlos.

»Wenn man als Arzt in die Forschung gehen und eine Lehrtätigkeit an der Universität ausüben will, muss man einige Jahre als Assistent eines Professors arbeiten«, erklärte Richter schulmeisterlich. »In dieser Zeit schreibt man seine Habilitation; das ist eine wissenschaftliche Arbeit über ein Thema innerhalb der Medizin. Wird die Habilitation von den Professoren der medizinischen Fakultät, an der man arbeitet, angenommen, ist man habilitiert, das heißt, man kann sich auf einen Lehrstuhl an einer Universität bewerben.«

»Ja, das ist mir bekannt«, maulte Mario. »Aber was hat das mit den Patienten zu tun?«

»Gelegentlich sind Habilitationen Teile eines Forschungsprojektes. Der leitende Professor führt die Personen, die untersucht oder behandelt werden, als seine Patienten. Die Assistenten beschreiben zwar die Untersuchungen und die Forschungsergebnisse in ihren Teilbereichen …«

»… die Behandlungskosten und den Ruhm steckt der Forschungsleiter ein«, unterbrach ihn Mario.

»So könnte man sagen«, meinte Richter ungehalten über die Unterbrechung.

»Das heißt, wir müssen uns die Habilitationen der ersten drei Ermordeten beschaffen und sehen, ob sie innerhalb eines Forschungsprojektes entstanden sind und wer der Forschungsleiter war. Danach nehmen wir dann Einblick in dessen Patientenakten«, fasste Caspari zusammen.

Richter nickte und erhob sich.

»Können Sie uns dabei fachliche Hilfe leisten?« fragte Caspari. »Mit den medizinischen Termini sind wir nicht vertraut.«

Richter zog die Mundwinkel nach unter und atmete tief ein. »Bedaure, der hessische Innenminister hat nachgegeben. Ich muss in der nächsten Woche meinen Posten als Leiter des rechtsmedizinischen Institutes in Heidelberg antreten. Im Augenblick sitze ich Tag und Nacht an den Vorbereitungen für meine Vorlesungen. Wenden Sie sich am besten an meinen Nachfolger, Doktor Michel.«

Caspari nickte, erhob sich und reichte Richter zum Abschied die Hand. Als der gegangen war, sah er Mario an.

»Sie recherchieren morgen alle Habilitationen und überprüfen, ob sie zu einem Forschungsprojekt gehören. Die Patientenakten von jedem leitenden Professor müssen bis morgen abend hier sein. Ich spreche mit Bertram. Er soll Ihnen so viele Beamte wie möglich für diese Arbeit zur Verfügung stellen.

Mario verzog das Gesicht. »O nein! Ich dachte, ich fahre morgen mit Ihnen zu den Kollegen nach Marburg …«

»Tina wird mich begleiten. Ich möchte, dass eine Frau bei der Zeugenbefragung dabei ist und auf Details achtet, die mir als Mann vielleicht entgehen. Außerdem haben Sie doch erst beim letzten Fall darin Talent erwiesen, beim Durchwühlen der Akten auf die richtige Spur zu stoßen.«

Mario blickte noch immer, als hätte er in eine Zitrone gebissen.

»Sobald wir aus Marburg zurück sind, werden wir beide Sie unterstützen«, tröstete ihn Caspari und fügte schmunzelnd hinzu: »Betrachten Sie es bitte nicht als Strafarbeit!«

Er sah auf die Uhr und zog die Augenbraue nach oben.

»Es ist jetzt siebzehn Uhr. In den Instituten an den Universitäten ist jetzt niemand mehr. Ich spreche jetzt mit Bertram, und Sie beide informieren die Kollegen in Frankfurt und Gießen. Dann kann es morgen früh gleich losgehen.«

Richter verabschiedete sich.

Tina und Mario suchten eilig die Telefonnummern der zuständigen Kommissariate in Gießen heraus und begannen zu telefonieren. Caspari musste über den Eifer seiner zwei Mitstreiter so kurz vor dem Ende eines anstrengenden Arbeitstages lächeln. Er vermutete, die beiden wollten schnell in ihr Hotelzimmer fahren, um in aller Ruhe ihre Erzgebirgsfiguren und Pyramiden auszupacken und mit glänzenden Augen zu betrachten. Er winkte ihnen zum Abschied und ging in Bertrams Büro.

Sein ehemaliger Mentor saß am Schreibtisch und hämmerte mit beiden Zeigefingern auf die Tastatur seines Computers ein. Als Caspari gegen den Türrahmen klopfte, sah Bertram auf und bat ihn herein. Caspari erklärte ihm, was sie am nächsten Tag vorhatten. Bertram nickte nachdenklich und sagte ihm jede Unterstützung zu, die er brauchte. Caspari bedankte sich und ging nach einem kurzen Gruß aus dem Büro.

Er hatte keine Lust, auf den bevorstehenden Fürsorgestreit angesprochen zu werden. Müde setzte er sich in seinen Wagen und suchte nach einer geeigneten Musik für die Heimfahrt. Er entschied sich für ›La Traviata‹, eine der berühmten Opern Giuseppe Verdis. Während die Melodien aus den Lautsprechern klangen, begann er sich zu entspannen. Als Caspari von Wächtersbach nach Wittgenborn den Berg hochfuhr, ertönte die Arie ›La donna mobile‹. Caspari sah die Pfarrerin wieder vor sich, wie sie mit einem Gesichtsausdruck von freudiger Überraschung die CDs in der Hand hielt, die er ihr geschenkt hatte. Er spürte, wie sein Puls sich beschleunigte und sein Herz laut zu pochen begann. Seine Schüchternheit hatte nicht verhindern können, dass er sich nach all den Jahren wieder verliebte. Neben der

Euphorie, die ihn sanft durchflutete, wurde er die Frage nicht los, ob es nicht doch ein Greifen nach den Sternen war.

Als er kurz vor Waldensberg abbog und in der Hofeinfahrt hielt, kam Lukas schon angerannt, riss die Autotür auf und begrüßte seinen Vater stürmisch.

Caspari spielte mit seinem Sohn ein paar Runden Uno. Lukas gewann jedes Mal. Caspari fragte sich, ob es Kartenspiele gebe, die nur Kinder gewinnen können.

Beim Abendessen unternahm er einen Vorstoß. »Lukas, ich muss mit dir über deine Besuche bei der Mama reden.«

Lukas' Gesicht wurde ausdruckslos. Das Kind schien angstvoll auf das zu warten, was er ihm sagen musste.

»Elke … deine Mama möchte dich länger sehen als nur ein paar Stunden an jedem zweiten Sonntag.«

Caspari sah, wie sein Sohn sich innerlich verkrampfte.

»Weißt du, deine Mama hat dich sehr lieb und ist traurig, dass sie dich so selten sieht und so wenig Zeit mit dir verbringt«, fuhr er so einfühlsam wie möglich fort. »Sie möchte, dass du ein regelmäßig ein ganzes Wochenende mit ihr verbringst.«

Lukas sprang von seinem Kinderstuhl, hüpfte auf Casparis Schoß und vergrub seinen Kopf in den großen, starken Armen seines Vaters.

»Papa, nein! Ich will da nicht mehr hin. Ich will nicht mehr in das Haus. Ich hab' Angst vor dem Jürgen.«

Caspari strich über Lukas' Kopf. Er war sich klar darüber, dass er seinen Sohn nicht für alle Zeit davor bewahren konnte, mit solchen Wünschen seiner Mutter konfrontiert zu werden. Das Einzige und auch das Wichtigste, was er ihm in solchen Situationen geben konnte, war viel Liebe, Verständnis und Sicherheit. Lukas würde sich darauf verlassen können, dass sein Vater immer für ihn da ist.

Der Kleine begann ruhiger zu werden.

Caspari sprach fast flüsternd zu ihm. »Niemand kann dich zu irgend etwas zwingen. Es wird ein Mann kommen, der mit dir reden und wissen will, wie du darüber denkst. Dem musst du alles ganz genau sagen.«

»Wer ist der Mann?« wollte der Kleine wissen.

»Das ist der Herr Hirt vom Jugendamt«, antwortete Caspari. »Du kennst ihn von früher.«

Lukas löste seine Umklammerung. »Papa, muss ich wieder mit Mama und dem Jürgen in dem Haus für immer leben?«

»Nicht, wenn du es nicht willst«, versicherte ihm Caspari und drückte ihn dabei noch einmal fest an sich.

Lukas gab ihm einen Kuss auf die Wange und flüsterte ihm ins Ohr: »Ich will bei dir bleiben – immer!«

»Und ich werde alles tun, dass du das tun kannst«, flüsterte Caspari zurück.

»Darf ich heute abend bei dir schlafen?« fragte der Kleine.

Caspari hatte sein Bett am liebsten für sich selbst. Wenn Lukas nachts zu ihm kam, lag er entweder halb auf seinem Vater oder er warf sich unruhig im Bett hin und her. Caspari wusste allerdings nur zu gut, dass sein Sohn nach Geborgenheit suchte, wenn er mit seinen Erlebnissen aus jener Zeit konfrontiert wurde, in der er noch bei seiner Mutter und deren neuem Mann lebte.

»Na gut, aber nur ausnahmsweise«, brummte Caspari gutmütig und schickte Lukas ins Bad zur Abendtoilette. Mit einer Geschichte von Astrid Lindgren und einem Gute-Nacht-Gebet schickte Caspari seinen Sohn schlafen.

Danach saß er schweigend im Wohnzimmer und hörte die Cello-Suiten von Bach. Sie konnten ihn dieses Mal allerdings nicht in ihre Klangwelt hineinziehen. Seine Gedanken kreisten ständig um den bevorstehenden Termin im Jugendamt. Er war wütend auf Elke und Jürgen Jungmann. Hatten die beiden wirklich keine Ahnung, was sie Lukas mit ihrem Verhalten antaten, oder sahen sie nur sich und ihre Wünsche und Bedürfnisse? Dreimal an diesem Abend griff Caspari zum Telefon und begann die Nummer seiner Ex-Frau zu wählen. Mittendrin brach er immer den Wählvorgang ab und knallte den Hörer wütend wieder auf. Er ging an den Kühlschrank und holte sich eine Flasche Weizenbier. Es sollte nicht die letzte an diesem Abend sein. Er legte ›La Bohème‹* auf und ergab sich der melancholisch schönen Stimmung

*\) *Giacomo Puccini: La Bohème*

dieser Oper. Müde und leicht angetrunken ging er ins Bett. Lukas kuschelte sich im Schlaf an ihn. Das gleichmäßige Atmen des Kindes und der Alkohol im Blut ließen ihn schnell einschlafen.

Kapitel IV

INGE FAND KEINE RUHE. Die Jagd musste weitergehen. Sie konnte sich aber nicht mehr so frei bewegen wie bisher. Der Junge musste sie fahren. Sie war auf seine Hilfe angewiesen. In den letzten Tagen traf er sich allerdings immer wieder mit diesen fremden Leuten. Für Inges Anliegen hatte er keine Zeit. Er gewann vielmehr an Selbstvertrauen. Sein Wille, sich gegen sie durchzusetzen, nahm zu. Inge wusste, dass er ihre Mission schon von Anfang an abgelehnt hatte. Seit dem Fernsehauftritt des hünenhaften Polizisten sagte er ihr das jedoch immer öfter und immer klarer ins Gesicht. Hatte er zu guter Letzt mehr von ihr gelernt als sie von ihm? Ihre Fähigkeiten, was Mitfühlen, Empathie und Liebe betraf, waren nur wenig gewachsen, sein Selbstbewusstsein dafür umso mehr. Sie konnte ihn jetzt nicht mehr so einfach töten, wie sie sich das vorgenommen hatte. Sie war jetzt selbst eine Gejagte, sie brauchte ihn mehr denn je. Der Junge musste ihr bei ihrer Jagd von nun an helfen. Da draußen lief noch einer dieser Dämonen herum. Sie hatte begonnen, ihn zu beobachten. Ein paar seiner Gewohnheiten kannte sie bereits. Es würde nicht allzu schwer werden. Allerdings durfte sie sich nicht zu sehr in Sicherheit wiegen und beginnen, schlampig zu arbeiten.

Noch war das Ende nicht in Sicht, war ihre Mission nicht erfüllt. Gott würde sie erst aus dieser schweren Aufgabe entlassen, wenn die Teufel durch ihre Hand getötet waren. Aufgeregt überlegte sie, wie sie den Jungen dazu bringen konnte, ihr zu helfen. Nervös kaute sie ihre Fingernägel. Plötzlich, wie aus dem Nichts, kam ihr ein Gedanke: Sie musste ihn erpressen. Bisher hatte sich Inge nie besonders um die Verwandten des Jungen gekümmert. Es war bisher nicht wichtig für ihre ohnehin komplizierte Beziehung, dass sie diese Menschen kannte. Jetzt war es an der Zeit, den Jungen über sie auszufragen. Danach würde Inge ihm drohen, einen nach dem anderen zu töten, wenn er sich weiterhin weigerte, ihr bei der Jagd zu helfen.

Zweifel meldeten sich in ihrem Kopf zu Wort. War es recht, Unschuldige während der Jagd zu töten? Würde Gott das wollen? Wäre ihre Mission nicht mehr geheiligt, wenn sie das täte?

Inge rang nach Antworten auf diese Fragen. Sie rechtfertigte sich damit, dass es ohnehin nicht dazu kommen würde. Der Junge würde nicht wollen, dass seine Verwandten seinetwillen starben. Die Drohung allein würde bereits erreichen, dass er Inge unterstützte. Einen dieser Menschen zu töten war deshalb gar nicht notwendig, sagte sie sich selbst. Und wenn doch, so war es zwar ein bedauerliches, aber notwendiges Opfer, das im Kampf gegen die teuflischen Mächte gebracht werden muss. Das müsste selbst Gott einsehen. – – –

Caspari brachte Lukas zum Kindergarten. Der Junge tat sich an diesem Tag schwer, sich von seinem Vater zu verabschieden. Danach brachte Caspari zwei Körbe Wäsche zu einer Frau, die sie gegen Bezahlung bügelte. Seine Mutter hatte ihm schon mehrfach angeboten, diese Arbeit für ihn zu erledigen. Doch Caspari hatte immer abgelehnt. Seine Eltern hatten schon genug Belastung durch die Betreuung von Lukas in den Stunden, in denen er arbeitete.

Auf der Autobahn vor Gelnhausen meldete sich sein Mobiltelefon. Er schaltete die Freisprechanlage ein. »Hier ist Michael Gärtner. Guten Morgen.«

Caspari war überrascht, als er die Stimme des Amtsarztes des Landeskriminalamtes hörte.

»Morgen«, grüßte er zurück. »Was verschafft mir die Ehre deines Anrufes?«

»Ich möchte dich daran erinnern, dass du morgen Vormittag um halb zehn einen Termin bei mir hast. Da du das für gewöhnlich vergisst, wollte ich dich heute mal persönlich darauf aufmerksam machen.«

»Mensch, muss das denn ausgerechnet jetzt sein?« maulte Caspari. »Ich bin gerade mitten in einer Ermittlung.«

»Ich weiß: der ›Chirurg‹«, unterbrach ihn Gärtner. »Aber wenn man es genau nimmt, bist du immer mit etwas Wichtigem beschäftigt, wenn deine Untersuchung ansteht.«

»Können wir das denn nicht auf Anfang nächsten Jahres verschieben?« begann Caspari zu handeln.

»Darf ich dich daran erinnern, dass die jährliche amtsärztliche Untersuchung eine Voraussetzung bei deiner Einstellung beim Landeskriminalamt war? Denk mal an deine Schussverletzungen.«

»Meine Güte, die sind doch nun schon dreizehn Jahre alt!« erwiderte Caspari.

»Auf jeden Fall waren sie so schwer, dass du fast daran gestorben wärst. Sie müssen regelmäßig beobachtet werden.«

»Also gut«, meinte Caspari und ergab sich in sein Schicksal. »Aber mach es kurz. Im Moment kann ich eigentlich keinen Tag verschenken.«

»Ich weiß, ich weiß«, klang es durch die Freisprechanlage. »Aber wage dich bloß nicht, den Termin platzen zu lassen!«

Caspari brummte ungehalten und beendete das Gespräch. Diese Untersuchung kam ihm alles andere als gelegen. Es würde ihn einen ganzen Vormittag kosten, nach Wiesbaden zu fahren, um sich Doktor Gärtner vorzustellen. Nach der Beerdigung hatte er den Termin im Jugendamt. Anschließend würde ihm die Zeit fehlen, sich intensiv mit den neuesten Ermittlungsergebnissen zu befassen. Lukas brauchte im Moment vor allem eines: viel Zeit mit seinem Vater.

Im Polizeirevier warteten Mario und Tina bereits auf ihn.

»Die Kollegen aus Frankfurt und Gießen sind bereits informiert«, gab Mario in einem nörgelnden Ton von sich. »Die nehmen im Augenblick mit den Fachbereichen an den Universitäten Kontakt auf. Von denen werden wir bald Näheres über die Habilitationen der drei ersten Mordopfer wissen.«

»Wenn wir auf diesem Wege auf unseren Mann stoßen, bin ich Ihnen etwas schuldig«, sagte Caspari lächelnd und klopfte Mario auf die Schulter und blickte dann zu seiner Mitarbeiterin hinüber. »Tina, lassen Sie uns fahren. In einer guten Stunde müssen wir in Marburg sein.«

Tina hauchte Mario einen Kuss auf die Wange und verabschiedete sich. »Ciao, bello!«

Als sie eine Weile gefahren waren, brach Tina das Schweigen. »Ich kenne Ihre Vorliebe für klassische Musik. Aber könnten wir während der Fahrt ausnahmsweise etwas anderes hören?«

Caspari grinste und schaltete das Radio ein.

»Meinen Sie wirklich, diese Fahrt und das Gespräch mit den Zeugen in Marburg lohnen sich?« fragte Tina.

Caspari schätzte ihre direkte Art. Tinas Einwände hatten ihn gelegentlich davor bewahrt, sich zu sehr auf eine mögliche Spur zu fixieren und die anderen dabei zu vernachlässigen.

»Es geht mir nur um ein kleines Puzzleteilchen, das ich suche. Mehr erwarte ich gar nicht von diesem Gespräch. Wenn ich eine Idee davon bekomme, was es mit dem Mund auf sich hat, sind wir hoffentlich ein Stück weiter.«

»Was, glauben Sie, hat es mit dem Mund auf sich?«

»Es ist nur so ein vages Gefühl, das ich noch nicht so recht in Worte fassen kann. Unser Pärchen konnte wegen der Dunkelheit nicht viel von der Frau erkennen, obwohl sein Wagen in ihrer Nähe stand. Trotzdem ist ihnen dieser Mund als markantes Merkmal aufgefallen. Das hat doch etwas zu bedeuten, finden Sie nicht?«

Tina nickte nachdenklich, während Caspari den Volvo mit hoher Geschwindigkeit auf der Autobahn fuhr.

Pünktlich kamen sie am Marburger Polizeirevier an. Nachdem sie sich vorgestellt hatten, wurden sie in einen Besprechungsraum geführt. Der Marburger Kollege stellte ihnen das Pärchen, das dort mit blassen Gesichtern saß, vor. Caspari schätzte beide auf Anfang zwanzig. Die Hände des Mannes fielen ihm auf: Rückstände von Öl und Schmiere hatten sich tief in die Hautporen gesetzt. Er war unverkennbar ein Automechaniker. Die Brusttasche seiner Jeansjacke war ausgebeult. Die Zigarettenschachtel und das Feuerzeug, die zuvor noch darin gesteckt hatten, lagen vor ihm auf dem Tisch. Nervös griff er nach einer Zigarette und zündete sie sich an. Die junge Frau neben ihm wirkte aufgeregt und blass. Ihr volles, lockiges Haar war mit einer schwarzen Schleife hinten zusammengebunden.

Caspari stellte Tina und sich vor.

»Warum müssen wir noch einmal herkommen?« platzte es aus dem Mann heraus. »Wir haben ohnehin viele Schwierigkeiten in unserer Firma wegen unserer Zeugenaussage!«

»Man sagte uns, dass bei Ihnen Verhältnisse innerhalb der Belegschaft nicht gern gesehen werden«, erwiderte Tina mit verständnisvollem Ton.

»Wenn es nur das wäre«, sagte der Mechaniker. »Mein eigener Wagen hatte einen Motorschaden und stand in der Werkstatt. Der Chef hatte mir einen Vorführwagen für diesen Abend gegeben. Die Vorstellung, dass wir darin … Es hat ihn sehr geärgert.«

»Es tut mir leid, dass Sie diese Schwierigkeiten haben«, schaltete sich Caspari ein. »Aber vergessen Sie bitte nicht, dass Sie uns helfen, einen Serientäter zu fassen.«

Die junge Frau nickte. Eine Strähne ihrer flachsblonden Locken löste sich und fiel ihr in die Stirn. »Wenn ich daran denke, wen wir dort auf dem Parkplatz gesehen haben, überkommt es mich ganz kalt. Manchmal frage ich mich, wie es uns ergangen wäre, wenn sie uns entdeckt hätte.«

Caspari blickte die beiden einen Augenblick an.

»Ich möchte, dass Sie sich noch einmal ganz genau diesen Abend ins Gedächtnis rufen. Bitte beschreiben Sie jedes Detail, an das Sie sich erinnern können, ganz genau. Es spielt keine Rolle, ob Sie es für unwichtig halten. Alles auch noch so Unbedeutende kann uns weiterbringen.«

»Wir hatten unseren Wagen etwa zehn Meter von diesem Zafira entfernt geparkt«, begann der Mechaniker, während er nervös mit seinem Feuerzeug spielte. »In diesem Teil des Parkplatzes war keine Straßenlaterne; die nächste stand ein Stück weg und leuchtete nur schwach zu uns herüber. Wir fühlten uns daher unbeobachtet. Als wir anfingen, uns zu küssen, bemerkte Kerstin plötzlich eine Bewegung.«

»Die Situation war mir peinlich, wir hatten kaum noch

etwas an«, fuhr die junge Frau fort, während sie sich die Strähne aus der Stirn wischte. »Also rutschten wir etwas nach unten, bedeckten uns schnell mir unseren Jacken und sahen vorsichtig durch die Windschutzscheibe. Da war eine Frau aus dem Wald gekommen. Sie trug einen dunklen Overall. Die genaue Farbe konnte ich bei den Lichtverhältnissen nicht erkennen. Außerdem war da noch der Rucksack, den sie trug. Sie schloss den Zafira auf. Bevor sie einstieg, blickte sie noch einmal über den Parkplatz. Sie kam sogar ein paar Schritte auf unseren Wagen zugelaufen. Wir duckten uns, so gut es nur ging.«

»Ich konnte aus dem Seitenfenster noch einen kurzen Blick auf sie werfen«, schaltete sich der Mechaniker wieder ein. »So habe ich sie im Halbdunkel doch noch einigermaßen sehen können.«

Caspari hörte geduldig zu, Tina machte sich Notizen. Nachdem die beiden Zeugen verstummt waren, lenkte er das Gespräch in die Richtung, die ihm wichtig war. Andächtig legte er die Phantomzeichnung auf den Tisch zwischen ihnen.

»Ich interessiere mich für das Gesicht dieser Frau. Dieses Bild entstand nach ihren Angaben. Viele Konturen sind sehr unscharf, andere wiederum sehr genau getroffen.«

»Das lag an den Lichtverhältnissen auf dem Parkplatz«, rechtfertigte sich die junge Frau. »Außerdem mussten wir uns ja auch ducken. Es ging alles so schnell.«

»Was fällt Ihnen zu dem Mund dieser Frau ein?« fuhr Caspari unbeirrt fort und zeigte auf das Bild.

»Der war sehr markant«, meinte die Frau. »Irgendwie passte der gar nicht zu dem Rest des Gesichts.«

»Hatte die Frau vielleicht zu viel Lippenstift aufgetragen?« hakte Caspari nach.

»Nein, das hatte mit Lippenstift nichts zu tun«, antwortete die Zeugin.

»Wie konnten Sie diesen markanten Mund so genau sehen, wenn sich doch alles im Halbdunkel abspielte?« fragte Tina.

Caspari blickte kurz zu ihr. Während der Fahrt hatten sie

verabredet, dass Tina als advocatus diaboli im Gespräch auftreten und das Pärchen gegebenenfalls aus der Reserve lokken sollte. Er schätzte ihr Talent beim Spielen dieser Rolle.

»Sie glauben uns wohl nicht?« ereiferte sich der Mechaniker. »Als die Frau etwas näher an unser Auto herankam, konnte ich diesen Mund ganz deutlich sehen.«

Tina ließ nicht locker. »Warum nicht das übrige Gesicht?«

»Das haben wir so gut beschrieben, wie es eben ging. Die Frau hatte ein ganz gewöhnliches Allerweltsgesicht – außer dem Mund.«

»Mir ist aber immer noch nicht klar, was an diesem Mund so außergewöhnlich sein soll«, bohrte Tina weiter.

Caspari beobachtete, wie die beiden angestrengt nach Worten suchten.

Die junge Frau ergriff zuerst das Wort. »Er … er sah aus, als gehörte er zu einem anderen Gesicht.«

Caspari nickte Tina zu. Dann wandte er sich an das Pärchen. »Vielen Dank, dass Sie beide noch einmal gekommen sind. Sie waren eine große Hilfe.«

Während der Beamte den Mechaniker und die junge Frau hinausbegleitete, musste Caspari unwillkürlich grinsen. Tina sah ihn an und grinste ebenfalls.

»Der Mund gehört zu einem anderen Gesicht«, fasste Caspari zusammen. »Was sagt uns das?«

»Dass wir es hier mit einem Menschen in einer Maskerade zu tun haben«, antwortete Tina.

»Ein Mann in der Verkleidung einer Frau«, ergänzte Caspari.

Tina steckte ihren Notizblock ein und fuhr sich durch das Haar. »Die beiden haben gerade Ihre Theorie gestützt, dass es sich bei dem Täter um einen Mann handelt. War dies das Puzzleteilchen, das Sie gesucht haben?«

»Ja.« Caspari fühlte sich erleichtert und angespornt zugleich. Seit dem ersten Tag der Ermittlungen vor sechs Wochen waren sie dem Täter jetzt ein entscheidendes Stück näher gekommen.

»Was bedeutet die Tatsache, dass er sich verkleidet, für unsere Ermittlungen?« fragte Tina.

Caspari zuckte mit den Schultern. »Es sagt natürlich etwas über unseren Mann aus. Aber was, das weiß ich noch nicht genau. Wir müssen auf die Auswertung der Habilitationen warten, vielleicht klärt sich dann die Maskerade auf. Es ist aber auch möglich, dass diese Verkleidung eine reine Tarnung ist, mit der uns der ›Chirurg‹ in die Irre führen will. Bei seiner Intelligenz ist ihm das zuzutrauen.«

Caspari und Tina bedankten sich bei den Marburger Kollegen und fuhren ohne Pause wieder zurück nach Gelnhausen.

Im Revier fanden sie Mario wild gestikulierend am Telefon. »Hören Sie mir gut zu!« donnerte er mit seinem südländischen Temperament in den Hörer. »Hier geht es um mehrfachen Mord. Es ist mit schnuppe, was Sie sonst noch zu tun haben. Sie suchen jetzt unverzüglich die Habilitationen der Professoren Kleinert und Münch heraus. Die wird es ja mittlerweile sicher als Textdateien für den Computer geben. Bevor Ihre Fakultätsbibliothek heute schließt, haben Sie mir das als E-Mail zugesandt. Wenn nicht, bekommen Sie eine Anklage wegen Behinderung der Polizei bei Ermittlungstätigkeiten. Habe ich mich klar ausgedrückt? … Der richterliche Beschluss dafür? Der wird Ihrem Dekan gerade von einem Kollegen vor Ort überbracht. Nun gehen sie in Gottes Namen an die Arbeit! … Ja, auch guten Tag!«

Caspari und Tina lachten herzlich, als Mario den Hörer auf die Gabel knallte.

»Dieser Korinthenkacker, dieser Bücherwurm«, fluchte Mario. »Der Bibliothekar der medizinischen Fakultät der Universität Frankfurt meint, er dürfe die Habilitationen nicht herausrücken. Sein Kollege in Gießen hat uns die Schrift von Professor Hagen sofort und ohne Probleme via E-Mail geschickt.«

»Lassen Sie uns essen gehen. Wenn alle Schriften angekommen sind, haben wir dafür wahrscheinlich keine Zeit mehr«, meinte Caspari hungrig.

Im ›Café 17‹ gegenüber dem Bahnhof fanden sie einen Tisch in einer hinteren Ecke, an dem sie sich ungestört unterhalten konnten. Tina unterrichtete Mario über das Gespräch in Marburg. Caspari gefiel die Art und Weise, wie beide sich auf der beruflichen Ebene miteinander unterhalten konnten, ohne dabei ihr Verhältnis zueinander zu überspielen. Tina, die sonst so dynamisch wirkte, zeigte sich in solchen Momenten von ihrer weicheren Seite. Mario, der meist seine südländische Leichtfüßigkeit gern hervorkehrte, war im Gespräch mit ihr ein ruhiger, einfühlsamer Zuhörer.

Während Caspari seine Mitarbeiter betrachtete, musste er gegen die dunklen Gedanken und Gefühle ankämpfen, die er in sich aufsteigen spürte. Wann hatte er das letzte Mal einer Frau so nahegestanden? Gespräche, die vom Gefühl der gegenseitigen Zuneigung getragen waren, hatte er vor sechs Jahren mit Elke geführt. Danach war seine Ehe so still und leise in die Brüche gegangen, dass er selbst es nicht bemerkt hatte. Caspari versuchte, sich die Pfarrerin in Erinnerung zu rufen, um nicht in einer depressiven Stimmung zu versinken. Er rief sich ihren Gesichtsausdruck vor Augen, als er ihr die CDs überreicht hatte. Ihre Augen und ihr Mund drückten auf eine wunderbar natürliche und lebendige Weise ihr Überraschung und Freude aus. Mit diesem Bild vor seinem geistigen Auge gelang es ihm, die trüben Gedanken zu vertreiben.

Während das Essen serviert wurde, schilderte Caspari Tina und Mario seine Terminschwierigkeiten am folgenden Tag. »Ich möchte Sie beide bitten, morgen abend noch eine Weile bei mir zu Hause weiterzuarbeiten«, schloss er.

»Aber nur, wenn Sie noch etwas von dem leckeren Jubiläumsbier im Haus haben«, scherzte Mario.

Caspari lachte.

»Das wird sich machen lassen. Ich hätte nicht gedacht, dass unser Wächtersbacher Bier einen so bleibenden Eindruck bei Ihnen hinterlässt.«

Im Polizeirevier sah Mario in seiner E-Mail-Box nach. Er reckte die Faust. »Der Bibliothekar hat tatsächlich beide Habilitationen zugeschickt! Jetzt habe ich alle drei zusammen.«

Caspari brummte zufrieden. »Schicken Sie die Schriften gleich weiter ans LKA. Ich telefoniere mit Doktor Michel von der Gerichtsmedizin. Er soll sie sich gleich ansehen. Dasselbe werden wir wohl jetzt auch machen müssen.«

Während sie sich die Habilitationen untereinander aufteilten, klopfte es an der Bürotür.

Bertram kam mit einigen Akten unter dem Arm herein. »Das sind die Gesprächsnotizen aller Anrufe, die seit deinem letzten Auftritt in Funk und Fernsehen bei uns eingegangen sind. Über fünftausend Leute glauben, etwas über die Frau mit dem Zafira sagen zu können. Bis wir allen Hinweisen nachgegangen sind, ist es Weihnachten.«

Caspari lachte und klopfte Bertram freundschaftlich auf die Schulter.

Bertram zog unter dem Stapel ein Blatt hervor. »Dieses Fax vom LKA ging vorhin bei uns ein, als ihr in der Mittagspause wart. Ich habe mir erlaubt, es zu lesen. Die Kollegen teilen darin mit, dass die Überprüfung aller Pharmareferenten nichts gebracht habe. Erstaunlicherweise hat jeder ein Alibi, einige sogar von ihren außerehelichen Partnerinnen. Ich glaube, in diese Richtung brauchen wir nicht mehr weiterzuermitteln.«

Nachdem Bertram wieder gegangen war, griff Caspari zum Telefon und rief den neuen Leiter der Gerichtsmedizin im LKA an. Doktor Michel saß bereits vor dem Computer und las die Einleitung der Habilitation von Professor Hagen.

»Alles werde ich nicht lesen können«, meinte der Gerichtsmediziner gut gelaunt. »Aber gemeinsame Projekte oder Schnittstellen in den drei Arbeiten werde ich bis morgen abend sicher gefunden haben.«

»Wir sitzen auch daran«, antwortete Caspari. »Vielleicht fällt uns als medizinische Laien ja etwas auf, über das ein Arzt hinwegliest, weil es ihm unbedeutend erscheint.«

Nach dem Telefonat startete Caspari sein Notebook. Mario hatte ihm bereits eine CD-ROM mit der Arbeit von Professor Münch gebrannt. Caspari hoffte inständig, dass sie endlich auf der richtigen Fährte waren. – – –

Clara rieb sich die brennenden Augen und erhob sich aus ihrem Schreibtischstuhl. In den vergangenen drei Stunden hatte sie die Predigt zur Beerdigung von Doktor Hoffmann geschrieben und Gebete und andere liturgische Voten hinzugefügt. Mit dem Ergebnis war sie zufrieden. Stehend fuhr sie mit der Computermouse auf das Symbol ›Drucken‹ und klickte es an. Der Drucker erwachte aus seinem Dornröschenschlaf. Clara schlenderte in die Küche und kochte Tee.

Das Läuten an der Tür riss sie aus ihren Gedanken. Während sie zur Gegensprechanlage lief, sah sie auf ihre Armbanduhr. Wer könnte an diesem Abend an ihrer Tür läuten? Sie hatte keine Gespräche für diesen Tag ausgemacht. Clara hoffte inständig, dass nicht jemand eine weitere Beerdigung anmeldete.

Über die Gegensprechanlage meldete sich eine undeutliche Mädchenstimme. »Hallo, Frau Frank. Hier ist Jenny. Bitte entschuldigen Sie. Ich muss mal mit Ihnen reden.«

Clara erkannte eine ihrer Schülerinnen aus dem Gymnasium. Etwas in der Stimme des Mädchens beunruhigte sie.

»Einen Moment, ich komme runter«, antwortete sie und lief die Treppe hinunter. Als sie die Haustür öffnete, fiel ihr das Mädchen geradewegs in die Arme. Clara fing sie auf und führte sie in den Hausflur hinein. Mit einem Tritt schloss sie die Tür. Diese Szene war nicht für neugierige Augen bestimmt. Jenny war leichenblass und zitterte wie Espenlaub. Clara führte sie die Treppe hinauf und setzte sie in der Küche auf einen Stuhl.

Der Tee war gerade fertig. Sie stellte zwei Tassen, Milch und Zucker auf den Tisch und goss dem Mädchen und sich selbst ein. Jenny umfasste ihre Tasse mit beiden Händen und wärmte sich daran. Langsam begann sie zu trinken. Clara setzte sich ihr gegenüber und trank ebenfalls den dampfenden Tee.

»Was ist los, Jenny?« fragte sie nach einer Weile. Jenny war ihr im letzten Monat durch ihre geistige Abwesenheit im Religionsunterricht aufgefallen. Wann immer Clara sie am Ende der Stunde darauf angesprochen hatte, hatte Jenny ausweichende Antworten gegeben.

»Ihnen ist ja schon aufgefallen, dass ich in der letzten Zeit Schwierigkeiten habe, mich zu konzentrieren. Meine Eltern wollen sich scheiden lassen. Zur Zeit ist es total mies bei uns zu Hause. Die beiden schreien sich bei jeder Gelegenheit an. Mein kleiner Bruder ist schon völlig durch den Wind. Jeder von den beiden versucht, uns auf seine Seite zu ziehen, damit wir bei ihm oder ihr leben. Dabei wird mit harten Bandagen gekämpft, das kann ich Ihnen sagen!«

»Das tut mir leid für dich«, antwortete Clara so einfühlsam, wie sie nur konnte.

Eigentlich war sie müde von den Vorbereitungen auf die Beerdigung am folgenden Tag. Sie wusste nicht, woher sie die Energie für diese Gespräch noch nehmen sollte. Doch das Mädchen brauchte jetzt ihre uneingeschränkte Zuwendung.

»Über eine meiner Freundinnen bin ich vor sechs Wochen in diese Clique hineingekommen«, fuhr Jenny fort. »Die hatten alle Verständnis für meine Situation. Ich hab' mich überreden lassen, ein paar Pillen auszuprobieren. Damit könnte ich den Beziehungskrieg zu Hause für eine Weile vergessen, sagten sie. Am Anfang war das alles ja auch echt easy. Das mit dem Vergessen hat wirklich funktioniert. Die Pillen waren auch nicht teuer. Die konnte ich gut von meinem Taschengeld finanzieren. Doch mit der Zeit nahm ich immer mehr. Ich konnte es noch gut kontrollieren. In der Schule hab' ich nichts davon genommen. Aber immer, wenn ich mich in meiner Freizeit irgendwo ungestört zurückziehen konnte, hab' ich die Dinger geschluckt.«

Jennys Finger begannen wieder zu zittern. Clara hielt ihre Hände fest und stellte die Tasse des Mädchens langsam auf den Küchentisch.

Jenny begann zu weinen. »Letztes Wochenende war ich wieder auf einer dieser Partys. Einer der Typen aus der Clique meinte, das mit den Pillen sei Kinderkram. Er hätte was für mich, das um Lichtjahre besser sei. Irgendwas in mir hat nein gesagt, aber meine Lust darauf, meinem Zuhause zu entfliehen, war größer. Also hab' ich mir diese Spritze von ihm geben lassen. Heroin, verstehen Sie? Der Trip war echt spitze! Aber als ich wieder klar wurde, hab' ich erst begriffen, auf was ich mich da eingelassen habe. Der Typ hat mich zwei Tage später wieder gefragt, ob ich einen Schuss will. Ich hab' ihm gesagt, dass ich lieber bei den Pillen bleibe. Er meinte, die Dinger würde er mir nicht mehr verkaufen. Er wolle mich nur mit erstklassiger Ware versorgen. Das sei er seinem Ruf schuldig.« Jenny rieb sich mit den Händen über das fahle Gesicht. »Seit vorgestern sind die Pillen alle aufgebraucht, und ich merke seit gestern, wie abhängig ich bin. Mir geht's total miserabel. Ich bin voll auf Entzug. Ich weiß nicht mehr, was ich machen soll. Wenn ich zu dem Typen gehe, gibt der mir nur noch Schnee. Einen anderen Dealer kenne ich hier nicht.«

Clara ließ einen Moment des Schweigens zu, während sie überlegte. Sie hatte Jenny mehrmals Gespräche in der Schule angeboten. Jetzt fühlte sie sich überfordert.

»Was erwartest du jetzt von mir? Wie kann ich dir helfen?«

Jenny liefen Tränen über die Wangen. »Ich möchte, dass das aufhört! Ich will keine Pillen mehr schlucken! Ich will da raus, bevor es zu spät ist! Bitte helfen Sie mir!«

»Bist du bereit, eine Entziehungskur zu machen?« fragte Clara.

»Ja, das bin ich. Einen anderen Weg gibt es ja wohl nicht.«

»Über eines musst du dir aber im klaren sein«, fuhr Clara fort. »Diese Entziehung kann dich von den Drogen wegbringen. Die Ehe deiner Eltern kann sie nicht kitten. Du wirst lernen müssen, damit zu leben, dass deine Eltern im Streit auseinandergehen.«

Jenny nickte traurig.

»Zuerst musst du allerdings mit den beiden reden«, sagte Clara offen. »Du kannst nicht plötzlich vom Erdboden verschwinden und in eine Klinik abtauchen. Deine Eltern müssen darüber informiert sein.«

Jenny zuckte zusammen. »O nein, das geht nicht! Die bringen mich um!«

»Nein, das werden sie nicht«, unterbrach Clara. »Wenn sie noch einen Funken Vernunft und Liebe für dich in sich haben, dann werden sie furchtbar erschrecken und mit allen Mitteln versuchen, dir zu helfen.«

Jenny verschränkte beide Arme vor der Brust, als wollte sie sich wärmen. »Das kann ich nicht. Da bekomme ich keinen Ton heraus.«

Clara schüttelte energisch den Kopf. »Nein, du schaffst das. Ich werde dich begleiten und dir helfen, mit deinen Eltern reden.« Sie blickte auf die Küchenuhr. »Es ist jetzt halb sieben. Sind beide jetzt zu Hause?« fragte sie.

Jenny nickte.

»Und dein kleiner Bruder? Ist der auch da?«

»Nein, der ist über die Herbstferien bei unseren Großeltern.«

»O.K., dann lass uns gehen«, sagte Clara und ging in den Flur, wo sie sich schnell ihre Stiefel anzog und die Jacke überstreifte. Mit Jenny im Schlepptau ging sie kurz in ihr Büro, in dem sie den Computer ausschaltete und die Adresse von der Drogenberatung des Diakonischen Werkes heraussuchte. Anschließend fuhr sie mit dem Mädchen zu dessen Eltern. Der Abend versprach lang zu werden. – – –

»Mensch, alter Junge, ich wusste fast gar nicht mehr, wie du aussiehst!« scherzte Doktor Gärtner, während er Caspari in sein Sprechzimmer geleitete. »Na, wie war der Berufsverkehr am frühen Morgen?« fragte er ironisch.

»Unterhaltsam wie immer«, gab Caspari mit einem Gähnen zurück.

»Was macht das Aikido?« fragte Gärtner gut gelaunt.

»Ich bin immer noch zwei- bis dreimal in der Woche im Dojo. Und wie steht's bei dir?«

»Eher sporadisch«, gab Gärtner zu. »Seit wir unser zweites Kind haben, sind die Abende mit anderen Dingen ausgefüllt. Ob ich jemals wieder so viel Zeit wie damals als Student dazu habe? Manchmal wage ich das zu bezweifeln.«

Caspari ließ eine Vielzahl von Untersuchungen über sich ergehen, während er immer wieder auf seine Uhr schielte. Er durfte auf keinen Fall zu spät zur Beerdigung kommen. Nach eineinhalb Stunden saß Gärtner schweigend über die Befunde gebeugt, während Caspari sich wieder anzog.

»Hast du gelegentlich Beschwerden?« fragte Gärtner.

»Bei Wetterwechsel und bei feuchtem Wetter spüre ich mein Schienbein. Es sticht heftig. Auch wenn ich längere Zeit Rad fahre, zieht es. Joggen oder Rennen ist mit diesem Bein ohnehin nicht drin.«

Gärtner nickte. »Damit wirst du wohl leben müssen. Es ist aber nicht weiter tragisch. – Was ist mit der Lunge?

Caspari zuckte mit den Schultern. »Damit habe ich keine Probleme.«

»Gut«, sagte Gärtner. »Der Lungenfunktionstest ist sehr gut ausgefallen. Du bist alles in allem kerngesund.«

»Meinst du nicht, ich müsste etwas mehr für die Ausdauer machen?« fragte Caspari, wobei er es vermied, den Arzt anzusehen.

»Ich sehe dazu keinen Grund«, entgegnete Gärtner. »Du machst regelmäßig Aikido. Damit tust du genug für deine Ausdauer. Wie kommst du darauf?«

Caspari war es peinlich, gefragt zu haben. Wie konnte er sich nur wieder herausreden? Sein ehemaliger Trainingskamerad von der Universität würde ihn leicht durchschauen.

»Ich habe das Gefühl, dass ich in letzter Zeit etwas angesetzt habe. Deshalb wollte ich die Fettverbrennung ein wenig ankurbeln«, antwortete er verlegen.

»Du hast das gleiche Gewicht wie im letzten Jahr. Du warst schon immer sehr muskulös, aber nicht schlank. Finde dich damit ab, dass du nie als Model arbeiten wirst. Das bisschen Speck in der Hüfte bleibt dir erhalten. Das hat dich früher nicht gestört. Warum sollte es das heute tun?« fragte Gärtner.

Caspari spürte, wie sein Kopf wieder rot zu werden begann.

Gärtners Gesicht hellte sich auf. Er begann zu grinsen. »Ist da etwa eine Frau im Spiel, für die du einen Adonis aus dir machen willst?«

Caspari lächelte verlegen, bekam aber keinen Ton heraus.

Gärtner klopfte ihm auf die Schulter und strahlte übers ganze Gesicht. »Mensch, Alter! Wie lange ist das her, seit deine Frau aus dem Haus ist? Vier Jahre? Und in der ganzen

Zeit wurstelst du allein vor dich hin! Wer ist denn die Dame, wenn ich fragen darf?«

»Sie ist eine Pfarrerin, die ich bei den Ermittlungsarbeiten in Gelnhausen kennengelernt habe. Außerdem ist sie nicht mit mir zusammen. Ich weiß auch gar nicht, ob das etwas werden kann. Sie sieht toll aus und … Na ja, sieh mich doch nur an! Du hast schon recht: Ich bin kein Adonis und werde wohl auch nie einer sein.«

»Junge, Attraktivität und letztendlich auch Liebe haben doch nur am Rande etwas damit zu tun, ob du einen Waschbrettbauch hast oder nicht«, intervenierte Gärtner. »Ich weiß nicht, wer dir irgendwann einmal eingeredet hat, du wärst ein vollkommen uninteressanter Mann; das ist völliger Humbug!« Schulterzuckend fügte er hinzu: »Aber wenn es dir hilft – du kannst mit deiner Schussverletzung ein bisschen Nordic Walking machen. Mit der Stockarbeit entlastest du dein Bein, und viel Fett verbrennst du auch dabei.«

Caspari erhob sich aus dem Stuhl und zog sein Jackett an.

Gärtner schüttelte ihm die Hand. »Ich freue mich für dich, dass du dich wieder für eine Frau interessierst.«

»Freu dich, wenn daraus etwas geworden ist«, erwiderte Caspari. »Bei meinem Glück mit Frauen bin ich eher skeptisch.«

»Wir werden sehen«, sagte Gärtner lachend. »Und grüß mir Benny!«

Auf dem Weg in Richtung Autobahn entdeckte Caspari ein großes Sportgeschäft. Er warf einen kurzen Blick auf die Uhr. Es war halb elf. Er hatte noch etwas Zeit. Kurz entschlossen ging er hinein und kaufte sich alles, was er fürs Nordic Walking brauchte: Schuhe, Stöcke, Hosen und ein Buch mit genauer Anleitung. Auf dem Weg nach Gelnhausen hörte er die Zauberflöte* und trällerte dabei die Arie des Papageno gut gelaunt mit. – – –

Clara zitterte etwas, als sie den Kajaalstift unter dem Auge ansetzte. Mehrmals atmete sie tief durch und versuchte es erneut. Dieses Mal gelang es ihr, einen Strich unter jedes Auge zu ziehen.

*\) *Wolfgang Amadeus Mozart: Die Zauberflöte (KV 620)*

Sie hatte in ihrem Vikariat und in den ersten Monaten ihrer Amtszeit als Pfarrerin schon etliche Beerdigungen gehalten. Unter den Verstorbenen waren alte, lebenssatte Menschen und auch solche, die der Tod plötzlich oder viel zu früh ereilte. Doch einen Menschen zu beerdigen, den ein anderer auf so grausame und unmenschliche Weise getötet hatte, war ihre bisher schwerste Aufgabe. Unruhig lief sie zwischen Schlafzimmer und Bad hin und her.

Der neu gekaufte schwarze Hosenanzug hing bereits an der Garderobe. Sie war sich allerdings noch unschlüssig, ob sie ihn anziehen sollte oder ihr schwarzes Kleid. Halb bekleidet blickte sie aus dem Küchenfenster. Der Himmel war wolkenverhangen, Wind blies buntes Herbstlaub durch ihren Garten. Sie entschied sich für den Anzug. Als sie ihn angezogen hatte, ging sie in ihr Arbeitszimmer, wo sie den Talar und die Liturgiemappe in ihre schwarze Ledertasche packte. In einer viertel Stunde musste sie sich zum Friedhof aufmachen. Sie spürte, wie ihr Herz immer lauter klopfte. Claras Blick fiel auf das kleine Holzkruzifix auf ihrem Stehpult. Sie blieb davor stehen, versuchte ihren Atem zu kontrollieren und betete still um Kraft und innere Ruhe.

Der Wecker auf dem Schreibtisch beendete mit seinem schrillen Piepen jäh ihre Meditation. Als sie aufbrach, fühlte sich Clara gestärkt.

Mit ihrem Wagen fand sie nur noch in einer Seitenstraße eine Möglichkeit zu parken. Die Parkplätze am Friedhof waren bereits besetzt. Als sie auf den Haupteingang zulief, sah sie zwei Männer, die mit kleinen Camcordern hantierten. Neben ihnen stand Caspari und gab Anweisungen. Clara überlegte, ob sie zu ihm gehen und ihn begrüßen solle. Doch noch während sie darüber nachdachte, sprach sie ein schwarz gekleideter Mann an.

»Guten Tag, Frau Pfarrer. Kleinschmidt vom Bestattungsinstitut. Ich habe hier für Sie die Kopie des Totenscheins.«

Clara nervte die Art, wie manche Menschen sie anredeten. Wenn es schon der Titel sein musste, warum denn nicht gleich ›Pfarrerin‹? Aber sie entschloss sich, nichts zu sagen.

Vor einer Beerdigung war weder die rechte Zeit noch der rechte Ort, einem Bestatter die richtige Anrede zu erklären.

Als sie durch das schmiedeeiserne Eingangstor des Friedhofs ging, erschrak sie. Sie hatte mit einer großen Trauergemeinde gerechnet, aber der Anblick dieser riesigen Menschenmenge, die sich über das parkähnliche Gelände ergossen hatte, schnürte ihr den Hals zu. Mit gesenktem Blick ging sie zur Rückseite der bereits überfüllten Friedhofskapelle. Durch eine schmale Tür schlüpfte sie in den kleinen Raum, der den Geistlichen als Umkleidezimmer diente. Während die Friedhofsglocke läutete, zog sie ihren Talar an und knöpfte das Beffchen unter dem Kragen an. Clara versuchte, die Predigt in ihrer Liturgiemappe noch ein letztes Mal zu lesen. Doch sie war zu aufgeregt, um sich auf den Text konzentrieren zu können.

Die Glocke verstummte, und die kleine Orgel in der Kapelle erklang. Breughel spielte eine getragene Melodie. Clara atmete noch einmal tief durch und schlug schnell das Kreuz. Als sie durch die Tür in die Kapelle trat, schlug ihr das Herz bis zum Hals. Sie ging zum aufgebahrten Sarg und verharrte davor in einem kurzen stillen Gebet. Das Präludium endete, und Clara drehte sich zur Trauergemeinde.

»Im Namen des Vaters und des Sohnes und des Heiligen Geistes. Amen.«

Dankbar nahm sie wahr, dass ihre Stimme trotz aller Aufregung klar und deutlich war. Sie war sich nicht selbst überlassen. – – –

Caspari saß wie auf heißen Kohlen. Nachdem die Trauergemeinde die Kapelle verlassen hatte, standen sie nun am Grab. Die Pfarrerin hatte mit dem Segen den kirchlichen Teil der Beerdigung beendet. Die Nachrufe und Kranzniederlegungen schienen kein Ende nehmen zu wollen. Mit Argusaugen hatte er die Beerdigung vom Beginn der Trauerfeier an beobachtet. Etwas Unpassendes oder Auffälliges konnte er bisher allerdings nicht entdecken. Der ›Chirurg‹ kam aus der Region – davon war Caspari überzeugt. Die Wahrscheinlichkeit, dass er sich unter den Trauergästen dieser Beerdigung befand, war deutlich höher als bei den anderen drei Trauerfeiern.

Caspari sah zur Pfarrerin, die unter der hochgewachsenen Birke stand, deren ausladende Äste sich über das Doppelgrab, in dem der Tote nun neben seiner Frau lag, beugten. Im schwarzen Talar und mit ihrem blassen Gesicht wirkte sie wie eine lebende Anklage für das, was Doktor Hoffmann widerfahren war.

Der letzte Nachruf war gesprochen. Die Pfarrerin nickte den Angehörigen zu. Karin Meisner, die Tochter des Ermordeten, trat zuerst mit ihrem Mann und ihren beiden Söhnen an das Grab.

Caspari blickte verzweifelt auf die Uhr. Er konnte keinen Augenblick länger bleiben. In einer viertel Stunde musste er im Jugendamt im neuen Gebäude des Main-Kinzig-Kreises sein. Rasch blickte er noch einmal zu den beiden Kollegen, die unauffällig mit ihren Camcordern alles aufnahmen. Dann drehte er sich um und ging zum Ausgang an der Barbarossastraße.

Während er rasch schritt, meldete sich ein stechender Schmerz in seinem linken Schienbein wieder. Leicht hinkend erreichte er das Kreishaus und fuhr mit dem Aufzug in den dritten Stock. Im Flur des Jugendamtes stand Elke vor der Tür des Besprechungszimmers. Als sie ihn sah, lächelte sie unsicher. Caspari bemerkte den Schmerz in seinem Bein nicht mehr. Ein anderer, heftiger Schmerz durchzuckte ihn, als er sie anblickte. Ein Schmerz, den er seit vier Jahren gut kannte.

»Du hinkst wieder«, sagte sie mit sorgenvollem Blick. »Das feuchte Wetter macht dir immer noch zu schaffen?«

»Das wird mich auch für den Rest meiner Tage begleiten«, antwortete Caspari mit belegter Stimme.

»Wie geht's dir?« fragte sie leise.

»Was soll ich dir darauf sagen?«

»Die Wahrheit«, antwortete sie.

»Ich weiß es selbst nicht. Ehrlich. Ich hänge irgendwo zwischendrin. – Dir scheint es aber gut zu gehen. Zumindest hat man den Eindruck, wenn man auf deinen Bauch sieht. Wie weit ist es denn?«

Elke blickte auf ihren Bauch, der sich zu einer kleinen Kugel wölbte, und lächelte. »Ich bin im sechsten Monat.«

»Gratuliere«, brummte Caspari.

Die Tür des Besprechungszimmers öffnete sich. Rainer Hirt bat sie herein.

»Ist Ihr Mann nicht mitgekommen?« fragte er Elke erstaunt.

»Er ist auf dem Weg hierher. Es gab noch eine Festnahme, deshalb hat er sich ein wenig verspätet.«

»Ist es Ihnen recht, wenn wir schon anfangen?« fragte Hirt, während er den Aktenordner aufschlug, der vor ihm lag.

»Ich denke, das ist in Ordnung«, antwortete Elke.

Caspari nickte zustimmend. Das Gespräch mit seiner Ex-Frau war wesentlich entspannter, wenn Jungmann nicht anwesend war.

»Wie geht es Ihnen, Frau Jungmann?« fing Hirt an.

»Danke, es geht mir gut. Nur Lukas vermisse ich sehr. Und ich finde es schade …«

Ein Klopfen unterbrach sie mitten im Satz. Jungmann betrat das Zimmer, grüßte in die Runde, gab seiner Frau einen flüchtigen Kuss und setzte sich neben sie. Casparis Nackenhaare stellten sich auf. Es war ihm immer noch nicht einerlei, Elke mit Jungmann zusammen zu sehen.

»Wollten Sie noch etwas sagen, Frau Jungmann?« begann Hirt erneut.

»Nein, ich hatte alles gesagt«, antwortete Elke schnell.

»Nun gut, Sie alle wissen, warum wir hier sind«, erklärte Hirt sachlich. »Sie, Frau und Herr Jungmann, haben einen Sorgerechtsantrag über ihren Anwalt beim Familiengericht gestellt. Der Richter hat, wie es in solchen Fällen üblich ist, das Jugendamt zu einer Stellungnahme aufgefordert. Aus diesem Grund habe ich Sie heute hierher gebeten. Wir alle wissen, wie es dazu kam, dass Herrn Caspari vor rund zweieinhalb Jahren das Sorgerecht zugesprochen wurde. Ich möchte von Ihnen, Ehepaar Jungmann, wissen, was sich an Ihrer Situation geändert hat, das eine Änderung des Sorgerechts rechtfertigt.«

»Sollte ein Kind nicht bei seiner Mutter aufwachsen?« fragte Jungmann angriffslustig.

»Nicht um jeden Preis«, antwortete Hirt ruhig.

»Wir sind eine intakte Familie«, schaltete sich Elke ein. »Wir führen eine gute Ehe. Unsere Tochter ist ein fröhliches Kind, dem es an nichts fehlt, schon gar nicht an Zuwendung. Wir haben ein Zimmer für Lukas in unserem Haus. In ein paar Monaten werden wir wieder Eltern. Bei uns hat Lukas Geschwister und ein richtiges Familienleben. Das Gutachten eines Familienpsychologen bestätigt das.«

Hirt blätterte in seinem Ordner. »Ich habe dieses Gutachten vor mir liegen. Es bestätigt Ihnen die Kompetenz, Ihre Kinder liebevoll und vorbildlich zu erziehen. Etwas anderes hätte ich auch nicht erwartet.«

»Heißt das, Sie stimmen unserem Antrag zu?« fragte Jungmann ungeduldig.

»Das heißt zunächst einmal, dass ich Ihnen zutraue, gute Eltern zu sein«, erwiderte Hirt ruhig. »Nicht mehr und nicht weniger. – Was spricht dafür, dass der Junge bei dir lebt, Christoph?« fragte er Caspari zugewandt.

Caspari hatte sich seit dem Anruf von Hirt immer wieder überlegt, wie das Gespräch wohl verlaufen würde. Mit dieser Frage hatte er gerechnet.

»Lukas kam mit zweieinhalb Jahren zu mir. Der Junge hat eine sehr enge Bindung zu mir und zu meinen Eltern, die sich intensiv mit ihm beschäftigen, wenn ich arbeite. Vielfach kann ich meine Arbeit von zu Hause aus erledigen. Deshalb kann ich am Nachmittag mit Lukas etwas unternehmen und abends weiterarbeiten. Er geht in den örtlichen Kindergarten, hat in Waldensberg seine Freunde und sein soziales Umfeld. Lukas ist ein glückliches und ausgeglichenes Kind. Das war vor zweieinhalb Jahren noch ganz anders. Das kann der Kindertherapeut bestätigen, den ich mit Lukas noch regelmäßig aufsuche.«

»Aus welchem Grund sollte Lukas bei Ihnen leben wollen, Familie Jungmann?« wandte sich Hirt wieder an Elke und Jungmann.

»Weil sie seine Mutter ist, die er liebt und braucht«, erwiderte Jungmann und deutete dabei auf Elke.

»Weil ich den Eindruck habe, dass er mich vermisst«, sagte Elke mit gesenktem Blick. »Und ich vermisse ihn auch«, fügte sie leise hinzu.

Caspari sah sie traurig an. Er glaubte ihr. Elke tat ihm leid. Damals hatte er wie ein Hund unter der Trennung gelitten. Nun war sie diejenige, die die späten Konsequenzen tragen musste. Wäre sie bei ihm geblieben, statt Jungmann um den Hals zu fallen, brauchte sie jetzt nicht an der Trennung von ihrem Kind zu leiden.

»Natürlich vermisst er dich«, sagte Caspari so einfühlsam, wie er in Jungmanns Gegenwart im Stande war. »Aber er will euer Haus nie wieder betreten und will keinen Kontakt mit deinem Mann haben.«

»Für dich als Psychologe war es sicher kein Problem, den Jungen dahingehend zu beeinflussen!« schnauzte Jungmann ihn an.

Caspari spürte plötzlich in sich nichts als Kälte und Leere Jungmann gegenüber. Er wusste, wie gefährlich dieses Gefühl war. Er könnte Jungmann töten, ohne dabei etwas zu empfinden. Und er würde damit alles zerstören, was ihm selber lieb und wichtig war. Caspari merkte, dass Elke ihn beobachtete. Sie zuckte bei seinem Anblick zusammen und legte ihrem Mann die Hand auf den Arm.

»Ich habe mit Doktor Jasper darüber gesprochen«, sagte Caspari zu Hirt. »Er schreibt ein Gutachten über Lukas' Zustand, wenn du eins brauchst.«

»Danke, ich habe das heute morgen bereits angefordert«, antwortete der Sozialarbeiter.

»Wie geht es jetzt weiter?« fragte Jungmann gereizt.

»Zunächst warten wir noch auf das Gutachten des Kindertherapeuten, dann wird das Sozialarbeiterteam des Jugendamtes dem Familiengericht eine Stellungnahme abgeben, auf deren Basis dann entschieden wird.«

»Und wie wird diese Stellungnahme aussehen?« hakte Jungmann nach.

Hirt blickte ihn mit ruhiger Miene an. »Voraussichtlich so, dass ich Ihnen, Familie Jungmann, rate, mit Herrn Caspari eine außergerichtliche Regelung zu finden.«

»Ihre Bekanntschaft mit ihm hat natürlich keinen Einfluss auf diese Entscheidung«, sagte Jungmann zynisch, während er auf Caspari zeigte.

»Jungmann, du bist blöd! Erst schleuderst du einen Dreijährigen an den Heizkörper, und dann wunderst du dich, dass er dich für den Rest seines Lebens nicht mehr sehen will!« platzte es aus Caspari heraus.

Jungmann stand auf, ging mit großen Schritten aus dem Zimmer und schlug die Tür mit einem lauten Knall zu. Elke war leichenblass. Sie fing an zu weinen. Hirt, der zwischen ihr und Caspari saß, gab ihr ein Papiertaschentuch. Caspari tat es weh, sie so zu sehen.

»Es tut mir leid«, sagte sie unter Tränen. »Jürgen ist eigentlich ein liebevoller und einfühlsamer Mensch. Wenn immer ihr beiden aber aufeinandertrefft, erkenne ich ihn nicht wieder.« Sie entschuldigte sich nochmals, nahm ihre Jacke und ihre Handtasche. Dann verließ sie grußlos den Raum.

Hirt lehnte sich zurück, atmete geräuschvoll aus und blickte eine Zeitlang stumm aus dem Fenster. Dann wandte er sich zu Caspari. »Ich frage mich, wie eine so hübsche und freundliche Frau mit einem solchen Idioten zusammenleben kann«, fragte er, ohne eine Antwort zu erwarten. »Insgesamt, würde ich sagen, stehen deine Chancen besser als ihre. Zirka siebzig zu dreißig. Eine absolute Gewähr gibt's allerdings nicht. Das letzte Wort hat, wie du weißt, das Gericht. Das ist in seinen Entscheidungen in der Mehrheit der Fälle unserer Einschätzung gefolgt. Also mach dir keine Sorgen. Das sieht gut für dich aus!« – – –

Clara schlenderte erschöpft und zufrieden zugleich vom Hotel ›Burgmühle‹ in Richtung Burgstraße. Nach der Beerdigung war sie noch zum Trauerkaffee dorthin mitgegangen. Viele der Trauergäste hatten ihre Predigt gelobt, die Angehörigen von Doktor Hoffmann ihr gedankt. Clara musste zum Friedhof gehen, wo ihr Auto noch stand. Als sie am Kreishaus vorbeikam, hörte sie im Vorhof jemanden laut reden. Die Stimme kam ihr bekannt vor. Als sie daran vorbeilief, konnte sie ihrem Drang, stehenzubleiben und hineinzusehen, nicht widerstehen.

Im Vorhof stand, ihr den Rücken zugewandt, Caspari. Er trug noch seinen anthrazitfarbenen Anzug von der Beerdigung. Er hatte ein Wortgefecht mit Jungmann. Daneben stand eine junge Frau, der man unschwer ansehen konnte, dass sie schwanger war. Sie versuchte, die beiden Männer zu beruhigen. Ihre blonden Haare waren kurzgeschnitten und modisch frisiert. Clara fielen der schöne Mund und die großen Augen auf. Sie war zierlich gebaut und wirkte auch mit ihrem Bauch noch sehr attraktiv. Clara wusste, dass sie das hier nichts anging. Sie ging wieder weiter, immer noch fasziniert von der Szene.

Bevor sie an dem Hof vorbeigelaufen war, hörte sie, wie Caspari donnerte: »Du hast schon dreimal in mein Leben hineingepfuscht! Ein viertes Mal werde ich das nicht zulassen! Hast du das verstanden?!«

Im Pfarrhaus angekommen, ließ Clara den Anrufbeantworter eingeschaltet, zog sich bequeme Kleidung an und ging ins Wohnzimmer. Sie vermisste einen vertrauten Menschen, mit dem sie über diesen Tag und besonders über diese Beerdigung hätte reden können. Clara musste an Caspari denken. Sie goss sich ein Glas Rotwein ein und legte eine der CDs mit den Cello-Suiten auf. Leise und einfühlsam erfüllten die Klänge den Raum und ließ sie entspannen. Durch diese melancholische Musik war er ihr doch auf eine wunderbare Weise nahe. Clara legte sich auf das Sofa und sank in einen tiefen Schlaf.

Kapitel V

INGE HATTE ENDLICH eine günstige Gelegenheit gefunden und den Jungen nach seinen Verwandten gefragt. Er war erst misstrauisch gewesen, doch dann hatte er nachgegeben. Inge sah viele Gesichter in Fotoalben, und er gab ihnen Namen.

Sie war sich noch unschlüssig, mit dem Tod welches Familienangehörigen sie den Jungen unter Druck setzen sollte. An wem hing er mehr, wer war ihm am wichtigsten? Drohte sie mit dem Tod der alten Menschen, konnte er ihr antworten, dass sie ihrem natürlichen Tod ohnehin schon sehr nahe seien. Suchte sie die jüngeren Menschen aus, standen die ihm vielleicht nicht nahe genug. Kinder als Opfer zu nehmen, war ihr verboten. Damit würde sie ihre heilige Mission verraten, und Gottes Zorn würde sie treffen. Inge wusste, dass ihr nächster Zug gut überlegt sein musste. Doch ihr blieb nicht mehr viel Zeit. Diesen einen Dämon musste sie noch töten, bevor der Polizist ihn vor ihr fand. – – –

Caspari räumte den Esstisch ab. Lukas blickte zu Marios leerem Glas, sprang von seinem Stuhl auf, lief zum Kühlschrank und kam mit einer neuen Flasche Wächtersbacher Jubiläumsbier wieder. Als er die Flasche zu öffnen versuchte, schnitt er eine Grimasse. Mario und Tina amüsierten sich über den angestrengten Gesichtsausdruck. Als der Kronkorken von der Flasche fiel, schnaufte Lukas. Caspari schmunzelte.

»Bitte schön, ein neues Bier«, sagte der kleine Gastgeber stolz.

»Grazie, molto gentile«, bedankte sich Mario.

Lukas quietschte vor Vergnügen. »Papa, der Mario hat wieder so komisch gesprochen!«

»Das ist italienisch, du Naseweis«, antwortete Caspari grinsend.

»Na gut, dann halt ›italenisch‹. Und was hat der gesagt?«

»Ich habe ›danke, sehr freundlich‹ gesagt«, erklärte Mario.

»Das hat sich lustig angehört«, meinte Lukas und strahlte dabei über das ganze Gesicht.

Caspari blickte demonstrativ auf die Wanduhr. Es war höchste Zeit für Lukas, ins Bett zu gehen.

»So, mein Lieber, jetzt geht es ins Bad, und dann ins Bett! Vor dem Einschlafen darfst du noch gute Nacht sagen.«

Lukas versuchte, noch einmal aufzubegehren, aber Caspari ließ nicht locker. Er kannte die Tricks, mit denen sein Sohn einen Erwachsenen mühelos um den kleinen Finger wickeln konnte.

An diesem Abend musste Tina herhalten und dem Kleinen eine Geschichte vor dem Einschlafen vorlesen. Zufrieden gab Lukas seinem Vater einen dicken Kuss und drehte sich auf die Seite.

Als Caspari wieder in die Wohnküche kam, hatten Tina und Mario bereits alle Akten auf den großen Esstisch gelegt.

»Wir hatten heute Morgen eine längere Telefonkonferenz mit Doktor Michel«, begann Mario. »Es ist tatsächlich so, dass die drei ersten Opfer ihre Habilitationen vor zweiunddreißig Jahren im Rahmen ein und desselben Forschungsprojektes geschrieben haben. Es ging dabei um gastro-enterologische und urologisch-chirurgische Eingriffe bei Säuglingen und Kleinkindern. Doktor Michel hat mir das in normales Deutsch übersetzt und erklärt. In diesem Projekt haben die Ärzte neue und bessere Operationstechniken bei Kindern bis zu drei Jahren entwickelt, die Fehlbildungen und Anomalien im Magen-Darm-Bereich und im Bereich von Nieren, Blase, Harnleiter und Geschlechtsteilen aufweisen.«

»Das hört sich an sich harmlos an«, schaltete sich Tina ein. »Kleinert, Münch und Hagen haben sich innerhalb dieses Forschungsprojektes auf den urologischen Bereich konzentriert. Doktor Michel sagte, die drei hätten dabei eine bis heute anerkannte umfassende Therapie zur Behandlung von Hermaphroditen, also von Zwittern entwickelt.«

»Von der Diagnose über Vor- und Nachbereitung und die Operation bis hin zur hormonellen Behandlung haben sie alles ausgearbeitet«, ergänzte Mario. »Vier Kleinkinder wurden im Rahmen des Forschungsprojektes behandelt und operiert …«

»… und dabei auf ein Geschlecht festgelegt, mit dem einer von ihnen heute offensichtlich nicht einverstanden ist«, unterbrach ihn Caspari. »Das isses! Jetzt fügen sich die Puzzleteile ineinander! Erinnern Sie sich, was das Pärchen in Marburg gesagt hatte? ›Der Mund gehört zu einem anderen Gesicht.‹ Der ›Chirurg‹ hat keine Komplizin. Er zieht sich bei der Tat als Frau an. Was sagt uns das?«

»Er bestraft die Ärzte dafür, dass sie ihm seine biologischen weiblichen Anteile genommen haben«, kombinierte Tina.

»Richtig«, meinte Caspari, »aber noch mehr als das: Es ist die Frau in ihm, die die Ärzte dafür hinrichtet.«

Er stand auf und begann, durch die Küche zu laufen. Seit langem ahnte er schon, dass etwas an dem Chirurgen anders war als an anderen Serientätern. Nun hatte er die Gewissheit.

»Wissen Sie, was das heißt?« fragte er Tina und Mario. Ohne auf ihre Antwort zu warten, fuhr er fort. »Wir haben es mit dem zu tun, was man in der Psychiatrie eine ›multiple Persönlichkeit‹ nennt.«

»Er lebt als Mann und als Frau in seiner Vorstellungswelt?« fragte Mario.

»Genau«, rief Caspari fasziniert. »Die Persönlichkeit des Mannes in ihm fühlt sich in diesem Körper wohl und ist ganz zufrieden mit der Situation. Die Persönlichkeit der Frau aber ist voller Wut über ihre Unterdrückung in diesem Körper durch die behandelnden Ärzte. Aus irgendeinem Grund hat sie die dominante Rolle übernommen und rächt sich jetzt für das, was ihr damals angetan wurde. In seiner oder ihrer Vorstellung sind diese Ärzte mit dem Teufel im Bunde. Man sagte den Hexen früher nach, sie hätten durch ihre Zauberei

Fehlgeburten und schlimme Krankheiten bewirkt. Die Persönlichkeit der Frau in unserem Täter hält die Therapie, aufgrund derer sie in dem Körper zum Schattendasein verurteilt war, für widernatürliches Treiben. Daher rührt der Bezug zur Hexenverfolgung bei der Inszenierung ihrer Hinrichtungen.«

»Wie passt Doktor Hoffmann in dieses Bild?« fragte Mario kritisch. »Er wirkte bei dieser Forschungsarbeit nicht mit.«

»Es würde mich nicht wundern, wenn eines der behandelten Kinder aus Gelnhausen oder der Umgebung stammte«, antwortete Caspari. »Doktor Hoffmann hat damals als Hausarzt mit guten Kontakten zur Frankfurter Universität dafür gesorgt, dass ein kleiner Patient die bestmögliche Behandlung erhielt – und darum er wurde jetzt, zweiunddreißig Jahren später, hingerichtet.«

»Mir läuft es eiskalt den Rücken runter«, meinte Tina.

Caspari konnte seine Mitarbeiterin gut verstehen. Der Blick in die Psyche eines Serientäters zeigte menschliche Abgründe, vor denen selbst dem abgebrühtesten Polizisten graute.

»Wir brauchen die Namen der vier damals operierten Kinder«, sagte er nüchtern, »zudem die Liste aller Mitarbeiter dieses Bereiches des Forschungsprojektes. Wir brauchen ebenfalls den Namen des leitenden Professors. Sie alle brauchen dringend Polizeischutz, bis wir den Chirurgen gefasst haben. Außerdem müssen wir die Hilfe der Gelnhäuser Kollegen noch einmal in Anspruch nehmen. Vielleicht ist unser Mann schon einmal als Transvestit auffällig geworden, in eine Verkehrskontrolle gekommen oder so etwas in der Art.«

»Ich habe den Eindruck, wir sind dem Chirurgen verdammt dicht auf den Fersen«, resümierte Mario.

Caspari nickte bedächtig. »Vorsicht! Unser Mann ist sehr intelligent. Ich glaube, er weiß, wie nahe wir an ihm dran sind. Er wird alles tun, um uns abzuschütteln.«

»Sie meinen, er wird dadurch noch gefährlicher?« fragte Tina.

Casparis Augen verengten sich. »Wie eine Ratte, die man in die Enge getrieben hat. – Wann fahren Sie wieder nach Wiesbaden?«

»Morgen abend«, antwortete Mario.

»Dann bringen Sie Schusswesten aus dem LKA mit«, wies Caspari ihn an. »Die Dienstwaffen werden von jetzt an immer getragen. Ich will kein Risiko eingehen! Ich traue ihm zu, dass er uns beobachtet.«

Caspari bat Tina und Mario ins Wohnzimmer. Aus dem Kachelofen kam das knisternde Geräusch brennenden Holzes. Eine behagliche Wärme hatte sich ausgebreitet. Caspari schob die CD mit den Filmaufnahmen der beiden Beamten des LKA in den DVD-Spieler und schaltete den Fernseher an. Eineinhalb Stunden sahen sie sich die Bilder von der Beisetzung am Grab an, manche Szenen mehrmals. Caspari konnte keine noch so kleine Auffälligkeit entdecken.

Als sie es aufgegeben hatten weiterzusuchen, fragte Tina nach dem Gespräch im Jugendamt. Caspari war froh, mit ihnen darüber reden zu können. Tina, Mario und er hatten sich irgendwann einmal entschieden, sich weiterhin mit ›Sie‹ anzureden, nachdem sie sich besser kannten. Trotzdem empfand er die beiden als Freunde. Vielleicht würden sie in Zukunft anders darüber denken. Aber zur Zeit vereinfachte es ihre Kommunikation im Beisein von anderen. Caspari erzählte ihnen das Gespräch ausführlich.

»Meint sie das ernst, dass Jungmann liebevoll und einfühlsam ist, wenn er nicht gerade auf Sie trifft?« fragte Tina nach.

»Ja, das ist Elkes Ernst«, antwortete Caspari. »Und wahrscheinlich hat sie damit auch recht. Ich kenne ihn ja auch noch aus der Zeit, als ich ihn für meinen Freund hielt. Damals war er nicht ein solcher Kotzbrocken.«

»Am wichtigsten ist, dass der Kleine bei Ihnen bleiben kann«, meinte Mario. »Alles andere wäre eine Umkehrung jeder Vernunft.«

»Bleibt zu hoffen, dass das Familiengericht das genauso sieht«, erwiderte Caspari. »Im Vorhof kam er mir noch einmal blöd. Ich bin dann leider laut geworden.«

»Hoffentlich haben Sie nichts Unüberlegtes getan«, meinte Tina mit einer Sorgenfalte auf der Stirn.

»Nein, ich habe ihm gesagt, dass er sich gefälligst aus meinem Leben heraushalten soll. Darauf habe ich Elke und ihn stehengelassen und bin gegangen.« – – –

Clara erwachte in ihrem Bett. Sie trug noch dieselben Kleider, die sie gestern am frühen Abend angezogen hatte. Wie sie vom Sofa in ihr Bett gelangt war, wusste sie nicht. Sie musste im Halbschlaf ins Schlafzimmer gegangen sein.

Sonnenstrahlen drangen durch das Fenster und tauchten das Zimmer in ein freundliches Licht. Die Regenwolken der letzten Tage hatten sich verzogen, der Oktoberhimmel war blau. Clara fühlte sich frisch und ausgeruht. Als sie auf ihren Wecker blickte, erschrak sie: Schon acht Uhr! Schnell wusch sie sich und frühstückte in aller Eile.

Um halb neun saß sie in ihrem Büro, als das Telefon klingelte. Es war Jennys Vater.

Er berichtete, dass seine Frau mit ihrer Tochter Jenny zur Kinder- und Jugendpsychiatrie in Herborn unterwegs sei. »Wir waren so sehr mit uns selbst beschäftigt, dass wir nicht mehr bemerkten, wie schlecht es unseren Kindern dabei ging. Vielen Dank für Ihre Hilfe.«

Clara freute sich über diese Rückmeldung. Seit dem intensiven Gespräch mit dem Mädchen und seinen Eltern war ihr klar geworden, wie gut die halbe Stelle als Schulseelsorgerin zu ihr passte. Sie wollte diese Aufgabe gern übernehmen. Bevor sie das Haus verließ, rief sie Dekan Kern an und teilte ihm ihren Entschluss mit.

Kern hielt mit seiner Freude darüber nicht hinterm Berg. Er erkundigte sich ausführlich über die Beerdigung und nach ihrem Befinden.

Clara war nach dem Telefonat in einer heiteren Stimmung. Sie zog sich Schuhe und Jacke an und machte sich auf den Weg zum Kreisruheheim. Im Flur traf sie Schwester Maike.

»Wollen Sie zu Frau Arnold?« fragte sie freundlich. »Die verbringt das Wochenende bei ihrem Enkel und kommt erst Sonntagabend wieder.«

»Nein«, erwiderte Clara, »ich möchte Herrn Richter besuchen.«

»Ach, da wird er sich aber freuen. Sie finden ihn in Zimmer zwölf.«

Als Clara anklopfte, rief eine heisere Stimme: »Herein!« Richter senior saß zusammengesunken in einem alten englischen Ohrensessel aus Leder und hörte gerade Radio.

»Guten Tag, ich bin Pfarrerin Frank. Ist es Ihnen recht, wenn ich Sie besuche?«

»O ja, natürlich. Kommen Sie doch bitte herein«, sagte der alte Mann erfreut. »Bitte nehmen Sie Platz.«

»Wie geht es Ihnen?« begann Clara das Gespräch.

»Ach, es geht nicht mehr gut«, sagte Richter senior und fuhr sich über das nach hinten gekämmte schüttere Haar. »Je älter man wird, desto mehr nehmen die Gebrechen zu, bis man schließlich nicht mehr ohne fremde Hilfe auskommt. Und wenn einem die Frau stirbt, dann ist man doch oft einsam, selbst in einem so großen und schönen Haus wie diesem.« Er blickte Clara an und wiegte den Kopf hin und her. »Wissen Sie, ich glaube, meine Zeit geht zu Ende. Ich bereite mich langsam darauf vor. Früher hat mich nur mein Beruf interessiert – und der Erfolg. Aber in den letzten Tagen, die einem noch bleiben, da kommen mir oft Zweifel, ob das richtig war.«

»Welchen Beruf hatten Sie denn?« fragte Clara, während sie ihn anlächelte.

»Anwalt, Fachanwalt für Wirtschaft. Ich habe eine große Kanzlei in Frankfurt aufgebaut. Heute leiten sie mein ältester Sohn und meine Tochter. Aber die machen dieselben Fehler wie ich damals.«

Clara sah den alten Mann neugierig an. Schon oft hatte sie bei solchen Besuchen sehr bewegende Lebensgeschichten und tiefen Einsichten kennen gelernt. »Was meinen Sie damit?«

»Die Jagd nach Erfolg, nach gesellschaftlicher Anerkennung, ja, nach Macht. Sie glauben gar nicht, wie schnell sich das eigene Blickfeld verkleinert, wenn man nur noch dem allen hinterherjagt. Die Dinge, die eigentlich wesentlich und wichtig sind, verliert man aus dem Blickfeld. Man wird unsensibel dafür.«

Clara staunte. Es kam ihr so vor, als hätte der eingefallene alte Mann mit dem schlohweißen Bart nur darauf gewartet, dass jemand wie sie vorbeikäme, um ihm seine Lebensbeichte abzunehmen.

»Ich habe mich nur am Rande für gesellschaftliche Fragen interessiert«, fuhr er fort. »Die Kirche, der Glaube, die Hinwendung zum Mitmenschen – all das hat für mich keine Rolle gespielt. Vor zwanzig Jahren hätte mich ein Gespräch mit Ihnen gar nicht interessiert. Was hätte ich Ihnen auch erzählen sollen? Mein Haus, mein Auto, meine Yacht? Mein Horizont hatte sich sehr verengt. Den Menschen mit Herz in meiner Umgebung war ich sicherlich eine Zumutung, doch ich hielt mich für den Größten. Und meine Kinder machen es heute genauso, dank meinem guten Vorbild. Frau Frank, ich würde gern noch einmal von vorn anfangen. Ich hätte so gern die Erkenntnisse über das Leben, die mir seit dem Tod meiner lieben Frau gekommen sind, schon als junger Mensch gehabt.«

»Wäre Ihr Weg dann so viel anders verlaufen?« hakte Clara nach.

»Gute Frage«, antwortete Richter senior. »Macht und Erfolg sind sehr verlockend, wenn man jung ist. Der Mensch ist schwach und lässt sich leicht auf Dinge ein, die ihn im Grunde genommen zerstören. Nehmen sie doch allein den Krieg. Wie viele junge Menschen sind aus voller Überzeugung gegen die Mitmenschen aus anderen Ländern in den Krieg gezogen! Mein Gott, was haben wir uns versündigt!«

Richter begann vom Russlandfeldzug zu erzählen. Er sprach nur am Rande von den Entbehrungen als Soldat im eiskalten russischen Winter. Vielmehr beschäftigte ihn das Leid, das der Einmarsch der deutschen Truppen über die Bevölkerung gebracht hatte. Nach einer Weile wirkte er erschöpft.

Clara suchte nach einem Abschluss des Gespräches, der Richter senior das Gefühl gab, dass sie ihm gern zugehört hatte. »Ich bin immer wieder erstaunt, wie viele Geschichten ein einziges Leben ausfüllen. Es war sehr angenehm, mit Ihnen zu reden. Darf ich Sie demnächst wieder besuchen?«

Der alte Mann blickte sie mit leuchtenden Augen an. »Ja, bitte. Ich habe noch viel zu erzählen, wissen Sie?« – – –

Caspari gähnte, als er in das Polizeirevier Gelnhausen kam.

Tina stellte einen starken Kaffee vor ihn hin. »Chef, was ist los? Sie haben gestern doch kaum etwas getrunken …«

»Lukas hatte Albträume«, antwortete er, während er sich die Augen rieb. »Er kam zu mir ins Bett und hat dann furchtbar unruhig geschlafen. Ich glaube, er setzt sich in seinen Träumen mit seinen Ängsten auseinander. Vorgestern hatte ich einen vorsichtigen Vorstoß unternommen und ihn auf den Wunsch seiner Mutter, ihn häufiger und länger zu sehen, angesprochen. Offenbar wühlt der Sorgerechtsantrag wieder die ganze Geschichte in ihm auf.«

»Merkt Ihre Ex-Frau nicht, was sie damit anrichtet?« ereiferte sich Mario.

»Ich weiß es nicht. Andererseits kann ich sie auch verstehen. Seit zweieinhalb Jahren sieht sie ihren Sohn nur stundenweise an einem neutralen Ort. Sie hat Sehnsucht nach Lukas. Das Ganze kommt mir vor wie der Gordische Knoten. Wir werden sicherlich keine Regelung mit dem Jugendamt finden, mit der alle Seiten hundertprozentig glücklich und zufrieden sind …«

Das Telefon riss Caspari aus seinen Gedanken.

Doktor Michel, der neue Leiter der Gerichtsmedizin im Landeskriminalamt meldete sich. »Morgen Caspari. Bei mir stapeln sich hier zwar die Leichen, aber ich habe mich für Sie schlau gemacht, was die Habilitationen betrifft.«

Caspari musste lachen. Der unverwechselbare Humor des Mediziners war ihm lieber als die kühle Distanziertheit von Doktor Richter.

»Das Forschungsprojekt wurde vom Bund, vom Land Hessen und einem ungenannten steinreichen Wohltäter finanziert. Die Universität Frankfurt richtete dafür sogar ein Institut ein, das aber einige Jahre nach Abschluss der Forschungsarbeiten wieder anderweitig genutzt wurde.

Forschungsleiter damals war ein Professor Heinrich Rosskopf, eine Koryphäe auf dem Gebiet der Kinderheilkunde. Münch arbeitete damals bereits als Assistent bei ihm. Kleinert und Hagen waren Assistenten befreundeter Professoren, so dass sie von Rosskopf in das Forschungsprojekt aufgenommen wurden.«

»Wie alt ist dieser Rosskopf jetzt?« fragte Caspari. »Falls er noch lebt, braucht er Polizeischutz.«

»Diese Kosten können Sie getrost dem Steuerzahler ersparen«, entgegnete Michel lachend. »Den deckt seit zehn Jahren der grüne Rasen.«

Caspari bedankte sich und beendete das Gespräch. Mario und Tina, die das Gespräch mitgehört hatten, sahen ihn zufrieden an.

»Jetzt wissen wir, wo wir nachfragen müssen«, meinte Mario.

Er übernahm die Suche nach den Patienten von Kleinert, Münch und Hagen innerhalb des Forschungsprojektes und forderte die Liste aller damaligen Mitarbeiter an. Tina durchforstete mit einem Beamten der Gelnhäuser Polizei das Archiv nach auffällig gewordenen Transvestiten. Caspari ging zu Bertram, um ihn über den neuesten Stand der Dinge zu informieren. Als er in dessen Büro eintrat, begrüßte ihn sein früherer Mentor ohne die gewohnte Herzlichkeit. Als Caspari mit seinem Bericht beginnen wollte, hob Bertram die Hand.

»Warte einen Moment! Das mit dem Serienkiller hat ein paar Minuten Zeit. Ich möchte mit dir über gestern nachmittag reden!«

Caspari schätzte und mochte Bertram. Aber in diesem Moment nahm er sich zuviel heraus.

»Was gibt es denn darüber zu reden«, raunte er unwillig. »Etwa darüber, dass Jürgen sich wieder wie ein Idiot benommen hat?«

»Nein, eher darüber, dass ich mir sehr große Sorgen um meine Tochter mache. Sie ist in keinem guten Zustand. Das Ringen um den Jungen tut ihr nicht gut. Diese Belastung ist Gift für ihre Gesundheit und für die des Babys. Sie hatte gestern abend einen Zusammenbruch. Deshalb ist Jürgen heute auch nicht hier. Ich habe ihm freigegeben.«

»Hör mal«, erwiderte Caspari immer noch ungehalten. »Das tut mir sehr leid. Doch was soll und kann ich dabei tun? Bei diesem Problem gibt es keine Lösung. Das ist die traurige Wahrheit. Lukas will nicht mehr zurück in dieses Haus. Er will nicht unter einem Dach mit Jürgen sein, auch nicht für eine Stunde.«

»Ja, ich kenne deine Argumente«, unterbrach ihn Bertram.

Caspari riss der Geduldsfaden. Wütend fuhr er ihn an: »Komm mir bloß nicht so! Hat irgendwer von euch sich jemals Gedanken darüber gemacht, wie es in dem Jungen aussieht? Verdammt noch mal, es geht hier nicht um eine Privatfehde zwischen Jürgen und mir! Es geht hier um ein Kind, das zufällig dein Enkelsohn ist!«

»Jetzt komm mal wieder runter«, versuchte Bertram ihn zu beruhigen. »Ich weiß, dass du in diesem Punkt recht hast. Aber du musst auch mich verstehen. Elke ist meine Tochter. Ich hänge an ihr. Es tut mir weh, wenn ich sehe, wie schlecht es ihr geht. Jürgen und du, ihr beide seid wie zwei Mühlsteine, zwischen denen sie zerrieben wird.«

Caspari wollte die Gefühlslage seiner Ex-Frau nicht an sich herankommen lassen. Er hatte lange gebraucht, mit der Trennung fertig zu werden. Nichts durfte die schlecht vernarbte Wunde wieder aufreißen. Abwehrend hob er beide Hände und blickte zur Seite.

»Ich weiß, dass das nicht einfach ist für dich. Aber ich bitte dich nur um ein Gespräch zwischen Elke und dir – ohne Jürgen. Willst du mir den Gefallen tun?«

»In Ordnung«, raunte Caspari heiser. Dann atmete er tief durch, um sich auf den Grund seiner Anwesenheit in Bertrams Büro zu konzentrieren. »Lass uns arbeiten«, sagte er und begann, Bertram ausführlich zu berichten.

Sie vereinbarten eine Besprechung um halb zwölf.

Schweigend betrat Caspari das Büro, in dem Mario und Tina telefonierten. Er stellte sich vor das Fenster und blickte regungslos nach draußen. Den Telefongesprächen seiner beiden Mitarbeiter schenkte er keine Beachtung. Er dachte über das bevorstehende Gespräch mit Elke nach. Seitdem sie ausgezogen war, hatte er kaum ein Wort mehr mit ihr allein geredet. Sein Herz schlug ihm bis zum Hals bei dem Gedanken an die bevorstehende Situation. Ihm wurde bewusst, dass er Angst davor hatte. Nie hatte ihn jemand so verletzt wie Elke. Caspari wollte ihr keine Gelegenheit mehr dazu bieten.

»Ich habe die Namen!« rief Mario triumphierend und riss Caspari aus seinen Gedanken.

Überrascht wandte der sich um. »Bitte?«

»Na, die Namen der Patienten unseres Dreiergespanns«, erklärte Mario.

Caspari hatte Schwierigkeiten, seine trübe Stimmung loszulassen. Sein Jagdinstinkt kam nur langsam auf Touren. »Aha.«

»Chef, Sie glauben es nicht – es ist auch einer aus Gelnhausen darunter!« rief Mario und war in seiner Euphorie kaum zu bremsen.

Erst jetzt ging Caspari die Tragweite dieser Nachricht auf. »Das ist ja phantastisch! Die anderen werden natürlich auch überprüft. Aber das machen die Kollegen in der Wiesbadener Zentrale. Wir kümmern uns um den Gelnhäuser.«

»Die Kollegen werden sich freuen. Die haben bereits alle Hände voll zu tun, die Mitarbeiter des Forschungsprojektes ausfindig zu machen und einen Polizeischutz zu organisieren.«

»Wie heißt der Patient überhaupt?« fragte Caspari.

»Jason Leary«, antwortete Mario. »Er war zum Zeitpunkt der Behandlung ein Jahr alt.«

»Jason Leary«, wiederholte Caspari. »Wahrscheinlich das Kind eines amerikanischen Soldaten, der hier in Gelnhausen stationiert war.«

»Hier gab es auch einen US-Stützpunkt?« fragte Tina.

»Ja, ein kleiner Teil davon ist noch übriggeblieben. Früher war das eine große Panzerdivision. Das Gelände, auf dem dieses Polizeirevier steht, war Teil eines Panzerübungsplatzes.«

In der Dienstbesprechung informierten sie die Kollegen über die neuesten Erkenntnisse.

Bertram übernahm die Aufgabe, seine guten Kontakte zur Military Police zu nutzen und Unterlagen aus den Militärarchiven zu besorgen. »Das wird aber einige Zeit dauern«, meinte er nüchtern. »Außerdem werde ich noch im Gelnhäuser Standesamt und beim Einwohnermeldeamt nachfragen, ob ein Jason Leary dort gemeldet war.«

Caspari sah zu Mario hinüber. »Setzen Sie sich bitte mit Wiesbaden in Verbindung. Die Kollegen sollen bundesweit in den Melderegistern nach unserem Mann suchen!«

Er wollte weiterreden, doch plötzlich schoss ihm ein Gedanken durch den Kopf: Dieser Jason Leary musste in Hoffmanns Patientenakten zu finden sein; der bubenhafte Polizist musste die Aufgabe übernehmen, die Akten danach durchzusehen.

Tina berichtete über ihre Suche nach Transvestiten im Strafregister. »Ich konnte dort nichts entdecken«, sagte sie. »Außer einigen Exhibitionisten war nichts zu finden.«

»Hat irgend jemand irgendwann einen Transvestiten beobachtet?« hakte Caspari noch einmal in der Runde nach. »Vielleicht ist einer zufällig in eine Verkehrskontrolle gekommen oder war in einen Unfall verwickelt – irgendwas«, insistierte er. »Ich möchte, dass alle Kolleginnen und Kollegen bis Montag dazu befragt werden. Und, bitte, mit dem nötigen Ernst! Wir suchen einen Serienkiller – keinen Mann, der sich zu Fasching als Frau verkleidet! Falls Sie auf etwas stoßen, informieren Sie mich unverzüglich! Unternehmen Sie keine Alleingänge! Dieser Mann ist sehr intelligent, körperlich stark und extrem gefährlich.« – – –

Clara genoss es, die klare kühle Oktoberluft zu atmen. Sie joggte auf einem breiten Waldweg. Ursprünglich hatte sie in Seydels Fitnesscenter in Wächtersbach trainieren wollen. Dann aber kam ein Anruf, über den sie sich sehr gefreut, aber auch etwas gewundert hatte. Mit viel Räuspern und Nervosität in der Stimme hatte Caspari sie gefragt, ob sie Lust auf einen Waldspaziergang auf der Spielberger Platte habe. Es war ihr nicht schwer gefallen zuzustimmen. Allerdings hatte sie ihn dazu bewegen können, aus dem Spaziergang einen Waldlauf zu machen. Der beschriebene Weg nach Waldensberg war leicht zu finden gewesen. An einem Weiher tauchte dann der schön gelegene Parkplatz zu ihrer Rechten auf, wo sie sich im Auto umgezogen hatte. Eine Weile stand sie unschlüssig neben ihrem Auto. Nach ihren Erfahrungen mit seiner Liebe zur Pünktlichkeit war sie früher als nötig losgefahren. Dieses Mal schien er sich zu verspäten. Um nicht auszukühlen, lief sie eine kleine Runde im Wald.

Clara fand die Landschaft herrlich. Kein Mensch war weit und breit zu sehen. Sie genoss die Ruhe und die Einsamkeit. In die Stille hinein krächzte ein Eichelhäher, und eine Wildschweinfamilie kreuzte zwanzig Meter vor ihr den Weg. Für einen Stadtmenschen wie sie waren diese Eindrücke besonders intensiv.

Doch nachdem sie fünf Minuten gelaufen war, fühlte sie sich plötzlich nicht mehr allein. Irgend etwas war in diesem Wald, das nicht hierher gehörte. Es war, als hätte es sich ganz unauffällig unter die Geräusche des Waldes gemischt und begänne nun, sich hervorzuheben. Clara blieb kurz stehen, um besser hören zu können. Etwas Metallisches wurde in kurzen Abständen über den Boden geschleift und danach hineingerammt. Sie war irritiert. Nicht nur, dass jemand ihre meditative Einsamkeit in diesem Wald störte; dieser Jemand tat dabei auch etwas, dass sie sich nicht erklären konnte. Die Geräusche kamen aus einem Seitenweg, der kurz vor ihr lag. Sie überlegte, ob es klug sei, dort so allein entlangzulaufen. Falls sie in Gefahr käme, würde niemand ihr Rufen hören.

Doch ihre Neugier siegte über ihre Vorsicht. Die Geräusche wurden allmählich leiser. Sie schienen direkt hinter einer Kurve auf dem Weg zu liegen. Clara beschleunigte das Tempo. So schnell sie konnte, lief sie auf dem breiten Pfad. Abrupt wurde sie langsamer, als sie die Quelle der unbekannten Geräuschkulisse entdeckte: Vor ihr lief ein Hüne mit Stöcken durch den Wald Richtung Parkplatz.

Sie erkannte Caspari, der sich im Nordic Walking übte. Mit einem royalblauen Fleecepulli und einer dunklen Sporthose bekleidet, bewegte er sich durch den Wald. Dabei rammte er bei jedem Schritt die Stöcke mit so großer Wucht in den Boden, dass Clara bezweifelte, dass sie auch nur ein halbes Jahr dieser Belastung standhalten würden. Während er den Arm wieder nach vorne zog, ließ er den jeweiligen Stock über den Boden schleifen, bevor er ihn erneut in den Boden stieß. Sein Schnaufen, das er dabei von sich gab, erinnerte sie an einen großen Bären. Clara musste an sich halten, um nicht laut loszulachen. Nicht nur, dass sich die merkwürdigen Geräusche als völlig harmlosen Ursprungs erwiesen, sondern auch, dass der Anblick, der sich ihr bot, einer gewissen Komik nicht entbehrte.

Schnell hatte sie Caspari eingeholt. »Hallo, bei dem Lärm war es ganz einfach sie zu finden!« sprach sie ihn an. »Finden Sie neben der Mörderjagd und der Kampfkunst noch Zeit zum Walken?«

Clara fand ihre Begrüßung bescheuert. Aber etwas anderes war ihr in diesem Moment nicht eingefallen.

Caspari wirkte wie ein Bub, der bei etwas Verbotenem erwischt worden war. Sein durch die Anstrengung leicht gerötetes Gesicht färbte sich dunkelrot. »Ähm, um ehrlich zu sein, ich mache das heute zum ersten Mal. Ich dachte, ich probiere das aus.«

Schweigend bogen sie in einen anderen Weg ein und liefen eine Stunde nebeneinander her. Clara verlangsamte ihr Tempo, um Caspari nicht noch mehr in dem Eindruck zu bestärken, er habe sich vor ihr blamiert. Der Weg endete nach einigen Windungen auf dem Parkplatz, auf dem Claras Auto stand. Während sie locker auslief, überlegte sie fieberhaft, was sie tun oder sagen könnte, um Caspari noch eine Weile in ihrer Nähe zu haben. Doch bevor sie sich zu etwas entschließen konnte, ergriff er die Initiative.

»Ich wollte Ihnen noch sagen, dass ich die Beerdigung gestern sehr schön fand – sofern man so etwas von einer solchen Feier überhaupt sagen kann. Ihre Predigt war treffend formuliert.«

»Danke, eine solche Rückmeldung tut gut«, antwortete Clara. »Ich habe Sie am Grab gar nicht mehr gesehen.«

»Ich hatte einen dringenden privaten Termin, der sich leider nicht verschieben ließ.«

»Als ich vom Trösterkaffee zum Friedhof zurückgelaufen bin, habe ich Sie im Vorhof des Main-Kinzig-Forums gesehen«, rutschte es Clara heraus. Sie hätte sich für ihre direkte Art ohrfeigen können. In der Gegenwart dieses Mannes schien ihr Mundwerk ein Eigenleben zu entwickeln. Sie kannte Caspari noch viel zu wenig, um mit ihm über seine privaten Angelegenheiten zu plaudern. Erleichtert atmete sie auf, als er den Gesprächfaden aufnahm.

»Da haben Sie mich wohl von meiner Schokoladenseite erlebt«, frotzelte er.

»Sie und dieser andere Polizist schienen auf jeden Fall nicht das einvernehmlichste Verhältnis zu haben«, sagte sie und entschuldigte sich gleich darauf. »Es tut mir leid. Ich hätte das nicht sagen dürfen. Unbeabsichtigt habe ich etwas mitbekommen, was mich nichts angeht.«

Caspari lächelte. »Nein, nein. Das ist schon in Ordnung. Im Grunde bin ich froh, mit jemandem darüber zu reden, der gut zuhören kann.«

Einen Augenblick lang hing eine Stille zwischen Clara und Caspari. Sie blickte den Hünen an und sah, wie er sich schwer tat, etwas zu sagen.

Dann fragte er sie mit belegter Stimme: »Darf ich Sie zum Kaffee einladen? Ich wohne vielleicht fünfhundert Meter von hier entfernt. Dabei könnte ich Ihnen alles erzählen.«

Clara sah an sich herunter. Sie war völlig verschwitzt.

»Im Prinzip gern«, antwortete sie. »Aber ich muss mich jetzt erst einmal duschen. Das wollte ich im ›Get Fit‹ tun.«

Sie bemerkte, wie Caspari zur Seite blickte. Als er sie wieder ansah, lag Entschlossenheit in seinem Blick.

»Der Hof, auf dem ich lebe, hat einen Bereich für Feriengäste. Zur Zeit stehen beide Appartements leer. Wenn es Ihnen recht ist, können Sie in einem der dazugehörigen Bäder duschen und sich frisch machen.«

Clara hörte in sich hinein. Was wollte sie wirklich von diesem Mann? Sie wusste es nicht genau. Aber tief in ihrem

Innersten spürte sie den leisen Wunsch, ihm nahe zu sein. Sollte sie dieses ungewöhnliche Angebot dieses noch ungewöhnlicheren Mannes annehmen?

Sie ergab sich dieses Mal ihrer Impulsivität. »In Ordnung. Aber nur, wenn es Ihnen keine Umstände macht.«

Caspari wirkte erleichtert. »Nein, nicht im geringsten!«

Er ging voraus, während sie sich in ihr Auto setzte und ihm folgte. Mit großen Schritten ging er einen geschotterten Weg entlang, der auf eine schmale Straße stieß. Sie mündete in ein altes, herrlich restauriertes Anwesen. Es bestand aus Fachwerkgebäuden, die in einer U-Form angeordnet waren. Caspari deutete ihr an, neben seinem Volvo zu parken. Er selbst verschwand in einem der Gebäude. Clara stieg aus und sah sich um. Der Hof war mit Granit kopfsteingepflastert. In der Mitte stand eine große Linde, um die herum eine Holzbank gebaut war. Ihre Blätter leuchteten in allen Herbstfarben. Während sie die Eindrücke in sich aufnahm, hörte sie aus einem der Gebäude Muhen.

Caspari stand plötzlich neben ihr. »Mein Vater hält ein paar Rinder und einige Gänse als Hobby. Ansonsten wird das Anwesen seit langer Zeit nicht mehr landwirtschaftlich genutzt. Der Gästebereich ist in einem Teil der alten Scheune. Der andere Teil ist tatsächlich noch eine richtige Scheune.«

Er führte sie zu dem Gebäude, das die beiden anderen miteinander verband und schloss auf. In einem der Appartements zeigte er ihr das Bad.

»Lassen Sie sich ruhig Zeit. Wenn Sie fertig sind, klingeln Sie an der Haustür, neben der mein Wagen geparkt ist.«

Während Clara das heiße Wasser über sich fließen ließ, fragte sie sich: Weißt du, was du tust? Sie hatte keine Antwort auf diese Frage. – – –

»Na, haben Sie sich schon ein bisschen eingelebt?« Professor Müller, Chefarzt der Unfallchirurgie im Klinikum Fulda, klopfte seinem neuen Oberarzt auf die Schulter.

»Ja, danke der Nachfrage«, antwortete Thorsten Rosskopf. »Allerdings hätte ich in Fulda nicht mit so vielen Verletzungen durch Schlägereien gerechnet. Ich meine, wir sind hier ja schließlich nicht in Frankfurt oder in Berlin.«

»Die gesellschaftlichen Probleme verlagern sich immer mehr von den Ballungsgebieten in die Provinz«, entgegnete Müller. »Sagen Sie bloß, diese Entwicklung ist an Ihnen vorbeigegangen!«

Beide betraten Müllers Büro. Müller wies Rosskopf einen Stuhl und setzte sich hinter seinen Schreibtisch. Gemeinsam besprachen sie die bevorstehenden Operationen von vier Patienten. Einem Bodybuilder war die Bizepssehne gerissen, einem Fußballer mussten die Kreuzbänder wieder zusammengeflickt werden, ein Bauarbeiter war vom Gerüst gestürzt und hatte sich einen komplizierten Trümmerbruch zugezogen, und einem jugendlichen Skateboardfahrer sollte der Nagel aus dem Oberschenkelknochen gezogen werden. Als sie alles gründlich durchgegangen waren, schlug Müller seinen Kalender auf.

»Montag, um sechzehn Uhr, kommt der Vertreter unseres Hauslieferanten für Kanülen, Infusionsschläuche, Spritzen, Skalpelle und so weiter zu mir. Ich möchte, dass Sie zugegen sind, um ihn kennenzulernen.«

»Ich wollte eigentlich um diese Zeit schon die Operationen für den kommenden Tag vorbereiten«, erwiderte Rosskopf, ohne dabei zu verhehlen, dass er von solchen Treffen nichts hielt.

»Ganz der Großvater«, antwortete Müller. »Voll konzentriert auf das Wesentliche. Aber im Ernst: Ich halte solche Termine für wichtig, weil ich auf diese Weise nicht nur aus Fachzeitschriften über die neuesten Entwicklungen informiert werde, sondern mir die Produkte aus nächster Nähe ansehen kann. Außerdem ist der Vertreter ein sehr fachkompetenter Mann, keiner der üblichen Schwätzer. Also, machen Sie sich bitte für diese eine Stunde frei.«

Rosskopf ergab sich in sein Schicksal und willigte ein. Müller wünschte ihm ein angenehmes Wochenende, als er ging. Rosskopf freute sich darauf, zumal es das erste ohne Rufbereitschaft war, seit er vor über einem Monat im Klinikum Fulda angefangen hatte. – – –

Casparis Haare waren vom Duschen noch feucht, als er den Kaffee aufsetzte und das Feuer im Herd entzündete. Das Holz knackte, als es Feuer fing. Aufgeregt überlegte er, womit er den Tisch decken sollte. Nur mit Mühe gelang es ihm, das Kaffeegeschirr aus dem Küchenschrank zu holen. Woher hatte er nur den Mut genommen, sie zum Kaffee einzuladen? Es konnte nicht mit rechten Dingen zugegangen sein, als er ihr dann auch noch das Bad in einem der Appartements angeboten hatte. Seine Mutter hatte ihn ganz irritiert angesehen, als er in ihre Küche gestürmt war und hastig nach dem Appartementschlüssel gegriffen hatte. Seine stammelnden Erklärungsversuche waren mit einem wohlwollenden Grinsen kommentiert worden. Und nun stand er in seiner Küche, und das Herz schlug ihm bis zum Hals. Was sollte er sagen, wie sich dieser Frau gegenüber geben? Er hatte keine Ahnung.

Caspari hatte keine Erfahrung darin, das Herz einer Frau zu gewinnen. Nie hatte er sich getraut, das auszuprobieren. Als Elke ihm damals begegnet war, hatte er sich um solche Dinge keine Gedanken machen müssen. Sie hatte ihn einfach umarmt und nicht mehr losgelassen. Elke! Es kostete ihn Anstrengung, den Gedanken an seine Ex-Frau beiseite zu schieben. Vor ihm lag ein Gespräch mit der Frau, die eine Welle von aufregenden und schönen Gefühlen in ihm ausgelöst hatte. Ihr burschikoses Auftreten und die unbefangene Art, ja, ihre ganze Erscheinung faszinierten ihn so sehr, dass er seine eigene Schüchternheit in ihrer Nähe gelegentlich einfach zu vergessen schien.

Er legte zwei Holzscheite nach, ging ins Wohnzimmer und stellte sich vor das Regal mit der großen Sammlung von Klassik-CDs. Er entschied sich für die Concerti grossi von Georg Friedrich Händel* und nahm die CD mit in die Küche. Als er sie in den dortigen CD-Spieler schob, klingelte es an der Tür. – – –

Während Clara mit ihrer Sporttasche zu ihrem Wagen ging, freute sich bereits auf den Kaffee. Es reizte sie, ihm näherzukommen und für sich selbst eine Antwort zu finden, was ihr

*) *Georg Friedrich Händel, Concerti Grossi HWV 312, 315, 317, 319, 324, 328*

an diesem Mann gefiel, der doch so völlig anders als ihre bisherigen Liebhaber war. Sie wollte wissen, welcher Mensch sich hinter dieser Schüchternheit verbarg. Außerdem war es Freitagnachmittag, sie hatte ein freies Wochenende vor sich und kannte kaum einen Menschen im Kinzigtal privat, seit sie als Pfarrerin in Gelnhausen angefangen hatte. Es gab daher nichts zu verlieren.

Clara warf die Tasche in den Kofferraum ihres Wagens, schloss ihn ab und klingelte an der Tür, die Caspari ihr zuvor bedeutet hatte. Die Tür wurde etwas zu heftig geöffnet, und vor ihr stand dieser hünenhafte Mann, der den gesamten Türrahmen ausfüllte.

»Bitte, kommen Sie doch herein«, hörte sie ihn sagen.

Sie trat in einen mit Dielen ausgelegten Flur. Bei jedem der Schrittes Casparis knarrten sie ein wenig. Er wies ihr den Weg in eine große Wohnküche, die schlicht, aber geschmackvoll eingerichtet war. Neben dem elektrischen Herd stand ein altes eisernes, mit Emaille verziertes Exemplar, in dessem Inneren es knackte; Clara spürte die wohlige Wärme des Holzfeuers.

Caspari wies ihr einen Platz auf der Eckbank. Als sie dort Platz genommen hatte, blickte sie auf das Foto eines Kindes an der Wand. Sie erinnerte sich an den Jungen, der Caspari vergangenen Sonntag begleitet hatte.

»Ihr Sohn?«

»Ja, das ist Lukas. Er verbringt das Wochenende mit seinen Paten. Ein Geburtstagsgeschenk der beiden.«

Caspari strahlte, als er seinen Sohn erwähnte. Erst während er Kaffee und Kuchen etwas unbeholfen auf den Tisch stellte, nahm Clara die leise Musik wahr, die aus einem unauffällig plazierten CD-Spieler kam. Sie schmunzelte über seine Leidenschaft für alte Musik, die selbst in einem Ort wie der Küche noch ungebrochen zu sein schien. Als sie aßen, spürte Clara, dass er einen Gesprächsanfang suchte.

Sie kam ihm ein Stück entgegen. »War das Verhältnis zwischen Ihnen und Herrn Jungmann schon immer so schlecht?«

Er trank einen großen Schluck Kaffee und starrte einen kleinen Moment ins Leere, als wollte er sich sammeln. »Nein, nicht immer. Früher waren wir sogar unzertrennlich, mein entfernter Cousin Benny, Jürgen Jungmann und ich. Wir waren das ›Trio infernale‹ in der Schule. Benny war der Chaot, Jürgen der Springinsfeld und ich der Zurückhaltende. Wir trainierten sogar denselben Sport. Seydel nahm uns drei unter seine Fittiche. Er war damals schon ein hochgraduierter Aikido-Meister und Ausbilder für Selbstverteidigung bei den verschiedenen Einheiten der Polizei. Während Benny und ich Freude am Training fanden und immer besser wurden, verließ Jürgen die Lust am Aikido. Nach zwei Jahren hörte er wieder auf. Irgendwann brachte meine jüngste Schwester Iris ihre Freundin Elke mit auf unseren Hof. Das war der Beginn einer großen Liebesgeschichte. Da war nun dieses wunderschöne vierzehnjährige Mädchen in mein Leben getreten, das mich mit seinen großen Augen ansah.«

Clara sah ein Glänzen in Casparis Augen, als er davon erzählte, wie Elke ihn, den schüchternen Jungen, erobert hatte.

»Kurz vor dem Abitur animierte uns Elkes Vater – das ist Bertram, der leitende Kriminalbeamte in Gelnhausen –, nach der Schule zur Polizei zu gehen«, fuhr Caspari fort. »Benny hatte kein Interesse daran. Jürgen und ich machten unsere Ausbildung, waren im Streifendienst und kamen durch Bertrams gute Kontakte zur Kriminalpolizei in Gelnhausen. Kurz darauf heirateten Elke und ich. Jürgen war mein Trauzeuge.

Ungefähr ein Jahr später erwischte es mich: Jürgen und ich beobachteten seit einiger Zeit einen Dealerring. Wir bekamen den Hinweis, dass die Gruppe eine neue Lieferung erwartete. So beschatteten wir sie und hatten Glück. Die Lieferanten, zwei Osteuropäer, trafen sich mit ihnen in einem alten, halb verfallenen Haus in Hettersroth. Wir forderten Verstärkung an und fotografierten Lieferanten und Dealer. Als die Kollegen nach einiger Zeit noch immer nicht eingetroffen waren, ergriff Jürgen die Initiative. Ich versuchte noch, ihn davon abzuhalten, doch er winkte nur ab und schlich sich an das Haus heran. Plötzlich sah ich, wie eines der Fenster einen kleinen Spalt aufging. Ein verchromter Revolver blitzte in der Sonne auf. Ich rief Jürgen eine Warnung zu und schoss. Von drinnen war ein Aufschrei zu hören. Dann traf mich einer der Lieferanten, der sich von hinten um das Haus geschlichen hatte. Die Kugel zertrümmerte mein Schienbein. Jürgen reagierte sofort und erschoss ihn. Drei weitere Fenster des Hauses wurden aufgestoßen. Ich zog mich am Kotflügel unseres Wagens hoch und feuerte weiter. Wir hatten einen heftigen Schusswechsel. Ich weiß noch, dass ich von hinten die Sirenen der Polizeiautos hörte, als mich ein Schuss in die Brust traf. Dann war's dunkel.

Zwei Wochen später erwachte ich aus dem Koma. Und in meinem linken Unterschenkel waren Platten und Schrauben. Die andere Kugel hatte meinen linken Lungenflügel am Rand in Herznähe getroffen.

Ich hatte vier Menschen erschossen. Für den normalen Außendienst war ich nicht mehr zu gebrauchen. Jürgen war mit seinen Nerven völlig am Ende. Es müssen ihn wahnsinnige Schuldgefühle gequält haben. Reden konnten wir beide aber darüber nicht.

Als ich wieder gesund war, stellte sich die Frage, wie ich nun weiterhin Polizist sein könne. Der Innendienst erschien mir wenig reizvoll. Vor unserer Hochzeit hatte ich mit einem Fernstudium in Kriminologie begonnen. Ich ließ mich vom Dienst beurlauben und schrieb mich an der Universität Frankfurt in Psychologie ein. Mit Elkes Einkommen kamen wir gut über die Runden, so dass ich mich ganz auf das Studium konzentrieren konnte. Anschließend promovierte ich – über das Fehlen von Steuerungsmechanismen in der Psyche von Serientätern.

Als ich dreiunddreißig Jahre alt war, hatte ich vordergründig alles erreicht, was ich wollte: Ich hatte einen Abschluss in Kriminologie, einen Doktortitel in Psychologie, mein Sohn Lukas kam auf die Welt, und das Landeskriminalamt in Wiesbaden bot mir eine Stelle als Profiler an. In dieser Zeit zerbrach allerdings meine Ehe ganz still und leise, und mein bester Freund, Jürgen Jungmann, entpuppte sich als Nebenbuhler.«

Clara spürte die tiefe Traurigkeit, die in Casparis Worten lag. Er zuckte mit den Schultern und fuhr sich mit der Hand über das Gesicht.

»Wie kam das?« fragte sie einfühlsam.

»Während meiner Promotion erhielt ich ein Stipendium für Forschungsarbeiten in Quantico, der Schule des FBI. Das war eine einmalige Gelegenheit, die man nur sehr selten geboten bekommt. Zwei Monate war ich dort – vom dritten bis zum fünften Monat von Elkes Schwangerschaft. Natürlich hatte ich ein schlechtes Gewissen ihr gegenüber. Deshalb bat ich Benny und Jürgen, sich in dieser Zeit um sie zu kümmern. Ich ahnte damals nicht, wie sehr Jürgen seit vielen Jahren schon in sie verliebt war. In diesen zwei Monaten kam er meiner Bitte sehr intensiv nach. Elke gefiel das wohl sehr gut. Jürgen schenkte ihr mehr Aufmerksamkeit, als ich das in den zurückliegenden Jahren getan hatte. Ich lebte ja nur noch für mein Studium. Jedenfalls reime ich mir das im nachhinein so zusammen.

Die beiden hatten dann über zweieinhalb Jahre ein Verhältnis hinter meinem Rücken. Irgendwann musste das natürlich herauskommen. Als Lukas zwei Jahre alt war, zog Elke mit ihm aus und lebt seitdem mit Jürgen in Breitenborn in einem Haus, das er geerbt hatte.

Ich weiß heute nicht mehr, wie ich diese Zeit überstanden habe. Wenigstens durfte ich Lukas jedes zweite Wochenende bei mir auf dem Hof haben. Der Kleine hatte allerdings von der Trennung mehr mitbekommen, als uns allen lieb war. Je älter er wurde, umso öfter fragte er mich, warum seine Mutter und ich getrennt lebten. Jürgen kam offensichtlich nicht gut mit ihm zurecht, obwohl er sich sehr große Mühe gab. Es klingt unglaublich, aber Lukas lehnte ihn vom ersten Augenblick ab.

Elke wurde wieder schwanger. Als Lukas' Halbschwester zur Welt kam, drehte sich alles nur noch um sie – jedenfalls in der Vorstellung eines Kindes, das drei Jahre alt war. Endlich war das Kind geboren, das zu dieser neuen Ehe passte. Alle waren überglücklich, nur Lukas nicht. Er musste nun die Liebe und die Zuwendung seiner Mutter mit einem schreienden Baby teilen. Jürgen ließ ihn links liegen, seine Eltern hatten mit dem Kind eines anderen Mannes ohnehin nie besonders viel anfangen können. Einzig Bertrams, Elkes Eltern, kümmerten sich sehr um ihn. Aber es half nichts, er fühlte sich aufs Abstellgleis geschoben. Er begann schwierig zu werden. Im Kindergarten fiel er wegen seiner Aggressivität auf, und bei seiner Mutter war er ungenießbar. Er fühlte sich von allen verlassen und gab dem Baby dafür die Schuld. Jürgen hörte eines Nachmittags im Zimmer der Kleinen ein Röcheln. Als er hineinging, sah er, wie Lukas seine Halbschwester würgte. Jürgen riss ihn im Reflex weg und warf ihn heftig zur Seite. Dabei prallte Lukas an den Heizkörper und die Fensterbank. Er wurde mit einer Gehirnerschütterung und einigen Rippenprellungen eingeliefert. Im Krankenhaus erzählten Elke und Jürgen, er hätte sein Bett als Trampolin benutzt und sei von dort aus mit Schwung gegen die Heizung gesprungen.«

Clara blickte Caspari entgeistert an. »Mein Gott! Warum haben sie nicht die Wahrheit gesagt?«

»Die beiden waren in Panik. Sie wussten nicht, wie sie erklären sollten, was passiert war. Deshalb erzählten sie diese Notlüge. Kinderärzte sind sehr sensibel, wenn ein Kind mit solchen Verletzungen eingeliefert wird«, entgegnete er. »Wenn sie den Verdacht haben, es könnte sich um die Folgen einer Gewalteinwirkung handeln, verständigen sie sofort das Jugendamt. Als Lukas wieder einigermaßen bei sich war, redeten sie auf ihn ein und wollten ihm diese Legende glaubhaft machen. Lukas sagte kein Wort dazu, auch als ihn ein Arzt befragte. Er kam als verstörtes und eingeschüchtertes Kind zurück zu seiner Mutter.

Als ich ihn dann wieder an einem Wochenende bei mir hatte, erzählte er mir, was wirklich geschehen war. Lukas begriff, dass ich für ihn da war und ihm glaubte. Er bettelte mich an, ihn nicht wieder zu seiner Mutter und ihrem neuen Ehemann zu bringen. Zuerst telefonierte ich mit dem zuständigen Sozialarbeiter aus dem Jugendamt. Er stammt aus Waldensberg, wir kennen uns seit dem Kindergarten. Ich setzte alle Hebel in Bewegung und bekam das alleinige Sorgerecht zugesprochen. Lukas brauchte viele Sitzungen beim Kindertherapeuten, um wieder das fröhliche Kind zu werden, das er einmal war. Aber er lehnt seither jede Begegnung mit Jürgen kategorisch ab, genauso wie den Aufenthalt in dessen Haus.

Elke will allerdings mehr Kontakt zu ihm als bisher. Deshalb hat sie beim Familiengericht einen Antrag auf das Sorgerecht gestellt. Aus diesem Grund trafen wir uns beim Jugendamt. Sie weiß, dass sie mit diesem Antrag eigentlich keine Chance hat. Sie möchte nur eine Normalisierung des Verhältnisses zu ihrem Kind. Ob das allerdings der geeignete Weg ist, wage ich zu bezweifeln.«

Clara atmete tief durch. »Das sind die drei Ereignisse, bei denen Jungmann in Ihrem Leben ›herumgepfuscht‹ hat?« fragte sie.

Caspari nickte stumm. »Das sind die Wunden in uns beiden. Ich hatte die Schmerzen durch meine Verletzungen, die Trauer um meine zerstörte Ehe und die Arbeit mit meinem traumatisierten Kind. Jürgen hat enorme Schuldgefühle wegen dieser drei Geschichten. Wir haben nie darüber gesprochen. Dazu war ich nicht in der Lage, er vermutlich auch nicht. Unverarbeitete Schuld kann zu Aggressionen gegenüber demjenigen führen, dem man Leid zugefügt hat. Es war gestern nicht fair von mir, ihn noch einmal mit der Nase draufzustoßen. Denn eigentlich ist er in der schwächeren Position. Er braucht mich, er braucht meine Vergebung, wenn Sie so wollen. Sich selbst kann er ja nicht von Schuld lossprechen.«

»Wird es denn je eine echte Chance für Sie beide geben, Ihre gemeinsame Geschichte aufzuarbeiten?« fragte Clara beeindruckt von dem unheilvollen Schicksal, das Caspari und Jürgen Jungmann miteinander verband.

»Vielleicht wird es sie geben, doch zur Zeit sehe ich dafür keine Basis. Die Kränkungen sind auf beiden Seiten einfach noch zu tief.«

Clara sah in Casparis Blick einen Ausdruck des Bedauerns. Langsam stand er auf und räumte das Geschirr ab. Sie sah ihm dabei schweigend zu. Draußen war es dunkel geworden.

»Darf ich Sie zum Abendessen im meiner bescheidenen Behausung einladen, nachdem ich Ihnen meine Lebensgeschichte erzählt habe?« fragte er.

Clara war froh, dass diese Begegnung noch nicht endete. Sie genoss das warme Holzfeuer in der gemütlichen Küche und spürte, dass es auch in ihr wärmer wurde, je mehr sie von diesem Mann erfuhr. Sie nickte. »Ich finde es schön, dass Sie mir so viel von sich erzählt haben. Ich bleibe gern zum Abendessen.«

»Ich habe für das Wochenende vorgekocht«, sagte er, während er am Herd zu hantieren begann. Wenig später standen Schweinebraten, Rotkraut und Klöße auf dem Tisch. Caspari entschuldigte sich kurz, ging nach nebenan und kam mit einer CD wieder. »Ein Streichquartett von Mozart«, sagte er und legte sie auf.*

Clara hatte mit einem solchen üppigen Essen nicht gerechnet. »Ich bin noch nie von einem Mann bekocht worden, schon gar nicht so gut!« schwärmte sie.

Eingehüllt in die warmen Klänge der Musik aßen sie. Clara probierte von dem Wächtersbacher Jubiläumsbier und fand Gefallen daran. Sie lachten viel miteinander und erzählten sich Anekdoten aus ihren Berufen. Clara half ihm beim Abräumen. Als der letzte Teller in der Spülmaschine verstaut war, standen sie sich unversehens gegenüber. Clara blickte in seine Augen, in denen sie Hoffnung und Angst zugleich sah. Sie nahm seine großen Hände, drückte und streichelte sie. Wie von selbst fanden sich ihre Lippen. Clara küsste zum ersten Mal einen Mann mit Bart. Sie empfand die Berührung damit als eine Mischung aus Kitzeln und Kratzen.

Wie lange sie so eng umschlugen standen, konnte sie nicht sagen. Sie hatte jedes Gefühl für die Zeit verloren. Irgend-

*\) *Wolfgang Amadeus Mozart: Streichquartette Nr. 18 und 19 (KV 464 und 465)*

wann gingen sie Hand in Hand zur Eckbank, auf der sie sich halb sitzend, halb liegend weiterküssten. Clara fühlte sich euphorisiert und wollte jeden Augenblick auskosten. Doch die Anspannungen der letzten Tage machten sich plötzlich bemerkbar. Sie schlief ein, während Caspari ihr sanft durch das Haar fuhr. Wie eine Schlafwandlerin ließ sie sich eine Treppe hinaufführen und in ein weiches Bett legen.

Als Clara nach einem tiefen, traumlosen Schlaf erwachte, blickte sie auf eine Tapete mit Janosch-Motiven. Sie sah sich um und sagte sich, dass sie wohl in Lukas' Bett lag. Als sie sich streckte, merkte sie, dass sie noch alle ihre Kleider anhatte. Die Jeans und das Sweatshirt sahen verknittert aus. Gähnend blickte sie auf den großen Wecker auf dem Nachttisch. Es war schon neun Uhr. Sie stand auf, zog sich ihre Schuhe an und ging die Treppe hinunter.

Aus der Küche klang eine ganz andere Musik als die, die sie von Caspari gewohnte war. Er stand vor dem Herd und summte gut gelaunt zu der Irish Folk Music* aus dem CD-Spieler. Sie lehnte sich an den Rahmen der Küchentür und sah ihm eine Weile zu. Er schien sie zu bemerken. Langsam drehte er sich um und strahlte sie an. Sie umarmten und küssten sich.

»Guten Morgen, Großer«, begrüßte ihm Clara. »Komm jetzt aber bloß nicht auf die Idee, mich ›Kleine‹ zu nennen!« fügte sie flachsend hinzu.

»Warum sollte ich dich mit ›Kleine‹ anreden«, fragte er grinsend zurück, »wenn du einen so wunderbaren Namen hast? Ich finde, Clara sagt schon alles.«

Sie gab ihm wieder einen Kuss und fuhr mit beiden Händen durch seinen Bart. Lang sahen sie sich schweigend an.

Clara fiel plötzlich die Musik wieder ein. »Ich habe gar nicht mehr daran geglaubt, dass du noch etwas anderes als klassische Musik hörst.«

»Als du mir vor einer Woche im Auto erzählt hast, du würdest Irish Folk mögen, habe ich mich augenblicklich in dich verliebt«, antwortete er und setzte dabei ein spitzbübisches Lächeln auf. – – –

* *The Corrs: Home*

Inge war zufrieden mit sich. Es war ihr gelungen, den Jungen unter Druck zu setzen. Sie spürte seinen zornigen Blick auf ihr ruhen. Aber das kümmerte sie nicht, sie hatte ihr Ziel erreicht. Instinktiv hatte sie die richtige Person unter den Verwandten des Jungen ausgewählt. Blass war er vor Wut und Angst geworden, als sie gedroht hatte, ihm diesen Menschen zu nehmen, wenn er ihr nicht half. Obwohl er sich in letzter Zeit deutlich von ihr distanziert hatte, war er doch schwach geblieben. Er hätte sie loswerden, sich von ihr trennen können. Aber er hatte es nicht über sich gebracht. Dazu hätte er sie töten müssen. Seine Schwäche war seine Abneigung gegenüber Gewalt. Inge liebte sie auch nicht, sie betrachtete sie allerdings als notwendiges Mittel, wenn es darum ging, das Böse aus der Welt zu vertreiben. Sie würde den Jungen nun immer mit wachen Augen im Blick behalten.

Für den Augenblick spielte er ihr Spiel. Aber er war stärker geworden, als sie es für möglich gehalten hätte. Vielleicht würde er einen Weg suchen und finden, sie trotz seiner Schwäche loszuwerden. Das durfte nicht passieren – auf jeden Fall nicht, bevor ihre Mission erfüllt war. Noch galt es, einen Dämon zu töten und ihn dabei zu demaskieren. Den ersten Schritt dazu würde der Junge morgen für sie tun. – – –

Tina und Mario sahen Caspari überrascht an.

»Chef, was ist mit Ihnen?« fragte Mario überrascht.

»Schätzchen, du bist zwar Italiener, aber in Liebesdingen bist du manchmal ein Trottel!« meinte Tina. »Guck ihn dir doch einmal genauer an! Der Glanz in seinen Augen und das Lächeln sagen doch alles. Es hat gefunkt! Comprende?«

Mario blickte ziemlich verdutzt. »Nein! Ehrlich? Sagen Sie bloß … die Pfarrerin?«

Casparis Grinsen musste wohl noch breiter geworden sein, denn Mario umarmte ihn und klopfte ihm auf die Schulter.

Und Tina gab ihm einen dicken Kuss auf die Wange. »Endlich! Ich freue mich so für Sie. Wenn Sie wüssten, welche Sorgen Mario und ich uns um Sie gemacht haben.«

Caspari war von der Herzlichkeit dieser beiden Menschen sehr gerührt. Sie waren Freunde im besten Sinne des Wortes.

»Sie und diese bella pastorella sind jetzt ein Paar?« fragte Mario, als wollte er ganz sicher gehen, dass Caspari mit ihnen keinen Schabernack treibt.

»Ja, wir sind seit dem Wochenende ein Paar«, bestätigte er. »Und wie war Ihr beider Wochenende?«

»Marios Familie hat uns in die Mangel genommen und Vorhaltungen gemacht, weil wir noch immer nicht verheiratet sind, weil noch nicht mindestens vier Bambini um mich herumspringen und so weiter«, stöhnte Tina.

»Na, dann heiraten Sie doch endlich! Meinen Segen haben Sie«, flachste Caspari.

Tina hob und schüttelte ihre Faust und sah ihn mit einem zugekniffenen Auge an. »Jetzt fangen Sie nicht auch noch damit an! Es hat uns drei von diesen Erzgebirgsengeln gekostet, um Marios Familie von diesem Thema abzulenken. Die waren ganz hin und weg von den Figürchen mit dem nackten Popo. In der Mittagspause muss ich noch einmal in das Geschäft, damit ich wegen dieses Familientheaters nicht auch noch auf meinen neuen Christbaumschmuck verzichten muss.«

Caspari lachte gutgelaunt. Er fühlte sich seit langer Zeit glücklich. Und weder Jürgen Jungmann noch der ›Chirurg‹ konnten daran etwas ändern.

Mario stellte eine Sporttasche auf den Tisch und zog drei Schusswesten heraus. »Die habe ich noch auf dem Heimweg im LKA geholt.« Er reichte Caspari die größte Weste. »Ich soll schöne Grüße von Edwin aus dem Bunker sagen. Er glaubt nicht, dass es eine Weste gibt, die Ihnen passt. Aber er bleibt weiter am Ball. Vorerst sollen Sie diese hier anprobieren. Die ist für sehr korpulente Polizisten gedacht.«

Caspari brummte unwillig, als er die kugelsichere Weste in Augenschein nahm. Die Schulter- und Hüftgurte waren länger als üblich. Doch als er sie anzog, reichte sie ihm nur bis zum Rippenansatz.

»Bauchfrei soll ja modern sein«, tönte eine Stimme vom Flur her.

Caspari blickte in die Richtung und sah Doktor Richter

erstaunt an. »Ich dachte, Sie seien schon am rechtsmedizinischen Institut in Heidelberg«, sagte er überrascht.

»Anfang nächster Woche muss ich dort erst meine Antrittsvorlesung halten«, antwortete Richter. »Mit meinen Vorbereitungen bin ich am Wochenende fertig geworden, nun kümmere ich mich um die Einrichtung meines Zimmers in Heidelberg und ordne hier noch schnell einige Dinge. Ab kommenden Montag bin ich ja nur noch an den Wochenenden zu Hause.«

Caspari bot Richter einen Stuhl an. Eine Frage brannte ihm auf der Seele. »Wir haben in den vergangenen fünf Jahren eng zusammengearbeitet. Ich kann es immer noch nicht glauben, dass Sie hier alles hinter sich lassen, dem LKA den Rücken kehren und an die Universität gehen«, meinte Caspari.

»Die Lehrtätigkeit ist die Krönung meines Berufes«, entgegnete Richter. »Ich möchte das Wissen, das ich über die Jahre meiner Tätigkeit beim LKA gesammelt habe, einer anderen Generation weitergeben. Und was ist mit Ihnen? Ihre Promotion ist damals auf großes Interesse in der Fachwelt gestoßen. Warum waten Sie immer noch durch die Abgründe menschlicher Grausamkeiten? Sie könnten mittlerweile auch Dozent sein.«

Caspari kannte Argumente wie diese. Eine akademische Laufbahn kam für ihn nicht in Frage. Es war ihm lieber, mit seinem Wissen die Täter zu fassen, statt sie nachher zu untersuchen und zu therapieren.

»Ich glaube, ich bin es den Opfern schuldig, ihre Henker zur Strecke zu bringen. Ich stehe dafür ein, dass ihnen im Nachhinein Gerechtigkeit widerfährt. Außerdem bin ich ja Dozent, wenn auch nicht an der Universität, sondern an den Polizeischulen und in Fortbildungsseminaren.«

Richter nickte höflich und wechselte das Thema. »Ich bin beim Packen der Unterlagen für mein Heidelberger Büro auf einen Ordner gestoßen, der Ihnen vielleicht hilfreich sein könnte. Ich habe bei den Autopsien selbst noch einmal zum Fotoapparat gegriffen und die Leichen aus meiner Sicht fotografiert. Die Bilder stelle ich Ihnen gern zur Verfügung, bis Sie den Täter hinter Schloss und Riegel haben.«

Caspari nahm den Ordner entgegen und dankte Richter.

»Im Gegenzug würde ich allerdings gern etwas über den neuesten Stand der Ermittlungen erfahren, wenn Ihnen das recht ist. Ein paar Entzugserscheinungen stellen sich doch nach Beendigung meiner Tätigkeit für die Wiesbadener Behörde ein«, meinte Richter.

Caspari sah ihn dabei eines der wenigen Male lächeln, seit er ihn kannte. Ausführlich berichtete er über die Ergebnisse der vergangenen Woche und revanchierte sich auf diese Weise für Richters Fotografien.

Der Gerichtsmediziner bedankte sich. Als er im Gehen war, stieß er fast mit Bertram zusammen, der mit Elan um die Ecke gelaufen kam. Beide begrüßten sich, und Richter verließ das Büro.

»Ich habe neue Informationen für dich«, sagte Bertram. »Jason Leary war als Captain in Gelnhausen stationiert. Er war verheiratet und hatte einen Sohn. Mehr konnte die Military Police übers Wochenende nicht in Erfahrung bringen. Auch unser Gelnhäuser Standesamt hat keine Geburtsurkunde über ein Kind mit diesem Namen ausgestellt. Das Einwohnermeldeamt überprüft noch die vierzig bis dreißig Jahre alten Meldungen.«

Caspari war über diese Neuigkeiten enttäuscht. »Das kann nicht der Jason Leary sein, den wir suchen. Alles andere passt aber. Das kann kein Zufall sein. Ich weigere mich zu glauben, dass wir dem falschen Mann nachjagen.«

»Bei den Amerikanern ist es doch nicht unüblich, dass der Sohn denselben Namen wie sein Vater trägt«, schaltete sich Tina ein. »Nehmen wir doch einmal an, Herr Bertram hat Jason senior gefunden. Dann ist sein Sohn Jason Leary junior, den wir suchen. Wahrscheinlich wurde er in den USA geboren, so dass es auch hier keinen Eintrag über seine Geburt gibt.«

Aufgeregt ließ Caspari seine Faust auf die Schussweste auf seinem Schreibtisch niederfahren. »Das könnte die Lösung sein!« rief er. »Bei Gott, ich hoffe, Sie haben recht!« Er blickte Bertram an, der seine Frage schon zu ahnen schien. »Es erinnert sich keiner der Streifenbeamten daran, einmal einen Transvestiten im Auto angehalten zu haben. Lorenz erwähnte allerdings eine Verkehrskontrolle in der Faschingszeit im vergangenen Jahr. Sie standen irgendwo im Vogelsberg am Ausgang eines Ortes, in dem ein großer Faschingsball stattfand, und führten Alkoholkontrollen durch. Lorenz sagt, er hätte den Fahrer eines Alfa Romeo Spider angehalten. Das war ihm so gut in Erinnerung, weil der Wagen noch in einem sehr guten Zustand war. Der Fahrer war sehr gekonnt als Frau verkleidet. Lorenz meint, er habe eigentlich nur an der tiefen Stimme gemerkt, dass es ein Mann ist. Er hat sich nichts weiter dabei gedacht, es war ja Fasching, und der Mann war nüchtern. Deshalb haben wir auch nichts darüber in den Akten. An mehr kann sich Lorenz nicht erinnern.«

Caspari war wie elektrisiert. Er sprang auf und begann im Büro umherzugehen. »Er ist hier! Wir sind ganz dicht an ihm dran! Unsere bisherigen Vermutungen erweisen sich als richtig. Jetzt brauchen wir eigentlich nur noch ein wenig Zeit, bis wir ihn haben. Ob er uns diese Zeit gewährt, steht allerdings auf einem anderen Blatt. Ich bin fest davon überzeugt, dass er weitermacht. Der Polizeischutz für die damaligen Mitarbeiter des Forschungsprojektes läuft. Das darf uns aber nicht beruhigen. Dieser Mann ist extrem gefährlich. Eine Polizeistreife vor dem Haus eines der potentiellen Opfer wird ihn nicht davon abhalten, erneut zuzuschlagen. Wir müssen versuchen herauszufinden, wer als Nächster auf seiner Liste steht.«

Er ging zu seinem Schreibtisch, zog eine Kopie des Phantombildes aus einem Ordner heraus und gab sie Tina. »Bitte gehen Sie zu diesem Kollegen und zeigen Sie ihm das Bild. Vielleicht fällt ihm dazu ja noch etwas ein.« – – –

Clara saß verträumt an ihrem Schreibtisch. Es fiel ihr schwer, sich auf den vor ihr liegenden Haushaltsplan der Kirchengemeinde zu konzentrieren. Er war für das kommende Jahr aufgestellt und sollte in der Kirchenvorstandssitzung morgen abend verabschiedet werden. Ständig schweiften ihre Gedanken ab zum zurückliegenden Wochenende. Sie war noch immer überrascht über den Verlauf jenes Freitagnachmittags und glücklich, dass alles so gekommen war. Dieser große, schüchterne Mann war so behutsam mit ihr und ihren Gefühlen umgegangen, wie sie es bisher nicht kannte. Clara rief sich seinen erleichterten Blick und sein Lächeln in Erinnerung, als sie am Samstag gegen Abend aus Gelnhausen zurückgekehrt war. An den langen Spaziergang am frühen Sonntagmorgen, als der Nebel aus dem Gras aufstieg und eine tiefe Ruhe über dem Wald und den Feldern lag, mochte sie genauso gern denken wie an das Mittagessen mit Casparis Eltern.

Die Titelmelodie von ›Miss Marple‹ riss Clara aus ihren Träumen. Sie hatte die Klingel ihres Diensttelefons mit dieser Melodie programmiert. Unwillig hob sie ab. Ein Hauptkommissar Jungmann von der Kripo Gelnhausen meldete sich. Es dauerte einen Augenblick, bis ihr klar wurde, mit wem sie gerade sprach.

»Frau Frank, wir haben eine Anzeige vom Vater einer Jenny Trenkel gegen Unbekannt wegen unerlaubten Besitzes und Handels mit Drogen vorliegen. Sie haben doch diese Jenny betreut und ihr geholfen. Ich möchte Sie fragen, ob Jenny Ihnen gegenüber irgendwelche Namen erwähnt hat. Oder hat sie vielleicht die Personen beschrieben, von denen sie ihre Drogen bezog?«

Clara überlegte, was sie Jungmann sagen konnte und dürfte. »Ich darf Ihnen leider keine Details aus dem Gespräch weitergeben. Das unterliegt dem Beichtgeheimnis.«

»Ich wusste gar nicht, dass es bei der evangelischen Kirche auch so etwas gibt«, unterbrach sie Jungmann.

»Doch, und das ist sogar rechtlich geschützt«, erklärte Clara. »Wenn eine Hilfesuchende mich als Pfarrerin darum bittet, auf das Gespräch das Beichtsiegel zu legen, darf ich nichts davon an Dritte weitergeben. Nur die Ratsuchende selbst kann mich davon wieder entbinden.« Clara ging Jennys eindringliche Bitte während der Fahrt zu ihren Eltern durch den Kopf, niemandem von ihren Problemen zu erzählen. »Allerdings kann ich Ihnen so viel sagen, ohne das Beichtgeheimnis zu verletzen, dass Jenny weder Namen genannt noch Personen genauer beschrieben hat«, beeilte sie sich klarzustellen.

»Jennys Vater sagte etwas von einer ›Clique‹. Können Sie das bestätigen?« hakte Jungmann nach.

»Es tut mir leid. Dazu kann ich Ihnen nichts sagen«, entschuldigte sich Clara.

»Na gut«, gab sich Jungmann missmutig geschlagen. »Trotzdem vielen Dank.«

Als Clara den Hörer wieder aufgelegt hatte, ging ihr der Abend vor der Beerdigung Hoffmanns noch einmal durch den Kopf. Die Seelsorge und das Predigen waren für sie ausschlaggebende Gründe gewesen, sich für den Pfarrdienst zu entscheiden. Der ganze Verwaltungsaufwand, der auch in diesem Beruf zuzunehmen schien, gehörte sicherlich nicht dazu. Gequält starrte sie wieder auf den Haushaltsplan. Sie war erleichtert, als sie ihn durchgearbeitet hatte.

Clara spürte den Drang, nach dieser staubtrockenen Lektüre etwas zu tun, was ihr sinnvoll erschien. Die zweite Woche der Herbstferien war angebrochen. Sie hatte mehr terminlichen Spielraum als in der Schulzeit. Spontan entschied sich Clara, Richter senior wieder im Kreisruheheim zu besuchen. Irgend etwas brannte ihm auf der Seele, das spürte sie. Etwas, das noch einige Begegnungen brauchte, um ausgesprochen zu werden. Clara zog ihren Mantel an und ging los.

Richter senior sah sie erleichtert an, als sie in sein Zimmer trat. »Ich freue mich, dass Sie wieder da sind! Sie haben sich also von meinen alten Geschichten nicht abschrecken lassen?«

»Nein, ganz und gar nicht!« erwiderte Clara. »Ich fand sie sehr interessant.«

»Das ist gut«, meinte Richter senior nickend. »Wie ich schon sagte: Ich habe viel zu erzählen und nur noch wenig Zeit. Mein Körper zerfällt zusehends. Das ist wohl der Lauf der Dinge. Doch ein wenig langsamer dürfte das Sterben schon voranschreiten. Gevatter Hein hat schon einmal zur Tür hereingeschaut – wenn Sie wissen, was ich meine. Ich würde sehr gern noch mit mir und meiner Vergangenheit Frieden schließen, bevor ich vor meinen Schöpfer trete.«

Clara wusste nicht recht, was der alte, eingefallene Mann ihr damit sagen wollte. Ließen ihn die schrecklichen Erinnerungen an den Krieg nicht los, oder hatte er wirklich Schuld auf sich geladen? Was immer es auch war, sie saß in diesem Zimmer, um Richter senior die Gelegenheit zu geben, es auszusprechen und als Teil seines Lebens anzunehmen. Sie sah ihn freundlich an und nickte, um ihn zum Fortfahren zu ermutigen.

Richter rieb sich seinen weißen Bart und begann wieder von seinen Kriegserlebnissen zu erzählen. »Wissen Sie, um uns Deutsche überhaupt in die Lage zu versetzen, die Osteuropäer so grausam zu behandeln, musste zwischen uns und ihnen eine Distanz geschaffen werden. Hitler hat das gekonnt mit seiner perversen Rassenideologie getan. Er hat sie entmenschlicht, sie waren minderwertig. Wir waren die Herrenrasse, sie die Untermenschen.

Seit ich in diesem Seniorenheim lebe, höre ich sonntags die Radioandachten. Da hat einer Ihrer Kollegen gesagt, wir müssten in unseren Mitmenschen den Bruder und die Schwester sehen. Wir haben das Gegenteil getan. Ich lernte viele deutsche Soldaten kennen, die ihr Mitgefühl nicht abgegeben hatten, als sie den Stahlhelm aufsetzten. Aber es gab auch etliche, die sich sehr an den Menschen in Russland und Polen vergangen haben. Und die Rote Armee hat es uns mit ihrer Offensive gegen die Ostgebiete mit gleicher Münze heimgezahlt. Ich erinnere mich noch gut an Kolberg …«

Der alte Mann brach mitten im Satz ab, als es kurz anklopfte und die Tür danach geöffnet wurde. Doktor Richter, sein Sohn, kam herein. Es entging Clara nicht, wie er sich darum bemühte, eine freundliche Miene zu machen.

»Ah, guten Tag, Frau Pfarrerin. Sie besuchen meinen Vater? Das ist nett! Und das schon zum zweiten Mal, wie mir

Schwester Maike eben erzählte. – Wirst du auf deine alten Tage doch noch religiös, Vater?«

»Es ist dir offensichtlich entgangen, dass ich am Ende meines Lebens merke, dass ich mit meinem früheren Desinteresse gegenüber Glaubensfragen wesentliche Dinge vernachlässigt habe«, erwiderte Richter senior ungehalten. »Hast du wieder dieses Teufelszeug mitgebracht?«

»Ich gebe dir die Spritzen nur, solange du willst, Vater. Sie nehmen dir deine Schmerzen und machen dir die Tage erträglicher«, entgegnete sein Sohn sehr nüchtern. »Ab kommender Woche wird jemand vom Pflegepersonal dich mit dem Schmerzmittel versorgen. Dann musst du mit demjenigen verhandeln.«

Clara fühlte sich unwohl als unfreiwillige Beobachterin dieser Debatte. Der alte Mann legte sich auf sein Bett. Doktor Richter gab seinem Vater eine Spritze in die Armvene.

»Es ist besser, wir lassen ihn jetzt allein«, sagte er zu ihr. »In der nächsten Stunde wird er kein guter Gesprächspartner sein.«

Clara verließ gemeinsam mit Doktor Richter das Zimmer.

Auf dem Gang sprach er sie noch einmal an. »Mein Vater hat Krebs im Endstadium. Damit die Schmerzen erträglich für ihn sind, verabreiche ich ihm Morphium«, erklärte er ihr. »In seinem Zustand erzählt er manchmal etwas wirr aus seiner Vergangenheit. Wenn Sie mit ihm sprechen, dürfen Sie nicht jedes seiner Worte auf die Goldwaage legen.«

Damit verabschiedete sich Richter junior von ihr und ging mit eiligen Schritten Richtung Treppenhaus. Sie hielt kurz inne, um über das Gespräch mit Richter senior nachzudenken, als Schwester Maike sie ansprach.

»Frau Pfarrerin, ich habe eine Bitte. Können Sie jetzt bei Frau Arnold vorbeisehen? Ich glaube, sie kann es gut gebrauchen. Der Tod ihres Bruders hat sie sehr mitgenommen. Ihr Enkel hat sie gestern abend wieder hierher gebracht. Wir machen uns seither etwas Sorgen um sie.«

Clara dankte der Stationsleiterin für den Hinweis und ging zu Käthe Arnolds Zimmer. – – –

Caspari stand im Blumengeschäft und kam sich vor wie vor seinem Abschlussball.

Die Floristin fragte ihn, für welche Person oder welchen Anlass der Blumenstrauß sei, den er kaufen wollte. »… damit ich weiß, welche Zusammenstellung an Blumen ich Ihnen vorschlagen kann«, meinte sie.

»Es ist, nun ja, für meine Freundin«, murmelte Caspari und hatte das Gefühl, von allen Seiten neugierig angestarrt zu werden, obwohl er gerade der einzige Kunde war.

Die Floristin lächelte wohlwollend und machte sich an die Arbeit. Das Ergebnis war ein Strauß in bunten Herbstfarben, der ganz Casparis Geschmack traf. Behutsam legte er ihn auf den Beifahrersitz seines Wagens und fuhr zu Clara. Als er die Obere Haitzer Gasse von seinem Parkplatz aus zum Pfarrhaus lief, meinte er erneut, von vielen neugierigen Augen beobachten zu werden. Doch als er sich umsah, konnte er keine Bewegung hinter den Vorhängen der Fenster in den Häusern feststellen.

Kurz bevor er das Pfarrhaus erreichte, ging die Tür dort auf. Ein Paar mit einem Kinderwagen kam heraus, gefolgt von Clara, die sie verabschiedete. Die jungen Eltern sahen ihn an, blickten auf den großen Blumenstrauß, den er in der Hand hielt, und nickten dann lächelnd zu Clara herüber. Caspari spürte, dass er wieder einmal rot anlief. Er ging mit starrem Blick an ihnen vorbei auf Clara zu. Sie strahlte ihn an und ließ ihn herein. Als sie die Tür geschlossen hatte, fiel sie ihm um den Hals. Caspari umarmte sie und richtete sich dabei auf. Claras Beine schwebten über dem Boden. Sie rieb ihre Nase an seiner.

»Nach, Großer! Der Blumenstrauß, den du mit dir herumschleppst, ist doch nicht etwa für mich?«

Caspari wollte antworten, wurde aber von einem langen Kuss daran gehindert. Als ihr Mund den seinen wieder freigab, setzte er sie wieder auf den Boden und hielt den Strauß vor sie.

»Für dich«, stammelte er, »für … für das traumhafte Wochenende, für … na ja, für alles.«

Clara nahm die Blumen in die Hände und betrachtete ihn. Caspari glaubte, so etwas wie Rührung in ihrem Gesicht zu sehen.

»Der ist ja wunderschön«, hauchte sie.

Er folgte ihr die Treppe hinauf in ihre Wohnung. Sie führte ihn in ihr Wohnzimmer, wo sie ihn allein ließ, um eine passende Vase zu suchen. Dann stellte sie den Strauß auf den Tisch und ging gleich wieder.

Caspari blickte unterdessen auf die Bücher in ihrem Regal. Einige kannte er nicht, und etliche andere hatten spanisch klingende Titel.

Clara kam mit zwei großen Tassen Kaffee wieder, die sie auf den Tisch stellte.

»Sprichst du so gut spanisch, dass du Bücher in dieser Sprache liest?« fragte er sie.

»Spanisch ist meine zweite Muttersprache«, antwortete sie.

»Wir haben am Wochenende über alles mögliche gesprochen, aber über dich und deine Geschichte eigentlich gar nicht«, sagte er und blickte sie dabei neugierig an.

»Die ist halb so ereignisreich wie deine«, entgegnete sie. »Ich wurde in Buenos Aires geboren. Meine Eltern arbeiteten dort als Lehrer am Goetheinstitut.«

»Deine Eltern sind auch Lehrer gewesen?« unterbrach Caspari sie. »Na dann, willkommen im Klub!«

»Ich habe noch zwei ältere Brüder«, fuhr sie lächelnd fort. »Als ich drei Jahre alt war, fing meine Mutter wieder an, im Institut zu unterrichten. Ich ging in den Kindergarten des Instituts. Daneben war unser Hausmädchen Esmeralda meine Bezugsperson, bis meine Mutter aus der Schule kam. Esmeralda sprach nur ein paar Brocken deutsch. Deshalb musste ich schon mit drei Jahren Spanisch lernen, um mich mit ihr verständigen zu können. Das hat mir damals viel Spaß gemacht. Meine Mutter stammt aus Irland, mein Vater aus Deutschland. Die beiden haben sich im Studium kennengelernt. Meine Liebe zum Irish Folk habe ich von meiner Mutter. Als mein ältester Bruder sein Abitur gemacht hatte, sind wir nach Deutschland gezogen. Mein Vater hatte einen attraktiven Posten am Goetheinstitut in Frankfurt angeboten bekommen. Den letzten Rest meiner Teenager-Zeit habe ich im Taunus verlebt. Nach dem Abitur habe ich dann Theologie und Romanistik studiert.«

»Wie bist du eigentlich auf das Theologiestudium gekommen?« fragte Caspari neugierig.

»In Buenos Aires gab es eine deutsche evangelische Kirchengemeinde. Der Pfarrer hatte mit einem wunderbaren Team von engagierten Leuten ein buntes Gemeindeleben auf die Beine gestellt. Darin bin ich groß geworden. Das ist meine kirchliche Sozialisation. Im Taunus fand ich dann in der Kirchengemeinde vor Ort sehr schnell Anschluss in einer Jugendgruppe. Was ich an Gemeinschaft, an Lebenshilfe und an Sinngebung durch den Glauben in diesen beiden Gemeinden erfahren habe, möchte ich gern auch an andere Menschen weitergeben. Deshalb habe ich mich für diesen Beruf entschieden.«

Caspari war beeindruckt. Er mochte und schätze es, wenn Menschen ihr Leben nicht nur an der Oberfläche streiften, sondern sich tiefgründiger damit auseinandersetzten.

Es entstand eine Stille, in der sich beide ansahen und die Hände streichelten. Clara drückte ihn sanft auf das Sofa und begann ihn zu küssen. Er strich ihr über das Haar, das hinten zu einem Pferdeschwanz zusammengebunden war. Mit seinen großen Fingern fuhr er ihr zärtlich über den Nasenrücken, die Wangen und die Augenbrauen. Wie sehr hatte er in den vergangenen Jahren Berührungen wie diese vermisst. Er dankte Gott für diese Frau und beschloss, jede Sekunde mit Clara auszukosten.

Sie hielt plötzlich inne. »Trägst du immer eine Waffe, wenn du ein Rendezvous hast?«

Caspari bemerkte erst jetzt, dass er sein Jackett noch trug. Seine Sinne waren so eingenommen von Claras Zärtlichkeiten, dass er darauf gar nicht mehr geachtet hatte. Unter dem Jackett trug er seine Dienstwaffe im Holster. Er entschuldigte sich, zog das Jackett aus und entledigte sich des Schulterholsters. Vorsichtig legte er die Pistole auf den Wohnzimmertisch.

Clara blickte die Waffe argwöhnisch an. »Trägst du dieses Ding immer mit dir herum?«

Caspari befürchtete, die Stimmung zerstört zu haben. Er suchte nach einem Weg, ihr die Situation zu erklären, ohne sie unnötig zu beunruhigen. Doch was sollte er ihr anderes erzählen als die Wahrheit? Sie war eine intelligente Frau und würde als Seelsorgerin sehr schnell merken, wenn er versuchte, sich herauszuwinden.

»Ich vermeide das Tragen von Dienstwaffen, sooft es geht«, begann er ihr zu erklären. »Aber wenn wir in die heiße Phase der Ermittlung kommen und den Täter in jedem Augenblick stellen könnten, ist es besser, die Waffe bei sich zu haben.« Seine Befürchtung, dass der ›Chirurg‹ Tina, Mario und ihn ebenfalls beobachten könnte, behielt er für sich.

Clara schien sich mit dieser Erklärung zufrieden zu geben. »Na gut. – Wo waren wir stehengeblieben?« fragte sie und begann ihn wieder zu küssen.

Sein Abschied eine Stunde später fiel beiden schwer. Aber es half nichts. Er hatte Verpflichtungen gegenüber einem anderen Menschen, der ihm sehr viel bedeutete. Für Caspari war es an der Zeit, sich nun um seinen Sohn zu kümmern.

Kapitel VI

Der Junge hatte seine Rolle perfekt gespielt. Inge war sehr zufrieden. Aus ihrem Versteck heraus war sie in der Lage gewesen, das ganze Gespräch mitzuverfolgen.

Da war er nun, der letzte Dämon, den sie töten sollte. Inge hatte sich alle Zeit der Welt genommen, ihn in seiner Selbstgefälligkeit zu beobachten, während der Junge etwas über die neuen Entwicklungen in der Medizintechnik erzählte. Der Dämon hatte anfänglich abwesend gewirkt. Aber der Junge hatte es geschafft, ihn für seine Produkte zu interessieren. Dabei war es Inge gelungen, in das Wesen dieses Dämons einzudringen. Wie die anderen war er verliebt in seine Fähigkeiten, seinen Status als Arzt. Er schien das Gefühl zu genießen, in einer herausgehobenen Stellung gegenüber anderen Menschen zu sein. Der Arztberuf und sein Ethos – Inge lachte höhnisch auf. Sie wusste nur allzu gut, wie sich die Dämonen das alles zu eigen gemacht hatten, um die Menschen zu blenden, bevor sie sie zerstörten.

Inge saß im Wagen in einer kleinen Straße in einem unbekannten Ort und studierte in der Dunkelheit die Gewohnheiten dieses Dämons. Lange konnte sie hier nicht mehr verweilen. Sie musste bald wieder nach Hause fahren, musste unterwegs jenen abgelegenen Waldweg aufsuchen, in dem sie den Jungen aus seinem Versteck lassen konnte. Er musste dann weiterfahren, während sie sich versteckte. Diese Vorsichtsmaßnahmen waren nötiger denn je. Der hünenhafte Polizist wartete nur auf die kleinste Unachtsamkeit von ihr. In den letzten Nächten war sie oft aus dem Schlaf gefahren, weil sie geträumt hatte, dass er seine großen Hände um ihren Hals legt und zudrückt.

Auch der Junge schien ihre Angst vor diesem Mann zu

erahnen. Auf dem Weg zu dem Treffen mit dem jungen Dämon hatte er von ihm gesprochen. »Wie lange, glaubst du, kannst du noch so weitermorden, bis dich dieser große Mann in die Zwangsjacke steckt?« hatte er sie gefragt. »Der ist dir ganz dicht auf den Fersen, glaube mir.«

Sie nahm sich vor, von nun an auch auf den Hünen ein Auge zu werfen. Sie war dem Ziel ihrer heiligen Mission greifbar nahe. Nichts durfte sie daran hindern.

Inge ließ den Motor an und wollte gerade losfahren, als das Licht in der Einfahrt des neugebauten Hauses anging. Der Dämon kam mit einem schwarzen Instrumentenkoffer aus der Tür und ging zur Garage. Inge ließ ihn an ihrem Auto vorbeifahren, dann wendete sie und folgte ihm so unauffällig, wie es ihr möglich war. Der Dämon fuhr nach Fulda. In der Stadtmitte stellte er seinen Wagen in die Tiefgarage eines großen Gebäudes. Sie sah, wie er in den Fahrstuhl stieg. Nachdem sich die Tür geschlossen hatte, stellte sie sich davor und beobachtete auf der Anzeige, in welches Stockwerk er fuhr. Als sie sich sicher war, nahm sie die Treppe in den vierten Stock. Das schnelle Treppensteigen machte ihr nichts aus. Sie hatte Kraft und Kondition.

Vorsichtig öffnete sie im vierten Stock die Tür. Über den Flur sah sie eine Glastür, auf der in großen Buchstaben der Schriftzug ›take five • Jazzclub‹ angebracht war. Sie spähte durch das Glas. Der Raum dahinter war in ein schwaches Licht getaucht. Nur die beeindruckend große Bar auf der linken Seite war hell erleuchtet. Die Mitte des Raumes war ein wenig erhöht. Dort stand ein schwarz glänzendes Piano, das von einigen Deckenstrahlern in ein goldenes Licht getaucht wurde. Der Dämon begrüßte gerade den Mann, der daran saß, und eine Frau, die ihren Kontrabass stimmte. Zuletzt reichte er dem Gitarristen die Hand, der auf einem Barhocker neben dem Piano Platz genommen hatte. Dann packte er ein Saxophon aus dem Instrumentenkoffer, während ihm der Barkeeper ein Bier auf einen kleinen, runden Tisch servierte. Inge fiel ein Plakat auf, das neben der Tür hing. Es lud ein, Halloween im Club mit den ›Jazz-Doctors‹ zu feiern.

Eine Weile beobachtete sie noch den Dämon, während er mit den anderen probte. Dann schlich sie zurück.

Sie hatte genug gesehen. Flink lief sie die Treppen hinunter in die Tiefgarage, wo sie im Wagen wartete. Der Junge musste noch in seinem Versteck bleiben. Sie konnte jetzt nicht zurückfahren. Alles musste genau beobachtet und geplant werden – bis ins letzte Detail.

Nach zwei Stunden kam der junge Dämon genauso allein aus dem Fahrstuhl, wie er hineingegangen war. Diejenigen, die Inge vorher getötet hatte, waren alt. Ihre Kraft hatte nur noch in ihrem Geist gelegen. Ihre Körper waren schwach gewesen. Doch dieser Dämon, dessen Tod sie nun vorbereitete, war jung und wirkte körperlich noch frisch. Es würde schwerer sein, ihn zu töten. Und es musste bald sein – in dieser Woche noch. Vom Jungen wusste sie, dass seine Dienstzeiten in diesen Tagen günstig lagen. Er hatte keine Nachtschichten und war an jedem Abend zwischen sechs und halb sieben zu Hause.

Inge würde nun immer auf der Lauer liegen müssen. Die Tiefgarage mit ihren halbdunklen Ecken war ein idealer Ort, um ihn zu überrumpeln. Nach den Proben war er sicher entspannt und unaufmerksam. Er würde sie erst bemerken, wenn es zu spät war. Dann konnte er sein ganzes Potential an Kraft nicht mehr ausschöpfen, um sich zu wehren. – – –

Clara fiel das Aufstehen schwer. Sie hatte einen wunderbaren Traum von einem langen Spaziergang mit Caspari um den Weiher gehabt, aus dem am frühen Morgen der feuchte Nebel aufstieg. Das penetrante Geräusch des Weckers beförderte sie nur langsam und allmählich aus der Landschaft im Spätherbst.

Unwillig stand sie auf. Sie zog den Rolladen hoch und beschloss, den für heute morgen geplanten Waldlauf sein zu lassen. Dicke Tropfen fielen aus schweren, dunklen Wolken. Der Regen lag wie ein nasser Vorhang über Gelnhausen und dem Kinzigtal. Sie erinnerte sich an das letzte Training mit ihrem alten Sandsack, das ihr einen ordentlichen Muskelkater beschert hatte. Fröstelnd glitt sie im kühlen Schlafzimmer aus ihrem Pyjama und streifte sich ihren Trainingsdress über.

Nach einer guten halben Stunde kam sie keuchend und nassgeschwitzt aus dem Gästezimmer. Nun war sie wach, wenn auch ihr Körper sich erschöpft anfühlte. Nach der Dusche saß sie in der Küche und fühlte sich beim Frühstück zum ersten Mal ein wenig einsam. Wie schön wäre es jetzt, wenn Caspari ihr gegenüber säße und mit ihr liebevolle Blicke austauschte.

Das Telefon riss sie aus ihrem Sinnieren. Sie blickte auf die Uhr. Es war viertel vor acht. Wer rief sie um diese Zeit auf ihrer privaten Leitung an?

»Morgen, Kleine! Hier ist Richard.«

Richard! Ihr ältester Bruder würde es wohl nie lernen, dass sie nicht mit ›Kleine‹ angesprochen werden wollte.

»Ich bin morgen geschäftlich in Hannover und komme auf dem Rückweg an Gelnhausen vorbei. Ich würde dich gern besuchen. Hast du am Nachmittag Zeit?«

Clara sagte zu. Sie sah dem Besuch mit einer Mischung aus Freude und Sorge entgegen. Caspari hatte versprochen, nach dem Dienst bei ihr vorbeizukommen. Er und Richard würden sich wohl oder übel begegnen. Ihr großer Bruder hatte an ihren Freunden bisher immer etwas auszusetzen gehabt. Was würde er wohl über Caspari sagen? – – –

»Die Geschichte liegt doch nun schon über dreißig Jahre zurück. Meinen Sie, ich könnte mich noch an jedes Detail erinnern?« Der alte Mann mit dem grauen Haarkranz, der Caspari gegenüber saß, wirkte übernächtigt. »Seitdem Ihre Kollegen bei mir zu Hause aufgetaucht sind und meiner Frau und mir erzählt haben, dass Kleinert, Hagen und Münch wahrscheinlich von einem ehemaligen Patienten ermordet wurden, der es vielleicht auch auf mich abgesehen hat, mache ich kein Auge mehr zu. Die Vorstellung, dass da draußen jemand herumläuft, der mich auch so abschlachten will wie die drei, ist einfach entsetzlich. Ich meine: Was habe ich denn schon getan, außer dass ich für die Narkose zuständig war?«

Caspari blickte den Mann verständnisvoll an. »Doktor Schneider, ich weiß, was ich von Ihnen verlange. Und glauben Sie mir: Ich weiß auch, was für eine furchtbare Zeit das ist, bis der Täter gefasst ist und man wieder ruhig schlafen kann. Damit wir den ›Chirurgen‹, wie wir ihn nennen, so schnell wie möglich dingfest machen können, brauchen wir Ihre Hilfe. Es ist wichtig, dass Sie sich an möglichst alles erinnern, was damals in Ihrem Beisein geschehen ist. Wir interessieren uns für den kleinen Patienten hier aus Gelnhausen. Sein Vater hieß Jason Leary und war Offizier bei der Army. Der Sohn hatte wohl den gleichen Namen …«

»Ja, ich erinnere mich dunkel. Vater und Sohn mit demselben Namen. Idiotisch, wenn Sie mich fragen. Aber es hat halt jeder so seinen Geschmack, auch bei der Namensgebung. Die Mutter des Kleinen war eine Deutsche. Der kleine Jason war einer der seltenen echten Hermaphroditen, wie man sie aus Lehrbüchern kennt. Die Merkmale beiderlei Geschlechtes waren gut sichtbar.«

»Sie meinen: Er hatte sowohl einen Penis als auch eine Scheide?« hakte Tina nach.

»Nicht ganz. Auf der einen Seite befand sich ein Hoden, auf der anderen einen Eierstock. Bei der Untersuchung der Chromosomen fanden Hagen, Münch und Kleinert das Chromosomenpaar XY, also den männlichen Satz. Deshalb entschieden sich die drei gemeinsam mit dem Chef, also Professor Rosskopf, für die Festlegung auf das männliche Geschlecht. Das wurde auch von dem Vater stark befürwortet. Ich erinnere mich, dass die Mutter so seltsam still war, als es um die Operation ging.«

Caspari bekam allmählich ein Bild, wie es bei den Learys zugegangen sein musste, nachdem das Kind weder als Mädchen noch als Junge, sondern als beides zur Welt gekommen war. Er sah einen vom militärischen Drill geprägten Mann vor sich, in dessen Weltbild kein Hermaphrodit passte. Caspari vermutete, dass Captain Leary seiner Frau insgeheim die Schuld für diese Missgeburt gab. Doch das Kind abzuweisen war er auch nicht in der Lage. Zu sehr waren die vom Militär vermittelten Werte wie Pflichterfüllung und Verantwortung ihm zu eigen. So legte er für sich und sein gesamtes Umfeld das Geschlecht des Kindes durch die Namensgebung fest, bevor es als Patient in das Forschungsprojekt aufgenommen wurde. Die Ehe der Learys durfte mit der Geburt des Hermaphroditen langsam und allmählich zerbrochen sein, vermutete Caspari.

»Wissen Sie vielleicht, welcher Arzt das Kind in das Projekt hineingebracht hat?« fragte er den Anästhesisten.

»Nein, tut mir leid. Wie gesagt, ich war nur für die Narkose zuständig. – Warten Sie! Ich erinnere mich an eine kurze Begegnung: Er kam mit den Eltern des Kindes zur Vorbesprechung zur Operation. Ich meine mich zu erinnern, dass er auch aus Gelnhausen stammte.«

»Hieß er vielleicht Hoffmann?« wollte Mario wissen?

»Das weiß ich wirklich nicht mehr. Wie gesagt, die Sache liegt dreißig Jahre zurück.«

Caspari übergab den alten Arzt wieder in die Obhut des Beamten, der ihn beschützte.

Der bubenhafte Polizist kam mit einer sauertöpfischen Miene ins Büro. »Ein Jason Leary ist unter den Patienten Hoffmanns nicht zu finden. Ich habe seine Patientenakten durchgesehen – nichts! Dann habe ich mit allen Krankenkassen telefoniert. Dort gab es auch nie einen Patienten mit diesem Namen. Wenn der Vater ein amerikanischer Offizier war, könnten die Arztkosten allerdings auch über die Army bezahlt worden sein.«

Caspari bedankte sich, dann saßen sie zu dritt eine Weile stumm beieinander.

Es war Tina, die das Schweigen brach. »Positiv könnte man sagen, wir sind ein gutes Stück weitergekommen. Wir müssen davon ausgehen, dass Hoffmann der Hausarzt war, der dieses Kind zu Rosskopf und seinem Team gebracht hat. Die Fakten, die wir bisher zusammengetragen haben, lassen diesen Schluss zu. Kritisch betrachtet müssen wir allerdings fragen: Warum existiert in Hoffmanns Patientenakten kein Jason Leary?«

Caspari nickte. Alle logischen Schlussfolgerungen führten zu der Annahme, dass Hoffmann der behandelnde Arzt war. Er konnte allerdings nicht umhin zuzugeben, dass ihm das Fehlen der Patientenakte Kopfzerbrechen bereitete. Sie jagten ein Phantom, das nahezu perfekt seine Spuren verwischte. Aber diesem Phantom waren mittlerweile kleine Fehler unterlaufen. Caspari wollte nicht akzeptieren, dass kein einziger Hinweis auf den ›Chirurgen‹ in Hoffmanns Unterlagen zu finden war. Irgendwo lag ein verräterisches Dokument, eine mittlerweile vergilbte Notiz, ein Brief, der an falscher Stelle abgeheftet worden war. Sie mussten noch einmal in Hoffmanns Haus und alles, was Hoffmann aus seiner Zeit als praktizierender Arzt aufgehoben hatte, gründlich durchsehen.

Er sprach mit Tina und Mario darüber. Mario schlug vor, den Kriminaltechniker hinzuzuziehen. Seine gründliche und sachliche Art war ihm bei der Hausdurchsuchung angenehm aufgefallen.

Bevor sie sich zu Hoffmanns Haus aufmachten, fiel Caspari noch etwas ein. »Was sagt dieser Polizist mit den Alkoholkontrollen zu Fasching?« fragte er Tina.

»Lorenz? Der wollte sich bei dem Bild nicht festlegen. In dieser Nacht sei sehr viel zu tun gewesen, sagt er«, antwortete Tina.

»Gut, dann sollen die Kollegen alle Halter von Alfa-Romeo-Spidern im gesamten Kinzigtal überprüfen«, brummte Caspari trotzig. »Irgendwie müssen wir doch an diesen Chirurgen herankommen!«

»Die werden sich bedanken!« schaltete sich Mario ein. »Seitdem so viele Hinweise aus der Bevölkerung nach Ihrem letzten Auftritt in den Medien eingegangen sind, stöhnen die nur noch.«

Caspari interessierte das herzlich wenig. »Dann sollen die die Hinweise erst einmal liegen lassen und sich ganz den Alfa Romeos widmen«, sagte er ungerührt. »Ich gehe gleich zu Bertram und rede mit ihm.« – – –

Dekan Kern war ein ruhiger und überlegt handelnder Mann. Clara hatte bisher nicht erlebt, dass er sich ereifern konnte.

»Dieses ganze Theater um Halloween ist penetrant! Kein Mensch redet mehr vom Reformationstag! Wenn nicht der 31. Oktober in einigen Bundesländern ein gesetzlicher Feiertag wäre, würde er wahrscheinlich schon in kurzer Zeit völlig in Vergessenheit geraten. Ich halte also am Donnerstag den Gottesdienst um neunzehn Uhr dreißig. Die Regionalzeitungen haben mir versprochen, morgen ausführlich über den Reformationstag zu berichten.«

Clara, ihr Kollege Gärtner, der Jugenddiakon und Kantor Breughel nickten zustimmend. Sie besprachen die übrige Verteilung der Gottesdienste. Am 3. November, dem Reformationssonntag, war Clara wieder an der Reihe. Breughel lenkte das Gespräch auf die Aufführung des Requiems. Clara und er vereinbarten für den darauffolgenden Tag ein Treffen, beidem Breughel ihr diese Totenmesse Verdis genau erklären wollte.

Als Clara am Ende der Sitzung gemeinsam mit den anderen das Dekansbüro verlassen wollte, hielt Kern sie zurück. »Wir müssen noch über Ihre Schulseelsorge sprechen!«

Clara erwartete ein Gespräch über die Strukturen und Aufgaben ihres neuen Arbeitsfeldes. Dass Kern sie auf Jenny ansprach, überraschte sie.

»Ein Herr Trenkel hat bei mir angerufen. Er hat sich sehr lobend über Sie geäußert.«

Clara widersprach: »Was habe ich denn schon getan? Es war ein Glücksfall, dass das Mädchen auf mich zugekommen ist …«

»Nun stellen Sie Ihr Licht mal nicht unter den Scheffel«, unterbrach sie Kern. »Es spricht von einer hohen seelsorgerlichen Kompetenz, dass Ihnen in der Schule aufgefallen ist, dass dieses Mädchen Schwierigkeiten hat. Wenn Sie Jenny nicht öfter Gespräche angeboten hätten, wäre sie letzten Mittwochabend zu Ihnen gekommen? Wer weiß, wie es ohne Ihr Engagement jetzt um Jenny stünde.« Kern machte eine kleine Pause und atmete tief durch. »Das war aber nur der eine Teil des Gespräches mit Herrn Trenkel. Der andere drehte sich um das Beichtgeheimnis. Trenkel war verwundert, dass Sie der Polizei keine Einzelheiten aus dem Gespräch mit Jenny weitergegeben haben. Er dachte, das Beichtgeheimnis gäbe es nur in der katholischen Kirche. Ich habe ihn darüber aufgeklärt, dass sich evangelische und katholische Kirche darin nicht voneinander unterscheiden. Herr Trenkel hatte dann noch die Hoffnung, ich könnte Sie vom Beichtgeheimnis entbinden.«

Clara sah ihn entgeistert an. Sie hatte mit den unterschiedlichsten Reaktionen der Eltern gerechnet, aber nicht mit dieser.

»Warum tut er das?« fragte sie betroffen.

»Weil er das Gefühl hat, seiner Tochter gegenüber in der Vergangenheit einiges versäumt zu haben«, antwortete Kern ruhig. »Er versucht wohl, das jetzt wieder gutzumachen, indem er sich für die Bestrafung der Dealer engagiert.«

Clara spürte zum ersten Mal ihre eigenen Grenzen im Pfarramt. Eigentlich hätte nicht nur Jenny seelsorgerliche Begleitung gebraucht, sondern auch ihre Eltern. Clara hätte sich auch um sie kümmern müssen. Dafür war wegen der Beerdigung Hoffmanns allerdings keine Zeit mehr gewesen. Danach waren ihre Kräfte völlig aufgebraucht, so dass sie beim Telefonat mit Trenkel durch seine freundlichen Worte dessen Verzweiflung nicht heraushören konnte.

»Habe ich etwas falsch gemacht?«

»Ganz im Gegenteil«, antwortete der Dekan. »Das Beichtgeheimnis ist ein wesentlicher Bestandteil unseres Amtes, den wir um keinen Preis aufgeben dürfen. Der Vertrauensverlust uns gegenüber wäre irreparabel. Wenn wir das Beichtgeheimnis ernst nehmen, kann das natürlich gelegentlich dazu führen, dass wir deswegen nicht verstanden werden oder sogar ins Schussfeld der Kritik geraten. Nein, Sie haben richtig gehandelt. Dieser Anruf bestätigt mir, dass Sie die Richtige für die Aufgabe der Schulseelsorge sind.«

Clara mochte diesen Mann. Kern hatte die Begabung, Menschen zu motivieren. Er hatte ein Gespür für ihre Stärken, die er mit allen Kräften zu fördern versuchte. Schwächen sprach er in einem verständnisvollen Ton an. Wenn sich jemand aber uneinsichtig zeigte, konnte Kern allerdings auch klar und deutlich sagen, was er erwartete.

Gestärkt und verunsichert zugleich verließ Clara das Dekanat. Es machte ihr Mut, dass ihr Vorgesetzter viel von ihrer

Arbeit zu halten schien. Das Wissen darum, als einzelner Mensch nur über ein bescheidenes Maß an Zeit, Kraft und Kompetenz zu verfügen, bereitete ihr Unbehagen. Ihr gegenüber stand ein großer Berg an Bedürfnissen und Wünschen anderer, den sie nie allein mit ihren bescheidenen Möglichkeiten würde abtragen können.

Sie dachte an einen Spruch, den ihre Mentorin immer auf den Lippen hatte, wenn sie sich als Vikarin bei ihr darüber beklagte, dass man im Pfarrberuf letztendlich doch zu wenig erreichen könne.

»Wir sind nur Menschen, nicht der liebe Gott. Was wir tun, ist nur Stückwerk. Aber wir tun es im Vertrauen darauf, dass Gott es vollendet«, pflegte sie zu antworten. Meistens fügte sie ein Zitat aus dem Buch des Propheten Sacharja hinzu: *»Es soll nicht durch Heer oder Kraft, sondern durch meinen Geist geschehen, spricht der Herr Zebaoth.«** – – –

Caspari saß im Esszimmer in Doktor Hoffmanns Haus. Vor ihm auf dem Tisch lag ein Aktenordner, den er konzentriert durchsah. Auf dem Ordnerrücken war mit sauberer Handschrift »Schriftverkehr 1970–1975« geschrieben. Nachdem er das letzte Blatt überflogen hatte, begann er wieder von vorn. Er war sich nicht sicher, aber irgend etwas stimmte mit diesem Ordner nicht.

Als er die Hälfte aller Blätter genau angesehen hatte, stutzte er. Den Ordner ließ er aufgeschlagen liegen und machte sich auf die Suche nach Mario. Der kniete in dem Kellerraum, in dem die Praxisunterlagen in Regalen und Schränken aufbewahrt wurden, vor einer Kiste und sah sich die Überreste eines Telefonregisters an. Caspari hatte Mühe, seinen Kopf nicht am niedrigen Türsturz zu stoßen.

»Wann ist Jason Leary im Forschungsprojekt behandelt worden?« fragte er aufgeregt.

Mario schloss die Augen und spitzte den Mund. »Das war ungefähr Sommer und Herbst im Jahr 1972.«

»Dann muss ich Ihnen unbedingt etwas zeigen!«

Caspari betrachtete Mario, als der im Ordner immer wieder vor- und zurückblätterte.

**) Buch Sacharja (Zacharias), Kapitel 4, Vers 6*

Tina kam mit einem Buch in der Hand in das Esszimmer. »Ihr werdet nicht glauben, was ich gefunden habe!«

Als sie Marios zusammengekniffene Augen sah, redete sie nicht weiter. Leise trat sie an den Esstisch und betrachtete ihren Lebensgefährten. Fragend blickte sie zu Caspari hinüber.

»Sagen Sie es ihr!« forderte der Mario auf.

»Das Kind ist ungefähr von Juni bis Ende Oktober 1972 im Rahmen des Forschungsprojektes behandelt und operiert worden. In diesem Ordner fehlt der komplette Schriftverkehr von April bis Dezember 1972.«

Caspari sah, wie sich Tinas Augen weiteten. »Das passt zu dem, was ich unter Hoffmanns Fachbüchern in einer Kiste gefunden habe. Es ist ein Buch aus dem Bereich der Urologie, das sich sehr eingehend mit der Entstehung von Anomalien beschäftigt. Den Zwittern sind etliche Kapitel gewidmet.«

Der graue Kriminaltechniker kam mit einer Mappe in der Hand. Mit einem Grinsen, das Caspari ihm nicht zugetraut hätte, ließ er sie auf den Tisch fallen. Eine Staubwolke stieg daraus auf.

»Hoffmann hat seine Promotion im Fach Kinderheilkunde geschrieben. Nun raten Sie mal, wer sein Doktorvater war!«

Caspari sah ihn überrascht an. In seinem Kopf formte sich langsam eine Ahnung, wessen Name der Kriminaltechniker gleich in den Mund nehmen würde. Doch bevor er es aussprechen konnte, hatte der graue Polizist schon den Namen laut gerufen. »Professor Heinrich Rosskopf!«

Caspari spürte, wie eine große Last von ihm abfiel. Mehr Indizien brauchte er nicht, um seine Theorie zu untermauern. Er bat alle, sich zu setzen.

»Lassen Sie uns die Indizien analysieren. Der Schriftverkehr von dem Zeitraum, in dem Jason Leary behandelt wurde, fehlt. Ebenso fehlt eine Patientenakte über ihn. Doktor Hoffmann kannte den Leiter des Forschungsprojektes persönlich und befasste sich mit dem Phänomen der Zwitterbildung. Das bedeutet zum einen, dass er der Hausarzt war, der Jason Leary an Kleinert, Münch und Hagen weitervermittelt hat …«

»… das bedeutet außerdem, dass Jason Leary als erwachsener Mann hier war und alle seine Unterlagen aus Doktor Hoffmanns Archiv gestohlen hat«, fuhr Tina fort.

»Doktor Hoffmann hat nie bei uns einen Einbruch gemeldet«, schaltete sich der Kriminaltechniker ein. »Das haben wir am Tag nach dem Leichenfund überprüft. Es waren auch keinerlei Einbruchspuren an dem Abend zu finden, als wir hier alles untersucht haben. Allerdings war ja auch kein Schlüssel bei Hoffmanns Leiche zu finden. Den haben Sie ja erst mitgebracht, Doktor Caspari.«

Caspari grübelte. Kurz vor dem großen Durchbruch bei den Ermittlungen verweigerten sich die Indizien einer eindeutigen Interpretation. Er seufzte. »Das lässt zwei mögliche Varianten zu, wie der ›Chirurg‹ an diese Unterlagen gekommen ist. Entweder er kannte Doktor Hoffmann persönlich und war öfter zu Gast in seinem Haus. Oder er folterte ihn so lange, bis Hoffmann ihm sagte, wo sich aller Unterlagen befinden. Nachdem er ihn ermordet hatte, fuhr Leary hierher und entfernte alle Beweise, die ihn verraten hätten.«

Mario schien es vor Unruhe nicht mehr auf seinem Stuhl zu halten. Er stand auf und sah aus dem Fenster. »Dieser Fall ist eine harte Nuss!« sagte er. »So schwer hat es uns noch kein Täter gemacht, nicht wahr, Chef? Wenn ich nur an die Mordserie in Bad Hersfeld denke, die war zwar auch sehr komplex, aber …«

Es war nicht Marios Art, mitten in einem Satz abzubrechen. Caspari sah, wie er erstarrte. Plötzlich kam Bewegung in ihn. Hastig drehte er sich um und rannte zur Haustür. Im Laufen zog er seine Pistole und entsicherte sie. Mit Schwung riss er die Haustür auf und stürzte hinaus. Caspari lief hinter ihm her, so schnell er konnte. Tina überholte ihn im Hausflur. Caspari spürte ein Stechen im linken Unterschenkel. Er verfluchte seine Schussverletzung! Als er aus der Haustür rannte, sah er, wie Mario über das niedrige Hoftor sprang und die Straße entlanglief. Caspari sah ihn hinter etwas Silbernem her rennen, das in der nächsten Kurve verschwand.

Leicht außer Atem kam Mario zurück. »Als ich aus dem Fenster blickte, sah ich ihn«, erklärte Mario. »Es war ein silbergrauer Alfa Romeo Spider. Eine Frau mit langen Haaren saß am Steuer und beobachtete das Haus. In dem Moment, in dem ich die Haustüre aufriss, fuhr sie los. Das Nummernschild konnte ich leider nicht erkennen.«

»Sie beobachtet uns, wie Sie es vorausgesagt haben«, meinte Tina mit ernstem Blick.

»Haben Sie immer mit Verbrechern zu tun, die Sie bei Ihrer Arbeit beobachten?« fragte der Kriminaltechniker und wirkte dabei noch grauer, als er ohnehin schon war.

»Mit solchen gerissenen Hunden ausgesprochen selten«, antwortete Caspari mit trockener Kehle. – – –

Richter senior wirkte noch eingefallener als bei Claras letztem Besuch. Als sie eintrat, lächelte er und wies ihr stumm den Sessel, der ihm gegenüber stand.

»Kommen Sie immer so oft zu Ihren Schäfchen, Frau Pfarrerin?« fragte er mit heiserer Stimme.

»Gewöhnlich nicht. Aber zur Zeit sind Herbstferien. Dadurch ist es etwas ruhiger im Pfarramt, weswegen ich mehr Zeit für Besuche habe«, antwortete Clara. Den wahren Grund behielt sie für sich. Sie glaubte, der alte Mann wollte vor seinem Tod noch Schuld abladen und um Vergebung bitten. Clara teilte insgeheim seinen Eindruck, dass ihm dazu nicht mehr viel Zeit bleiben würde. Seine Verfassung an diesem Tag gab ihr Recht.

»Wie geht es Ihnen heute?« fragte sie, um das Gespräch zu eröffnen.

Richter senior winkte ab. »Wie ich Ihnen schon einmal gesagt habe – es geht dem Ende entgegen. Der Krebs bringt mich langsam, aber sicher um. Wenn er es nicht schafft, sind es die Spritzen, die mir mein Sohn verabreicht.«

Clara versuchte, das Gespräch wieder an dem Punkt aufzunehmen, an dem sie beim letzten Mal von Doktor Richter unterbrochen worden waren. »Mir sind Ihre Gedanken zum Krieg nicht aus dem Kopf gegangen. Ihre Art, die damalige Zeit mit ihrer Rassenideologie kritisch, ja, auch selbstkritisch zu hinterfragen, finde ich schon sehr bemerkenswert.«

»Ich müsste ein gefühlloser Mensch sein, wenn ich das nicht täte«, antwortete Richter. »Ich schäme mich dafür, dass ich diesem Hitler und seinen ganzen kranken Vorstellungen aufgesessen bin. Wissen Sie, es gab durchaus Menschen in meiner Umgebung, die nichts von Hitler hielten. Von denen habe ich mich als junger Heißsporn leider nicht beeindrucken lassen. Aber noch mehr schäme ich mich für meine Haltung den Polen und Russen gegenüber, denen ich im Krieg begegnet bin. Ich glaube, aufgewacht bin ich damals in Kolberg. Während der ganzen Gefechte mit der Roten Armee seit Stalingrad bewegten wir uns nur rückwärts. Meine Kompanie wurde immer weiter zurückgedrängt. Ich sah, wie eine nach der anderen deutschen Stadt in den Ostgebieten fiel. Aber ich war so verblendet, dass ich trotzdem glaubte, Hitler wisse, was er tut. Ich hielt fest an diesem blinden Vertrauen – bis Kolberg. Dort sah ich die dunkelsten Momente menschlicher Existenz. Ich erlebte, wozu Menschen in ihrer Verzweiflung fähig sind. Mein Gott …«

Richter wurde von einem heftigen Hustenreiz geschüttelt, von dem er sich nicht zu erholen schien. Clara sprang auf und drückte die Schwesternglocke neben der Tür. Richter deutete hustend auf eine kleine Sprayflasche auf seinem Nachttisch. Clara griff danach und gab sie ihm. Während Richter das Spray zweimal inhalierte, wurde die Zimmertür aufgerissen. Schwester Maike kam hereingestürzt. Der Hustenreiz des alten Mannes ließ schnell nach.

»Ah, Sie haben ihm sein Inhalierspray gegeben«, sagte sie zu Clara. Dann ging sie zu Richter, half ihm beim Aufstehen und legte ihn auf sein Bett. Das Gesicht des alten Mannes entspannte sich, und er begann in langen, ruhigen Zügen zu atmen.

»Der Hustenanfall kostet ihn immer viel Kraft«, sagte Schwester Maike. »Danach ist er so erschöpft, dass er sofort einschläft.«

Clara flüsterte einen Abschiedsgruß und verließ mit der Altenpflegerin das Zimmer. – – –

»Ich weiß nicht, wie ich anfangen soll.«

Caspari sah Elke mit gemischten Gefühlen an. Bertram hatte das Treffen in dem Café ›Blümchen‹ in Schlüchtern arrangiert. Die Stadt lag weit genug entfernt von Gelnhausen und Wächtersbach, so dass sie unbehelligt miteinander reden konnten. Sie saßen an einem Tisch in einer gemütlichen Ecke. Es war das erste Mal seit ihrer Trennung, dass er mit ihr allein sprach.

Elke sah sehr blass und mitgenommen aus. Es tat ihm leid, dass es ihr schlecht ging. Doch das war nicht das einzige Gefühl, das ihn bewegte. Er konnte seinen Blick von ihren großen blauen Augen nicht abwenden und spürte so etwas wie Sehnsucht. Sie war immer noch so schön, dass es ihm schon körperlich wehtat, sie anzusehen.

Alte Erinnerungen an ihre gemeinsamen Jahre schossen ihm durch den Kopf. Er sah noch einmal das Mädchen, das verliebt vor ihm stand. Sie mochte seine Erscheinung und seine ruhige, zielgerichtete Art, die andere langweilig fanden. Momente inniger Umarmung glitten an ihm vorbei. Er sah Bilder des gemeinsamen Trainings nach der Schießerei. Elke hatte als Physiotherapeutin unermüdlich mit ihm gearbeitet. Es war ihr Verdienst, dass er wieder laufen konnte, ohne zu hinken. Caspari sah sie vor seinem inneren Auge vom Hof gehen. Elke trug Lukas auf dem Arm. Vor der Einfahrt stand Jungmann mit seinem Wagen und wartete. Sie drehte den Kopf und blickte ihn noch einmal an, während sie weiterging.

So sehr er es sich auch vorgenommen hatte, Caspari konnte sich nicht gegen diese Erinnerungen wehren. Zu lange schon hatte er sie nicht mehr zugelassen. Die Zeit der Trauer musste irgendwann zu Ende sein. Doch nun schaffte sich etwas Raum, was er nicht mehr zurückhalten oder kontrollieren konnte. Er spürte, dass seine Augen feucht wurden. Mühsam presste er die Lippen zusammen, als ihm die Tränen über die Wangen flossen.

»Es tut mir leid«, hörte er sie mit heiserer Stimme sagen. Durch den Schleier seiner Tränen sah er sie ebenfalls weinen.

»Warum?« brach es aus ihm hervor.

Dann saßen sie sich weinend eine Weile gegenüber. Er ärgerte sich, dass er sich von seinem Schmerz überwältigen ließ. Sie griff in ihre Jacke, die neben ihr lag, und holte ein Taschentuch hervor, mit dem sie sich die Tränen aus den Augen wischte.

»Du warst die große Liebe, glaube mir«, antwortete sie leise. »Aber als du mit dem Studium anfingst, warst du nicht mehr greifbar für mich. Ich hatte den Eindruck, dass wir nur noch nebeneinanderher gelebt haben. Dann bist du auch noch während meiner Schwangerschaft für zwei Monate einfach weg gewesen. Weißt du, was das für mich bedeutet hat? Jürgen war für mich da. Er war sehr einfühlsam und hat mir die Aufmerksamkeit geschenkt, die ich von dir nicht mehr gekannt habe.«

Caspari fuhr sich mit der Hand übers Gesicht und wischte sich die Tränen aus den Augen. »Warum hast du nie mit mir darüber gesprochen?«

»Weiß ich selbst nicht. Aber sei mal ehrlich: Hätte das etwas geändert? Wärst du nicht nach Amerika gefahren, wenn ich dich hierzubleiben gebeten hätte?«

»Wie soll ich dir diese Frage nach über sechs Jahren beantworten?« begehrte er auf.

»Entschuldige, das war unfair«, sagte sie leise. »Darf ich dich etwas fragen?«

Caspari nickte stumm. Er trank einen großen Schluck von seinem Milchkaffee.

»Als ich dich im Jugendamt fragte, wie es dir geht, sagtest du, du wüsstest es nicht. Ich habe in den zurückliegenden Tagen oft an deine Worte denken müssen. Was meintest du damit?«

Elke hatte ihm die Frage gestellt, die er am meisten fürchtete. Er musste schlucken, bevor er ihr eine Antwort geben konnte. Während er sprach, spürte er, dass wieder Tränen über seine Wangen liefen.

»Heimweh! Heimweh und …« Caspari wollte weiterreden, aber die Stimme versagte ihm.

Elke vergrub ihr Gesicht unter einem Taschentuch und

schluchzte. Als sie sich wieder gefangen hatte, blickte sie ihn traurig an.

Caspari war zum ersten Mal seit langer Zeit völlig hilflos. Er hatte sich selbst nicht mehr unter Kontrolle – und verstand ihre Tränen nicht. »Warum weinst du?« fragte er.

»Weil du ein Teil meines Lebens warst! Ich habe dich sehr geliebt. Das erste Kind, das ich geboren habe, stammt von dir. Wir hatten eine wunderbare Zeit miteinander, abgesehen von den letzten Jahren. Glaubst du denn, ich habe das alles aus meinen Erinnerungen gestrichen, nur weil ich jetzt mit einem anderen Mann verheiratet bin? Meinst du, ich habe nicht getrauert und geweint, als unsere Ehe zerbrochen ist?

»Du hattest Jürgen«, wandte Caspari ein.

»Ja, natürlich. Trotzdem war ich sehr traurig, dass ich mich von dir trennen musste. Es tat mir weh, dich so leiden zu sehen«, sagte sie mit ernstem Gesicht. »Heimweh – suchst du immer noch in mir deine Heimat?«

»Nein. Mich schmerzt nur der Verlust meiner Heimat immer noch sehr. Das ist wie eine Wunde, die nie ganz verheilt.«

Caspari hielt seine große Tasse mit beiden Händen umklammert. Er blickte auf den Milchkaffee und wartete darauf, dass Elke weiterfragte.

»Heimweh ist ein ganz klares und eindeutiges Gefühl«, fuhr sie fort. »Warum bist du dir nicht sicher, wie du dich fühlst? Da war doch noch etwas anderes, das du mir sagen wolltest.«

Er atmete tief durch, bevor er redete. »Heimweh und Aufbruch zu neuen Ufern.«

Elke lächelte ein wenig. »Du hast eine Frau kennengelernt?« fragte sie ihn.

Caspari lächelte und nickte stumm. Es erschien ihm nicht richtig, vor Elke über Clara zu sprechen.

»Und?« hakte sie nach. »Liebst du sie?«

Zu mehr als einem leisen »ja« war er nicht in der Lage.

»Liebt sie dich?« wollte Elke wissen.

»Ja«, antwortete Caspari, wobei seine Stimme wieder etwas fester geworden war.

»Das ist schön! Ich freu' mich für dich.«

Caspari hielt einen Moment inne und ließ die Stille zwischen ihnen auf sich wirken. Dann sah er Elke mit ruhigem Blick an. »Und du? Bist du glücklich?«

»Ja, sehr. Jürgen ist ein toller Mann. Wir haben ein wunderbares Kind ...« Sie stockte. »Christoph, ich komme mit der Trennung von Lukas nicht klar. Ich weiß, dass ich mit dem Sorgerechtsantrag keine Chance habe. Aber ich will damit das Jugendamt und insbesondere dich für meine Situation als Mutter sensibilisieren. Ich will ihn öfter und länger sehen und ihn nicht bloß bei Benny und Iris besuchen.«

»Du weißt doch, dass das nicht in meiner Hand liegt.«

»Ja, das ist mir klar.«

»Was erwartest du dann von mir?«

»Dass du mich als Lukas' Mutter ernst nimmst. Sprich mit ihm! Erzähle ihm von mir und wie es mir geht. Lass ihn Anteil an meinem Leben haben!«

Caspari schüttelte den Kopf. »Das funktioniert auf diese Weise nicht. Glaub mir. Wenn ich das täte, würde Lukas in Panik geraten. Er würde denken, ich wollte ihn langsam, aber sicher abschieben. Nein, du musst den Kontakt zu ihm pflegen. Schreib ihm Briefe, leg Bilder von dir und seiner Schwester dazu. Ein solcher Brief ist immer auch ein guter Anlass, über die Dinge zu reden. Auf die Normalisierung eures Verhältnisses kannst nur du hinarbeiten. Ich verspreche dir, dich dabei zu unterstützen.«

»Du hast wahrscheinlich recht. Wir werden es auf diese Weise versuchen.« Elke blickte ins Leere und schwieg einen Moment. Dann hob sie ihren Kopf. »Gibt es eine Chance, dass sich das Verhältnis zwischen dir und Jürgen wieder bessert?«

Caspari wusste, dass seine Exfrau unter den Spannungen zwischen ihm und Jungmann litt. Aber mit ihrem Vorstoß griff sie nach den Sternen.

»Ich weiß es nicht. Ehrlich gesagt, fehlt mir das Interesse daran. Warum sollte ich mich nach allem, was vorgefallen ist, mit ihm aussöhnen?«

Elke legte ihre Hand auf seinen Arm. Die Berührung quälte ihn. Sie machte ihm bewusst, was er verloren hatte.

»Als ich dich kennenlernte, wart ihr beide unzertrennlich. Christoph, er war dein bester Freund!«

Caspari spürte Zorn in sich aufsteigen. »Der beste Freund legt dir tröstend die Hand auf die Schulter, wenn deine Frau dich verlässt! Er ist nicht der Nebenbuhler, der sich als die bessere Alternative anbietet.«

Elke zog ihre Hand wieder weg. »Meinst du denn, Jürgen wäre nicht von Schuldgefühlen geplagt gewesen? Es war ihm sehr wohl bewusst, dass er dein Vertrauen missbraucht hatte. Aber er konnte sich seiner Gefühle nicht erwehren, als du in Amerika warst. Und ich habe es ihm auch leicht gemacht. Dein Blick im Jugendamt hat mir Angst gemacht. Es lag kein Gefühl mehr darin. Einen solchen Ausdruck von Kälte habe ich bei dir noch nie gesehen!«

»Ich verdanke es Jürgen, dass ich ein halber Krüppel bin. Er hat mein Vertrauen missbraucht und hinter meinem Rücken ein Verhältnis mit meiner Frau gehabt. Schließlich hat er aus meinem Sohn ein traumatisiertes Kind gemacht. Ich habe seinetwegen viel Leid erfahren. Das kann ich nicht so einfach vergeben. Mir fehlt die Kraft dazu, jedenfalls zur Zeit. Ich bin eben auch nur ein Mensch, nicht der liebe Gott.«

Caspari blickte in Elkes trauriges Gesicht. Er wollte etwas Tröstliches sagen. Doch er fand dafür keine Worte. So sprach er aus, was er dachte: »Die Wahrheit ist, dass wir drei an entscheidenden Stellen in der Vergangenheit versagt haben. Jetzt müssen wir die Konsequenzen tragen, jeder für sich. Man erntet, was man sät.«

Sie nickte betroffen. »Du hast wohl recht.« – – –

Inge saß im Zafira und beobachtete mit einem Fernglas das Haus des jungen Dämons. Heute war er nicht wieder zu einer Probe in den Jazzclub gefahren, wie sie gehofft hatte. Durch die Fenster konnte sie sehen, wie er mit seinen kleinen Kindern spielte. Der vollkommene Familienvater! Er schien diese Rolle so glaubhaft zu spielen, dass selbst die junge Frau und die Zwillinge darauf hereinfielen. Inge musste sie vor diesem

Dämon retten, bevor sie ihm zum Opfer fielen. Wenn sie ihn hingerichtet und demaskiert an einen Baum gehängt hatte, würden sie verstehen. Sie würden die Wahrheit erkennen.

Inge schaute auf die Straße. Sie behielt auch die Rückspiegel im Blick. Es durfte nicht noch einmal passieren, dass sie entdeckt wurde. Das Cabrio, zu dem der Junge Zugang hatte, war jetzt keine zuverlässige Tarnung mehr. Inge wusste nicht, wie der Hüne herausbekommen hatte, dass sie gelegentlich den alten Alfa Romeo benutzte. Sie würde ihn von nun an in der Garage stehen lassen. Gebrauchen konnte sie ihn sowieso nicht mehr. Für die Jagd und die Hinrichtung des letzten Dämons war der Zafira schon präpariert. Im Kofferraum lag alles gut versteckt, was sie brauchte. Jetzt musste der Dämon nur noch ins ›take five‹ fahren. Dann würde ihre Falle zuschnappen. Den passenden Baum in einem kleinen Waldstück zwischen Fulda und diesem Dorf hatte sie schon ausgesucht. Sie musste schnell zuschlagen. Ihre Zeit wurde knapp. – – –

Clara saß an ihrem Schreibtisch. Neben ihr lag das Material, das Breughel ihr zuvor mitgegeben hatte. Darunter war der Text des Requiems, den sie zum zweiten Mal las. Sie überflog noch einmal ihre Stichpunkte und schrieb dann an ihrer Eingangsrede zum Konzert am Jahrestag der Reichspogromnacht weiter. Nach eineinhalb Stunden war sie fertig. Sie las die Rede am Bildschirm ihres Computers gründlich durch. Zufrieden mit sich speicherte sie die Datei, als Miss Marples Titelmelodie erklang.

Schwester Maike war am Apparat. Der Gesundheitszustand von Herrn Richter hatte sich dramatisch verschlechtert. Er habe darum gebeten, dass Clara das Abendmahl an seinem Bett halten sollte.

Clara sagte zu und machte sich auf die Suche nach dem Koffer mit den Geräten für das Hausabendmahl. Eine knappe halbe Stunde später stand sie in Richters Zimmer. Der alte Mann lächelte sie erschöpft an. Auf den kleinen Tisch in der Mitte des Zimmers stellte Clara zwei Kerzen und ein Kreuz. In eine Silberschale legte sie zwei Oblaten, einen kleinen Kelch mit Wein stellte sie daneben.

»Sehen Sie, Pfarrerin Frank, jetzt hat es doch nicht mehr zur Ohrenbeichte gereicht. Was ich an Schuld auf mich geladen habe, muss nun das allgemeine Sündenbekenntnis tragen.«

»Sie wissen, wofür Sie Vergebung erbitten, und Gott weiß es auch«, antwortete Clara. »Er wird Ihnen vergeben. Sinnlicher und intensiver als in Brot und Wein kann man das wohl nicht erfahren.«

Der alte Mann nickte beruhigt. Schwester Maike zündete die Kerzen an.

Danach sprach Clara die trinitarischen Eingangsworte. »Im Namen des Vaters und des Sohnes und des Heiligen Geistes …«

Richter senior folgte der Abendmahlsfeier aufmerksam. Während des Sündenbekenntnisses wurde er unruhig und atmete schneller. Als Clara die Absolution sprach, kam ein tiefer Seufzer aus seiner Brust. Nachdem er Brot und Wein empfangen hatte, wirkte er gelöst. Clara sprach den Schlusssegen, als die Tür plötzlich aufging.

Doktor Richter sah entgeistert auf die Szene im Zimmer seines Vaters. Er verharrte regungslos, bis Clara mit einem Amen die Feier beendet hatte. Dann blickte er sie und Schwester Maike ernst an.

»Darf ich erfahren, was Sie hier tun?«

»Ich wollte etwas für mein Seelenheil tun, bevor ich keine Gelegenheit mehr dazu habe«, sagte sein Vater vom Bett aus. »Deshalb habe ich Schwester Maike gebeten, Pfarrerin Frank um das Abendmahl zu bitten.«

Doktor Richter blickte die Altenpflegerin vorwurfsvoll an. »Sie wissen doch, dass mein Vater unbedingt Ruhe braucht.«

»Die habe ich jetzt, mein Sohn. Nun kann ich sterben«, unterbrach ihn sein Vater lächelnd.

Richter junior rollte die Augen. »Vater, ich bin der letzte, der etwas dagegen hat, dass du auf deine alten Tage fromm wirst. Ich möchte nur verhindern, dass du dich aufregst und einen neuen Schwächeanfall bekommst.«

Clara sah, wie der heitere Gesichtsausdruck des alten Mannes einer ernsten Miene wich.

»Versteh doch: Ich stehe am Ende meines Lebens. Meinen Tod wird nichts und niemand mehr aufhalten können. Mein Körper ist verbraucht, er hat seinen Dienst getan. Es spielt für mich keine Rolle mehr, wann ich sterbe, nur noch, wie ich aus diesem Leben gehe. Ich möchte nicht so vor meinen Schöpfer treten, wie du mich die ganzen Jahre erlebt hast. Das ist mir zu wenig, und ihm allemal. In der letzten Zeit habe ich viel Gelegenheit gehabt, über mich und mein Leben nachzudenken. Ich kann nicht alles wiedergutmachen, was ich falsch gemacht oder versäumt habe. Aber ich kann wenigsten dafür um Vergebung bitten.« – – –

Caspari bemerkte, dass Bertram ihn während der Besprechung anders ansah als sonst. Es lag etwas Fragendes in seinem Blick. Die Entdeckungen in Hoffmanns Wohnung trug Tina vor. Mario berichtete von dem silbergrauen Alfa Romeo. Caspari sah noch einmal in die Runde. Er suchte den Blickkontakt zu jedem, auch zu Jungmann. Sie waren ihrem Ziel sehr nahe. In den nächsten Tagen würden sie den ›Chirurgen‹ in Handschellen abführen. Dessen war sich Caspari sicher.

»Wir haben ihn fast«, sagte er und schlug dabei die rechte Faust in die linke Handfläche. »Wir haben uns ganz dicht zu ihm vorgearbeitet. Ich möchte Sie bitten, dass Sie noch einmal Zeit und Arbeit in diesen Fall investieren. Es liegt im Augenblick viel Arbeit auf Ihren Schreibtischen, ich weiß. Aber die Überprüfung der Cabrios dürfen Sie nicht noch einen Tag schleifen lassen. Mit jedem Tag steigt die Möglichkeit, dass der Chirurg wieder zuschlägt. Noch haben wir keine Nachricht aus den USA. Wir müssen also soweit vorarbeiten, wie es nur irgendwie geht. Wenn nötig, müssen wir auch ohne die amerikanischen Dokumente den Killer finden.«

»Wir sind alle Besitzer aller alten silbermetallicfarbenen Alfa-Romeo-Spider im Verkehrsregister durchgegangen. Keiner der Besitzer passt in unser Täterprofil«, meldete sich der bubenhafte Polizist zu Wort.

Caspari wurde ungeduldig. »Sie müssen alle überprüfen! Vielleicht hatte der Wagen zum Zeitpunkt der Zulassung noch eine andere Farbe. Wenn unser Mann handwerklich begabt ist, kann er das Auto sogar eigenhändig mit dem silbermetallicfarbenen Lack versehen haben. Es reicht nicht, die Liste der Zulassungsstelle durchzuarbeiten. Sie müssen die Besitzer aufsuchen und gründlich befragen. Wer kein Alibi für die Zeit hat, in der Doktor Hoffmann ermordet wurde, wird gleich mit aufs Revier genommen. Aber seien Sie vorsichtig! Unser Mann ist sehr gefährlich! Überprüfen Sie die Fahrzeughalter nie allein!«

»Wir wissen, wie man Polizeiarbeit macht!« unterbrach ihn Jungmann. »Wir tun das ja nicht erst seit gestern.«

Caspari überlegte einen Augenblick lang, ob er darauf reagieren sollte. Er entschied sich aber dagegen. Statt dessen versuchte er seine Kollegen zu motivieren. »Wir dürfen jetzt auf keinen Fall nachlassen! Wir brauchen schnellstmöglich Ergebnisse! Dieser Mann muss hinter Schloss und Riegel sein, bevor er wieder die Gelegenheit hat, einen weiteren Menschen auf bestialische Weise umzubringen! Also, an die Arbeit!«

Caspari stand energisch auf, nickte in die Runde und verließ den Besprechungsraum. Auf dem Weg zu seinem Büro spürte er eine Hand auf seiner Schulter. Als er sich umdrehte, sah er Bertram in die Augen.

Der brummte in einem verschwörerischen Ton: »Können wir beide kurz miteinander reden?«

Caspari erwartete jeden Moment weitere Mitarbeiter aus der Forschungsgruppe zum Gespräch. Eigentlich hätte er seinem alten Mentor absagen müssen. Er hatte zwei OP-Schwestern von damals auf das Polizeirevier bestellt. Sie konnten jeden Augenblick eintreffen. Aber er wollte wissen, was dessen Blick in der Besprechung zu bedeuten hatte. Er bat Tina und Mario, mit der Befragung der Zeuginnen schon zu beginnen, falls er nicht rechtzeitig zurückkäme. Dann folgte er Bertram in dessen Büro.

Bertram kam gleich zur Sache. »Was war das gestern abend zwischen Elke und dir?«

»Ich weiß beim besten Willen nicht, was du meinst.«

»Red keinen Blödsinn! Elke kam vollkommen verheult zu uns …«

Caspari empfand viel Respekt Bertram gegenüber. Er wusste, was er ihm zu verdanken hatte, und mochte ihn sehr. Doch in diesem Moment machte er ihn wütend.

»Wir hatten seit sechs Jahren endlich einmal die Gelegenheit, uns ungestört auszusprechen. Da kam vieles an unverarbeiteten Gefühlen wieder an die Oberfläche. So etwas tut weh, aber es hilft, Frieden mit dem Vergangenen zu schließen. Aber ganz ehrlich und unter Freunden: Was, zum Teufel, geht dich das eigentlich an?«

Bertram zuckte sichtlich bei seinen letzten Worten zusammen. Seine Augen verengten sich, und er zog die Mundwinkel nach unten. Caspari kannte diesen Gesichtsausdruck. Er signalisierte, dass ein Gewitter im Anzug war.

»Was mich das, zum Teufel, angeht? Das kann ich dir sagen! Nach der Trennung war meine Tochter nur noch ein Häufchen Elend, das wir mühsam wieder aufgepäppelt haben. Ich bin froh, dass es ihr soweit gut geht, abgesehen von der Privatfehde zwischen Jürgen und dir. Es liegt nicht in meinem Interesse, dass Elke wieder in ein tiefes Loch fällt. Die Geschichte mit dir ist vorbei. Gott weiß, ich wollte, es wäre anders. Dann wäre vieles leichter für uns alle. Aber die Dinge sind nun einmal so, wie sie sind. Du solltest das akzeptieren, statt alte Wunden wieder aufzureißen.«

Caspari widerstand seinem Drang, aus dem Büro zu gehen und die Tür zuzuwerfen. Statt dessen bemühte er sich, sachlich zu wirken. Seine tiefe, rauhe Stimme verriet jedoch seinen Zorn. »Ich habe kein Interesse daran, deiner Tochter weh zu tun. Die Aussprache zwischen Elke und mir hilft uns beiden, mit der Trennung fertig zu werden. Mehr habe ich dazu nicht zu sagen.« Ohne auf eine Erwiderung zu warten, drehte er sich um und verließ das Büro.

Tina und Mario hatten bereits das Gespräch mit beiden Zeuginnen zu führen begonnen. Caspari stellte sich vor und setzte sich dazu. Während des gesamten Gespräches schwieg er – zum einen, um seinen Ärger gegenüber Bertram nicht auf die beiden Frauen zu übertragen, zum anderen, weil er auf diese Weise hoffte, eine wichtige Information in deren Aussagen entdecken zu können.

Nach zwei Stunden verabschiedete er die Zeuginnen und übergab sie den Beamten, die in der Revierküche bei Kaffee und Kuchen sitzend auf sie warteten. Caspari hoffte, dass die umfangreichen Maßnahmen zum Schutz der Mitarbeiter des damaligen Forschungsteams bald nicht mehr notwendig sein würden.

Im Büro ging er mit Tina und Mario noch einmal alles durch. Sie waren genauso schlau wie zuvor. Eine der OP-Schwestern hatte sich allerdings erinnern können, dass Captain Leary seine Frau Lisa genannt hatte. Caspari behandelte diese neue Erkenntnis wie ein Puzzleteil, das im Moment nirgendwo zu passen schien, zu einem späteren Zeitpunkt allerdings von Bedeutung sein könnte. Unruhig rutschte er auf seinem Stuhl herum. Sie waren jetzt auf die Informationen aus Amerika angewiesen. Vielleicht ergab die Suche nach dem Cabriolet einen Zufallstreffer. Bis dahin traten Tina, Mario und er auf der Stelle.

»Chef, Sie sehen wie die Raubkatze aus, die die Beute schon riecht, aber partout nicht finden kann«, meinte Tina.

Caspari nickte und brummte dabei zustimmend. Er schlug sich auf die Schenkel und stand auf. »Wir kommen jetzt nicht weiter. Ich werde ins Training fahren.«

»Sie wollen doch nicht la bella pastorella heute allein lassen?« fragte Mario grinsend.

Caspari musste herzlich lachen. »Nein, ich fahre zuerst zu ihr. Vielleicht geht sie ja mit ins Sportstudio. – Was ist eigentlich mit Ihnen beiden? Keine Lust auf Training?« versuchte Caspari abzulenken.

Tina und Mario sahen sich einen Augenblick an, dann verabredeten sie sich mit Caspari im Fitnesscenter.

Caspari fuhr mit Schmetterlingen im Bauch zur Oberen Haitzer Gasse. Als er an Claras Tür klingelte, meldete sich eine männliche Stimme durch die Gegensprechanlage. Er war wie vor den Kopf geschlagen. Was machte ein Mann in

Claras Wohnung? Irritiert nannte er seinen Namen und seinen Wunsch, mit Pfarrerin Frank zu sprechen. Der elektronische Türöffner summte. Caspari drückte die schwere Holztür auf und ging mit einem flauen Gefühl im Magen die Treppe zur Wohnung hinauf.

Ein hochgewachsener dunkelhaariger Mann öffnete die Wohnungstür. Er war schlank, gutaussehend und elegant gekleidet. Seine Haut hatte einen braunen Teint, als sei er gerade aus dem Urlaub gekommen. »Frau Frank ist gerade in einem Gespräch. Sie müsste gleich fertig sein. Darf ich Ihnen einen Platz anbieten, wenn Sie so lange warten wollen?« fragte er höflich.

Caspari hatte den Eindruck, keine Luft mehr zu bekommen. Was suchte dieser Model-Typ in Claras Privatwohnung? Dieser Mann war nicht einfach nur ein Besucher. Er stand in einem engeren Verhältnis zu ihr. In Caspari keimte ein dunkler Verdacht. Wie hatte er bloß annehmen können, dass eine so ausgesprochen attraktive Frau wie Clara sich tatsächlich in ihn verlieben könnte? Er war nur ein Spielzeug für sie gewesen. Vielleicht hatte sie einen Streit mit diesem ebenmäßig gewachsenen Mann gehabt. Jetzt schien sie sich mit ihm ausgesöhnt zu haben. Caspari hatte seine Aufgabe erledigt und konnte nun von der Bühne abtreten.

Er blickte den schönen Mann an. »Nein, danke«, antwortete er mit heiserer Stimme. »Ich komme lieber ein anderes Mal wieder.«

Bevor der andere noch etwas sagen konnte, drehte er sich herum, lief die Treppe hinunter und verließ das Haus. Im Auto verzichtete er zum ersten Mal seit langer Zeit auf klassische Musik. Etwas zu abrupt fuhr er an, so dass die Reifen quietschten. Während er Richtung Haitz fuhr, merkte er, dass seine Augen anfingen zu brennen. Trotzig wischte er sich mit dem Handrücken darüber. Er wollte nicht weinen, nicht noch einmal wegen einer Frau.

Am Ortsausgang von Haitz meldete sich sein Mobiltelefon. Er nahm das Gespräch über die Freisprechanlage an. – – –

Clara ärgerte sich, dass das Ausstellen des Patenscheins so

lange gedauert hatte. Der Mann, der dieses Dokument brauchte, hatte vor kurzer Zeit den Namen seiner Frau angenommen, so dass er in Claras Gemeindegliederdatei im Computer nicht zu finden war. Nachdem sie die Aktualisierung gestartet hatte, die bereits seit einer Woche in ihrer E-Mail-Box steckte, hatte sie seine Daten schnell entdeckt. Sie war erleichtert, als er mit dem Patenschein endlich das Büro verlassen konnte.

Clara eilte die Treppe hinauf, wobei sie zwei Stufen auf einmal nahm. Während des Gespräches in ihrem Büro hatte sie die Klingel ihrer Dienstwohnung gehört. Caspari musste gekommen sein. Sie hatte es den ganzen Nachmittag vor sich her geschoben, ihrem Bruder von ihm zu erzählen. Als der Mann dann mit seinem Wunsch nach einem Patenschein vor der Tür stand, war plötzlich keine Gelegenheit mehr. Clara hoffte inständig, ihr Bruder würde mit dem ruhigen und schüchternen Caspari ein wenig pfleglicher umgehen als mit ihren früheren Freunden. Richard fühlte sich als großer Bruder immer noch in der Rolle des Beschützers seiner kleinen Schwester. Entsprechend hatte er die ›Lackaffen‹, wie er Claras Verflossene immer nannte, auch behandelt.

Sie lief ins Wohnzimmer, wo ihr Bruder im Sessel saß und eine Zeitung las.

»Wer hat denn eben geklingelt?« fragte sie, etwas außer Atem.

»Das war ein sehr großer und breitschultriger Mann«, antwortete ihr Bruder, während er die Zeitung zusammenfaltete.

»Hatte er rotblondes Haar und einen gepflegten Vollbart?« fragte Clara.

»Ja, so sah er aus. Er wollte dich sprechen. Als er hörte, dass du gerade ein Gespräch hast, wollte er nicht warten. Er sagte, er kommt ein anderes Mal wieder.«

Clara lief es kalt über den Rücken. Irgend etwas war schief gelaufen. Sie wusste nur noch nicht, was.

»Warst du freundlich zu ihm?«

»Natürlich! Was hältst du denn von mir? Ich habe ihm angeboten, sich zu setzten und auf dich zu warten.«

Clara entschuldigte sich und ging mit dem schnurlosen Telefon in die Küche. Aufgeregt wählte sie Casparis Mobilnummer. Eine rauhe Stimme meldete sich am anderen Ende der Leitung. Clara wusste zuerst nicht, ob sie die richtige Nummer gewählt hatte, so fremd klang der Mann.

»Christoph, bist du das? Hier ist Clara.«

»Ja, ich bin's.«

»Warum bist du denn nicht hier geblieben?«

»Ich … ich wollte nicht stören.«

»Wie soll ich denn das verstehen?«

»Der Mann gab sich, als wäre er in deiner Wohnung zu Hause. Ich hatte den Eindruck, ihr kennt euch schon länger.«

»Ja, natürlich …«

»Ich hatte gedacht, dass mit uns beiden wäre … nicht schon nach so kurzer Zeit wieder aus.«

»Aus? Wieso soll es denn aus sein?« fragte Clara wie vor den Kopf gestoßen.

»Dein Liebhaber empfängt mich in deiner Wohnung, und du fragst mich, warum es aus ist?«

Clara dämmerte allmählich, warum Caspari wieder gegangen war. Sie war fassungslos, dass er glaubte, sie hätte ihn auf unsanfte Weise nach ein paar Tagen wieder abserviert.

»Hör mal, was denkst du denn von mir?« platzte es aus ihr heraus. »Meinst du, ich lache mir einen anderen an, der dich dann an meiner Wohnungstür empfängt? Mensch, Christoph, das war mein Bruder! Ich hätte nicht gedacht, dass du so wenig Vertrauen zu mir hast.« Energisch drückte sie auf die Taste, mit der sie den Anruf beendete.

Richard blickte durch die Küchentür. »Habe ich etwas falsch gemacht?«

»Nein, du nicht. Christoph hielt dich allerdings für meinen Freund. Deswegen ist er nicht geblieben.«

Richard blickte Clara irritiert an. »Ich verstehe nicht ganz, worum es hier geht.«

Clara setzte sich an den Küchentisch, stütze ihre Ellenbogen auf und fuhr sich durchs Haar. »Christoph und ich sind seit kurzem zusammen.«

»Diese überdimensionierte Gestalt und du?« unterbrach sie ihr Bruder.

»Richard, bitte!« entgegnete sie fast flehend. »Er ist ein sehr sensibler Mensch. Und wenn er etwas hasst, dann sind es Peinlichkeiten.«

Richard schmunzelte. »Auf jeden Fall fällt er aus der Reihe deiner bisherigen Liebschaften völlig heraus. Er ist keiner dieser personifizierten Nadelstreifen.«

»Jetzt fang nicht schon wieder mit diesem Thema an! Und hör endlich auf, mich wie deine kleine Schwester zu behandeln.«

»Aber du bist meine kleine Schwester.«

»Ich bin kein Kind mehr. Nimm das endlich zur Kenntnis!«

»Erzähl mir von deinem Riesen!« forderte Richard völlig ungerührt.

Clara beschrieb ihrem Bruder Caspari, so gut sie konnte. Während sie redete, spürte sie Wärme in sich aufsteigen.

»Ich glaube, der könnte mir gefallen«, sagte Richard, nachdem er ihr aufmerksam gefolgt war. »Und vor allem habe ich den Eindruck, du hast dich dieses Mal wirklich verliebt. Deine Stimme hat viel über deine Gefühle für ihn verraten.«

Clara starrte auf ihre Kaffeetasse und lächelte. »Im Augenblick bin ich eher wütend als verliebt. Dass er so etwas von mir denken kann, will mir nicht in den Kopf.«

»Wenn er der Richtige ist, renkt sich das wieder ein.«

Als Richard seine Geschäftsreise wieder fortgesetzt hatte, saß Clara wieder an ihrem Schreibtisch. Sie hörte den Anrufbeantworter ab und machte sich Notizen. Auf mehr konnte sie sich nicht konzentrieren. Immer wieder wanderten ihre Gedanken zu Caspari. Es ärgerte sie nicht, dass er fortgegangen war, ohne darauf zu warten, dass sich die Situation aufklärt. Sie war darüber enttäuscht, dass er ihr nicht vertraute.

Als die Türglocke sie aus ihren Gedanken riss, blickte sie zur Wanduhr. Erschrocken stellte sie fest, dass schon zwei Stunden vergangen waren, seit Richard sich von ihr verabschiedet hatte. Der alte Seydel stand vor der Tür.

»Entschuldigen Sie, dass ich so unangemeldet hierher komme. Ich würde mit Ihnen gern über Christoph reden.«

Clara bat ihn in ihr Wohnzimmer. Als er seine Jacke abgelegt und sich gesetzt hatte, begann er zu erzählen.

»Christoph kam vor dem Training zu mir. Er war wie ein Häufchen Elend und erzählte mir von seinem und Ihrem – wie soll ich sagen? – Missverständnis. Wenn Sie erlauben, möchte ich Ihnen ein wenig von ihm erzählen. Ich kenne Christoph, seit er ein Junge war. Sein Vater brachte ihn zu mir, weil er mit sich selbst nicht zurechtkam. Er war schon immer ein wenig außergewöhnlich. Mit seinem Wuchs fiel er aus der Norm. Außerdem war Christoph etwas introvertiert. Die Mädchen fanden seine Erscheinung nicht besonders attraktiv, die Jungen hatten Respekt vor seiner Kraft. Richtige Freunde hatte er nicht, außer Benny und Jürgen. Nachdem er ein Jahr bei mir trainierte, sagte er mir einmal, dass er sich vorkomme wie die missglückte Kreuzung zwischen Puh, dem Bären, und Erik, dem Wikinger. Irgendwann trat Elke in sein Leben. Ich weiß noch, dass er zu Beginn ihrer Beziehung immer nach dem Haken an der Sache suchte. Er tat sich schwer damit, seinem Glück zu vertrauen. Doch Elke brachte es mit ihrer ganzen Hingabe fertig, dass er seine Selbstzweifel vergaß. Als sie ihn dann wegen Jürgen verließ, brachen die alten Gräben in seiner Seele wieder auf. Christoph glaubte sich in seinen Minderwertigkeitsgefühlen bestätigt. Seither hat er kein Vertrauen mehr in eine andere Frau fassen können. Und wie soll er das auch, wenn er immer in dem Glauben lebt, nicht liebenswert zu sein und abstoßend auszusehen?«

Seydel hielt inne und schaute sie ruhig an, als wollte er seinen Worten Raum geben, ihre ganze Tragweite zu entfalten.

»Christoph weiß nicht, dass ich hier bin. Ich habe ihm unter einem Vorwand das Training übertragen. Normalerweise halte ich mich aus den Beziehungen anderer völlig heraus. Aber Christoph ist nicht nur mein Meisterschüler – er ist für mich wie ein Sohn. Deshalb mache ich in diesem Fall eine Ausnahme. Er hat es verdient, glücklich zu sein. Haben Sie Geduld mit ihm! Ich bin mir sicher, es lohnt sich. Das wollte ich Ihnen sagen.«

Clara bewunderte die innere Ruhe und Gelassenheit, mit der Seydel gesprochen hatte. Es war ihm sicher nicht leicht gefallen, zu ihr zu kommen. Sie dachte an das, was Caspari ihr über das Aikido erzählt hatte. Seydel strahlte etwas von dem tiefen inneren Frieden aus, der aus der Praxis dieser Kampfkunst erwachsen soll.

Nachdem der alte Kampfkunstlehrer gegangen war, wusste Clara nicht, was sie tun sollte. Unruhig lief sie in der Wohnung umher. Sie brauchte erst gar nicht den Versuch zu unternehmen weiterzuarbeiten. Einen Augenblick lang dachte sie über die Möglichkeit nach, sich mit Fernsehen abzulenken. Bei dem Blick auf die Programmzeitschrift verwarf sie schnell wieder den Gedanken. Sie schaltete ihre Musikanlage an. Im CD-Spieler lag noch eine Disc. Ohne darauf zu achten, welche es war, drückte sie auf die Start-Taste und warf sich auf das Sofa. Leise und doch ausdrucksstark hüllten sie die Klänge einer Cellomusik ein. Clara seufzte. Es war die Aufnahme, die Caspari ihr geschenkt hatte.

Sie sah ihn vor sich, wie er ihr etwas unbeholfen die CDs gab. Ihre Gedanken wanderten zu dem Abend in seiner Küche und dem darauffolgenden Wochenende. Sein schüchternes, zurückhaltendes Wesen hatte ihr Raum gegeben, sich ihm langsam und zärtlich zu nähern. Caspari hatte nichts von dem Drängen, dass einigen von Claras früheren Freunden eigen war. Während diese Männer sie hatten besitzen wollen, wünschte er sich ihre Liebe.

Clara stand so ruckartig auf, dass sie sich das Knie am Wohnzimmertisch stieß. Während sie es sich stöhnend rieb, stand ihr glasklar vor Augen, was sie tun musste: zu ihm fahren, am besten sofort. Schnell zog sie sich Jacke und Schuhe an und verließ ihre Wohnung. Auf der Fahrt spürte sie, wie ihr Herz bis zum Hals schlug. Was sollte sie ihm sagen, wenn sie vor seiner Tür stand? Als sie auf dem Hof fuhr, atmete sie tief durch. In seinem Wohnzimmer sah sie Licht. Sie hörte leise Cellomusik. Neugierig schlich sie ans Haus und stellte sich neben das Fenster. Sie konnte die Musik zwar nur schwach hören, aber sie erkannte sie. Caspari hörte dieselbe

Cello-Suite, der sie selbst vorhin gelauscht hatte. Clara spürte, wie ihre Augen feucht wurden. Sie hätte den Wind dafür verantwortlich machen können, der ihr an diesem Abend des 30. Oktober kalt ins Gesicht wehte. Aber das schien ihr eine zu billige Ausrede. Caspari hatte in derselben Musik Ruhe für seine Gefühle gesucht, genau wie sie.

Langsam ging sie auf die Haustüre zu und drückte den Klingelknopf. Sie hörte das Knarren der Dielen unter seinem schweren Schritt. Als er die Tür öffnete, sah sie in seinem Blick eine Mischung aus Überraschung und Erleichterung. Sie hatte sich während der Fahrt überlegt, was sie in diesem Augenblick sagen wollte. Aber nun sah sie ihn an und brachte kein Wort heraus. Eine Weile standen sie wie paralysiert stumm voreinander.

»Es tut mir leid!« brachte sie schließlich hervor.

»Nein, es tut *mir* leid!« erwiderte er. »Ich habe mich wie ein Trottel benommen.«

Clara fiel ihm um den Hals. Lange standen sie vor der Eingangstür und küssten sich. Clara spürte, dass ihre beiden Nasen kalt waren. Caspari nahm ihre Hand und führte sie in das warme Wohnzimmer, wo Holz im Kachelofen brannte. Lange lagen sie schweigend eng umschlungen auf dem Sofa. Caspari strich ihr durch das Haar und begann zu lächeln.

»Ich liebe es, wie du mit deinen Lippen deine Gefühle ausdrückst.«

Clara sah ihn neugierig und fragend zugleich an.

»Du kannst auf so viele Weisen lächeln, dass ein Abend nicht reichen würde, sie zu beschreiben.«

Clara küsste ihn innig. Wann hatte ihr ein Mann so etwas Schönes zuletzt gesagt? Sie vergrub ihr Gesicht in seiner breiten Brust und sog den Duft seines Eau de toilette ein. Sanft streichelte sie seinen Bart und seinen Hals. Nach einer Weile hob sie ihren Kopf und sah ihn an. Er blickte an die Zimmerdecke.

»Woran denkst du?« fragte sie leise.

»Ich dachte gerade darüber nach, wie ich in Worte fassen kann, was ich im Augenblick fühle«, entgegnete er lächelnd.

»Sind deine Überlegungen von Erfolg gekrönt?«

Er nahm ihre Hand und küsste sie.

»Nun sag schon!« drängte sie.

»Ich fürchte, ich bin kein Cyrano de Bergerac. So poetisch will es mir nicht gelingen. Das einzige Wort, das mir einfällt, ist ›angekommen‹.«

»Angekommen?«

»Nun ja, ich fühle mich, als wäre ich nach langer Zeit endlich angekommen. Du bist mein Hafen, in dem ich mich geborgen und glücklich fühle.«

»Das ist wunderschön«, hauchte sie.

Nach den vergangenen Tagen, in denen er ihr alle Zeit gelassen hatte, die sie brauchte, um ihre Gefühle für ihn zu entdecken, wollte sie seine Nähe tiefer spüren. Ohne ihren Blick von ihm zu abzuwenden, stand sie auf und ergriff seine Hand. Er folgte ihr in den Flur und ließ sich die Treppe hinaufführen. Im Obergeschoss öffnete er die Tür zu seinem Schlafzimmer. Sie nahmen sich viel Zeit, sich gegenseitig auszuziehen. Die Kälte des ungeheizten Zimmers nahm Clara kaum wahr. Als sie gemeinsam unter der großen Decke lagen, ließ sie sich ganz in ihre Leidenschaft fallen.

Sie erwachte, als sie seinen Atem auf ihrer Haut spürte. Das trübe Licht der Dämmerung kroch zum Fenster herein. Er lag wach in ihrer Umarmung und betrachtete sie. Clara rieb ihr Gesicht an seiner Brust.

»Ich hätte jetzt Lust auf eine heiße Dusche und dann auf einen Morgenspaziergang am Weiher«, flüsterte sie.

Er nickte und stand auf. Aus dem Schrank holte er ein Badetuch und legte es neben sie. Clara streckte sich, wischte sich eine Haarsträne aus dem Gesicht und schälte sich aus dem Bett.

»Ich hoffe, deine Dusche ist geräumig«, sagte sie mit einem schelmischen Grinsen und hakte sich bei ihm ein.

Unter dem Strahl heißen Wassers küssten sie sich. Clara umarmte ihn und genoss es, dass er ihr Haar wusch. Plötzlich spürte sie, dass von irgendwoher ein kühler Luftzug kam. Caspari schien es auch bemerkt zu haben. Er hielt inne und schielte in Richtung der Badezimmertür. Durch das Milchglas der Dusche sah Clara die Umrisse eines Kindes.

»Papa, was machst du?«

Casparis Gesicht nahm eine hellrote Farbe an.

»Ich … ähm … ich dusche.«

»Wieso steht da noch jemand drin?«

Clara musste sich das Lachen verkneifen.

»Das erkläre ich dir nachher. Es ist alles in Ordnung. Geh wieder in dein Bett! Es ist sehr früh am Morgen. Du musst noch etwas schlafen, sonst bist du im Kindergarten müde«, stotterte Caspari.

»Na gut«, sagte der Kleine verschlafen.

Die Umrisse des Kindes verschwanden wieder, und die Tür wurde geschlossen.

Clara konnte sich nicht mehr halten. Sie begann zu kichern, bis Caspari ebenfalls anfing.

Leise schlichen sie aus dem Bad und zogen sich an. Clara war froh, dass sie ihre derben Stiefel angezogen hatte, als sie zu ihm gefahren war. Mit ihnen konnte sie über die feuchten Wiesen laufen, ohne nasse Füße zu bekommen. Hand in Hand gingen sie zum Weiher. Still standen sie am Ufer und beobachteten, wie der Nebel schwerfällig aus dem Wasser aufstieg. Das Licht des jungen Tages tauchte die Landschaft in ein blasses Braun und Grau. Clara genoss die tiefe Ruhe, in der die Natur auszuatmen schien. Eng aneinander geschmiegt verharrten sie am Ufer des Weihers und sahen schweigend auf das Schauspiel, das die Natur ihnen bot. Clara lehnte ihren Kopf an Casparis linke Schulter und versuchte, diese Stimmung tief in ihrem Gedächtnis festzuhalten.

Ein lautes ungehaltenes Schnattern zerriss die Stille. Am gegenüberliegenden Ufer flog eine Ente aus dem Schilf auf. Caspari blickte ihr nach. Clara spürte, dass seine Aufmerksamkeit sich von ihr gelöst hatte. Er stand unbeweglich und entspannt neben ihr. Sein Blick wirkte ruhig und gelöst, aber sie hatte den Eindruck, dass er auf irgend etwas wartete. Sie fragte sich, was ihn so von ihr wegzog.

Mit einer blitzschnellen Bewegung riss er sie zu Boden und

warf sich über sie, als plötzlich von der anderen Seite des Weihers ein lauter Knall kam. Clara spürte, dass Caspari ein wenig zuckte. Ein zweiter Knall donnerte vom jenseitigen Ufer her. Clara hörte, wie sich etwas unglaublich Schnelles eine schmale Schneise durch das Schilf bahnte. Caspari richtete sich behände auf, wobei er unter seiner Jacke seine Dienstpistole hervorzog. Clara sah, dass der rechte Ärmel ein langgezogenes Loch an der Schulter hatte. Die hellbraune Wachsjacke färbte sich dort dunkelrot. Caspari schien das nicht zu beeindrucken. In einer Schnelligkeit, die sie diesem großen Mann gar nicht zugetraut hätte, richtete er sich auf und feuerte in die Richtung, aus der die Schüsse gekommen waren. Nachdem er sein Magazin leergefeuert hatte, tauchte er wieder ab und schob ein neues in den Griff seiner Waffe. Ernst blickte er Clara an, dann drehte er den Kopf zum jenseitigen Ufer. Regungslos verharrte er einen Augenblick, der Clara vorkam wie eine halbe Ewigkeit, in dieser Haltung. Dann sah er sie wieder an und flüsterte mit sorgenvollem Gesicht: »Du musst auf allen vieren zu der großen Eiche am Schotterweg kriechen. Ich gebe dir Feuerschutz.«

Clara hatte Angst. Sie hatte vieles in den Straßen von Buenos Aires gesehen und erlebt. Allerdings hatte noch nie jemand auf sie oder einen anderen Menschen ihrer Umgebung geschossen. Als Caspari ihr noch einmal zunickte, kroch sie los. Er erhob sich wieder und schoss zum gegenüberliegenden Ufer. Als sie den Baum erreicht hatte, setzte sie sich hinter seinen breiten Stamm. Kurz danach tauchte Caspari auf. Gemeinsam mit ihm lief sie geduckt, bis sie wieder im Hof waren.

»Geh bitte ins Haus. Gib acht, dass Lukas kein Licht anmacht. Die Rolläden auf der Außenseite müssen heruntergelassen werden.«

»Und du?« fragte sie. »Suchst du nicht Schutz im Haus?«

»Nein, ich behalte den Weiher und den Weg im Auge. Wenn er uns hinterherkommt, läuft er mir genau in die Arme.«

»Glaubst du denn, er macht das?«

»Ich hoffe, er ist noch so schlau wie bisher. Dann lässt er's bleiben. Wenn er allerdings schon so unter Druck steht, dass er seinen Schlupfwinkel verlässt, um Jagd auf seine Jäger zu machen, ist mit allem zu rechnen.«

Clara war auf der einen Seite nichts lieber, als sich in Sicherheit zu bringen. Auf der anderen Seite wollte sie ihn nicht allein lassen. »Dein Arm! Du musst ihn verarzten lassen!«

»Später. Bitte, geh jetzt. Der Mann ist brandgefährlich.«

Mit diesen Worten ließ er sie stehen, zog sein Mobiltelefon aus der Jackentasche und lief vorsichtig um die Hausecke, von wo aus er den Weiher und den Verbindungsweg sehen konnte. Clara stand einen Augenblick lang unschlüssig vor der Haustür. Dann schloss sie mit dem Schlüssel auf, den er ihr mit einer flüchtigen Bewegung in die Hand gedrückt hatte, und öffnete leise die Tür. Als sie eintrat, schreckte sie zusammen: Vor ihr stand Lukas im Flur.

Sie rang mit sich. Was sollte sie dem Jungen erzählen? Mit Ausflüchten kam sie nicht weiter. Spätestens mit dem Auftauchen der ersten Polizeistreife würde Lukas wissen, dass sie ihn angeschwindelt hatte. Sie entschied sich für eine kindgerechte Variante der Wahrheit. »Ein fremder Mann hat mit seinem Gewehr dumme Sachen gemacht. Du weißt bestimmt schon, dass man so etwas nicht machen darf. Das ist sehr gefährlich. Dein Papa sucht ihn, und wenn er ihn gefunden hat, nimmt er ihm das Gewehr ab.«

»Ja, mein Papa ist ein Polizist und ganz schön stark!«

Clara grinste. Um ihn abzulenken, ging sie mit Lukas in die Küche und deckte den Frühstückstisch. Der Kleine half dabei.

»Ich heiße übrigens Clara.«

»Hast du mit meinem Papa unter der Dusche gestanden, und habt ihr euch geknutscht?«

Clara konnte sich nicht mehr halten. Sie begann loszulachen. Die Spannung der letzten halben Stunde entlud sich in diesem Augenblick. Sie setzte sich auf einen Stuhl, holte ein Taschentuch aus ihrer Hosentasche und wischte sich die Lachtränen aus dem Gesicht. Lukas lachte ebenfalls und quiekte vor Vergnügen. Dann hörten sie, wie die Sirenen vieler Polizeiwagen die trügerische Stille des jungen Tages zerriss.

Kapitel VII

INGE FROR. Nachdem ihre Aufregung abgeklungen war, machte sich ihre Müdigkeit bemerkbar. Schon vor Sonnenaufgang hatte sie den Hof beobachtet, auf dem der Hüne lebte. Sie suchte nach einer Möglichkeit, ihn abzulenken, seine Aufmerksamkeit von ihr weg auf einen anderen Punkt zu richten. Gewiss hatte er eine Familie. Wenn sie seine Frau oder ein Kind entführen und an einem sicheren Ort verstecken würde, müsste er nach ihnen suchen. Inge konnte dann ihre Mission ungestört vollenden. Den Plan, ihn zu töten, hatte sie inzwischen aufgegeben, nachdem sie in Gelnhausen von seinen Leuten entdeckt und beinahe gefasst worden war. Der Hüne und das Paar, das mit ihm zusammenarbeitete, waren guter Jäger. Inge konnte nicht nahe genug an ihn herankommen, um ihn auszuschalten. Sie musste seine Familie in Gefahr bringen. Das war ihre einzige Chance!

Kurz nach Sonnenaufgang wurden ihre Strapazen belohnt. Der große Polizist kam mit einer attraktiven Dunkelhaarigen aus dem Haus und lief auf den Weiher zu. Inge betrachtete die Frau sehr genau durchs Fernglas. Mit ihrem wippenden Gang, dem offen getragenen Haar, den Jeans und dem dikken Wollpulli mit Norwegermuster wirkte sie burschikos. Inge verließ ihren Aussichtsplatz und lief, einem fliegenden Schatten gleich, durch die feuchte, kühle Morgenluft. Am gegenüberliegenden Ufer des Weihers fand sie keuchend eine Stelle, von der aus sie gut beobachten konnte, ohne selbst gesehen zu werden.

Der Hüne und die schöne Dunkelhaarige näherten sich schlendernd dem Weiher. Inge holte ihr Fernglas unter ihrem Overall hervor und wollte es gerade vor die Augen nehmen, als sie plötzlich spürte, dass sie nicht allein auf ihrer Seite des

Ufers war. Irgend etwas war in ihrer Nähe. Sie hörte ein leises metallisches Klicken. Außer ihr war noch jemand wegen dieses Polizisten gekommen; jemand, der nicht beobachten, sondern töten wollte. Die Dunkelhaarige lehnte ihren Kopf an die Schulter des Hünen, als der Unbekannte neben Inge eine Ente aufschreckte. Sie duckte sich tiefer ins hohe Gras und versuchte, noch einmal durchs Fernglas zu sehen. Dabei fing sie den Blick des Polizisten ein, der sie das Fernglas schnell wieder absetzen ließ. Sie wollte nicht noch einmal entdeckt werden. Der Hüne suchte nicht nur mit seinen Augen, was an sich schon gefährlich genug gewesen wäre. Sein Gesichtsausdruck war völlig entspannt. Auf eine Weise wirkte er geistesabwesend, auf eine andere vollkommen konzentriert. Er suchte mit seinem Unterbewusstsein, seinem Instinkt. Inge befürchtete, dieser Hüne würde sie spüren, auch ohne sie zu sehen.

Sie hockte regungslos und hielt den Atem an, als im selben Augenblick ein ohrenbetäubender Knall die spätherbstliche Idylle zerfetzte. Sie spähte zur Seite und glaubte, unweit den Lauf eines Gewehres erkennen zu können, der auf das gegenüberliegende Ufer gerichtet war. Ein zweiter Schuss donnerte, wobei der Lauf leicht nach hinten zurückgestoßen wurde. Sofort danach kamen mehrere Schüsse direkt hintereinander vom anderen Ufer. Der Hüne war bewaffnet! Er schien ein ganzes Magazin zu verfeuern.

Inge lag nun bäuchlings auf der feuchten Erde, was den Geräuschen nach auch der unbekannte Schütze getan haben musste. Drei der Kugeln zischten über sie hinweg, dann trat Stille ein. Als sie den Kopf heben wollte, feuerte der Polizist erneut. In der Stille, die danach eintrat, trug das Wasser ein metallisches Geräusch zu Inge herüber. Er wechselte das Magazin zum zweiten Mal. Inge erwartete eine dritte Salve und blieb flach liegen. Aber nichts geschah. Nach einer Weile kam in den Unbekannten in ihrer Nähe Leben. Er ging aus seiner Deckung und lief mit schnellen Schritten davon.

Ganz langsam und mit aller Vorsicht erhob sich Inge, ohne dabei das andere Ufer aus den Augen zu lassen. Der Hüne und die schöne Dunkelhaarige waren nicht mehr dort. Jetzt war es höchste Zeit für sie, ebenfalls zu verschwinden. Sehr bald würde hier alles von Polizisten nur so wimmeln. Außerdem wartete der Junge irgendwo in der Nähe im Wald. Er musste arbeiten und brauchte dafür den Zafira, mit dem sie hierher gefahren war. Inge achtete darauf, dass sie ihn in seinem Beruf nicht behinderte. Sie wollte kein Risiko eingehen, dass er auffiel und sie deswegen entdeckt würde.

Halblaut verfluchte sie den Unbekannten, der auf den großen Polizisten gefeuerte hatte. Er hatte ihr jede Möglichkeit genommen, nun an die Familie des Hünen heranzukommen. Dieser würde für Polizeischutz sorgen. Inge befürchtete, der große Polizist würde nun glauben, dass *sie* auf ihn geschossen hätte. Er würde von nun an hinter ihr her sein wie ein Bär, den man bis aufs Blut gereizt hat. Es blieb ihr kaum noch Zeit für die Erfüllung ihrer Mission. Sie musste heute nacht zuschlagen. Das war ihre letzte Gelegenheit. – – –

Clara erschrak, als Caspari senior wie aus dem Nichts in der Küche erschien. Er trug noch seinen Pyjama. Seine grauen Haare standen in alle Himmelsrichtungen.

»Was ist denn hier los? So viel Polizei auf der Straße – was hat das zu bedeuten?«

Als er merkte, dass er sie mit seinem plötzlichen Auftauchen erschreckt hatte, entschuldigte er sich. »Tut mir leid! Zwischen unseren Wohnungen gibt es eine Verbindungstür, die wir eigentlich nur nutzen, wenn wir abends auf Lukas aufpassen. Das konnten Sie ja nicht wissen.«

»Opa, der Papa nimmt einem Mann das Gewehr ab, weil der Dummheiten damit macht!« unterbrach ihn Lukas.

Entsetzen stand im Gesicht von Casparis Vater. »Stimmt das?« fragte er Clara.

»Ich fürchte, ja«, antwortete sie und blickte dabei auf den Jungen.

»Ich sehe nach, wie es Christoph geht«, sagte der Alte.

Clara hielt ihn zurück. »Das ist keine gute Idee! Es ist zu gefährlich. Warten Sie, bis die Polizei das Gelände abgesichert hat«, flüsterte sie.

Caspari senior schien erst jetzt die Tragweite der Ereignisse zu begreifen.

»So gefährlich ist es?«

»Ja, so gefährlich ist es!«

»Aber ich kann doch nicht einfach hier so untätig herumstehen, während mein Sohn da draußen ist!«

In Claras Kopf schwirrte es. Plötzlich hatte sie eine Idee, wie sie ihn beschäftigen konnte.

»Vielleicht kochen Sie schon einmal ein paar Kannen Kaffee für die Polizisten, statt untätig hier herumzustehen. Den werden die zu dieser frühen Morgenzeit gut gebrauchen können.«

Kopfschüttelnd ging er durch den Flur zur Verbindungstür, die Clara nun zum ersten Mal wahrnahm.

Aus dem Küchenfenster sah sie, wie sich der Hof mit Streifenwagen füllte. Uniformierte sammelten sich um Caspari, der seinen Beobachtungsposten verlassen hatte und in den Hof gekommen war. Clara hörte, wie er seine Kollegen anwies, das Gelände und den Hof abzusuchen. Mit dem jenseitigen Ufer des Weihers sollten sie warten, bis die Kriminaltechniker und die Hundestaffel eintrafen. Vier Polizisten postierte er um den Hof herum. Als er zur Haustür lief, sicherte er seine Dienstwaffe und steckte sie in das Schulterholster. Clara bemerkte, dass er erschöpft wirkte. Kurz darauf stand er vor ihr in der Küche. Sie umarmte ihn wortlos.

Lukas zupfte an der Jacke seines Vaters. »Papa, hast du den komischen Mann gefangen?«

»Nein, leider nicht«, antwortete Caspari, ging in die Hocke und umarmte Lukas.

Claras Blick fiel auf Casparis rechten Arm. Die Wunde hatte sie vor Aufregung ganz vergessen. Das Blut war ihm den ganzen Arm heruntergelaufen. Auch der Handrücken war blutverschmiert. Lukas hatte es mittlerweile auch entdeckt, nur Caspari schien selbst keine Notiz davon zu nehmen.

»Papa, Papa, da ist Blut an deinem Arm. Wo hast du dir wehgetan?«

»Das ist passiert, als der Mann mit dem Gewehr herumgespielt hat. Ist aber gar nicht so schlimm.«

»Muss der jetzt ins Gefängnis?«

»Wenn wir ihn fangen, dann kommt er ins Gefängnis.«

Caspari stand auf und nahm seinen Sohn an die Hand. »Wir beide gehen jetzt gemeinsam ins Bad. Ich wasche dich und meinen Arm. Wenn du dich beim Anziehen beeilst, kannst du auch dabei zusehen, wie Clara mich verbindet.«

Clara sah Vater und Sohn nach, wie sie Hand in Hand die Treppe hinaufgingen. Um sich abzulenken, stellte sie Kaffee auf. Was war nur mit diesem traumhaft schönen Morgen geschehen? Innerhalb des Bruchteils einer Sekunde hatte er sich in einen Albtraum verwandelt. Irgendein Wahnsinniger hatte auf sie beide geschossen. Wäre Christoph nicht so reaktionsschnell gewesen, lebten sie jetzt wahrscheinlich nicht mehr.

Christoph! Ihre Gedanken blieben an ihm hängen. Er hatte sie mit seinem Körper geschützt. Sie spürte noch einmal sein Zucken, als ihm die Kugel über den Arm gefahren war. Er hatte alles getan, um sie heil aus dieser Situation herauszubringen. Was hätte sie Lukas sagen sollen, wenn sie ohne seinen Vater zum Hof zurückgekehrt wäre? ›Tut mir leid, Kleiner! Dein Vater hat sich erschießen lassen, damit ich überlebe.‹ Bei diesem Gedanken wurde ihr die Tragweite des Geschehens allmählich bewusst.

Nachdem der Schock nachgelassen hatte, schaffte sich die Erkenntnis Raum, dass sie nur knapp dem Tod entronnen waren. Clara sank auf einen Stuhl und ließ den Tränen freien Lauf. Sie faltete die Hände und flüsterte mit tränenerstickter Stimme ein Dankgebet. Durch den Schleier ihrer Tränen sah sie Caspari in die Küche kommen. Er nahm sie in den Arm und wischte ihr mit einem Taschentuch die Tränen fort. Clara küsste ihn kurz und heftig und atmete tief durch. Caspari hatte seinen Arm gründlich gewaschen und trug ein sauberes Unterhemd. Er holte ein Wunddesinfektionsmittel und Verbandsmaterial und legte es auf den Tisch. Clara betrachtete sich die Wunde eingehend. Lukas kam in die Küche gerannt und sah gebannt zu. Es war, Gott sei Dank, nur ein Streifschuss. Die Kugel hatte einen oberflächlichen Wundkanal gezogen, der seitlich über den Oberarm lief.

Während Clara das Desinfektionsmittel aufsprühte, hörte sie zwei Männer und eine Frau miteinander reden, die am Küchenfenster vorbeiliefen. Kurz darauf klingelte es. Lukas rannte aus der Küche und öffnete die Haustür. Aufgeregt quasselte er, als er mit den Besuchern durch den Flur lief.

»Papa, Opa Heinz ist da und hat den Mario und die Tina mitgebracht!«

Clara blickte die Neuankömmlinge an. Es war unschwer zu erkennen, dass sie sich keine Zeit für eine ausgiebige Morgentoilette genommen hatten. Der jüngere von beiden hatte dunkle Bartstoppeln im Gesicht, der ältere eine notdürftig gekämmte Frisur. Die Frau mit den kupferroten Haaren zwischen ihnen hatte ihre Mähne notdürftig zu einem Pferdeschwanz gebunden. Sie erbleichte, als sie Casparis Arm sah.

»Um Himmels willen, Chef!« rief sie.

Der ältere der beiden Männer, den Clara als den Chef der Gelnhäuser Polizei wiedererkannte, machte einen verwirrten Gesichtsausdruck. »Pfarrerin Frank! Was machen Sie denn hier?«

»Was wird sie wohl hier machen?« brummte Caspari mit gereizter Stimme. »Die Notfallseelsorge hat neuerdings einen Sanitätsdienst eingerichtet.«

Clara spürte Casparis Unmut darüber, dass ausgerechnet sein ehemaliger Schwiegervater als einer der ersten von ihrer Liaison erfuhr.

»Pfarrerin Frank … Clara und ich sind zusammen«, fuhr er mit seiner gewohnt ruhigen Stimme fort, ohne rot zu werden.

Clara hätte ihm am liebsten einen dicken Kuss gegeben. Zum ersten Mal waren ihm seine Gefühle nicht peinlich. Seine Schüchternheit schien er im Augenblick der Gefahr einfach vergessen und nicht wiedergefunden zu haben. Bertram sah sie allerdings noch immer ratlos an. Der südländisch wirkende Stoppelbartträger konnte sich ein Grinsen nicht verkneifen. Caspari blickte mit den Augen zur Decke.

»Heinz, darf ich dir vorstellen: Clara Frank, meine Freundin. – Clara, darf ich dir vorstellen: Heinz Bertram, mein Ex-Schwiegervater.«

»Ach so. Ja, also, ich … äh … Entschuldigung«, stammelte Bertram.

»Das sind Tina und Mario, Freunde und Mitarbeiter von mir«, schloss Caspari die Vorstellungsrunde ab.

Clara grüßte sie und richtete ihr Interesse wieder auf seinen Arm.

Tina trat heran und sah sich den Arm an. »Chef, die Wunde müssen Sie auf jeden Fall einem Arzt zeigen!«

»Ich weiß. Aber erst, wenn alles hier geregelt ist!«

Caspari stand auf, holte ein großes Glas Schokoladenaufstrich aus einem der Hängeschränke und drückte es Lukas in die Hände. Er kniete sich vor seinen Sohn und fasste ihn zärtlich bei den Schultern. »Lukas, ich weiß, du wärst jetzt gern dabei, wenn wir hier zusammensitzen. Aber das geht leider nicht. Was wir zu bereden haben, sind langweilige Erwachsenengespräche. Bitte geh zu Oma und Opa zum Frühstück. Du darfst auch ausnahmsweise die Schoko-Crème auf das Brot schmieren, obwohl noch kein Wochenende ist. Und wenn du brav bist, darfst du nachher eine Runde im Polizeiwagen mitfahren. In Ordnung?«

Lukas nickte ernst. Caspari gab ihm einen Kuss auf die Wange. Der Kleine huschte mit dem Glas, das er wie einen Schatz vor sich her trug, durch die Verbindungstür im Flur. Caspari entschuldigte sich und ging ins Schlafzimmer, um sich einen frischen Pullover anzuziehen. Clara bot währenddessen frisch gebrühten Kaffee an, den alle gern annahmen.

Caspari erzählte ausführlich von den Ereignissen am Weiher, wobei er Clara mehrmals aufforderte, die Dinge aus ihrer Sicht zu erzählen.

»Wie war es dir möglich, den Schützen zu bemerken, ohne ihn zu sehen?« fragte Bertram.

»Das lässt sich schwer beschreiben. Vielleicht erklärt es der Begriff Achtsamkeit am besten«, antwortete Caspari. »Als die

Ente aufflog, hatte ich das eigenartige Gefühl, das irgend etwas nicht stimmte. Ich habe auf meinen Atem geachtet. Auf diese Weise konnte ich meine Umgebung nicht verstandgesteuert, sondern instinktiv, mit Intuition wahrnehmen. So war es mir möglich, auf den Schuss zu reagieren, bevor er abgefeuert wurde. In den klassischen Kampfkünsten nennen wir das Sen-no-Sen.«

»Das klingt, als wärst du einer dieser Esoterik-Freaks«, meinte Bertram zweifelnd.

»Überhaupt nicht«, erwiderte Caspari. »Das Training des Sen-no-Sen gehört zur klassischen Ausbildung in den Kampfkünsten, auch wenn heute meist kein Wert mehr darauf gelegt wird.«

»Jedenfalls rettete es Ihnen beiden das Leben«, schaltete sich Tina ein, deren musternden Blick Clara die ganze Seite gespürt hatte.

»Hast du eine Ahnung, womit der Schütze gefeuert haben könnte?« fragte Bertram weiter.

»Es waren gezielte Schüsse«, antwortete Caspari. »Für eine Pistole waren sie zu präzise. Für ein halbautomatisches Gewehr war der zeitliche Abstand zwischen den beiden Schüssen zu groß. Ich vermute, dass es ein Jagdgewehr mit einem Zielfernrohr war. Hätte er sich um das Nachladen keine Gedanken zu machen brauchen, wäre er in der Lage gewesen weiterzufeuern. Ich hätte ihn mit meinen Schüssen gar nicht so in Bedrängnis bringen können, dass er aufhört zu schießen.«

Als die Melodie des Adriano-Celentano-Klassikers ›Azzurro‹ digital verunstaltet ertönte, zuckten alle zusammen. Clara konnte sich ein Grinsen nicht verkneifen, als Mario hektisch in seiner Jacke zu wühlen begann, die er neben sich auf die Eckbank gelegt hatte. Er nahm den Anruf entgegen und machte eine nachdenkliche Miene, während er zuhörte. Als er das Gespräch beendet hatte, blickte er ernst in die Runde.

»Es gibt Neuigkeiten! Das war gerade der Einsatzleiter, draußen am Weiher. Sie haben Patronenhülsen gefunden und jede Menge Spuren.«

Als wollte er die Spannung erhöhen, hielt er inne und trank einen großen Schluck seines Milchkaffees.

»Das Erstaunliche ist, dass gerade einmal zehn Meter von dem Schützen entfernt noch eine andere Person Sie beide beobachtet haben muss. Den Abdrücken im Morast zufolge hatte sie auch ein Fernglas dabei. Sie scheint sich damit auf den Boden geworfen zu haben, als Sie die Salven feuerten. Beide, der Schütze und die andere Person, sind auf demselben Trampelpfad weggerannt. Die Spürhunde haben die Spuren bis zu einem Holzverladeplatz am Waldrand verfolgt. Da scheinen beide in ein oder zwei Fahrzeuge gestiegen zu sein. Der Boden dort ist allerdings geschottert. Die Reifenspuren sind nicht verwertbar.«

»Hat jemand eine Idee, wer da geschossen haben könnte?« fragte Bertram in die Runde.

»Ich tue mich schwer mit der Vorstellung, dass es der ›Chirurg‹ war«, warf Mario ein. »Das passt gar nicht zu ihm. Er hat eine vollkommen andere Vorgehensweise. Seine Distanz ist der Nahkampf. In der Ausführung seiner Verbrechen ist er ausgesprochen präzise.«

»Das sehe ich genauso«, bestätigte Tina. »Er ist viel zu vorsichtig, als dass ihm der Fauxpas unterlaufen würde, eine Ente aufzuschrecken.«

Clara sah zu Caspari hinüber. Über sein nachdenkliches Gesicht huschte ein Lächeln, als ihre Blicke sich trafen. Sofort bemühte er sich wieder um einen ernsten Gesichtsausdruck, der ihm aber nicht recht gelingen wollte.

»Ich gebe Ihnen beiden Recht. Allerdings bin ich überzeugt, dass die Person mit dem Fernglas unser Serientäter war.«

Bertram sah ihn entgeistert an. »Wie kommst du denn darauf?«

»Wir sind ihm zu nahe gekommen. Er fühlt sich bei seinem Feldzug empfindlich gestört. Also beobachtet er uns, um einen Weg zu finden, unsere Energie von ihm abzulenken. Der Chirurg war hier, um sich ein Bild von meiner Familie und meinen Lebensgewohnheiten zu machen. Wenn er

Lukas, meine Eltern oder Clara in Gefahr bringt, dann bin ich voll darauf konzentriert, sie zu retten.«

»Warum greift er euch nicht direkt an?«

»Weil er an uns schwerer herankommt. Bei seinem letzten Versuch, uns nahe zu kommen, hat Mario ihn fast erwischt.«

»Das klingt einleuchtend. Aber was ist mit dem Schützen?«

»Der ist ein großes Rätsel«, gestand Caspari.

»Vielleicht hat der Chirurg doch einen Komplizen, der einfach die Gelegenheit beim Schopfe packen wollte, als er Sie beide am Ufer auf dem Präsentierteller hatte«, meinte Tina.

»Mag sein«, erwiderte Caspari. »Das ist jedenfalls eine plausible Erklärung. In der Konsequenz heißt das allerdings, dass Lukas, meine Eltern und Clara unbedingt Polizeischutz brauchen, bis wir den Chirurgen und den Schützen haben.«

»Ist schon beantragt«, sagte Mario mit einem Augenzwinkern. »Unser großer Häuptling vom LKA kümmert sich persönlich darum. Die Kollegen müssten sich bald melden.«

Caspari grinste. »Sie sind mit Geld nicht zu bezahlen.« Er trank seinen Kaffee aus und wollte aufstehen. »Wir gehen zum Weiher. Ich will mir die beiden Stellen selbst ansehen. Außerdem liegen da draußen noch die zwei Magazine, die ich leergefeuert habe.«

»Die haben die Kollegen bereits eingesammelt«, meinte Mario.

»Können wir nicht vorher schnell frühstücken?« fragte Tina. »Ich habe noch nichts gegessen. Mir hängt der Magen in den Kniekehlen.«

»Ach, du meine Güte!« rief Caspari mit einer Stimme des Bedauerns. »Das habe ich total vergessen!«

Er sprang auf und holte das fehlende Geschirr und Besteck aus dem Schrank. Clara setzte frischen Kaffee auf und nahm eine neue Milchflasche aus dem Kühlschrank. Hungrig griffen alle zu und frühstückten hastig. Caspari entschuldigte sich, nahm Claras Hand und ging mit ihr in den Flur. Sie merkte, dass ihm etwas auf der Seele lag. Nervös sah er sie an.

»Weißt du, es passiert sonst nie, dass meine Familie mit meinen Fällen direkt konfrontiert ist. Das ist das erste Mal, und ich versichere dir, dass es nicht wieder vorkommen wird.

Wenn es dir in meiner Nähe zu gefährlich ist, kann ich das gut verstehen. Aber … ich meine … bitte, geh nicht!« sagte er mit einem flehenden Ton in der Stimme.

Clara dachte gar nicht daran, jetzt wegzulaufen. Sie strich ihm über seinen Bart. »Hör mal, Großer, in deiner Nähe war ich sogar sicher, als die Kugeln um uns flogen. Ich hab' dich gerade erst gefunden, da laufe ich doch nicht gleich wieder weg. Vertrau mir!« Sie gab ihm einen Kuss. »So, und jetzt sagst du mir, was ich tun soll!«

»Geh nie ohne Polizeischutz aus dem Haus, bis wir den Schützen haben. Am besten wär's, wenn du heute hier bliebst. Ich möchte Lukas jetzt nicht in den Kindergarten lassen, bis sein Personenschutz dort steht. Wenn ihr beide zusammen mit meinen Eltern auf dem Hof bleibt, können die Kollegen besser auf euch aufpassen.«

Clara gefiel der Vorschlag. Sie war seit Beginn ihrer Amtszeit immer allein in ihrer Pfarrwohnung. Ihre Eltern und die Freunde im Taunus hatte sie seither nur selten besucht. Clara freute sich auf einen Tag mit Familienanschluss.

»Ich muss nur einmal kurz nach Hause, ein paar frische Sachen einpacken und mir ein bisschen Arbeit mitnehmen.«

Casparis Augen begannen zu glänzen. »Das lässt sich organisieren«, sagte er und rang dann mit den Worten. »Ich … du bist ein Engel«, stammelte er.

Clara umarmte ihn. »Schön, dass wenigstens du es merkst«, sagte sie mit einem Augenzwinkern. – – –

Caspari betrat mit Tina und Mario das Gelnhäuser Polizeirevier. Zuvor waren sie im Krankenhaus gewesen, wo er eine Tetanusspritze und einen neuen Verband bekommen hatte.

Der junge Streifenbeamte, den er am Hexenturm losgeschickt hatte, Zigarren zu kaufen, hielt ihn auf. »Doktor Caspari, ich habe etwas gefunden. Das müssen Sie sich unbedingt ansehen.«

Caspari sah eine Mischung aus Stolz und Entdeckerfreude in den Augen des jungen Kollegen. Seine Neugier war geweckt. Gemeinsam mit Tina und Mario folgte er dem jungen Kollegen zu dessen Schreibtisch.

»Als wir die Liste der Besitzer eines Alfa Romeo Spider zum ersten Mal durchgegangen sind, haben wir diese Person übersehen, weil sie durch das Raster fiel. Als wir nun alle überprüft haben, fiel mir auf, dass einer der Besitzer der ermordete Doktor Hoffmann ist.«

Mario atmete hörbar aus. Caspari wollte sich gerade für die Information bedanken, als der junge Streifenbeamte fortfuhr.

»Das ist noch nicht alles! Da ein Toter unmöglich selbst den Wagen fahren kann, habe ich nachgeforscht, wer als Fahrer sonst noch in Frage kommt. Sie glauben nicht, auf was ich dabei gestoßen bin.«

Er legte eine Kunstpause ein. Caspari hoffte, er würde es mit der Theatralik nicht übertreiben.

»Nach einigem Suchen habe ich etwas entdeckt. Der Wagen wurde vor vier Monaten von einer Radarfalle bei Flieden geblitzt. Sechzig Kilometer sind dort erlaubt, neunzig wurden gemessen. Doktor Hoffmann bekam das übliche Schreiben vom Regierungspräsidenten aus Kassel. Er schrieb zurück, dass nicht er den Wagen gefahren sei, sondern sein Großneffe, Jochen Arnold. Der hat dann auch sofort die Strafe bezahlt.«

Caspari war entsetzt. Jochen Arnold! Dieser sympathische junge Mann sollte der Mörder seines Großonkels und der drei anderen Ärzte sein? Es musste eine andere Erklärung geben! Er blickte zu Tina und Mario, die sich ebenfalls schockiert ansahen.

»Danke«, sagte er und klopfte dem jungen Kollegen geistesabwesend auf die Schulter. »Gute Arbeit, wirklich gute Arbeit!«

Caspari verließ mit seinen Mitarbeitern das Büro und steuerte auf den Fahrstuhl zu. Sonst nahm er immer die Treppe zu den im ersten Stock liegenden Räumen der Kriminalpolizei. Aber nun stieg er, einem Schlafwandler gleich, in den Aufzug. Tina und Mario folgten ihm. Niemand sprach ein Wort, bis sie Bertrams Büro betraten. Der blickte regungslos aus dem Fenster. Als er sie eintreten hörte, wandte er sich um. Die Betroffenheit stand ihm ins Gesicht geschrieben.

»Es gibt Tage, an denen ich meinen Beruf hasse. Heute ist einer davon. Ich habe eben die angeforderten Informationen von den amerikanischen Kollegen bekommen. Erst kam ein langer Prolog aus dem Faxgerät, in dem sie sich dafür entschuldigten, dass es so lange gedauert hat, bis sie an die Akten aus den Militärarchiven herangekommen sind. Und dann folgte das.« Er deutete auf ein Blatt, das neben ihm auf dem Schreibtisch lag.

Caspari übersetzte Tina und Mario die wichtigsten Passagen daraus:

Captain Jason Leary, geboren am 20. September 1938 in New Jersey, USA, heiratete am 3. Juni 1970 Elisabeth Leary, geborene Arnold, geboren am 4. April 1943 in Gelnhausen, in seiner Heimatstadt.

Kinder: Jason Leary junior, geboren am 5. August 1971 in New Jersey.

1973 wurde Leary auf einem Militärstützpunkt in Texas stationiert. 1974 wurde die Ehe geschieden. Mrs. Leary zog mit ihrem Sohn nach New York.

Captain Leary starb kurz darauf bei einem Unfall während eines Manövers. Sein Sohn erhielt seither Waisenrente. Elisabeth Leary nahm nach dem Tod ihres geschiedenen Mannes wieder ihren Mädchennamen an und ließ bei der Gelegenheit auch den Namen ihres Sohnes ändern. Bei der deutschen Botschaft beantragte sie für ihn einen deutschen Pass auf den Namen Jochen Arnold.

»Warum ausgerechnet der Großneffe, dem jeder ein ausgesprochen herzliches Verhältnis zu seinem Großonkel nachsagt?« stöhnte Bertram. »Warum nicht irgendein Fremder, bei dessen Verhaftung man so etwas wie Genugtuung empfindet?«

»Man kann ihn nicht nach den Maßstäben beurteilen, die man bei ›normalen‹ Straftätern anlegt. Er ist ein psychisch schwer kranker Mensch«, erklärte Caspari. »Das macht die Sache natürlich nicht besser. Einer deiner Leute hat ihn als Fahrer des Cabrios ermittelt. Das heißt, wir können mit Sicherheit davon ausgehen, dass er unser Mann ist.« Rasch reihte er in Gedanken die Schritte aneinander, die nun folgen mussten. »Wir müssen in spätestens einer Stunde eine Besprechung abhalten«, sagte er zu Bertram.

Mit Tina und Mario ging er in ihr provisorisches Büro. »Wir brauchen ein Sondereinsatzkommando auf Abruf. Tina, bitte kümmern Sie sich darum, ob wir das aus Darmstadt oder unser hauseigenes vom LKA bekommen können. – Mario, ich brauche alle Informationen, die Sie über Jochen Arnold bekommen können. Sie wissen ja, jedes noch so kleine Detail ist wichtig. Ich suche einen Richter, der uns die Hausdurchsuchung absegnet und den Haftbefehl unterschreibt.«

Eine Stunde später saßen sie im Besprechungsraum. Bertram hatte fast alle diensthabenden Beamten dorthin zitiert. Lediglich ein Mann saß im Wachraum, ein weiterer war abgestellt, eingehende Notrufe entgegenzunehmen.

Caspari berichtete ausführlich über die neuesten Erkenntnisse. »In der Kürze der Zeit hat der Kollege Bartoldi Informationen über Jochen Arnold zusammengetragen, die er Ihnen jetzt vorstellen wird«, schloss Caspari seinen Bericht.

Er nickte Mario zu, der versuchte, sein hastig zu Papier gebrachtes Gekritzel zu entziffern.

»Jochen Arnold ist 34 Jahre alt. Nach dem Abitur verpflichtete er sich für vier Jahre bei der Bundeswehr. Er wurde zum Kampftaucher ausgebildet. Nach dieser Zeit folgte ein Studium an der Fachhochschule Lübeck in Medizintechnik. Er arbeitet seit sieben Jahren bei der Firma Medi-Tec in Wächtersbach. Das ist ein mittelständiges Unternehmen, das Operationsbedarf herstellt, sozusagen vom Infusionsschlauch bis zum Skalpell.«

»Warum habt ihr diese Firma nicht schon längst überprüft?« fragte Jungmann kritisch.

»Das habe ich die Kollegen im LKA auch gefragt«, antwortete Mario. »Sie ist der kleinste Lieferant und stand an der letzten Stelle einer langen Liste von Firmen, deren Vertreter überprüft wurden. Die Kollegen mussten wegen Personaleinsparung in den letzten Wochen noch mehr Überstunden machen, als sie es ohnehin schon tun. Die sitzen auch an mehreren Fällen gleichzeitig. Deshalb haben sie die Überprüfung von Arnolds Firma ständig vor sich her geschoben. Das ist keine Entschuldigung, aber eine Erklärung.«

»Willkommen im Klub«, flachste Jungmann.

»Die richterliche Verfügung der Hausdurchsuchung und der Haftbefehl müssen jeden Moment eintreffen«, fuhr Caspari fort. »Bereiten Sie sich vor. In den nächsten Minuten geht es nach Altenhaßlau. Das Sondereinsatzkommando des LKA wartet dort schon auf uns. Die Männer werden Arnolds Haus und Grundstück sichern, bevor Sie alles durchsuchen. Arnold ist nicht in seiner Firma. Ich glaube zwar nicht, dass wir ihm in seinem eigenen Haus begegnen, aber ich will kein Risiko eingehen. Man braucht nicht viel Kenntnis von der Ausbildung zum Kampftaucher, um sich vorstellen zu können, dass er ein gefährlicher Mann ist.« Caspari blickte einen Augenblick lang auf die Tischplatte und atmete tief durch. »Ein Wort noch, bevor wir aufbrechen: Bis wir Arnold gefasst haben, herrscht absolute Informationssperre! Für die Presse sind wir im Augenblick genauso schlau wie zuvor. Ich möchte nicht, dass eine Bemerkung von Ihnen zum Bumerang wird und Arnold dann im Radio von einer bevorstehenden Verhaftung hört und abtaucht. Ist das klar?«

Alle nickten schweigend.

»Dann lassen Sie uns aufbrechen. Und passen Sie bitte auf sich auf! Es sind schon zu viele Menschen durch die Hand dieses Psychopaten gestorben.«

Die gesamte Mannschaft klopfte mit dem Fingerknöchel auf die Tischplatten, dann leerte sich der Raum.

Bertram instruierte die im Wachraum verbliebenen Polizisten, dann stieg er zu Caspari in den Volvo. »Hast du etwas dagegen, wenn ich mit dir fahre?«

Caspari schüttelte den Kopf. Als er losfuhr, warf er Bertram einen kurzen Blick zu.

Sein alter Mentor wirkte angespannt. »Ich weiß nicht, wie ich anfangen soll … Ich muss mich bei dir entschuldigen. Nachdem ich gesehen hatte, wie aufgewühlt Elke von eurem Gespräch zurückkam, war ich überzeugt davon, dass du einen Keil zwischen sie und Jürgen treiben wolltest.«

»Was hat deine Meinung geändert?« fragte Caspari, der, gekränkt, seinen Ex-Schwiegervater ein wenig zappeln ließ.

»Du hast eine Freundin. Man sieht dir an, dass es dir gut mit ihr geht. Du bist nicht länger der Verlierer in dieser Trennungsgeschichte. Ich freu' mich für dich.«

Caspari wusste, dass diese Worte ehrlich gemeint waren. Er bog als letzter nach Altenhaßlau ab. Plötzlich glitten vier Kleinbusse mit getönten Scheiben wie auf Verabredung aus zwei kleinen Seitenstraßen des Ortes und folgten dem Konvoi, der ganz auf Blaulicht und Sirenen verzichtete. Bertram bemerkte sie und klappte den Spiegel in der Sonnenblende auf, um sie zu beobachten. Caspari setzte mit einer Hand sein Headset auf und schaltete sein Funkgerät auf Empfang.

»Es ist das übernächste Haus rechts«, sagte er und grinste Bertram an.

»Ich werde mich wohl nie an solche James-Bond-Nummern gewöhnen«, meinte dieser. »Für solche Spielereien bin ich zu alt.

In das Mikrophon des Headsets gab Caspari das Kommando für den Zugriff. Zwei der VW-Busse preschten an seinem Volvo vorbei, überholten mit einem halsbrecherischen Fahrstil die anderen Polizeiwagen und rasten an Arnolds Haus vorbei. Dann wurden die Busse abrupt gebremst und mitten auf der Straße quergestellt. Im Rückspiegel sah Caspari, dass die Fahrer der anderen beiden SEK-Fahrzeuge ihre Wagen auf dieselbe Weise blockierten. Arnold war nun auf beiden Seiten der Fluchtweg abgeschnitten.

»Was ist mit dem Garten, der vielleicht zu diesem Haus gehört?« fragte Bertram mürrisch.

Caspari ließ sich nicht aus der Ruhe bringen. Die Türen der Kleinbusse öffneten sich blitzartig. Schwerbewaffnete Männer sprangen aus den Fahrzeugen. Ihre Overalls, Sturmhauben, Helme und Schutzwesten waren gänzlich in schwarz gehalten. Der Schriftzug ›Polizei‹ prangte leuchtendweiß auf Brust und Rücken. Die Männer bewegten sich wie Schachfiguren, die von unsichtbarer Hand schnell und präzise an ihr Ziel geschoben wurden. Ein Plastiksprengsatz zerfetzte das Schloss des Hoftores. In Sekunden waren die Männer im Innenhof. Zwei von ihnen trugen einen Rammbock.

Als Caspari ein Krachen hörte, wusste er, dass die Haustür aufgebrochen war. Ohne seinen Blick von Arnolds Haus abzuwenden, nahm er sich nun die Zeit, auf Bertrams Frage zu antworten. »Ein Teil der Mannschaft stand schon auf der Hinterseite des Grundstücks bereit, bevor wir die Straße blockiert haben.« Er wandte sich Bertram zu und gab ihm einen Klaps auf die Schulter. »Keine Sorge! Wir haben das schon öfter mit dem SEK durchgezogen. Falls Arnold im Haus ist, kommt er nur mit Handschellen raus. Wir haben an alles gedacht. Ich hatte einen guten Lehrmeister, weißt du?«

Aus dem Haus schallten Rufe und Kommandos zu ihnen herüber. Caspari lauschte der Kommunikation über Funk. Dann war es plötzlich still. Ein hagerer Mann stieg aus einem der Kleinbusse. Sein graumeliertes Haar passte zu seinem vollkommen schwarzen Polizeioverall. Er kam auf den Volvo zugelaufen. Caspari öffnete die Tür und stieg aus.

»Drinnen ist alles sauber«, sagte der Leiter des SEK knapp.

»In Ordnung«, meinte Caspari. »Fahren Sie mit Ihren Männern zum Polizeirevier nach Gelnhausen und halten sich dort zur Verfügung. Ich bin mir sicher, Sie bekommen heute noch etwas zu tun.«

Der SEK-Leiter nickte und sprach leise Kommandos in sein Mikrophon, worauf seine Männer aus dem Innenhof kamen und in die Kleinbusse stiegen. Ein fünfter Wagen bog in die Straße ein, in den die Gruppe einstieg, die sich durch den Garten Arnolds Haus genähert hatte. Während die Wagen die blockierte Straße wieder freimachten, gingen Bertrams Leute bereits in das Haus. Caspari und Bertram folgten ihnen zusammen mit Tina und Mario, die im Wagen des blassen Kriminaltechnikers mitgefahren waren. Jungmann verteilte seine Kollegen auf die Stockwerke des Hauses, die Nebengebäude und die Garage.

Caspari wandte sich Bertram und ihm zu. »Tina, Mario und ich gehen zu den Nachbarn und befragen sie. Vielleicht ist ihnen in letzter Zeit etwas an Arnold aufgefallen. In einer halben Stunde treffen wir uns wieder hier und ziehen Zwischenbilanz.«

Jungmann und Bertram nickten und wandten sich der Küche zu.

Plötzlich hielt Jungmann inne und drehte sich noch einmal um. »Was machen wir, wenn einer von denen Arnold auf dem Mobiltelefon mittlerweile angerufen und von dem Spektakel hier erzählt hat?« fragte er nachdenklich.

»Ich habe nach unserer Dienstbesprechung beim LKA angerufen und veranlasst, dass sein Empfang gestört wird«, antwortete Caspari.

»Hast du auch überprüft, ob er ein firmeneigenes Mobiltelefon hat?« hakte Jungmann nach.

»Verdammt, daran habe ich nicht gedacht!«

Caspari spürte, wie die Nervosität in ihm aufstieg. Laut rief er sein Kommando durch das ganze Haus. »Lassen Sie alles stehen und liegen und laufen Sie sofort in die umliegenden Häuser! Fragen Sie jeden nach der Nummer von Arnolds Firmentelefon! Untersagen Sie den Leuten, mit ihm zu telefonieren!«

Die Beamten strömten wie die Ameisen aus den Zimmern und rannten los. Allen war bewusst, dass jede Sekunde zählte. Caspari wählte die Nummer der Auskunft und ließ sich mit der Firma Medi-Tec verbinden. Eine junge Frauenstimme meldete sich. Caspari versuchte, seine Aufregung zu verbergen.

»Caspari. Guten Tag. Ist Herr Arnold denn mittlerweile zu erreichen?«

»Tut mir leid, er ist heute den ganzen Tagen zu Kundenbesuchen unterwegs«, antwortete die junge Frau freundlich. »Kann ich ihm etwas ausrichten?«

»Nein, danke. Ich muss mit ihm persönlich sprechen. Hat er vielleicht ein Mobiltelefon bei sich?«

Die junge Frau am anderen Ende bejahte die Frage. Caspari ließ sich die Nummer geben.

Als er das Gespräch beenden wollte, fiel ihm noch etwas

Wichtiges ein. »Ist sein Mobiltelefon vielleicht eines dieser modernen mit GPS?«

»Na, Sie stellen aber merkwürdige Fragen«, erwiderte die Frau am anderen Ende der Leitung. »Zufällig habe ich mitbekommen, dass unsere Außendienstmitarbeiter im Sommer neue Mobiltelefone mit Navigationssystem bekommen haben.«

Caspari bedankte sich und rief beim LKA an. Nachdem er Arnolds Nummer durchgegeben hatte, kam Mario in den Flur. Im Schlepptau hatte er einen kleinen übergewichtigen Mann mit einem runden Gesicht. Caspari schätzte ihn auf Mitte sechzig. Durch seine große Brille blickte der Mann ihn an. Caspari fragte sich, wie sein Gegenüber durch die verschmierten Gläser überhaupt etwas sehen konnte.

»Das ist der Nachbar vis-à-vis. Er war gerade dabei zu wählen, als mich seine Frau hereinließ«, erklärte Mario. »Er hat Arnolds Geschäftsnummer.«

»Kam die Verbindung zustande?« fragte Caspari den Mann mit strenger Stimme. Durch die Brille blickte der ihn eingeschüchtert und stumm an.

»Ich frage Sie, ob Sie Herrn Arnold schon am Apparat hatten, als der Kollege reinkam!« donnerte Caspari. Er konnte es sich nicht leisten, Zeit zu verlieren.

»Nein«, antwortete der Mann mit einer so zittrigen Stimme, dass es Caspari fast schon wieder leid tat, dass er ihn so angefahren hatte.

»Bevor ich zu Ende wählen konnte, hat mir Ihr Kollege das Telefon aus der Hand gerissen.«

»Hat sonst noch jemand die Nummer des Firmentelefons?« fragte Caspari, sehr um einen freundlichen Tonfall bemüht.

»Nein, nur wir, meine Frau und ich. Mit den anderen Nachbarn hat Jochen nicht so einen engen Kontakt«, sagte der Mann.

»Was machen wir jetzt mit ihm?« fragte Mario, wobei er Caspari zuwinkerte.

»Das ist eine gute Frage«, entgegnete er. Mit betont strenger Miene fuhr er fort. »Dieser Anruf kommt einer Behinderung polizeilicher Ermittlungsarbeit gleich. Das ist ein Straftatbestand.«

Der Mann schien in sich zusammenzufallen. Er wirkte trotz des großen Bauchs plötzlich schmächtig. Caspari grinste Mario an. Sie hatten den armen Mann nun genug zappeln lassen.

»Wenn Sie mir versprechen, dass Sie Jochen Arnold nicht noch einmal anrufen, lasse ich Sie gehen. Dieses Mal!«

Der Mann nickte so heftig, dass seine verschmierte Brille auf der Nase bedrohlich weit nach vorn rutschte. Mario führte ihn zum Ausgang. Als er zurückkam, liefen auch die anderen Polizisten nach und nach wieder ein.

Jungmann ging auf Caspari zu. »Wir haben großes Glück gehabt. Außer dem Nachbarn, der eben hier war, ist keiner im Besitz von Arnolds Mobilnummern.

Caspari bedankte sich. »Das LKA fängt ab jetzt alle Anrufe auf die Nummer des mobilen Firmentelefons ab. Außerdem peilen die Arnold direkt an. Sein Mobiltelefon hat GPS, damit ist er über Satellitentechnik ausfindig zu machen, zumindest wenn er es eingeschaltet hat.

»Unglaublich, was seit der Jagd auf islamistische Terroristen plötzlich alles möglich ist. Früher war für so etwas angeblich kein Geld da«, meinte Jungmann.

Nach einer halben Stunde hatten sie genug Beweise gefunden, die Jochen Arnold als den ›Chirurgen‹ entlarvten. Im Nebengebäude brachen sie eine schwere Holztür auf, die mit einem großen Vorhängeschloss gesichert war. Im Inneren des Gebäudes entdeckten sie Arnolds persönliche Hölle. In einem weiß getünchten Zimmer fanden sie einen alten, gut restaurierten Schrank, der voll mit Frauenkleidern und -schuhen war. In einem Fach lagen drei olivgrüne Overalls sauber zusammengefaltet, in einem anderen lag eine Schachtel mit Vinyl-Handschuhen, ein Beutel mit OP-Hauben und ein weiterer mit Mundschutz. Eine Wand war übersät mit den Bruchstücken eines Spiegels, die ohne erkennbares Muster aufgeklebt waren. Davor stand ein Schminktisch, auf dem eine alte Bibelausgabe lag und ein Perückenkopf stand. Das Haarteil darauf fehlte.

Nachdem die Fingerabdrücke gesichert worden waren, setzte sich Caspari auf den Stuhl davor und nahm die Bibel in die Hand. Vorsichtig hielt er das Buch mit dem abgewetzten Einband. Dabei entdeckte er ein Lesezeichen, das darin steckte. Als er die Seite aufschlug, fiel sein Blick auf einen Vers, der mit einem weichen Bleistift geradlinig unterstrichen war.

*»Denn ich, der Herr, dein Gott, bin ein eifernder Gott, der die Missetat der Väter heimsucht bis ins dritte und vierte Glied an den Kindern derer, die mich hassen.«**

Caspari dachte eine Weile darüber nach, welche Bedeutung dieser Vers aus den Zehn Geboten für Arnold haben könnte. Er konnte sich keinen Reim darauf machen. Nachdem er die Bibel wieder auf den Tisch gelegt hatte, betrachtete er sich selbst in den Spiegelstücken. In jedem konnte er nur einen Teil seines Gesichts sehen.

Tina schaute ihm über die Schulter. »So auseinandergerissen er die Spiegelstücke angebracht hat, so zerrissen muss er sich auch fühlen. Seine Seele ist auseinandergebrochen und hat einen tief gespaltenen Menschen aus ihm gemacht«, sagte sie, ihren Blick auf sein Spiegelbild gerichtet.

Caspari nickte. Im Grunde genommen tat ihm Jochen Arnold leid. Die Operation, die im Rahmen eines Forschungsprojektes als Meilenstein der medizinischen Wissenschaft gesehen worden war, hatte ihn nicht nur ungefragt auf ein Geschlecht festgelegt, sondern auch seelisch verkrüppelt. Die getöteten Ärzte erinnerten Caspari an Zauberlehrlinge, die ein Wesen erschaffen hatten, das ihnen zum Fluch geworden war.

Tina riss ihn aus seinen Gedanken. »Ich habe im Raum nebenan etwas gefunden, das Sie sicher sehr interessieren wird.« Sie legte ein langes, schmales Etui aus weichem Leder auf den Schminktisch.

Caspari öffnete es vorsichtig und zog ein Amputationsmesser heraus, dessen schlanke Klinge er auf fünfzehn Zentimeter schätzte. Eine Weile betrachtete er es stumm, dann legte Tina die Aktenmappe eines Hängeregisters dane-

**) 2. Buch Mose (Exodus), Kapitel 20, Vers 5*

ben. Auf einem Schild, das daran angebracht war, stand in Druckbuchstaben »Arnold, Jochen«.

»Das ist die Patientenakte, Chef. Jetzt haben wir auch die Erklärung dafür, warum wir keine über Jason Leary in Doktor Hoffmanns Aktenschrank gefunden haben.«

Jungmann blickte zur Tür herein und bat Caspari und Tina, ihm zu folgen. Er führte sie auf die Rückseite des Nebengebäudes. Dort war an der Hauswand Brennholz aufgeschichtet.

»Wieviel, schätzt du, ist das?« fragte ihn Jungmann.

»Ungefährt drei Meter.«

»Das ist auch meine Schätzung. Mit der Menge Holz müsste ein alleinlebender Mann doch eigentlich gut durch die kalte Jahreszeit kommen. Arnold geht ja tagsüber seinem Beruf nach. Also heizt er nur abends, an Wochenenden und Feiertagen.«

Caspari nickte. Für Arnold lohnte sich im Grunde genommen ein Kaminofen nicht, weil er viel zu selten zu Hause war. Aber Jungmann hatte ihm noch nicht alles gezeigt. Er führte ihn zu einer Tür an der Rückseite der Garage, öffnete sie und schaltete das Licht ein.

»Wenn er schon dort hinten mehr Holz liegen hat, als er verbrauchen kann, ist das hier eigentlich überflüssig«, sagte er und deutete auf ein Dutzend roter Netze, in die Holzscheite eingepackt waren.

Caspari betrachtete sie genauer. Das war die Sorte Brennholz, die sie als Scheiterhaufen vor den ersten drei Opfern gefunden hatten.

»Die bekommt man in jedem Baumarkt im gesamten Bundesgebiet«, bemerkte Jungmann. »Der Kerl ist ein verdammt schlauer Hund. Er nimmt nicht sein Holz, damit nicht irgendein Wissenschaftler vom LKA anhand von winzigen Erdresten an der Rinde den Wald ermittelt, aus dem das Holz stammt. Mit dem Baumarktholz gibt er euch keine Möglichkeit, Rückschlüsse auf die Gegend zu ziehen, aus der er kommt.«

»Er hat uns viel zu lange keine Angriffsfläche geboten.

Aber irgendwann macht jeder Mensch einen Fehler. Jetzt haben wir ihn!«

»Hast du es immer mit Killern zu tun, die ihr Handwerk nahezu perfekt beherrschen?« fragte Jungmann interessiert.

»Der hier ist eher die Ausnahme. Die meisten töten, um einen Trieb zu befriedigen. Sie scheren sich nicht um Spuren, sind aber trotzdem meistens schwer zu fassen, weil sie nur in den seltensten Fällen zuvor schon auffällig geworden sind. Ein solcher Täter kann der nette Nachbar von nebenan sein, der freundlich grüßt und ansonsten zurückgezogen lebt. Serientäter sind schwer gestörte Persönlichkeiten, deren Motivation zu den Gewalttaten man mit dem gesunden Menschenverstand nicht fassen kann. Ich entwickle Täterprofile, versuche, ein Schema im Tathergang zu entdecken und mich in ihr krankes Weltbild hineinzudenken. Trotzdem kann es manchmal Jahre dauern, bis man einen von ihnen aufgrund seiner Spuren überführen kann. Der ›Chirurg‹ allerdings spielt in einer ganz anderen Liga. Ich habe noch keinen wie ihn gejagt, der seine Taten so präzise geplant und ausgeführt hat und dabei auch noch selbst eine Waffe ist.«

Während sie gemeinsam zum Garagentor gingen, wurde Caspari bewusst, dass er seit Jahren nicht mehr so viel mit Jungmann geredet hatte.

Mit einer Plane abgedeckt stand der Alfa Romeo Spider in der Garage. Während sie zusahen, wie zwei Polizisten die Abdeckung vorsichtig zurückzogen, klingelte Casparis Mobiltelefon. Ein Kollege vom LKA meldete sich. Er erklärte, dass sie Arnolds genaue Position noch nicht feststellen konnten. Er hatte sowohl sein privates als auch das firmeneigene Mobiltelefon ausgeschaltet, so dass die Spezialisten des LKA ihn nicht orten konnten.

Caspari fluchte. Jungmann sah ihn fragend an. In kurzen Worten erklärte Caspari ihm die Situation.

»Ihr müsst hier weitermachen. Macht alles links, vielleicht findet ihr eine Antwort auf die Frage, wen er als sein nächstes Opfer ausgedeutet hat. Ich fahre zur Firma und versuche, dort Informationen zu bekommen.«

Caspari stieg mit Tina und Mario in den Wagen. Schnell fuhr er mit dem Volvo nach Wächtersbach. Medi-Tec lag etwas abgeschieden neben der Kleinstadt. Sie meldeten sich am Empfang an und verlangten, den Geschäftsführer zu sprechen. Götz Wieland empfing sie in seinem Büro.

Caspari stellte sich und seine Mitarbeiter vor. Dann kam er gleich zur Sache. »Wir haben Grund zu der Annahme, dass Jochen Arnold in ein Verbrechen verwickelt ist.«

Wieland verlor die Gesichtsfarbe. »Das ist unmöglich! Ich habe ihn damals persönlich eingestellt. Er ist ein integrer junger Mann, der sehr beliebt bei seinen Kunden und bei seinen Kollegen ist. Jochen Arnold würde niemals etwas Unrechtes tun!«

»Das ist die Seite an Jochen Arnold, die seine Mitmenschen an ihm kennen und schätzen«, intervenierte Caspari. »Er gehört leider zu jenen Menschen, die eine finstere Seite haben, die sie geschickt vor anderen verbergen.« Er legte eine kurze Pause ein, damit sich das Gesagte bei seinem Gegenüber setzen konnte. Dann fuhr er fort. »Bitte sagen Sie uns, mit welchen Aufgaben Jochen Arnold in Ihrer Firma betraut ist.«

»Er ist für den Verkauf unserer Produkte an die Kliniken und Arztpraxen in Hessen, Rheinland-Pfalz und Baden-Württemberg zuständig.«

»Das ist ein riesiges Gebiet«, schaltete sich Tina ein.

»Ja und nein«, erwiderte Wieland. »Betrachtet man die Fläche, dann haben Sie recht. Gemessen an der Zahl unserer Kunden, liegt die Größe des Gebietes im üblichen Rahmen. Wir sind eine mittelständige Firma, die Anbieter auf einem Sektor ist, auf dem sie sich gegenüber Großunternehmen behaupten muss. Im Verhältnis zur Konkurrenz ist die Medi-Tec ein Zwerg. Wir können nur überleben, weil wir uns spezialisiert haben und unsere Produktpalette überschaubar halten. Herr Arnold hat sehr viel Fingerspitzengefühl im Umgang mit unseren Kunden. Es ist auch sein Verdienst, dass unser Kundenstamm in den vergangenen Jahren so gewachsen ist und wir zuversichtlich in die Zukunft blicken können.«

»Gehören das Stadtkrankenhaus Hanau und die Universitätskliniken Frankfurt und Marburg auch zu Ihren Kunden?« fragte Mario ganz direkt.

»Ja, dank Herrn Arnold. Wieso fragen …?« Wieland brach mitten im Satz ab. Seine Augen weiteten sich. Er begann seine Hände zu kneten. »Nein, das kann nicht sein! Das ist nicht möglich! Jochen Arnold ist nie und nimmer dieses Monster!«

Caspari sah ihn ruhig an. Wieland tat ihm leid. Ein Mensch, den er zu kennen glaubte und dem er vertraute, war ihm plötzlich das fremdeste Wesen auf diesem Planeten geworden.

»Eine Frage habe ich noch«, sagte Caspari. »Ist es normal, dass Arnold sein Mobiltelefon ausschaltet, wenn er unterwegs ist?«

»Wenn er Gespräche führt, dann ist das normal. Ansonsten hat er es immer an, allein schon wegen des Navigationssystems.«

»Fährt er einen Firmenwagen?«

»Ja, einen Opel Zafira. Das Kennzeichen kann Ihnen die Sekretärin der Verkaufsabteilung heraussuchen.«

»Wir brauchen auch seinen Terminplan. Wann besucht er welchen Arzt an welchem Ort und so weiter …«

»Ich werde das sofort veranlassen. In ein paar Minuten haben Sie die Daten.«

»Noch ein Wort, Herr Wieland«, sagte Caspari, während der Geschäftsinhaber zum Telefon griff. »Ich weiß, dass diese Nachricht ein Schock für Sie ist. Ich muss Sie trotzdem bitten, mit niemandem darüber zu reden. Niemand darf davon erfahren, bis wir Jochen Arnold festgenommen haben. Falls jemand fragt, warum wir hier waren, dann sagen Sie, wir brauchten Herrn Arnolds Hilfe bei der Aufklärung des Mordes an seinem Großonkel.«

Wieland nickte stumm. Dann rief er in der Verkaufsabteilung an und bat die Sekretärin, ihm Arnolds Terminplan und sein Autokennzeichen per Intranet zuzusenden.

Zwei Minuten später hielt Caspari einen Ausdruck in der

Hand und verließ mit Mario und Tina Wielands Büro. Eine halbe Stunde später trafen sie sich mit dem Leiter des SEK im Besprechungszimmer des Gelnhäuser Polizeireviers.

»Es ist jetzt fünfzehn Uhr. Laut Terminplan müsste er jetzt das Gespräch mit einem Doktor Nolte in Kassel begonnen haben. Der hat eine Praxis für Ambulante Chirurgie. Um sechzehn Uhr dreißig ist er dann in den städtischen Kliniken«, trug Tina zusammen.

»Der Terminkalender ist ja die reinste Marathonveranstaltung«, bemerkte Mario und schüttelte dabei den Kopf.

»Das ist zu weit von Gelnhausen entfernt. Wenn wir ihn ohne großes Risiko festnehmen wollen, brauchen wir ein bisschen Vorbereitungszeit vor Ort«, meinte der SEK-Leiter.

Caspari bat Tina um den Plan.

»Hier steht ›zwanzig Uhr: Fulda‹. Ansonsten ist keine nähere Angabe vermerkt.«

Er nahm das Telefon und ließ sich mit Götz Wieland verbinden. Nach einem kurzen Gespräch legte er wieder auf. »Das Klinikum Fulda ist durch Arnolds Engagement seit fünf Jahren ein Kunde von Medi-Tec.«

Der SEK-Leiter trank seinen Kaffee aus und erhob sich. »Fünf Stunden zur Vorbereitung – das sind optimale Bedingungen.«

»Die Vorbereitungen werden Sie auch brauchen. Arnold ist sehr vorsichtig, im Nahkampf ausgebildet und körperlich fit. Im Keller seines Hauses befindet sich ein gut ausgerüsteter Fitnessraum. Die Hanteln und Geräte haben Gebrauchsspuren – wenn Sie wissen, was ich meine«, warnte Caspari. »Wenn es sich machen lässt, hätte ich ihn gern lebendig. Allerdings hat die Sicherheit Ihrer Männer wie immer Vorrang!«

Caspari erhob sich.

Der SEK-Leiter gab ihm die Hand. »Wir verstehen uns – wie immer!«

Während Tina und Mario müde im Besprechungszimmer warteten, telefonierte Caspari mit dem Direktor des LKA. Ausführlich schilderte er die Situation und bat darum, die

Polizei in Fulda zu verständigen. Gähnend ging er danach zu Tina und Mario zurück.

»Wir können jetzt nichts tun als warten. – Wie wär's? Ich lade Sie zum verspäteten Mittagessen auf unseren Hof ein.«

»Wenn ich dort meine Morgentoilette nachholen kann, gern«, meinte Tina und blickte zu Mario hinüber. »Du siehst auch aus, als könntest du eine Dusche gebrauchen.« – – –

Trotz der langsam in ihm aufsteigenden Müdigkeit spürte Caspari, dass sein Herz zu klopfen begann, als sie in den Hof einfuhren. Er hoffte, dass Clara mit der Situation gut zurechtkam. Sie war in einem fremden Haus und wurde mit Menschen, die sie noch nicht lange kannte, bewacht. Die meisten Frauen würde ein solches unfreiwilliges Abenteuer gleich zu Beginn einer Beziehung abschrecken.

Als er ausstieg, sah er durch das offene Scheunentor Lukas, seine Eltern und Clara. Sie schichteten Holzscheite, die auf einem riesigen Haufen in der Mitte lagen, auf der Innenseite der Scheunenwand zu einem Stapel auf. Caspari hörte ihr Lachen und spürte etwas von der fröhlichen Atmosphäre, die unter ihnen zu herrschen schien. Eilig lief er in die Küche seiner Eltern, um Mario und Tina den Appartementschlüssel zu holen. Dabei fiel sein Blick durch das Fenster auf einen der Polizisten, die zum Schutz seiner Familie und Clara abgestellt waren. Der Mann saß auf der Gartenbank vor dem Haus und trank Kaffee, ohne dabei den Blick von den Wiesen und dem Weiher abzuwenden.

Im Hof gab Caspari Tina den Schlüssel und ein paar Duschtücher. Danach ging er in die Scheune.

Lukas bemerkte ihn als erster. Er kam angerannt und sprang in die Arme seines Vaters. Fröhlich erzählte er, was er bisher unternommen hatte. »So ein Tag ohne Kindergarten ist toll! Der eine Mann hat Opa und mich im Polizeiauto zum Kindergarten gefahren. Da hat der Opa gesagt, dass ich heute nicht komme. Dann hat die Clara Memory mit mir gespielt, und Schwarzer Peter ...«

»... und Uno«, ergänzte Clara lachend. »Ich habe kein einziges Mal gewonnen.«

»Und wir haben mit Opa und Oma die Ställe sauber gemacht und die Tiere gefüttert.«

Caspari setzte Lukas wieder ab und gab Clara einen Kuss. Plötzlich stutzte er. Das Flanellhemd mit dem Holzfällermuster und die ausgewaschenen Jeans kamen ihm sehr bekannt vor, obwohl er sie schon viele Jahre nicht mehr gesehen hatte.

Seine Mutter schien seine Verwirrung zu spüren. »Ich habe Clara die alten Sachen von Elke gegeben.«

Clara blickte ihn besorgt an. »Entschuldige! Ich wusste nicht, dass du etwas dagegen hast.«

»Nein, um Gottes willen! Ich habe nichts dagegen. Im ersten Moment war ich nur etwas irritiert«, log Caspari und zwang sich zu einem Lächeln. »Du siehst zauberhaft aus!«

»Habt ihr den Täter?« wollte sein Vater wissen.

»Ja und nein. Wir wissen, wer es ist, und wo wir ihn heute abend festnehmen können. Das SEK bereitet alles vor. Bis fünf Uhr haben wir Zeit, dann wird es langsam ernst.«

»Ihr müsst Hunger haben. Ich mache euch den Eintopf von heute mittag warm«, bot seine Mutter an.

Als sie gegessen hatten, brachten Clara und er den um den Hof verteilten Polizeibeamten Kuchen. Danach liefen sie ein Stück in Richtung Weiher. Caspari blieb stehen, umarmte Clara und sog den Duft ihres Haares ein.

»Ich hoffe, Lukas hat dich nicht zu sehr in Beschlag genommen.«

»Nein, ganz und gar nicht. Er ist ein toller kleiner Kerl.«

»Wie bist du mit meinen Eltern zurecht gekommen?«

»Hör mal, Großer! Mein Aufenthalt hier ist kein Opfer, das ich auf mich nehmen muss, weil ich mit dir zusammen bin. Ganz im Gegenteil. Ich finde deine Eltern wirklich sehr nett und genieße es, einen Tag mit der Familie meines Freundes zu verbringen. Bis jetzt hatte ich viel Spaß. Also, mach dir keine Sorgen!«

Casparis verlegenes Lächeln wurde von einem innigen Kuss verschlungen. Als Clara ihn wieder freigab, sprach er über die bevorstehende Verhaftung.

»Die ganze Sache bereitet mir Bauchschmerzen.« Sein Blick wurde ernst.

»Wird es denn so gefährlich?«

»Das ist es nicht. Das SEK hat eine große Routine bei der Verhaftung solcher gefährlichen Täter. Sorgen habe ich, wenn ich an die Ermittlungen denke, die sich an die Verhaftung anschließen. Ich werde deine Hilfe als Seelsorgerin brauchen.«

»Wie meinst du das?«

»Was ich dir jetzt sage, ist absolut geheim. Behandle es bitte wie ein Beichtgeheimnis. Jochen Arnold ist der ›Chirurg‹.«

»O nein! Das kann nicht sein!« erwiderte Clara erschrocken.

Während sie nebeneinanderher schlenderten, erzählte Caspari ihr alles, was sie bisher herausgefunden hatten.

»Das ist eine grausame und traurige Geschichte zugleich«, kommentierte Clara. »Ich kann aber nicht glauben, dass Jochen Arnold den Mann umbringt, den er wie einen Vater geliebt hat. Du hast doch gesehen, wie sehr er weinte, als wir ihm die Nachricht von Doktor Hoffmanns Tod überbrachten.«

»Jochen Arnold ist eine schwer gestörte, multiple Persönlichkeit. Ich kann mir gut vorstellen, dass er unter dem, was er tut, leidet. Und trotzdem bringt er Menschen um – auch seinen Großonkel.«

»Glaubst du, die ›gute‹ Seite in ihm kann die ›bestialische‹ nicht kontrollieren?«

»Ich kann es dir nicht sagen. Vielleicht sind wir nach den Verhören schlauer. Du musst mir helfen, wenn ich zu Käthe Arnold gehe. Ich muss ihr die Nachricht von der Festnahme überbringen und sie nach Details aus dem Leben ihres Enkel fragen.«

Clara nickte. Sie wirkte bedrückt von der Nachricht.

Schweigend gingen sie Hand in Hand zurück zum Hof. Tina und Mario bereiteten sich schon für die Abfahrt vor. Schweren Herzens verabschiedete sich Caspari. Gern hätte er noch den Abend auf dem Hof mit den Menschen verbracht, die er liebte. Lukas flüsterte seinem Vater noch schnell ins Ohr, er habe Clara das Versprechen abgenommen, dass sie ihn an diesem Abend ins Bett bringen würde. Dann stieg Caspari in den Volvo, in dem Tina und Mario bereits saßen. Ohne ein Wort zu sagen fuhren sie durch den Berufsverkehr nach Fulda.

Im Polizeipräsidium stellten sie sich vor. Die Kollegen waren bereits über den bevorstehenden Einsatz informiert. Zwei Kriminalbeamte begleiteten sie, als sie sich mit dem Leiter des SEK trafen. Seine Einsatzzentrale befand sich in einem nachtblauen VW-Bus, der von außen vollkommen unauffällig wirkte. Der Leiter entrollte einen Plan des Klinikgeländes und zeigte ihnen, an welchen Punkten er seine Männer postiert hatte.

»Der Zugriff erfolgt auf dem Parkplatz«, erklärte er. »Wir haben zwei Wagen auf der Petersberger Straße postiert. Arnold kann nur dort entlangfahren, wenn er von Norden kommt. Sobald er auf dieser Straße ist, setzt sich eines der Fahrzeuge vor und eines hinter ihn. Sie werden gemeinsam auf den Parkplatz fahren. Dort blockieren meine Männer dann den Zafira, und der Zugriff erfolgt. Unterstützt werden sie dabei von den Männern, die verdeckt in der Nähe stehen. Falls etwas aus dem Ruder läuft, habe ich zwei Scharfschützen auf dem Dach des Hubschrauberhangars und der Klinik postiert.«

Caspari sprach mit den beiden Kollegen aus Fulda durch, wo die Streifenwagen stehen sollten, ohne dass Arnold sie sehen konnte. Dann begann das Warten. Mario prüfte jede Viertelstunde, ob seine Pistole geladen war und ob er seine Ersatzmagazine am Holster befestig hatte. Tina starrte den Autohimmel an und trommelte dabei mit den Fingern auf die Oberschenkel. Caspari versuchte, sich zu entspannen, und gähnte mehrmals herzhaft.

Nach einer Weile wurde der SEK-Leiter sichtlich nervös. »Es ist bereits neunzehn Uhr fünfundfünfzig, und wir haben den Zafira noch nicht zu Gesicht bekommen.

»Vielleicht steckt er im Stau?« meinte Mario.

»Das werden wir gleich wissen«, entgegnete Caspari und rief Wieland an: »Sie sind noch immer im Büro?«

»Zu Hause hätte ich keine Ruhe. Hier kann ich wenigstens etwas arbeiten, bis ich die Nachricht von Arnolds Verhaftung erhalte.«

»Wissen Sie zufällig, wer Arnolds Ansprechpartner im Klinikum Fulda ist?«

»Arnold und ich hatten gerade gestern darüber gesprochen. Das ist zum einen Professor Müller, der Chef der Chirurgie, zum anderen seit kurzer Zeit dessen Oberarzt, ein Doktor Rosskopf.«

Caspari bedankte sich. Rosskopf! Diesen Namen hatte er schon einmal irgendwo gehört. Ihm wollte aber nicht einfallen, wo. Er ließ sich mit der Klinik verbinden und fragte, ob die beiden Ärzte noch im Haus seien. Die Dame am Empfang teilte ihm in einem gewichtigen Tonfall mit, dass »der Herr Professor auf einem Kongress« weile und Doktor Rosskopf bereits nach Hause gefahren sei.

Caspari fluchte laut. »Er kommt nicht hierher! Die beiden Ansprechpartner von Arnold sind nicht in der Klinik.«

»Hatten Sie nicht vorhin am Telefon den Namen Rosskopf gehört?« fragte Tina nach. »So hieß doch der Leiter des Forschungsprojektes, in dessen Rahmen Arnold behandelt und operiert wurde.«

»Dann muss dieser Arzt hier sein Sohn oder Enkel sein«, ergänzte Mario.

Caspari fiel es plötzlich wie Schuppen von den Augen. Der Text, den er vor dem Schminktisch sitzend gelesen hatte, war ihm wieder im Gedächtnis.

»Sein Enkel!« bestätigte er. »Arnold hat in seinem Zimmer im Nebengebäude einen Vers in der Bibel unterstrichen, in dem es heißt, dass Gott die Missetat der Väter bis ins dritte und vierte Glied an den Kindern heimsucht. *So* versteht er also den Text. An den Leiter des Forschungsprojektes kommt er nicht mehr heran, deshalb straft er dessen Nachkomme.«

Jetzt ergab alles einen Sinn. Sie mussten schnell handeln.

»Der Einsatz wird nicht abgebrochen!« bestimmte Caspari. »Er wird verlagert. Wir fahren zu Rosskopfs Wohnung oder Haus. Der Mann ist in akuter Lebensgefahr!«

Während der SEK-Leiter über Funk seinen Männern neue Instruktionen gab, telefonierte Caspari erneut mit der Pförtnerin der Klinik und ließ sich Rosskopfs Adresse geben. Als er das Gespräch beendet hatte, klingelte sein Mobiltelefon.

Der Spezialist für Abhöreinsätze und elektronische Überwachung im Landeskriminalamt meldete sich. »Wir konnten Arnold soeben orten. Er hat über sein Mobiltelefon eine Navigation eingegeben. Sein Ziel ist Bieberstein.«

Caspari hielt die Verbindung und berichtete den anderen von der neuesten Entwicklung.

»Ich weiß, wo das ist«, rief einer der beiden Fuldaer Kriminalbeamten. »Das liegt aber in einer ganz anderen Richtung als Rosskopfs Wohnort.«

»Gibt es dort einen Wald, der gut von der Landstraße aus zu erreichen ist?« fragte Caspari aufgeregt.

»Ja, direkt vor Bieberstein. Dort ist ein großer Parkplatz für Wanderer, der gut ausgeschildert ist.«

»Na, dann los! Es darf nicht noch ein Mensch sein Leben verlieren!«

Kapitel VIII

Inge sass ungeduldig im Wagen. Mit verkrampften Händen hielt sie das Lenkrad fest. Die Schießerei am Weiher machte ihr noch zu schaffen. Eine Mischung aus Wut und Panik tobte in ihrem Bauch. Wenn der junge Dämon heute abend nicht in den Jazzclub ging, bliebe ihre Mission unvollendet. Gott würde sie dafür strafen. Morgen würde der Hüne sie fangen, dessen war sie sich sicher. Dann war alles verloren.

Leise glitt sie aus dem Zafira. Sie hatte ihn in der Tiefgarage neben der für die Mitglieder des Clubs reservierten Fläche geparkt. Inge sah sich um. Niemand außer ihr war hier. Sie zog eine Steinschleuder aus dem Türfach. Mit zwei gezielten Schüssen brachte sie die Neonlampen zum Bersten, die den Bereich, in dem sie stand, ausleuchteten. Schnell zog sie einen Besen aus dem Wagen und kehrte die Scherben an den Rand. Dunkelheit umgab nun die Parkplätze des Jazzclubs. Als sie das Geräusch eines einfahrenden Wagens hörte, schob sie den Besen schnell unter ein fremdes Auto und griff nach der Flasche mit dem Äther und den bereitliegenden Mullkompressen. Dann tauchte sie im Schatten ihres Wagens ab.

Der Klang des Motors und das Geräusch der Bremsen waren ihr vertraut. Der junge Dämon war ahnungslos zu seiner eigenen Hinrichtung gekommen. Gott hatte Inge nicht verlassen. Sie beobachtete, wie ihr Opfer die kaputten Lampen ansah und halblaut schimpfte. Er öffnete den Kofferraum seines Wagens und langte nach dem Instrumentenkoffer darin.

In diesem Moment griff Inge an. Sie packte ihn von hinten und presste ihm die äthergetränkten Mullkompressen auf Mund und Nase. Der junge Dämon war stark. Er umklammerte mit beiden Händen Inges Arm und versuchte, ihn wegzudrücken. Inge schlug ihm mit der freien Faust zweimal gezielt in die Nieren, worauf er stöhnte und in die Knie ging. Kurz darauf sackte er bewusstlos in ihre Arme. Behände hob sie ihn hoch und schleifte ihn zu ihrem Wagen. Mit geübten Bewegungen wuchtete sie ihn in den Kofferraum. Mit Kabelbindern fesselte sie ihm Hände und Füße. Bevor sie den Kofferraum schloss, zog sie eine Wolldecke über den regungslosen Körper. Schnell warf sie die Türen seines Wagens zu und steckte den Schlüssel ein.

Als sie mit dem Zafira fast schon am Ausgang angekommen war, sah sie im Rückspiegel, dass drei Frauen aus der Tür zum Treppenhaus kamen. Das Herz schlug ihr bis zur Brust. Bisher hatte sie ihre Hinrichtungen immer gründlich geplant und präzise ausgeführt. Diese letzte verrichtete sie unter einem enormen Zeitdruck. Sie war sich im klaren darüber, dass sie zu viele Spuren hinterließ. Die Polizei musste sie bald fassen.

Was würde aus ihrer Existenz, wenn man sie morgen in Handschellen abführte? Gott hatte ihr kein Versprechen gegeben, sie in dieser Welt zu beschützen. Der Lohn für ihre Treue wartete auf sie in einem anderen Leben. Bis dahin kämen viel Leid und Entbehrung auf sie zu. Aber vielleicht konnte sie diese Zeit verkürzen. Gott musste ihr vergeben, wenn sie sich das Leben nahm. Sie hatte seinetwegen schon genug auf sich genommen. Er konnte nicht von ihr verlangen, bis zu ihrem Lebensende im Gefängnis zu leben.

Der Gedanke an ihren Selbstmord verwirrte sie. Es fiel ihr schwer, sich wieder auf die Erfüllung ihrer Mission zu konzentrieren. Plötzlich bemerkte sie, dass sie völlig die Orientierung verloren hatte. Sie irrte durch Fulda, ohne zu wissen, wo sie sich befand. Inge wollte gerade verzweifeln, da sah sie das Mobiltelefon in der Freisprecheinrichtung stecken. Sie hielt am Straßenrand, schaltete das Gerät ein und startete die Navigationssoftware. Nach einer Minute zeigte ihr das Display die Richtung an, in die sie fahren musste. Erleichtert gab sie Gas.

Nach zwanzig Minuten erkannte sie im Dunkeln das Waldstück, in dem sie die Hinrichtung vollziehen wollte. Sie drosselte das Tempo und bog in einen Waldweg ab, der nach wenigen Metern in einen Parkplatz mündete. Er war nicht geschottert. Auf dem feuchten Boden würde sie Spuren hinterlassen. Aber das spielte jetzt keine Rolle mehr. Sie griff neben sich und zog einen Rucksack vom Beifahrersitz. Daraus fischte sie eine OP-Haube und einen Mundschutz hervor. Flink streifte sie beides über. Danach schlüpfte sie mit ihren Händen in die strapazierfähigen Vinyl-Handschuhe und holte das Amputationsmesser aus dem Rucksack, das in einer schwarzen Lederscheide steckte. Mit nervösen Bewegungen steckte sie es in eine Tasche, die sie dafür auf das rechte Hosenbein des Overalls aufgenäht hatte.

Als sie ausstieg, wuchs ihre Anspannung. Sie wartete einen kurzen Moment, bis sich ihre Augen an die Dunkelheit gewöhnt hatten. Der Vollmond spendete genug Licht, um den Dämon zum Baum zu tragen. Für die Hinrichtung wollte sie ihre Kopflampe aufsetzen, wie sie es immer getan hatte. Inge hatte das unbestimmte Gefühl, dass irgend etwas an diesem Abend nicht stimmte. Sie hielt den Atem an, um besser in die Dunkelheit hineinhören zu können. Langsam blickte sie in alle Richtungen. Alles war still, der Parkplatz lag ruhig und verlassen. Außer ihr und dem Delinquenten war kein Mensch an diesem Ort. Sie sagte sich, dass ihr Gefühl von der Angst herrührte, mit der sie in die Zukunft blickte.

Fast lautlos ging sie zur Heckklappe des Wagens. Als sie sie öffnen wollte, tauchten blitzartig dunkle Gestalten aus dem Nichts auf und umringten sie. Viele Pistolen waren auf sie gerichtet. Jemand schrie sie an, sie solle die Hände hinter den Kopf nehmen.

Plötzlich erwachte in ihr ein Instinkt aus einem anderen Leben. Inge tauchte blitzschnell ab und riss ihr Messer aus der Scheide. Wie ein tanzender Derwisch drehte sie sich um die eigene Achse und fuhr dabei mit der rasiermesserscharfen Klinge über die Beine jedes Angreifers. Schreiend brachen die schwarzen Gestalten zusammen. Inge sprang über sie hinweg und rannte auf den Weg zu, der in den Wald führte.

Im Schein des Mondes sah sie eine große Gestalt, die hinter einem Baum hervortrat und sich ihr in den Weg stellte. Der Hüne stand regungslos vor ihr. Sein Gesicht strahlte dieselbe Ruhe und Achtsamkeit aus, wie sie es am Weiher beobachtet hatte. Er war nicht so einfach zu überrumpeln wie die schwarzen Gestalten. Inge versuchte, ihm den Bauch aufzuschlitzen, indem sie das Messer von unten schräg nach oben führte. Der Hüne wich geschickt aus und ließ es ins Leere laufen. Eine ähnliche Bewegung führte sie noch einmal als Finte aus, bevor sie zustach. Das Messer ging wieder ins Leere.

Bevor sie ihre Bewegung stoppen konnte, spürte sie, wie seine Finger ihr Handgelenk umschlossen. Er führte sie mit dem Schwung ihrer eigenen Bewegung im Halbkreis um sich herum, bevor sich auch seine andere Hand um ihr Gelenk legte. Inge spürte, dass ihr Handgelenk verdreht und seitlich an der Schulter vorbeigeführt wurde. Das Messer konnte sie nicht länger halten. Es fiel ihr aus der Hand. Sie hörte ein Krachen in ihrem Arm und spürte einen stechenden Schmerz. Die Kraft, mit der sie ins Leere gestoßen hatte, riss sie nun nach hinten. Ihre Füße verloren den Boden, sie fiel auf den Rücken. Inges Hinterkopf schlug mit voller Wucht auf etwas Hartes. Bevor sie begreifen konnte, was mit ihr geschah, wurde es schwarz um sie herum. – – –

Clara hatte nicht bemerkt, dass die Zeit dahingeflogen war. Nachdem Caspari weggefahren war, hatte sie mit Dekan Kern telefoniert. Er sollte wissen, warum sie heute, am Reformationstag, nicht im Abendgottesdienst sein würde.

Es hatte ihr viel Spaß gemacht, Lukas ins Bett zu bringen. Michel aus Lönneberga und seine Kinderstreiche hatte sie schon immer gemocht. Lukas hatte auf eine Geschichte aus dem Buch von Astrid Lindgren bestanden. Nach dem gemeinsamen Nachtgebet war er erschöpft und fröhlich eingeschlafen.

Mit einer Engelsgeduld versuchten Casparis Eltern, ihr Doppelkopf beizubringen. In der Küche um den großen

Tisch herum sitzend, hatten sie viel Spaß miteinander. Plötzlich sah sie durchs Fenster Scheinwerferlicht im Hof. Sie blickte auf die Uhr. Es war kurz vor elf. Wenig später stand Caspari vor ihnen. Er wirkte müde. Schweigend holte er eine Flasche Bier aus dem Kühlschrank und setzte sich zu ihnen. Clara sah, wie er sich um ein Lächeln bemühte.

»Wie ich sehe, habt ihr einen schönen Abend miteinander. Das freut mich.«

Sie beendeten ihr Kartenspiel, während er sich das Jubiläumsbier in einen Glaskrug goss und einen großen Schluck davon trank.

»Wie ist es gelaufen?« fragte sein Vater.

Clara betrachtete ihn. Dunkle Ringe lagen unter seinen Augen. Er fuhr sich mit der Hand über das Gesicht.

»Zuerst die gute Nachricht: Wir haben ihn! Nun die schlechte: Fünf SEK-Leute liegen mit aufgeschlitzten Oberschenkeln in der Klinik in Fulda. Ein Stockwerk darüber liegt er im Koma. Die Ärzte müssen bei ihm eine Schädelfraktur, ein gebrochenes Handgelenk und einen ausgekugelten Ellenbogen behandeln.«

»Um Gottes willen!« rief seine Mutter. »Wer hat ihn denn so zugerichtet?«

»Ich«, erwiderte Caspari leise. »Er ließ mir keine andere Wahl.«

Clara hörte betroffen seiner ausführlichen Beschreibung der letzten Stunden zu. Dabei legte sie ihre Hand auf seine und streichelte sie.

»Bedeutet seine Verhaftung denn auch, dass unser Polizeischutz abgezogen wird?« fragte Caspari senior.

»Nein, leider nicht. Wir haben weder in den beiden Wagen noch in seinem Haus oder den Nebengebäuden eine Schusswaffe gefunden. Es gibt auch keinen einzigen Anhaltspunkt, dass er je eine besessen hat: kein Büchsenöl, keine sonstigen Pflegemittel, keine Munition – nichts, was man für eine Schusswaffe braucht, war zu finden. Er ist ein ausgebildeter Kampftaucher. Seine Waffe ist das Messer. Das einzige, was uns zeigt, dass er auch heute früh hier war, ist das schlammverschmierte Fernglas, das Mario im Keller gefunden hat. Kurzum: Er war zwar am Weiher, aber er war nicht derjenige, der geschossen hat. Solange wir nicht den Schützen gefasst haben, bleibt der Polizeischutz für euch bestehen.«

Clara protestierte: »Ich muss morgen doch wieder arbeiten! Wie soll das denn gehen? Ich kann doch nicht überall mit zwei uniformierten Polizisten auftauchen.«

»Mach dir keine Sorgen«, entgegnete Caspari mit beruhigendem Tonfall. »Wir haben beim LKA Spezialisten für solche Einsätze. Die arbeiten völlig unauffällig. Du wirst gar nicht merken, dass du überhaupt einen Personenschützer in deiner Nähe hast. Auf dem Hof bleiben die Kollegen von der Bereitschaftspolizei. Lukas geht ab morgen wieder in den Kindergarten. Eine junge Kollegin wird dort auf ihn aufpassen. Wir haben sie als Praktikantin in seine Gruppe eingeschleust.«

Als Caspari sein Bier ausgetrunken hatte, gingen alle zu Bett. Clara spürte eine innere Unruhe, die sie trotz ihrer Müdigkeit vom Schlafen abhielt. Sie blickte Caspari an. Im Licht des Vollmondes sah sie, dass er mit offenen Augen dalag. Langsam glitt sie zu ihm herüber und küsste ihn.

»Kannst du nicht schlafen?« hauchte sie.

Er schüttelte den Kopf.

»Ich kenne ein gutes altes Hausmittel gegen Schlaflosigkeit«, flüsterte sie.

Caspari lächelte und fuhr ihr zärtlich durchs Haar. Er schien dasselbe Mittel zu kennen. Tief ließ Clara sich fallen, getragen von dem Vertrauen, dass er sie hielt. Entspannt und gelöst schliefen sie eng umschlungen danach ein.

Mit einem flauen Gefühl im Magen wachte Clara am Morgen des ersten Novembers auf. Vor ihr lag eine schwere Aufgabe. Sie musste Käthe Arnold helfen, die Nachricht zu ertragen, dass ihr Enkel ein Serienmörder war.

Doch bevor sie weiter darüber nachdenken konnte, sorgte Lukas für Ablenkung. Mit einem fröhlichen Aufschrei sprang er auf das Bett und lag quer auf ihr und Caspari. Beide rangen nach Luft und lachten.

»Papa, Clara, ihr sollt jetzt aufstehen! Ich habe Hunger!« rief der Kleine vergnügt.

Caspari gab seinem Sohn einen Klaps und schickte ihn, Hausschuhe anzuziehen. Als Lukas in sein Zimmer lief, stand Caspari schnell auf und schloss die Tür. Aus dem Schrank zog er einen weißen Badenmantel, den er Clara hinhielt. Als sie ihre Decke zurückschlug und aufstand, spürte sie, wie seine Blicke über ihren Körper glitten.

»Du bist wunderschön«, sagte er mit belegter Stimme.

Sie schlüpfte in den Bademantel und umarmte ihn.

Als sie in die Küche kamen, deckte Lukas bereits eifrig den Tisch. Clara genoss das gemeinsame Frühstück. Wehmütig dachte sie daran, dass sie nach den Herbstferien oft wieder allein in der Küche ihres Pfarrhauses sitzen würde. Versonnen trank sie einen Schluck Kaffee.

Plötzlich schoss ihr ein Gedanke durch den Kopf, und sie musste grinsen. »Weißt du eigentlich, dass ich mir beim Kaffeetrinken deinetwegen fast einmal den Mund verbrüht habe?« fragte sie Caspari.

»Als ich dich abholen wollte und dir beim Frühstück zusah, hast du fürchterlich das Gesicht verzogen«, erinnerte er sich.

»Bleibst du jetzt für immer hier?« wollte Lukas wissen.

»Das geht leider nicht. Weißt du, als Pfarrerin muss ich nicht nur im Pfarrhaus arbeiten, sondern auch darin wohnen – zumindest die meiste Zeit.«

»Warum?« fragte der Kleine.

»Weil Menschen manchmal auch in der Nacht oder am späten Abend meine Hilfe brauchen. Wenn ich nie im Pfarrhaus bin, wissen die Menschen nicht, wohin sie sich wenden können.«

Lukas schaute bekümmert drein. Dann hellte sich sein Gesicht auf. »Wir können ja auch mal bei dir schlafen und frühstücken.«

Clara lachte. »Das machen wir!«

Während Caspari Lukas in den Kindergarten brachte, fuhr Clara mit ihrem Auto nach Gelnhausen. Auf der steilen Strecke von Wittgenborn nach Wächtersbach hinunter sah sie in den Rückspiegel. Ein anthrazitfarbener Passat Kombi fuhr hinter ihr. War das ihr Bewacher? Als sie den Wagen hinter Neu-Wirtheim immer noch im Rückspiegel sah, hatte sie eine Antwort auf diese Frage.

In ihrer Wohnung stellte sie schnell ihre Reisetasche ab und ging in ihr Büro, um den Anrufbeantworter abzuhören. Jennys Vater hatte eine Nachricht hinterlassen. Er bat sie um einen Rückruf. Sie hatte sich gerade die Telefonnummer aufgeschrieben, als Caspari klingelte.

Gemeinsam fuhren sie zum Kreisruheheim. Als sie die Eingangstreppe hinaufstiegen, drückte er ihre Hand. Im Flur begegneten sie Schwester Maike. Caspari bat sie, bei ihrem Gespräch anwesend zu sein. In Käthe Arnolds Augen spiegelte sich Furcht, als sie eintraten.

»Sie beide waren schon einmal mit Schwester Maike bei mir und brachten eine schreckliche Nachricht. Welche Hiobsbotschaft überbringen Sie mir dieses Mal?«

Die alte Dame begann zu zittern. Nachdem sie sich gesetzt hatten, suchte Caspari einen Anfang. Es fiel ihm sichtlich schwer, Käthe Arnold einen weiteren Schicksalsschlag zuzumuten. Clara überlegte gerade, ob sie das Gespräch eröffnen sollte, als er endlich zu reden begann.

»Frau Arnold, Ihr Enkel ist ein sehr kranker Mensch!« sagte er sehr ruhig. »Er leidet unter einer psychischen Krankheit. Wir nennen sie ›multiple Persönlichkeit‹.«

Clara blickte zu der alten Dame. Stumme Tränen liefen ihr über die Wangen.

»Sie kenne vielleicht das Goethezitat ›Zwei Seelen wohnen, ach, in meiner Brust‹. Das ist eine gute Beschreibung dessen, wie wir Ihren Enkel in seiner Krankheit sehen. Der eine Persönlichkeitsanteil ist der, den Sie kennen: der fürsorgliche, nette, junge Mann, der ihr Enkel ist. Der andere Persönlichkeitsanteil versteht sich als Frau. Er ist gewalttätig und unberechenbar. Wir wissen, dass dieser zweite Persönlichkeitsanteil in ihrem Enkel der Serientäter ist, dem wir den Namen ›der Chirurg‹ gegeben haben. Es scheint, als habe er sich auf grausame Weise dafür gerächt, dass man die weiblichen Körpermerkmale zugunsten der männlichen bei ihrem Enkel entfernt hat, als er noch ein Kleinkind war.«

Clara war dankbar, dass es Caspari gelungen war, diese schreckliche Nachricht so einfühlsam zu überbringen, wie sie es nicht gekonnt hätte.

Die alte Dame schluchzte. »Mein Gott, der arme Junge! Als laste ein Fluch auf seinem Leben …«

Clara nahm ihre Hand und streichelte ihr über den Rücken.

»Elisabeth, seine Mutter, war unser einziges Kind«, erzählte Käthe Arnold, nachdem sie sich wieder gefangen hatte. »Mein Mann war sehr streng mit ihr. Ich hatte deswegen oft Streit mit ihm. Lisa versuchte, dieser Strenge zu entkommen. Sie ging nachts heimlich tanzen und lernte dabei einen jungen amerikanischen Offizier kennen. Mein Mann war natürlich gegen diese Verbindung. Eines Tages war mein Kind weg. Sie heiratete Jason heimlich in Amerika. Mein Mann konnte nichts dagegen tun. Sie war ja eine erwachsene, junge Frau. Seither war sie für ihn eine persona non grata. Wenig später starb er an einem Herzinfarkt, unversöhnt mit unserer Tochter und letztlich auch mit sich selbst. Es war eine schwere Zeit für mich. Deshalb war ich auch so glücklich, als Lisa schwanger wurde. Nach all den schweren Jahren hofften wir gemeinsam auf glückliche Zeiten. Doch wie hart wurden unsere Hoffnungen mit der Wirklichkeit bestraft. Lisa gebar einen Zwitter. Jason, ihr Mann, konnte nicht begreifen, was geschehen war. Wir alle konnten das nicht. Er hat nie darüber geredet. Aber im Stillen gab er meiner Tochter die Schuld. Mein Bruder war in dieser Zeit der einzige, der uns Hoffnung machte. Er sorgte dafür, dass das Kind die beste ärztliche Betreuung bekam, die es damals gab. Nach der Operation ging Lisa mit ihrem Mann und dem Kind nach Amerika. Sie hoffte, die Ehe auf diese Weise retten zu können. Aber es war schon zu spät. Sie zerbrach, und Lisa schlug sich als Dolmetscherin allein durch. Jason hat sich nie mehr gefangen. Sein Unfall war in Wahrheit ein Selbstmord. Er hatte ihn kurz zuvor in einem Brief angedeutet. Meine Tochter kam mit ihrem Sohn nach der Beerdigung wieder nach

Deutschland. Die beiden lebten bei mir. Es war eine wunderbare Zeit. So hätte es auch bleiben können: Nach den Jahren des Leides leben alle glücklich und zufrieden beieinander. Doch Lisa starb wenige Jahre später an Krebs. Außer mir, meinem Bruder und seiner Familie war meinem Enkel niemand mehr geblieben.« Die alte Dame stockte. »Warum hört dieses Leid nie auf? Was haben wir getan, dass wir so hart geschlagen werden? In all den Jahren, in denen Jochen bei mir und der Familie meines Bruder aufwuchs, selbst dann noch, als er erwachsen war, misstraute ich dem Frieden, den das Schicksal auf uns gelegt zu haben schien. Jochen ist ein guter Mensch. Ich kann nicht glauben, dass er fähig ist, andere brutal zu ermorden!«

»Das war im Grunde genommen nicht er«, erwiderte Caspari leise. »Das war so etwas wie eine andere Persönlichkeit, die in ihm lebt. Anders ist es auch nicht zu verstehen, dass Jochen auch Ihren Bruder ermordete, den er wie einen Vater geliebt hat.«

»Nein, das war nicht mein Jochen«, entgegnete Käthe Arnold heftig. »Das war auch keine andere Persönlichkeit in ihm. So etwas hätte er nie zugelassen. Für den Mord an seinem Großonkel hätte er sich oder seinen Körper nie hergegeben. Glauben Sie mir!«

Nach einer Stunde verließen Clara und Caspari das Zimmer. Schwester Maike führte Käthe Arnold an ihnen vorbei zum Gemeinschaftsraum. Die alte Dame sollte im Augenblick unter keinen Umständen allein sein. Clara und Caspari sahen sich schweigend an. Er wirkte erschöpft.

Sie versuchte, ihm etwas Tröstliches zu sagen. »Das hast du gut gemacht!«

»Manchmal hasse ich meinen Beruf«, antwortete er betroffen.

Maike unterbrach ihr Gespräch. »Frau Pfarrerin, Herrn Richter geht es sehr schlecht. Er hat völlig abgebaut. Seit gestern liegt er nur noch im Bett. Die Nahrung verweigert er vollkommen. Nur zum Trinken ist er zu bewegen. Er möchte sterben, sagt er. Wäre es möglich, dass Sie noch einmal zu ihm gehen?«

Clara nickte. Caspari wollte auf sie warten. Er war so lange ihr Polizeischutz, bis er sie wieder in die Obhut seines Kollegen gab, der im Passat vor dem Pfarrhaus wartete.

Clara betrat das Zimmer und betrachtete den alten Mann. Richter senior lag in seinem Bett und schlief. Sein Brustkorb hob und senkte sich unregelmäßig. Leise ging sie zu ihm. Ihre Gegenwart schien er zu spüren. Er schlug die Augen auf und lächelte gequält. Seine Lippen formten ein Wort, das er lautlos sprach. Sie konnte es nicht verstehen. Der alte Mann winkte sie näher heran und flüsterte »Segen« in ihr Ohr.

Clara nickte und legte ihre Hand auf seine Stirn. Dann sprach sie den aaronitischen Segen. »Der Herr segne dich und behüte dich. Der Herr lasse sein Angesicht leuchten über dir und sei dir gnädig. Der Herr erhebe sein Angesicht über dich und gebe dir Frieden. Amen.«

Der alte Mann tätschelte ihr die Hand und lächelte. Kurz darauf war er wieder eingeschlafen. Gemeinsam mit Caspari verließ sie das Kreisruheheim.

Auf dem Weg zum Parkplatz brach sie das Schweigen. »Glaubst du wirklich, dass Jochen Arnold tatsächlich seinen Großonkel ermordet hat?«

Er zuckte mit den Schultern. »Was soll ich sagen? Die Indizien sprechen eine eindeutige Sprache.«

»Ist es möglich, dass die eine der multiplen Persönlichkeiten keine Kontrolle über die andere hat?«

»Ich habe das der alten Dame so schonend wie möglich erklärt, dass ihr Enkel ein Serienmörder ist. Meiner Meinung nach hat Jochen Arnold eine gewisse Kontrolle über sein zweites Ich. Persönlichkeiten, die so unabhängig voneinander agieren wie Doktor Jekyll und Mister Hyde, sind absolut selten. Mehr kann ich dir aber wirklich erst mit Gewissheit sagen, wenn ich ihn vernommen habe.«

Vor ihrem Pfarrhaus gab Clara Caspari einen langen Kuss. Dann stieg sie aus und ging zu ihrem Bewacher, der am Passat gelehnt stand. Sie bot ihm einen Kaffee an und winkte Caspari nach, der mit seinem Volvo weiterfuhr.

– – –

»Chef, ich bin jetzt wirklich nicht in Stimmung für die ›Bilder einer Ausstellung‹ von Mussorgski*«, maulte Tina.

Caspari musste lachen. Im Grunde hatte sie recht. Nach einem so langen und anstrengenden Vortag war Mussorgski vielleicht ein bisschen schwere musikalische Kost. Er gab eine neue Nummer für den CD-Wechsler ein. Aus den Boxen klang Irish Folk**. »Ist das besser?« fragte er, obwohl er die Antwort schon kannte.

Tina schlug ihre Hände im Takt der Musik auf die Oberschenkel.

»Was machen wir eigentlich in Fulda?« fragte Mario vom Rücksitz aus. »Arnold können wir nicht verhören, der liegt noch im Koma. Der Zafira dürfte auf dem Weg zum LKA sein, also können wir uns den nicht ansehen.«

Caspari überlegte einen Moment, ehe er antwortete. »Wir zeigen Präsenz. Die Kollegen vom SEK riskieren oft genug Kopf und Kragen, wenn sie einen unserer Kunden festnehmen. Deshalb möchte ich sie besuchen, nachdem sie im Einsatz von dem Serientäter verletzt wurden, dem wir schon die ganze Zeit auf den Fersen waren. Außerdem möchte ich mir selbst ein Bild von Arnolds Gesundheitszustand machen. Wir müssen überprüfen, ob er auch wirklich optimal bewacht wird. Von dem Moment an, an dem er aufwacht, ist er eine Gefahr. Sie haben gestern ja mitbekommen, wozu er in der Lage ist.«

»Bitte fassen Sie es nicht als Kritik auf«, begann Tina ihre Frage. »Gab es wirklich keine andere Möglichkeit, ihn kampfunfähig zu machen?«

Jedem anderen hätte Caspari die Frage übel genommen. Tina und Mario aber waren ihm so vertraut, dass er mit ihnen sachlich und offen darüber reden konnte. Er hatte einen im Nahkampf ausgebildeten Mann gestoppt, der virtuos mit dem Messer umging. In dem Augenblick, als er dem als Frau geschminkten ›Chirurgen‹ entgegengetreten war, hatte er es ganz seinen Instinkten überlassen zu reagieren. Die in jedem Aikido-Training ständig wiederholten Bewegungsabläufe waren sofort von seinem Unterbewusstsein aktiviert worden.

*\) *Modest Petrowitsch Mussorgski: Bilder einer Ausstellung* **\) *Wild Silk in Concert*

Hätte er zuerst über den Angriff nachgedacht und überlegt, welche Verteidigung die beste sei, wäre er jetzt nicht mehr am Leben.

»Glauben Sie mir, ich habe mir diese Frage seit gestern abend immer wieder gestellt. Es gab keine andere Möglichkeit, ihn aufzuhalten. Dass er mit seinem Hinterkopf ausgerechnet auf eine Stelle fällt, an der ein Stein aus dem Boden ragt, war nicht vorauszusehen. Ich bin nicht stolz darauf, einen Menschen verletzt zu haben. Gewalt ist immer die schlechteste aller Lösungen.«

In Fulda bedankten sie sich bei den Kollegen auf dem Präsidium. Dann fuhren sie in die Klinik. Die fünf Männer des SEK freuten sich über ihren Besuch. Sie waren allesamt mit zwar tiefen, aber ungefährlichen Fleischwunden davongekommen. Einige standen noch unter dem Eindruck des vergangenen Abends. Ihr Selbstbewusstsein schien etwas angekratzt. Sie hätten es nicht für möglich gehalten, dass ein einzelner Mann gleich fünf Elitepolizisten kampfunfähig machen konnte.

»Zum einen spricht das für die Kampftaucherausbildung bei der Bundeswehr, zum anderen hatte der Mann nichts mehr zu verlieren. Er war mit seinem Lebensziel gescheitert. Es spielte für ihn keine Rolle mehr, ob er sein Leben verliert. Das machte ihn zu einem extrem gefährlichen Gegner«, tröstete Caspari seine Kollegen.

Nachdem sie sich von den SEK-Angehörigen verabschiedet hatten, schlug Tina vor, Doktor Rosskopf einen Besuch abzustatten.

Der Arzt saß in seinem Bett und spielte mit einem Zwillingspärchen, das Caspari auf eineinhalb Jahre schätzte. Auf einem Stuhl daneben saß eine zierliche Frau mit kurzem Haarschnitt. Sie wirkte blass und mitgenommen von den Ereignissen des vergangenen Abends. Caspari stellte sich und seine Mitarbeiter vor. Nachdem er Rosskopf einige Fragen über Arnold gestellt hatte, wollte dieser selbst im Detail erzählt bekommen, was mit ihm geschehen war. Die Auskünfte der Kriminalbeamten aus Fulda waren ihm zu spärlich.

Caspari nahm sich Zeit, dem Arzt und seiner Frau alles zu erzählen. Dabei ergänzten ihn Tina und Mario.

»Warum ich?« fragte Rosskopf ungläubig. »Ich meine, ich habe doch mit der ganzen Forschungsarbeit meines Großvaters nichts zu tun. Damals war ich doch noch ein kleines Kind.«

»Weil der ›Chirurg‹ der Auffassung war, dass diese Operation eines von den Verbrechen ist, für die noch die Nachfahren sogar bis in die vierte Generation bestraft werden müssen.«

»Wie kommt er denn darauf?«

»Das ist seine eigenwillige Interpretation eines Textabschnitts innerhalb der Zehn Gebote.«

»Ich glaube, ich verstehe nicht, was Sie meinen.«

»Zweites Buch Mose, Kapitel 20, Vers 5. Wir sind hier in der Bischofsstadt Fulda. Es gibt auf den Stationen bestimmt Bibeln zum Ausleihen. Schauen Sie mal rein. Es lohnt sich!« Damit verabschiedete sich Caspari vom ratlos dreinblickenden Rosskopf und seiner Frau.

Auf der Intensivstation nahm sich der Arzt Zeit, sie über Arnolds Gesundheitszustand zu informieren. »Die Handgelenkfraktur und die Ellenbogenluxation konnten ohne Komplikationen operativ behandelt werden. Sein Schädeltrauma macht uns einige Sorgen. Aufgrund der Kopfverletzung hatte sich ein Erguss zwischen Schädeldecke und Hirn gebildet. Der Patient hat die ganze Nacht mit dem Tod gerungen. Heute morgen scheint er über den Berg zu sein. Wann er aus dem Koma erwacht, kann ich Ihnen allerdings nicht sagen.«

Caspari blickte durch das Fenster in das Einzelzimmer, in dem Arnold lag. Er trug einen Kopfverband, sein rechter Arm lag in einer Gipsschiene. An der Wand hinter ihm blinkten und piepten Überwachungsgeräte.

»Wie mobil wird er sein, wenn er wieder aufwacht?«

»Er wird zwei Tage oder länger brauchen, bis er mit Hilfe aufstehen und umherlaufen kann – je nachdem, wie lange sein komatöser Zustand anhält.«

»Es tut mir leid, dass ich Ihnen diesen Mann überlasse. Er

ist unberechenbar und äußerst gefährlich. Vielleicht haben Sie mitbekommen, dass er fünf SEK-Beamte bei seiner Festnahme verletzt hat.«

Der Arzt nickte. »Machen Sie sich keine Sorgen. Er ist am Bett fixiert. Rund um die Uhr wird er von Ihren Kollegen bewacht, und sein Gesundheitszustand schränkt ihn stark ein. Wir haben alles im Griff. Sobald er aufwacht, rufe ich Sie an.«

Caspari bedankte sich. Schweigend verließen sie das Krankenhaus.

»So ein Besuch wie der bei den Kollegen führt einem sehr eindrücklich vor Augen, was bei unserer Arbeit passieren kann«, meinte Mario draußen. »Man geht doch zu selbstverständlich davon aus, dass man an jedem Abend wieder gesund nach Hause kommt.«

Auf der Fahrt nach Gelnhausen bestand Tina wieder auf Irish Folk. Grinsend gab Caspari die Nummer einer CD von Wild Silk ein.

»In Gelnhausen müssen wir zusehen, dass wir unsere Berichte schreiben«, brummte er nach einer Weile. »Der Direktor will sie bis heute abend via E-Mail zugeschickt bekommen.«

»Und ich hatte mich auf ein gutes Mittagessen gefreut«, jammerte Mario.

»Wie wäre es, wenn wir heute abend gemeinsam mit Ihrer Freundin essen gehen, Chef?« schlug Tina vor.

Caspari rief Clara an und erzählte ihr von Tinas Idee. Sie sagte freudig zu. Die Aussicht, an diesem Abend Clara wiederzusehen, ließ ihm die vor ihnen liegende leidige Pflicht des Berichtschreibens erträglicher erscheinen. Er summte die Lieder der CD mit, während sie über die Bundesstraße und die Autobahn fuhren. – – –

Clara saß am Küchentisch und bereitete ihren Gottesdienst für den Sonntag vor. Das Notebook, ihre Bibel, Predigtstudien und ihre bisherigen Notizen zum Predigttext hatte sie aus ihrem Pfarrbüro nach oben getragen. Kommissar Werner, ihr Personenschützer, saß im Wohnzimmer, las die Zeitung und kontrollierte häufig mit dem Fernglas die Umgebung.

Clara rang gerade nach einer passenden Formulierung, als sie die Melodie von Miss Marple aus ihren Gedanken riss.

»Trenkel. Guten Tag, Pfarrerin Frank. Sie haben uns ja darum gebeten, dass wir Sie auf dem laufenden halten, was Jennys Genesung betrifft. Mittlerweile ist ihr Körper entgiftet. Heute hat sie zum ersten Mal ein Therapiegespräch. Sie fühlt sich noch sehr schwach, ist aber voller Zuversicht, dass sie geheilt wird.«

»Das freut mich«, antwortete Clara. »Ich finde es schön, dass Sie sich so um Ihre Tochter kümmern und sie nicht fallen lassen. Sie braucht Sie als Rückhalt.

»Den werden wir ihr geben. Wir haben unsere Trennung erst einmal auf Eis gelegt und gehen zu einem Paartherapeuten. Vielleicht ist ja noch was zu retten.«

»Ich wünsche Ihnen viel Kraft für diesen Weg.«

»Mit meiner Anzeige bei der Polizei habe ich einen Stein ins Rollen gebracht. Seitdem dieser Hauptkommissar Jungmann sich der Sache angenommen hat, wird diese Dealerbande nervös. Eine von Jennys Freundinnen haben diese Verbrecher krankenhausreif geschlagen. Ich hoffe, Herr Jungmann kann diese Kerle überführen, damit sie hinter Gitter wandern.«

Clara bedankte sich für das Gespräch und kochte für sich und Werner einen frischen Tee. Dann schrieb sie konzentriert an ihrer Predigt weiter.

Es begann bereits zu dämmern, als sie fertig wurde. Clara blickte auf die Uhr: erst kurz nach fünf Uhr. Sie mochte den Herbst mit seinen prächtigen Farben und genoss die kalte Ruhe, die der nahende Winter schon jetzt über die Natur legte. Aber es fiel ihr schwer, sich damit anzufreunden, dass die Tage kürzer wurden.

Nachdem sie ihre Materialien und das Notebook ins Pfarrbüro zurückgebracht und den Gottesdienst ausgedruckt hatte, zog sie sich ihre Sportsachen an und begann bei lauter Musik den Sandsack zu bearbeiten. Werner schaute, aufgeschreckt von dem Lärm und dem Geräusch dumpfer Schläge, überrascht durch die offene Tür des Gästezimmers. Sichtlich beruhigt ging er wieder ins Wohnzimmer.

Eine halbe Stunde lang hatte sie sich verausgabt. Nach der anschließenden heißen Dusche fühlte sie sich wie neu geboren. Als sie ihr Haar zum Pferdeschwanz band, klingelte ihr Privattelefon. Caspari meldete sich mit fröhlicher Stimme und sagte ihr, dass sie auf dem Weg zu ihr seien. Ungeduldig ging Clara im Flur auf und ab.

Werner beobachtete sie neugierig aus dem Wohnzimmer. »Hat sich Doktor Caspari angekündigt?«

»Ja, er holt mich gleich ab.«

Werner fragte nach der Toilette.

Clara zog ihre Jacke an, nur um nicht weiterhin untätig im Flur zu stehen. Mit einem Griff in die Innentasche kontrollierte sie, ob sich ihr Portemonnaie dort befand. Die Innentasche war leer. Einen Augenblick lang überlegte sie, wo sie es hingelegt haben konnte. Es musste im Arbeitszimmer sein. »Ich gehe noch einmal in das Pfarrbüro«, rief sie und griff nach ihrem Schlüsselbund.

»In Ordnung!« drang es von der Toilette her. »Ich komme gleich nach.«

Im Arbeitszimmer fand sie ihre Geldbörse auch nicht. Nachdem sie auf ihrem Schreibtisch gesucht und alle Schubladen durchforstet hatte, fiel ihr wieder ein, wo es lag: Sie hatte es im Handschuhfach ihres Wagens liegen gelassen.

Eilig lief sie durch den Hintereingang über ein kurzes Stück Gartenweg zu ihrem Parkplatz, der neben dem Jugendzentrum der evangelischen Kirchengemeinde lag. Das Hoftor stand wie immer offen. Als Clara sich ihrem Wagen näherte, schaltete sich der große Halogenscheinwerfer an der Hauswand ein. Sie schloss ihr Auto auf.

In dem Moment, in dem sie die Wagentür öffnen wollte, bemerkte sie, dass sie nicht allein war. Dunkle Gestalten lösten sich aus dem Schatten und umringten sie. Clara war zu erschrocken, um sie zu zählen. Einige von ihnen trugen Baseballschläger lässig über der Schulter.

Eine der Gestalten löste sich aus der Gruppe. Der junge Mann packte sie mit einer Hand am Hals und drückte sie an die Wand des Jugendzentrums. »Guten Abend, Frau Pfarrer«, sagte er höhnisch.

Clara war starr vor Schreck. Sie brachte kein Wort heraus. Er hielt ihren Hals so fest, dass sie kaum Luft bekam.

»Sie haben eine meiner besten Kundinnen auf den Pfad der Tugend geführt. Das ist gut für Sie. Sie retten Seelen. Für mich allerdings ist das schlecht. Ich verliere meine Kundschaft. Wenn niemand mehr meinen Stoff konsumiert, verdien' ich nix mehr. Außerdem krieg' ich dann Besuch von einigen Herren aus der Szene, die mir unangenehme Fragen stellen.«

Sein Gesicht kam ihrem näher. Sie erblickte in seinen Augen die unheilvolle Mischung aus Kälte, Gleichgültigkeit und Abgestumpftheit. Clara wusste, dass er nichts dabei empfand, wenn er anderen Schmerz zufügte. Mit seiner freien Hand griff er in seine Jacke und holte etwas hervor. Sie hörte ein metallisches Klicken. Dann sah sie die Klinge eines Klappmessers im Licht des Scheinwerfers blitzen.

»Sie werden verstehen, dass ich das nicht zulassen kann«, fuhr er in einem eisigen Tonfall fort. »Ich muss ein Zeichen setzen, damit sich so was nicht wiederholt. Ich werd's in ihrem schönen Gesicht tun. Immer, wenn Sie in den Spiegel blicken, werden Sie daran erinnert, dass Sie sich aus meinen Geschäften gefälligst rauszuhalten haben!«

Die Klinge kam ihrem Gesicht immer näher. Clara schloss die Augen, um nicht sehen zu müssen, wie er sie quälte.

Plötzlich dröhnte eine tiefe Stimme von der Gasse her. »Gibt es irgendein Problem?«

Clara riss die Augen auf und sah die Silhouetten dreier Personen. Die in der Mitte hob sich deutlich von den anderen beiden ab. Langsam setzten sie sich in Bewegung.

»Christoph, Gott sei Dank«, durchfuhr es sie.

»Bisher gab es hier kein Problem«, raunte der Wortführer, ohne seine Hand von Claras Hals zu nehmen. »Wenn ihr euch aber nicht gleich verpisst, habt ihr eins!«

»Tatsächlich?« entgegnete Caspari ironisch. Clara hörte den drohenden Ton in seiner Stimme.

Er blickte zu Tina und Mario. »Sind Sie bereit?«

Beide nickten.

Die Bande stand wie paralysiert im Hof. Die Erfahrung, dass sich jemand von ihrem martialischen Auftreten nicht beeindrucken ließ, schien neu für sie zu sein. Auch der Rädelsführer wirkte irritiert. Langsam ließ er das Messer sinken und schrie seine Kumpane an: »Worauf wartet ihr?!«

Plötzlich kam Leben in die Gruppe. Ein übergewichtiger Jungendlicher mit derbem Gesicht ging mit großen Schritten auf Caspari zu und holte mit seinem Schläger aus.

Caspari reagierte so schnell, dass Clara keinen Ansatz in der Bewegung erkennen konnte. Mit einem Frontaltritt traf er seinen Angreifer mit der Ferse auf die Brust. Die Wucht des Aufpralls riss dem Jungen die Füße vom Boden. Er hob ab und fiel rücklings auf den Asphalt, wo er nach Luft ringend liegen blieb. Caspari stand ungerührt da und fixierte die anderen Gangmitglieder. Sein Gesicht hatte wieder dieselbe Ausdruckslosigkeit, die Clara am Weiher aufgefallen war.

Das Schicksal ihres Kumpans schien die Bande wütend gemacht zu haben. Sie gingen auf die drei los. Tina und Mario deckten ihre Angreifer mit Schlag- und Trittkombinationen ein. Casparis Gegner wirbelten umher und prallten gegen Wände und auf den Boden. Werner, der aus dem Hintereingang gestürzt kam, bekam es mit zwei Jungkriminellen zu tun, sie sich gleich auf ihn stürzten.

Caspari arbeitete sich schnell auf Clara zu. Nervös blickte sich der Rädelsführer nach ihm um. Diesen Moment der Unachtsamkeit nutzte Clara. Sie riss ihr Knie hoch und rammte es ihm zwischen die Beine. Sofort löste sich sein Griff an ihrem Hals. Mit weit aufgerissenen Augen beugte er sich vor Schmerzen nach vorn. Claras Linke krachte auf seine Nase und warf den Kopf nach hinten. Mit der Rechten schlug sie einen Haken zum Kinn. Der Dealer verdrehte die Augen und sackte weg.

Clara blieb keine Gelegenheit, Erleichterung zu empfinden.

Entsetzt sah sie, wie ein bulliger junger Mann Caspari mit einem Schmetterlingsmesser angriff. Sein Stoß ging ins Leere. Caspari war seitlich ausgewichen und packte mit seiner rechten Hand den Unterarm des Angreifers. Behände drehte er sich, so dass er Schulter an Schulter neben dem Bandenmitglied stand. Sein linker Ellenbogen krachte in dessen Gesicht. Dann setzte er mit dem linken Arm einen Gelenkhebel am Ellenbogen an und drückte mit der rechten Hand den Unterarm des Angreifers in Richtung Boden. Der Mann versuchte, sich gegen den Hebel zu stemmen, aber es gab keinen Ausweg aus dieser Blockade.

»Lass das Messer fallen, sonst brech' ich dir den Ellenbogen«, raunte Caspari ungerührt.

Dann endlich gab der Mann auf. Mit einem Fußfeger riss Caspari ihm die Füße vom Boden. Der Angreifer fiel hart auf den Rücken und krümmte sich vor Schmerzen. Caspari ging in die Knie, um das Messer vom Boden aufzuheben.

Plötzlich sah Clara hinter ihm ein anderes Bandenmitglied auftauchen. Sein blutverschmiertes Gesicht verlieh ihm einen diabolischen Ausdruck. Er holte mit dem Baseballschläger aus. Clara wollte Caspari noch eine Warnung zurufen, doch der Schreck lähmte ihr die Stimme. Caspari schien den Angreifer aus den Augenwinkeln wahrzunehmen. Die Ausholbewegung des Schlägers hatte gerade ihren Gipfelpunkt erreicht und war im Begriff, sich in die entgegengesetzte Richtung umzukehren, da packte Caspari das Schmetterlingsmesser und rammte es in das vordere Bein des schräg hinter ihm stehenden Jungdealers. Der ließ schreiend seinen Schläger fallen und hielt sich mit beiden Händen den Oberschenkel, aus dem das Messer herausragte.

Caspari blickte nach beiden Seiten über die Schulter und vergewisserte sich, dass kein Mitglied der Bande mehr auf den Beinen stand. Dann nahm er den jammernden Teenager fürsorglich bei den Schultern und legte ihn vorsichtig auf den Boden. Er ging zu Claras Auto und holte den Verbandskasten heraus. Wortlos legte er Mullbinden auf die Wunde um die Klinge herum und fixierte sie mit einem Verband.

Während dessen weinte und jammerte der Teenager.

Clara verfolgte entgeistert die Szene. Der nahtlose Wechsel vom gleichmütigen Kämpfer zum besorgten Helfer machte sie sprachlos. Mario stand abseits und telefonierte. Clara verstand nur die Worte ›Notärzte‹ und ›Rettungswagen‹.

Caspari ging zu seinen Mitarbeitern und vergewisserte sich, dass sie unverletzt waren. Er klopfte Mario auf die Schulter und umarmte Tina. Werner hielt sich ein blutiges Taschentuch vor die Nase. Caspari nahm eine frische Mullkompresse aus dem Verbandskasten und gab sie ihm. »Können Sie mir erklären, warum Frau Frank allein hier draußen stand?« fragte er mit schneidender Stimme.

»Es war meine Schuld«, sagte Clara, bevor Caspari zur Standpauke ansetzen konnte. Mit knappen Worten erklärte sie die Situation. Caspari untersuchte darauf die am Boden liegenden Bandenmitglieder. Die Bewusstlosen brachte er mit Mario und Tina in eine stabile Seitenlage. Clara kümmerte sich unterdessen um Werners Nase. Der Klang vieler Martinshörner erfüllte die Gelnhäuser Altstadt.

Clara ging zu Caspari und ergriff seine Hand. »Tut mir leid. Ich wollte das nicht.«

Tränen liefen ihr über das Gesicht. In ihrem Schleier sah sie seinen liebevollen Blick.

Er umarmte sie. »Ist schon gut. Die Bande hätte wahrscheinlich auch dann angegriffen, wenn der Kollege Werner bei dir gewesen wäre. Mit ihrem Auftauchen konnte ja niemand rechnen. Du musst dich aber trotz allem an die Spielregeln halten, solange noch Gefahr für dich besteht. Ich will dich nicht verlieren.«

Die ersten Polizei- und Rettungswagen hielten vor dem Jugendzentrum. Bertram und Jungmann kamen mit schnellen Schritten auf sie zu. Clara wischte sich die Tränen aus den Augen und hielt Casparis Hand.

Jungmann blickte sie erstaunt an. »Was für ein Schlachtfeld hast du denn hier hinterlassen, Christoph?« brummte Bertram.

»Nun übertreib mal nicht!« entgegnete Caspari.

»Ich habe dreizehn Verletzte gezählt, die hier im Hof verteilt liegen, und du sagst, ich soll nicht übertreiben. Was ist hier los?«

»Wenn ich das richtig verstanden habe, ist das die Dealer-Bande, hinter der Jürgen her ist.«

Clara bemerkte Jungmanns fragenden Blick.

»Jenny Trenkels Vater rief mich heute an«, begann sie und erzählte, was darauf passiert war.

»Ich hatte bisher nur vage Angaben und keine feste Anhaltspunkte«, meinte Jungmann. »Mit dieser Nummer haben sich die Kerle ein Eigentor geschossen. Der Auftritt hier bedeutet für sich allein schon Jugendknast. Ich sage gleich den Kollegen Bescheid. Die durchsuchen die Kleider jedes einzelnen von denen nach Drogen. Heute abend werden wir in allen Wohnungen der Bande eine Hausdurchsuchung durchführen. Mit ein wenig Glück werden wir fündig und können die Kerle des Drogenbesitzes und -handels überführen. Ich mache mich gleich auf den Weg und fordere Verstärkung und Drogenspürhunde beim Polizeipräsidium Offenbach an. Das wird eine lange Nacht.« Auf halbem Weg drehte er sich noch einmal um. »Ich bin froh, dass Ihnen nichts passiert ist, Frau Frank«, sagte er und hob die Hand zum Abschied.

Bertram blickte eine Weile schweigend auf die Ärzte und Sanitäter, die die Verletzten versorgten und auf Tragen in die Krankenwagen legten. Für jeden Rettungswagen, der mit einem Bandenmitglied wegfuhr, kam ein neuer, der in den schmalen Altstadtgassen nahe der Marienkirche hielt. Pfadfinder traten aus dem Jugendzentrum heraus, um einen Blick in den Hof zu werfen. Schaulustige standen an der Rückseite der Marienkirche und versuchten, von ihrem erhöhten Platz aus einen Blick auf das Schauspiel zu erhaschen, das sich ihnen bot. Aus dem Romanischen Haus neben dem alten Gotteshaus kam Dekan Kern mit eiligem Schritt. Clara sah ihn mit einem Polizisten an der Absperrung verhandeln, bis der ihm schließlich Durchlass gewährte.

Besorgt kam Kern auf Clara zu. »Frau Frank, ist alles in

Ordnung mit Ihnen?« fragte er mit Betroffenheit in der Stimme.

Clara nickte stumm.

»Was, um Himmel willen, ist hier passiert?« fragte er mit einer tiefen Falte auf der Stirn.

»Einer Bande, die mit Drogen dealt, passte es nicht, dass ich mich um Jenny Trenkel gekümmert habe«, antwortete Clara mit belegter Stimme. »Die Schulseelsorge hat offensichtlich ein gewisses Risikopotential«, ergänzte sie bitter und hielt sich an Caspari fest.

»Von einem solchen Fall habe ich noch nie gehört! Glauben Sie mir!« versuchte Kern sie zu beschwichtigen.

Clara fiel plötzlich auf, dass sie Caspari und Kern in ihrer Aufregung noch nicht miteinander bekannt gemacht hatte. Seitdem die Bande wie aus dem Nichts aufgetaucht war, wirbelten ihre Gedanken völlig durcheinander.

»Entschuldigen Sie, ich habe Sie nicht einander vorgestellt. Das sind Doktor Caspari vom Landeskriminalamt und Oberhauptkommissar Bertram, der Leiter der Gelnhäuser Polizei. – Das ist Dekan Kern.«

Kern schüttelte Caspari die Hand und warf einen verstohlenen Blick auf Clara, die nicht von der Seite ihres Freundes wich.

»Gestern hat man auf Sie geschossen, und heute wurden Sie schon wieder angegriffen. Das ist mehr, als die meisten Kolleginnen und Kollegen in ihrer gesamten Amtszeit erleben. Sie müssen sich erst einmal davon erholen. Wenn Sie wollen, übernehme ich den Gottesdienst übermorgen.«

»Nein, das wird schon gehen. Ich habe ihn schon fertig vorbereitet«, lehnte Clara das Angebot ab.

»Also gut. Mehr arbeiten Sie aber bis Montag nicht! Das ist eine dienstliche Anweisung! – Leider muss ich jetzt wieder zurück in den Finanzausschuss unseres Kirchenkreises. Ich habe den Eindruck, Sie sind in guten Händen«, meinte er augenzwinkernd und ging.

Langsam begann Bertram wieder aus seiner Nachdenklichkeit aufzutauchen. »Ich habe nicht damit gerechnet, dass ein solches Gewaltpotential in Gelnhausen möglich ist«, sagte er leise. »Ich muss mich mit dem Jugendamt und der Drogenberatung zusammensetzen und Konzepte entwickeln, wie wir den Drogenkonsum in dieser Stadt eindämmen können. Vor allem werden wir noch härter gegen solche Nachwuchskriminelle durchgreifen. Ich will Gelnhausen nicht den Schlägern und Dealern überlassen.«

Caspari klopfte ihm auf die Schulter. »Ich nehme an, du hast nichts dagegen, wenn wir unsere Zeugenaussagen erst morgen machen. Wenn ich mir Clara ansehe, meine ich, es ist genug für heute.«

Bertram nickte und verabschiedete sich von ihnen.

Clara wünschte sich weg von diesem Ort. Sie hatte genug vom Stöhnen der Verletzten, dem Geruch von Blut und dem ewigen Kreisen der blauen Lichter auf den Wagendächern der Einsatzfahrzeuge. Wie ein kleines Kind ließ sie sich von Caspari aus dem Hof führen. Sie spürte die Blicke der Nachbarn und anderer Zaungäste auf sich, aber sie waren ihr gleichgültig.

Vor der Absperrung standen Tina und Mario, die sich mit einem der Streifenbeamten unterhielten. Werner hatten sie nach Hause geschickt, nachdem er von einem Notarzt behandelt worden war.

»Wollten wir nicht etwas essen?« fragte Caspari mit hochgezogenen Augenbrauen.

»Ich dachte schon, Sie hätten's vergessen«, meinte Mario erleichtert.

»Anschließend gehen wir noch etwas trinken«, bestimmte Caspari. »Das haben wir uns verdient. Außerdem senkt das den Adrenalinspiegel.«

Im ›Schelm von Bergen‹ studierte Clara die Speisekarte, während Caspari mit seinen Eltern telefonierte. Clara hörte, wie er ihnen in kurzen Sätzen die Situation schilderte und sie darum bat, Lukas ins Bett zu bringen. Danach sagte er seinem Sohn durch den Hörer gute Nacht. Lukas bestand darauf, auch mit Clara zu sprechen, bevor er schlafen gehen sollte. Sie schmunzelte, als er ihr fröhlich plappernd erzählte, dass er eine neue Erzieherin im Kindergarten bekommen hatte.

Während sie sich das opulente Nachtmahl schmecken ließen, sprachen sie über den Kampf und die Gegner, die sich ihnen gegenübergestellt hatten. Clara war überrascht, wie schnell sie die Erfahrung der Bedrohung zu verarbeiten schienen. Für sie hingegen waren die Bilder dieses Albtraums noch ganz lebendig. Caspari, Tina und Mario verarbeiteten diese gefährliche Begegnung nach so kurzer Zeit, indem sie die Kämpfe analysierten. Vielleicht, ging es Clara durch den Kopf, bringt das ihr Beruf mit sich, in dem man ständig mit Gewalt konfrontiert ist.

»Ich bin froh, dass Sie sich der Jungs mit den Messern angenommen haben«, meinte Tina zu Caspari. »Davor habe ich immer noch Bammel, obwohl wir das schon so oft im Ju-Jutsu geübt haben.«

»Ihr Problem ist nicht, dass Sie die Verteidigung nicht beherrschen«, antwortete er. »Sie denken zuviel beim Kämpfen! In den klassischen Kampfkünsten spricht man davon, dass der Geist die Technik lenkt, nicht der Verstand.«

»Ich weiß, ich weiß«, entgegnete Tina. »Ich müsste viel meditieren, um das zu erreichen.«

»Übrigens habe ich nicht alle Messerstecher auf die Bretter geschickt«, sagte Caspari und legte dabei grinsend die Hand auf Claras Schulter. »Clara hat ihren Mann ganz allein kaltgestellt.«

Mario fuhr sich mit der Serviette über den Mund. »Ein weiblicher Don Camillo?« flachste er. »Eine Donna Camilla. Meinen Respekt!« Er hob sein Bierglas und stieß mit allen an.

Clara sah die Neugier in Casparis Augen.

»Wo hast du das gelernt?« fragte er sie.

»Das war reiner Reflex«, versuchte sie sich herauszureden.

»Eine Kombination wie diese? Erzähl mir nichts!«

Clara wurde rot. Sie schürzte ihre Lippen und sah Caspari gespielt entrüstet an. »Also gut. Ich habe dir erzählt, dass meine Mutter Irin ist. Irische Jungs spielen entweder Rugby, oder sie lernen Boxen. In Buenos Aires gab es keinen Rugby-Verein. Also bestand meine Mutter darauf, dass meine zwei älteren Brüder Boxen lernen. Sie trieb einen Exilkubaner auf, der unter Fidel Castro als Trainer gearbeitet hatte. Meine Brüder gingen mit einigen Klassenkameraden in seinen Boxclub. Ich quengelte so lange, bis ich mittrainieren durfte. Paolo hatte damit weniger Probleme als meine Mutter. Frauenboxen hat in Kuba Tradition. In Deutschland habe ich dann sogar an der Universität geboxt. Jetzt traktiere ich nur noch gelegentlich meinen alten Sandsack.«

»Donna Camilla«, sagte er lachend, worauf sie ihn knuffte.

Nach dem Abendessen lud Caspari sie ins ›McDaids‹ ein. Der kleine Irish Pub weckte bei Clara Erinnerungen an ihre Besuche in Irland. Mit Genuss trank sie ein Kilkenny. Als sie von der Toilette wiederkam, sah sie, dass ihre Runde gewachsen war. Ein weiteres Pärchen, das Caspari, Tina und Mario gut zu kennen schienen, saß an ihrem Tisch. Näher herangekommen, erkannte sie zumindest den Mann. Es war derjenige, der sie in Casparis Gefolgschaft plump im Fitnesscenter angesprochen hatte. Neben ihm saß eine attraktive hochgewachsene Frau ihres Alters mit denselben rotblonden Haaren wie Caspari.

Als der verkappte Stenz Clara erblickte, stutzte er sichtlich. Caspari stand auf, um sie wieder auf ihren Platz zu lassen. Bevor sie sich an ihm vorbeizwängte, gab sie ihm einen Kuss. Nachdem sie sich gesetzt hatte, stellte Caspari die Unbekannten einander vor.

»Clara, das ist Benny. Den hast du ja schon einmal kurz gesehen. Daneben sitzt Iris, meine kleine Schwester, Bennys Lebensgefährtin – meistens jedenfalls.«

Iris kniff ein Auge zu und hob die Faust in einer gespielten Drohgebärde.

»Lass stecken, das hatten wir heute abend schon mal«, meinte Tina schmunzelnd.

Iris lachte fröhlich. Benny hingegen saß schweigend neben ihr und hatte die ganze Zeit in einer Mischung aus Schrecken und Staunen den Mund halboffen stehen.

»Benny, Iris«, fuhr Caspari, die Form wahrend, fort, »das ist Clara.«

»Du hast eine … diese Freundin?« fragte Benny, der offensichtlich völlig neben sich stand.

»… und ausgerechnet die Dame, die du so formvollendet angebaggert hast, um meinen armen kleinen Bruder wieder einmal vorzuführen!« unterbrach ihn Iris frotzelnd. »Ich weiß alles! Seydel hat's mir neulich erzählt.«

»Aber ich wusste ja gar nicht, dass du …«

»Das ist wieder mal typisch! Ich habe dir vor ein paar Tagen erst nach einem Telefonat mit meiner Mutter erzählt, dass Christoph eine Freundin hat. Du hörst nie richtig zu!«

Clara musste herzhaft lachen. Sie vergaß die Ereignisse des Tages für eine Weile. Dieser kleine verrauchte Irish Pub, in dem Folkmusik im Hintergrund lief und das Bier der grünen Insel ausgeschenkt wurde, ließ ein Gefühl von Heimat in ihr aufsteigen. Sie saß mit netten Menschen in einer fröhlichen Runde, und sie hatte einen Freund, der sie als selbstbewusste, eigenständige Frau ernst nahm und liebte. – – –

Ein penetranter Klingelton riss Clara aus dem Schlaf. Caspari lag regungslos neben ihr und schnarchte leise. Benommen suchte sie die Quelle der Ruhestörung. Auf Casparis Seite lag sein Mobiltelefon. Sie legte sich quer über ihn und fischte es vom Boden auf.

Schlaftrunken meldete sie sich. »Anschluss Caspari, Frank am Apparat.«

»Frau Pfarrerin, sind Sie das?« brummte eine Stimme am anderen Ende.

»Ja. Mit wem sprech' ich denn?«

»Hier ist Bertram. Können Sie mir bitte Christoph ans Telefon holen?«

»Ich glaube, das wird mir auf die Schnelle nicht gelingen«, antwortete sie und sah grinsend auf den noch immer leise schnarchenden Hünen in ihrem Bett.

»Es wäre mir lieb, wenn Sie in einer halben Stunde im Revier sein könnten, damit ich Ihre und Christophs Aussagen aufnehmen kann.«

»In Ordnung«, antwortete sie. »Wir kommen.«

Sie legte das Telefon beiseite und zog Caspari langsam die

Decke weg. Zärtlich fuhr sie ihm über die behaarte Brust. Nach einer Weile zuckte er und schlug die Augen auf.

»Guten Morgen, Großer. Wie geht's dir?« fragte sie, ohne mit dem Gleiten ihrer Finger über seine Haut aufzuhören.

»Ich habe leichtes Geweihklopfen«, sagte er verschlafen und rieb sich die Augen.

»Du hast *was*?«

»Einen leichten Kater«, erklärte er.

»Dagegen helfen eine heiße Dusche und ein starker Kaffee. – Bertram hat angerufen. Er erwartet uns in einer halben Stunde.«

Caspari blickte auf den Wecker und machte ein entsetztes Gesicht. »Schon neun Uhr? Um Gottes willen!«

Mühsam stand er auf. Noch etwas schlaftrunken ließ er sich von Clara ins Bad führen. Sie drückte ihm eine Zahnbürste in die Hand.

»Die habe ich für dich gekauft, damit du nicht immer deine von zu Hause mitbringen musst«, sagte sie mit einem Augenzwinkern und ging in die Küche, um den Kaffee aufzustellen. Danach holte sie die Kleider, die sie noch in der Nacht zum Lüften auf den Balkon gehängt hatte. Der durchdringende Nikotingeruch war dem kühlen, frischen Duft der Herbstluft gewichen.

Nachdem sie geduscht und im Stehen eine Tasse Kaffee getrunken hatten, fuhren sie zum Revier. Tina winkte ihnen müde von ihrem Büro aus zu. Mario trug eine Sonnenbrille und hob schwerfällig den Kopf zum Gruß.

Bertram wartete bereits mit Jungmann in seinem Büro auf sie. Caspari musste bei dem älteren der beiden bleiben, Clara ging mit Jungmann in dessen Büro. Es fiel ihr nicht leicht, über die Ereignisse auf dem Hof neben dem Jugendzentrum zu sprechen. Sie durchlebte die Angst und die Panik noch einmal, während sie sich die Bilder in Erinnerung rief. Als sie an der Stelle angekommen war, wo sie den Rädelsführer bewusstlos geschlagen hatte, nickte Jungmann anerkennend.

»Meinen Respekt«, sagte er. »Ich kenne wenige, die dazu in der Lage gewesen wären. Die meisten Menschen hätten sich vor Angst kaum gerührt. Haben Sie mal einen Selbstverteidigungskurs für Frauen besucht?«

»So was in der Art«, antwortete Clara ausweichend.

Auf dem Flur wartete Caspari auf sie. Er unterhielt sich mit Tina und Mario, die beide abwechselnd gähnten.

»Es wird Zeit, dass Sie beide nach Wiesbaden fahren und sich heute und morgen ausruhen«, sagte er. »Ich brauche Sie am Montag wieder frisch.«

Bertram kam mit einem Aktenordner auf sie zu. »Der Bericht der Kriminaltechnik kam gestern abend. Die Fußabdrücke unseres Schützen haben Schuhgröße 44. Das Profil gehört zu einem Gummistiefel mit einem Innenschuh aus Filz, wie ihn Jäger gern benutzen. Hersteller ist die kanadische Firma Kamik, das Modell heißt ›Hunter‹. Die Kollegen fragen in jedem Geschäft im Umkreis nach, das Jagdartikel führt. Die Stiefel können allerdings auch bei einem Internet-Anbieter bestellt worden sein. Die Patronenhülsen gehören tatsächlich zu einem Jagdgewehr. Die Kollegen fragen auch nach den Käufern dieser Patronen in den einschlägigen Geschäften. Auf die Zeitungsartikel über die Schüsse am Weiher …«

»Das stand in der Zeitung?« unterbrach ihn Caspari.

»Natürlich! Was denkst du denn?« entgegnete Bertram. »Siehst du nie in die Zeitung? Du solltest dir mal die Berichte über eure Schlägerei gestern angucken! So was ist doch für die Presse ein gefundenes Fressen. Jedenfalls hat sich ein Zeuge auf den Artikel hin gemeldet. Er war mit seinem Hund zur fraglichen Zeit zwischen Wittgenborn und Waldensberg unterwegs. Ihm sind ein grüner Geländewagen und ein kleiner silbermetallicfarbener Van aufgefallen, die im Abstand von wenigen Minuten mit hoher Geschwindigkeit die Straße Richtung Wittgenborn gefahren sind. Der Mann sagte, der Geländewagen sei ein kleineres Modell der Marke Daihatsu gewesen. Er meinte, das wäre der Wagen eines Jägers gewesen. Er selbst geht auch zur Jagd und fährt dasselbe Modell. Die Kennzeichen konnte er übrigens nicht erkennen. Dazu stand er zu weit entfernt. Ich habe mit dem

Vorsitzenden des Kreisjagdverbandes gesprochen. Er lässt mir eine Liste aller Mitglieder samt deren Adressen zukommen. Sobald wir die haben, nehmen wir alle Jäger unter die Lupe, die einen solchen Geländewagen fahren. Außerdem werden alle Förster und Forstbeamte im Umkreis überprüft. Es wird wohl eine Weile dauern, aber wir kriegen den Schützen, verlass dich drauf!«

Clara wäre es lieber gewesen, Bertram hätte ihnen die Nachricht gebracht, dass der Heckenschütze gefasst worden sei. Die Vorstellung, noch mehr Tage von einem Personenschützer begleitet zu werden, war ihr unangenehm.

Sie verabschiedeten sich und fuhren zum Pfarrhaus. Clara packte zum zweiten Mal in dieser Woche ihre Reisetasche. Bevor sie ging, hörte sie den Anrufbeantworter ab. Doktor Richter hatte eine Nachricht hinterlassen. Sein Vater war am Tag zuvor gestorben. Er bat Clara um einen Rückruf.

Sie erreichte ihn sofort. »Es tut mir leid, dass Ihr Vater gestorben ist.«

»Danke, Pfarrerin Frank. Wir alle wussten, dass er nicht mehr lange zu leben hatte. Aber am Ende ging's doch überraschend schnell. Wir möchten ihn am kommenden Freitag, also am achten November, beerdigen. Der Bestatter hat den Leichnam meines Vaters bereits zum Krematorium gebracht. Die Urne wird bis zu diesem Termin wieder hier sein. Es ist uns wichtig, dass Sie die Beerdigung halten. Sie haben ihn schließlich noch kurz vor seinem Tod kennengelernt.«

Clara stimmte zu und vereinbarte für Montag das Beerdigungsgespräch. Nachdem Richter das Gespräch beendet hatte, rief sie den Küster an und bat ihn, die Totenglocke der Marienkirche zu läuten.

Caspari stand auf der Straße und unterhielt sich mit Claras Aufpasser. Er hatte ihr beim Packen nicht im Weg stehen wollen und war draußen geblieben. Dem Beamten stand die Freude ins Gesicht geschrieben. Clara hörte, wie Caspari ihm für den Rest des Wochenendes freigab. Auf dem Hof, wo sie bis Montagmorgen die Zeit verbringen wollte, war kein weiterer Personenschützer vonnöten.

Als Clara ihre Sachen in den Kofferraum des Volvo legte, ertönte eine Glocke aus einem der Türme der Marienkirche.

Caspari sah sie neugierig an. »Ist jemand gestorben?«

»Ja, der alte Herr Richter.«

Er brachte nur ein »Oh!« heraus und blieb einen Moment lang unschlüssig stehen. Dann gab er dem Beamten einen Abschiedsgruß und stieg mit Clara in den Volvo.

»Auf welche Musik hast du Lust?« fragte er, als sie losfuhren.

Sie brauchte nicht lange zu überlegen. »Lass uns doch nochmal die Peer-Gynt-Suite hören.«

Verträumt lauschte sie der Musik und betrachtete die Natur im Licht der Herbstsonne. An den kahlen Bäumen hingen nur noch vereinzelt Blätter. Das feuchte Laub deckte mit seinen braunen, roten und gelben Tönen den Waldboden. Clara genoss still das Farbenspiel, den Klangteppich aus Sehnsucht, Melancholie und Lebensfreude an Casparis Seite.

Auf dem Hof empfing sie Lukas ungestüm. Er nahm Clara sofort in Beschlag und zeigte ihr seine Ritterburg aus Lego-Steinen.

Nachdem sie den Kleinen am Abend ins Bett gebracht hatten, lagen sie auf der Couch und hingen ihren Gedanken zum Streichkonzert von Marcello* nach. Versonnen blickte Clara in das Feuer des Kachelofens, das durch das Kaminfenster sein Licht warf.

Es war Caspari, der ihr Schweigen brach. »Ich bin erstaunt, wie selbstverständlich Lukas dich in unsere Familie aufgenommen hat. Zu Anfang hatte ich befürchtet, er könnte in dir eine Konkurrentin sehen, die ihm meine Zuwendung streitig macht. Statt dessen sieht er in dir eine weitere Bezugsperson, die ihm Aufmerksamkeit und Zuwendung schenkt.«

Clara hatte Casparis Sohn vom ersten Moment an in ihr Herz geschlossen. Sie mochte sein offenherziges und fröhliches Wesen. Bei ihrer ersten Begegnung war keine Zeit geblieben, sich über Eifersucht oder Ablehnung den Kopf zu zerbrechen. Im Angesicht der tödlichen Bedrohung hatte sie dem Morgen ein alltägliches Gesicht geben müssen, während

*) *Alessandro Marcello: Konzert für Violoncello, Streicher und basso continuo*

Caspari draußen auf den unbekannten Heckenschützen wartete. Weder für Erklärungsversuche über ihre Beziehung zu seinem Vater noch für Befürchtungen über das Verhalten des Kleinen ihr gegenüber war damals Platz gewesen. Vielleicht lag hierin der Grund für ihr unbeschwertes Verhältnis zueinander.

Am Sonntag fuhr die ganze Familie nach Gelnhausen in den Gottesdienst.

»Wir sind sonst unserem Waldensberger Pfarrer noch nie untreu gewesen«, sagte Mutter Caspari, »aber wenn Clara den Gottesdienst hält, muss man ja mal eine Ausnahme machen.«

Am Montagmorgen brachte Clara zusammen mit Caspari Lukas in den Kindergarten. Er verabschiedete sich mit einem dicken Kuss von ihr. Sie musste ihm versprechen, bald wiederzukommen.

Vor ihrem Pfarrhaus wartete Kommissar Werner, ihr Personenschützer, schon auf sie. Mit einer innigen Umarmung und einem sanften Kuss verabschiedete sie sich von Caspari. Als sie allein in ihrem Amtszimmer saß, überkam sie ein Gefühl, das sie noch gut aus der Zeit kannte, als ihre Familie von Argentinien nach Deutschland gezogen war. Sie hatte Heimweh.

Kapitel IX

INGE ERWACHTE AUS EINEM ALBTRAUM. Sie saß in dem dunklen Raum, der ihr als Versteck diente, wenn der Junge mit anderen Leuten zu tun hatte, die sie nicht bemerken durften. Sie fühlte sich kraftlos. Die Enttäuschung über ihr Versagen und der Schmerz, Gottes Auftrag nicht vollendet zu haben, legten sich wie ein schwerer schwarzer Mantel über sie. Das Atmen fiel ihr schwer. Tränen liefen ihr über die Wangen. Sie fürchtete sich vor Gottes Zorn. Wie sollte sie ihm begegnen?

Zitternd begann sie, sich zu rechtfertigen. »Herr, das war zuviel für mich! Wie hätte ich das allein schaffen sollen? Sieh doch, ich habe alle nach deinem Willen hingerichtet. Ich habe in deinem Namen der Welt Zeichen gegeben. Du hast sie verstockt. Du willst, dass sie die Zeichen nicht verstehen, damit dein Zorn sie treffe. Warum gabst du mir einen so mächtigen Gegner? Du hast mir mehr Hürden in den Weg gelegt als Hilfe gegeben!«

Sie hielt inne. In ihrem Eifer hatte sie sich im Ton vergriffen. Ängstlich warf sie sich zu Boden. »Verzeih, Herr! Ich habe es nicht so gemeint. Bitte vergib mir«, flehte sie. Ein Psalmwort kam ihr über die Lippen: *»Geh nicht ins Gericht mit deinem Knecht; denn vor dir ist kein Lebendiger gerecht.«**

»Du bist eine so armselige Gestalt, dass ich nicht begreifen kann, wie du mir so lange deinen Willen aufzwängen konntest.«

Inge starrte entsetzt in die Dunkelheit des Raumes. Der Junge hatte zu ihr gesprochen. In seiner Stimme lag Kraft und Selbstbewusstsein.

»Du warst ganz unten, als ich kam. Als ich dich fand, lagst du auf dem Boden«, rechtfertigte sie sich.

*) *Psalm 143,2*

»Ich war in einer tiefen Krise. Das kann jedem mal passieren. Du hast das schamlos ausgenutzt und mich von dir abhängig gemacht! Aber damit ist jetzt Schluss, ein für allemal!«

»Was hast du vor?«

»Ich werde dich fortjagen! Du hast lange genug auf meine Kosten gelebt! Es hat dir nichts ausgemacht, mich für deine kranken, perversen Hinrichtungen zu missbrauchen!«

»Das waren Dämonen! Es war Gottes Wille, dass ich sie vernichtet habe!«

»Der einzige Dämon bist du! Und es wird Zeit, dass dich jemand aus mir austreibt. Fahre meinetwegen in eine Herde Schweine! Gott hat niemals von dir verlangt, Menschen so bestialisch zu töten! Das redet dir dein krankes Hirn ein! Gott ist ein Gott der Liebe und des Lebens, aber nicht der Vernichtung und des Todes. Ich habe zwar nicht viel aus dem Konfirmandenunterricht behalten, aber das habe ich mir gemerkt. Um in deiner Sprache zu bleiben: Dein Herr ist der Teufel, nicht Gott! In diesem riesigen Polizisten ist dir der Erzengel Michael begegnet, der dich in die Hölle zurücktreibt!«

Inge hielt sich die Ohren zu und wimmerte: »Hör auf! Ich will das nicht hören!« – – –

»Ich kann Ihnen nicht viel über ihn erzählen. Obwohl er mein Vater war, habe ich ihn eigentlich nicht richtig gekannt.«

Doktor Richter legte die Hände auf dem Tisch, an dem sie saßen, übereinander und nickte seiner Frau zu, die mit einer Teekanne aus englischem Porzellan aus der Küche kam.

Clara hatte damit gerechnet, dass das Beerdigungsgespräch schwierig werden würde. Schon bei ihrer ersten Begegnung hatte sie Doktor Richter als einen Menschen eingeschätzt, zu dessen Selbstverständnis es nicht passte, über Gefühle zu reden, geschweige denn, sie zu zeigen. In ihren Augen gehörte er zu einer bestimmten Sorte Naturwissenschaftler, für die nur messbare Fakten und empirisch belegbare Ergebnisse zählten, die der Verstand erfassen und begreifen konnte. Im Bereich von Empfindungen waren sie zurückgeblieben, und ihre Seele fristete das trostlose Dasein einer vernachlässigten Zimmerpflanze.

Frau Richter bot ihr einen Tee an.

Clara unternahm einen Versuch, das Gespräch zu entkrampfen. »Ich möchte Ihnen die Struktur der Beerdigungspredigt für Ihren Vater erklären«, sagte sie in der Hoffnung, auf diesem Wege Doktor Richter zum Erzählen zu bewegen. »Ich wähle ein Bibelwort als Thema. Am Beginn steht die Erinnerung und die gemeinschaftliche Vergewisserung, dass dieser Mensch, um dessentwillen sich die Trauergemeinde versammelt hat, tot ist. Nach einer Überleitung zitiere ich das Bibelwort und erkläre seine Bedeutung für das Leben und Sterben. In einem dritten Schritt interpretiere ich diesen Spruch auf das Leben ihres Vaters hin. Dazu möchte ich gern mit Ihnen darüber reden, was für ein Mensch er war, was ihn geprägt und beeinflusst hat. Zum Schluss leite ich zur Auferstehung über, in der uns Jesus Christus vorangegangen ist. Damit schließe ich die Predigt.«

Richter sah sie nachdenklich an. »Er war sehr diszipliniert, schätzte die preußischen Tugenden. Nach dem Krieg beendete er sein Jurastudium und wurde ein erfolgreicher Anwalt, sehr streng mit sich selbst und mit anderen.«

»Er war ein harter Mann«, schaltete sich seine Frau ein. »Auf mich wirkte er kalt, wie jemand, der keine Gefühle an sich heranlässt. Ich kam nie gut mit ihm zurecht. Als er sich aus der Kanzlei zurückzog, veränderte er sich. Er wurde zugänglicher und zeigte auch öfter Gefühle. Unsere Söhne und ich möchten ihn am liebsten so in Erinnerung behalten, wie er in den letzten Jahren seines Lebens war.«

»Ich habe ihn in den wenigen Gesprächen, die wir miteinander geführt hatten, als einen offenen, netten Menschen erlebt. Aufgefallen war mir, dass er eine große Schuld durch den Krieg auf sich lasten fühlte.«

»Ich möchte Sie bitten, darüber nichts in Ihrer Predigt zu sagen. Dieses Thema war eine große Bürde. Es soll mit ihm begraben werden!« entgegnete Doktor Richter mit ernstem Gesicht.

»Nicht alles, worüber wir hier reden, findet seinen Eingang in die Predigt«, sagte Clara so ruhig und freundlich wie möglich. »Unser Gespräch bietet auch die Möglichkeit, Dinge auszusprechen, die einen als Trauernden bewegen.«

»Natürlich«, erwiderte Doktor Richter mit betont höflichem Tonfall.

Nach einer knappen Stunde verließ Clara Doktor Richters Haus und stieg in den Passat ihres Personenschützers. Schweigend ließ sie sich zurückfahren.

Am Abend rief Caspari an. Er war nach einem langen Tag beim Landeskriminalamt in Wiesbaden direkt nach Hause gefahren, um Lukas wieder einmal selbst ins Bett zu bringen. Auf seinem Küchentisch lagen haufenweise Akten, die er durcharbeiten musste. Er würde an diesem Abend nicht mehr zu ihr kommen können. Auch Clara hatte noch einiges zu tun, wozu sie den Tag über nicht gekommen war. Außerdem begann morgen ihr erster Tag als Schulseelsorgerin, den sie ausgeruht und gut vorbereitet angehen wollte. – – –

Caspari und Lukas räumten den Frühstückstisch ab, als sein Mobiltelefon klingelte. Der Arzt der ›Inneren‹ Intensivstation unterrichtete ihn darüber, dass Jochen Arnold aus dem Koma aufgewacht sei. Sein Zustand sei erstaunlich gut. Caspari könne ihn sprechen, wenn er wollte.

Auf diesen Moment hatte er mit großer Spannung gewartet. Es reizte ihn, der Persönlichkeit, zu der sich Jochen Arnold entwickelt hatte, auf den Grund zu gehen und zu analysieren.

Sofort nach dem Telefonat mit dem Arzt rief er Mario an. »Ich muss Sie beide leider wieder aus dem schönen Wiesbaden abziehen. In Fulda gibt's Arbeit. Arnold ist aufgewacht und vernehmungsfähig. Bringen sie einen Camcorder und ein Tonbandgerät mit. Den üblichen Computerkram natürlich auch. Und packen Sie wieder Ihre Koffer. Die Verhöre werden sich über mehrere Tage hinziehen.«

»Ich brauche eigentlich keinen Urlaub – so selten, wie ich zu Hause bin«, entgegnete Mario ironisch.

Sie verabredeten sich vor dem in Klinikum Fulda.

Caspari brachte Lukas in den Kindergarten, wo ihm der Kleine stolz die neue Praktikantin vorstellte. Kommissarin Wolff war eine sportlich wirkende Mittzwanzigerin mit Kurzhaarschnitt. Sie zwinkerte ihm zu.

Da er noch viel Zeit hatte, bis er in Fulda sein musste, fuhr er zum Polizeirevier in Gelnhausen. Bertram hatte keine Neuigkeiten über den Schützen. Statt dessen drückte er Caspari einen langen Bericht der Kriminaltechnik über die Hausdurchsuchung und die anschließende Untersuchung der Beweisstücke in die Hand.

»Arnold ist übrigens aufgewacht und vernehmungsfähig. Wir müssen die Verhöre im Krankenhaus führen. Können wir das Büro noch einen Weile benutzen? Bei euch lagern schließlich auch alle Beweisstücke.«

Bertram nickte und gab seine Zustimmung.

Auf dem Flur kam Jungmann Caspari entgegen. Er wirkte übernächtigt, sah Caspari allerdings mit einem Siegerlächeln an. »Eure Prügelei hat uns zu einem ziemlich großen Drogensumpf geführt. Du kannst dir gar nicht vorstellen, was wir alles bei den Hausdurchsuchungen gefunden haben! Die Bande hat still und leise ihr Geschäft im Kinzigtal aufbauen wollen. Dementsprechend groß waren auch die Bestände in den Verstecken. Die haben alles verkauft, was unter Drogen firmiert: Ecstasy, Crack, Speed, Kokain, Heroin, Haschisch, Marihuana – alles, was das Herz begehrt. War allerhöchste Zeit, dass die Bande auffliegt! Jetzt werten wir alle Daten ihrer Computer aus. Ich bin froh, dass wir diese Kerle kaltgestellt haben. Die werden in den nächsten paar Jahren hier keinen Stoff mehr verkaufen.«

»Gute Arbeit«, meinte Caspari anerkennend. Es überraschte ihn, dass Jungmann seit den vergangenen zwei Tagen auf seinen aggressiven Tonfall verzichtet hatte.

In seinem provisorischen Büro begann Caspari den Bericht der Kriminaltechnik zu lesen. Neue Erkenntnisse waren darin nicht zu finden. Vielmehr bestätigten die Untersuchungen ihre bisherigen Vermutungen.

Nach einer Stunde machte er sich auf den Weg nach Fulda.

Vor der Klinik traf er Tina und Mario. Auf der Intensivstation sahen sie zwei bullige Polizisten, die schwer bewaffnet im Flur standen. Argwöhnisch beobachteten sie jede Bewegung im Zimmer durch das Fenster. Caspari stellte sich und seine beiden Mitarbeiter vor und erkundigte sich eingehend nach den Sicherheitsvorkehrungen.

»Die Schicht wird alle vier Stunden gewechselt«, erklärte einer der beiden Beamten, »um Fehler durch ein Nachlassen der Konzentration zu verhindern. Es werden nur Beamte mit Berufserfahrung eingesetzt, die in Stress-Situationen angemessen reagieren können. Wir haben ihn mit Fußfesseln an sein Bett gekettet. So wie der aussieht, ist er im Augenblick aber ohnehin zu allzu viel Dummheiten nicht in der Lage.«

Caspari sah durch das Fenster auf den Mann, dem sie den Titel ›der Chirurg‹ gegeben hatten. Seine und Arnolds Blicke trafen sich. Caspari fixierte ihn, als ob er auf diese Weise in die finstere Welt des Serienmörders eintauchen könnte.

»Ich habe gehört, dass Sie den Kerl so auseinandergenommen haben«, fuhr der Beamte fort. »Meinen Respekt!«

Caspari zog die Augenbrauen hoch und klopfte dem Mann auf die Schulter. »Passen Sie gut auf sich auf. Der Mann ist selbst jetzt noch gefährlich.«

Bevor er das Zimmer betrat, sprach ihn der Arzt an. »Sie müssen Doktor Caspari sein. Herr Arnold hat heute morgen kurz nach unserem Telefonat nach Ihnen verlangt.«

Caspari sah ihn überrascht an.

»Der Mann ist ein Phänomen«, fuhr der Arzt fort. »Der Nachtdienst hat gegen ein Uhr plötzlich bemerkt, dass die Hirnaktivitäten stärker wurden. Im Laufe der Zeit wurde der Patient immer unruhiger, als ob er einen schlechten Traum hat. Gegen sechs Uhr ist er aufgewacht. Ich habe es bisher noch nie erlebt, dass sich jemand so schnell erholt, nachdem er aus dem Koma erwacht ist. Selbst die Schmerzmittel, die wir ihm zuführen, machen ihn kaum benommen. Er verfügt offenbar über einen sehr starken Willen.«

Mit Sorgenfalten auf der Stirn warnte Caspari: »Seien Sie vorsichtig! Herr Arnold hat eine multiple Persönlichkeit und ist unberechenbar! Gehen Sie oder das Pflegepersonal nie ohne die beiden Beamten in seine unmittelbare Nähe!«

Der Arzt nickte schweigend.

Gemeinsam mit Tina und Mario betrat Caspari das Krankenzimmer.

»Ah, Doktor Caspari! Ich habe auf Sie gewartet«, empfing ihn Arnold höflich.

»Guten Tag, Herr Arnold«, antwortete Caspari. »Ich habe meine beiden Mitarbeiter mitgebracht. Sie haben sie ja bereits kennengelernt.«

»Die Hauptkommissare Hergenrath und Bartoldi. Ich erinnere mich.«

Caspari ließ sich von Arnolds freundlichem Ton nicht beeindrucken. Er kannte die Gefahr, in der viele Polizisten bei Verhören standen. In den langen Sitzungen kamen oft tragische Lebensgeschichten ans Licht, entpuppten sich Täter als ungeliebte, zurückgewiesene oder gequälte Kinder, die seelisch nie richtig erwachsen geworden waren. Caspari konnte durchaus Mitleid für sie empfinden. Er war fähig, darüber zu trauern, dass sie zu Triebtätern geworden waren, weil andere Menschen es versäumt hatten, ihnen das Gefühl von Liebe und Geborgenheit zu geben. Doch das änderte für ihn nichts daran, dass sie schreckliche Verbrechen begangen hatten, für die sie verantwortlich waren. Jeder von ihnen hatte die Möglichkeit, sich gegen seinen Trieb zu töten aufzulehnen und Hilfe zu suchen. Deshalb behielt er immer eine innere Distanz zu allen Tätern, die er verhörte. Doch bei Arnold schien alles anders zu sein.

Als Mario und Tina den Camcorder und das Tonbandgerät aufgebaut und angeschaltet hatten, setzte sich Caspari nahe an das Krankenbett und fixierte Arnold. »Sie wissen, warum wir hier sind, Herr Arnold?« begann er.

»Wegen der grausamen Morde an den Ärzten. Ich weiß.«

»Wir würden gern die Ereignisse aus Ihrer Sicht der Dinge kennenlernen.«

»Darauf bin ich vorbereitet«, sagte Arnold gefasst. »Meine Vorgeschichte kennen Sie wohl, wie ich annehmen darf, sonst hätten Sie mich nicht gestellt. Von der wusste ich allerdings bis vor einem Jahr selbst nichts. Meine Erinnerungen reichen in die Zeit zurück, in der meine Mutter und ich bereits bei meiner Oma lebten. An meinen Vater kann ich mich nicht erinnern. Es gab nur ein Bild von ihm, das ich mir manchmal anschaute. Ansonsten bin ich auch wie jedes andere Kind aufgewachsen, ging zur Schule, war bei der Bundeswehr. Anschließend Studium, Eintritt ins Berufsleben – der ganz normale Lebenslauf. Bis dahin! Ich hatte keine Defiziterfahrungen, abgesehen davon, dass ich früh zur Vollwaise wurde. Von meiner Großmutter und meinem Großonkel erfuhr ich viel Liebe und Verständnis. Vor ungefähr eineinhalb Jahren, als ich mit ihm beim Bier zusammensaß, versuchte er mir schonend beizubringen, dass ich zeugungsunfähig sei. Er sagte, ich sei in einem Alter, in dem man heiratet und eine Familie gründet. Es sei an der Zeit, dass ich deshalb darüber Bescheid wissen müsste. Ich solle mir eine Frau suchen, die schon Kinder hat, oder eine, die bereit wäre, Kinder zu adoptieren. Selbst eine künstliche Befruchtung wäre in meinem Fall sehr schwierig, wenn auch nicht unmöglich. Für mich war das ein Schock. Ich hatte bis dahin nie eine längere Beziehung mit einer Frau, aber die Aussicht, dass ich nie in der Lage sein würde, selbst ein Kind zu zeugen, traf mich wie ein Schlag. Auf mein Drängen erzählte mein Großonkel, dass ich als Kind eine unvermeidbare Hodenoperation gehabt hätte. Mehr Erklärung gab er dazu nicht. Nachdem ich eine lange Zeit gebraucht hatte, um diese Nachricht zu verdauen, wurde mein Wunsch immer stärker, mehr über diese Operation zu erfahren. Als ich mich im vergangenen Jahr um das Haus meines Großonkel kümmerte, während er im Urlaub war, suchte ich nach meiner Patientenakte und dem gesamten Schriftverkehr in seinem Keller. Es war nicht schwer, die Unterlagen zu finden. Was ich darin las, haute mich um! Ich fiel in ein tiefes Loch ohne Boden. Neben den ganzen medizinischen Unterlagen hatte mein Großonkel auch noch seine persönlichen Aufzeichnungen aufgehoben, die er wie ein Tagebuch geführt hatte. Auf diesem Weg erfuhr ich von der Tragödie, die sich zwischen meinen Eltern durch meine Geburt abgespielt haben muss. Ich schleppte mich nach Hause und meldete mich am folgenden Tag krank. Ein Gefühl der völligen Lähmung erfasste mich. Ich konnte nicht schlafen, nicht essen, mit niemandem reden. Tagelang saß ich regungslos im Sessel und starrte ins Leere. In dieser Zeit tauchte sie auf.«

»Wen meinen Sie?« fragte Caspari.

»Wie soll ich das erklären?« überlegte Arnold laut. »Sie nannte sich Inge. Sie war keine reale Person und wiederum doch so wirklich, dass sie mit mir redete, mich wieder aufbaute, ja, dass sie selbst dazu in der Lage war, meinen Willen zu beeinflussen. Als ich mich wieder gefangen hatte, wurde mir klar, welchem bösartigen Wesen ich die Macht über mich gegeben hatte. Aber zu diesem Zeitpunkt war es schon zu spät.«

»Inwiefern zu spät?«

»Sie hatte die Oberhand. Ich wurde sie nicht mehr los!«

Eine Krankenschwester kam in Begleitung der beiden Beamten herein und brachte Arnolds Mittagessen. Caspari ging mit Tina und Mario in die Cafeteria der Klinik. Unterwegs trafen sie den Arzt von der Intensivstation.

»Bitte fassen Sie sich nachher kurz«, sagte der Arzt. »Wir wollen nicht gleich am ersten Tag übertreiben.«

In der Cafeteria aßen sie eine Kleinigkeit.

»Ich schlage vor, Sie übernachten ab jetzt in einem der Appartements bei uns auf dem Hof«, meinte Caspari. »Meine Mutter würde sich sehr darüber freuen – und der hessische Staatshaushalt im übrigen auch. Kost und Logis sind frei, das Training auch, wenn Sie wollen. Was meinen Sie?«

Tina und Mario grinsten.

»Wer könnte bei dem guten Essen Ihrer Mutter und dem netten Familienanschluss noch nein sagen?« frotzelte Tina.

Casparis Mobiltelefon meldete sich mit seinem penetranten Klingelton.

»Von dem Klang bekommt man selbst dann Kopfschmerzen, wenn man keinen Kater hat«, beklagte sich

Mario. »Können Sie nicht mal was anderes programmieren?«

Caspari grinste und nahm das Gespräch entgegen.

»Hallo, hier ist Elke.«

Der Anruf traf ihn völlig unerwartet. »Ja, was gibt's denn?«

»Ich rufe gerade in einem ungünstigen Zeitpunkt an, gell?«

»Nein, nein. Ich bin nur ein wenig überrascht.«

»Können wir uns heute nachmittag treffen? Ich möchte dir einen Brief für Lukas geben.«

»In Ordnung. Sagen wir: um vier Uhr?«

»Ja, passt gut. Ist es dir recht, wenn wir uns am Blockhaus in Gelnhausen treffen?«

Caspari stimmte zu.

Wieder auf der Intensivstation schien Arnold sie bereits zu erwarten. Ungeduldig blickte er zum Fenster in den Flur und trommelte mit den Fingern seiner gesunden Hand auf die Bettdecke. »Das Essen hier ist gut«, sagte er, als wollte er die Zeit überbrücken, bis der Camcorder und das Tonbandgerät wieder eingeschaltet waren.

»Sie erzählten uns von dieser Inge«, leitete Caspari den neuen Gesprächsgang ein.

»Wie ich schon gesagt habe: Sie ist ein bösartiges Wesen«, begann Arnold. »Sie beobachtete mich. Wenn die Gelegenheit für sie günstig war, verdrängte sie mich und übernahm die völlige Kontrolle über meinen Körper.«

»Das müssen Sie mir genauer erklären«, forderte ihn Caspari freundlich auf.

»Es ist, als würde Sie jemand in einen dunklen Kellerraum stecken und dann in Ihrem Haus tun und lassen, was er oder sie will. Und Sie sitzen fest und können nichts dagegen tun.«

»Sie wollen mir jetzt nicht weismachen, dass Sie nichts von den Morden gewusst haben?« mutmaßte Caspari mit kritischem Blick.

»Doch, aber ich hatte keine Möglichkeit, dagegen zu intervenieren. Zu Anfang wusste ich nicht, was sie tut, während ich an diesem dunklen Ort steckte, bis sie mich über die Ärzte ausfragte, die damals direkt an der Operation beteiligt waren. Ironie des Schicksals: Ich kannte sie alle seit Jahren durch meine Tätigkeit, ohne zu wissen, dass sie mich als Zwitter operiert hatten. Inge erzählte mir, dass sie die Männer bestrafen wollte. Ich habe sie angefleht, davon abzusehen. Vergebens. Sie sprach immer von einer ›heiligen Mission‹. Meine Einwände haben sie nie interessiert. Sie hatte die völlige Kontrolle über mich. Nur wenn sie es als sinnvoll erachtete, überließ sie mir meinen Körper. Im Beruf, beim Einkaufen, bei den Besuchen bei meiner Großmutter, ja, sogar beim Sport ließ sie mich gewähren. Sie tat alles, damit ›wir‹ nicht auffallen, wie sie immer sagte. Wenn es ihr der passende Zeitpunkt erschien, tauchte sie aus diesem finsteren Fleck in meiner Seele auf, in den sie mich dann warf.«

»Wie kommt es, dass in diesem Moment nicht Inge, sondern Jochen Arnold mir gegenübersitzt?« fragte Caspari provozierend.

»Sie hat ihre Macht verloren. Ihre Selbstsicherheit war bereits am Schwinden, als sie spürte, wie dicht Sie ihr auf den Fersen waren. Allmählich reift nun auch in ihr die Einsicht, dass ihre Mission vielleicht doch nicht so heilig war, wie sie's sich immer wieder selbst eingeredet hat. Ihr ganzes Weltbild ist im Begriff zusammenzubrechen. Nun sitzt sie wie ein Häufchen Elend in mir. Jetzt habe *ich* wieder das Sagen! Ich fühle mich zwar noch nicht von diesem Dämon befreit, aber sie kann mir nichts mehr tun.«

»Ihr Arzt hat mich gebeten, das Gespräch nicht zu lange auszudehnen«, sagte Caspari. »Deshalb hören wir heute an dieser Stelle auf.«

Tina und Mario bauten die Aufzeichnungsgeräte ab, Caspari räumte die Stühle zur Seite. Im Gehen wandte er sich noch einmal Arnold zu. »Wir werden in den nächsten Tagen vornehmlich mit Inge reden müssen.«

Arnold nickte und hob die gesunde Hand zum Abschied.

Auf dem Parkplatz gab Caspari Tina und Mario den Appartementschlüssel.

»Fahren Sie schon vor und packen sie in aller Ruhe aus. Meine Mutter wird sicher mit Kaffee und Kuchen auf Sie warten. Ich habe noch etwas in Gelnhausen zu erledigen.«

Als Caspari losfuhr, wählte er die CD ›Officium‹*. Er brauchte jetzt die klaren, transzendenten Klänge der geistlichen Gesänge des Hilliard Ensemble im Dialog mit dem Saxophon des Jazzmusikers Jan Gabarek, um seine Gedanken zu ordnen. Noch war er sich nicht im klaren darüber, was er von Jochen Arnold und seiner Geschichte halten sollte. Nach einer dreiviertel Stunde parkte er seinen Wagen am ›Blockhaus‹, einem kleinen Ausflugslokal oberhalb von Gelnhausen.

Elke stand bereits davor. Sie fuhr ihm zum Gruß mit der Hand über den Arm. »Danke, dass du gekommen bist«, sagte sie. »Hast du einen Moment Zeit?«

Caspari nickte und ging mit ihr den Waldweg, der am Blockhaus entlangführte.

»Jürgen hat mir erzählt, was die vergangenen zwei Tage passiert ist. Ihr habt einen besonders guten Schutzengel, deine Freundin und du.«

Caspari spürte, wie ihm die Röte ins Gesicht schoss.

»Immer noch derselbe schüchterne Riese wie früher«, sagte sie lächelnd. »Das muss dir doch nicht peinlich sein, jedenfalls nicht mir gegenüber. Papa sagt, sie sei sehr hübsch.«

Caspari hatte wieder diesen Kloß im Hals, den er so sehr hasste und so wenig kontrollieren konnte.

»Ich habe mir immer gewünscht, dass du wieder glücklich wirst. Dieser Wunsch scheint nun endlich in Erfüllung gegangen zu sein.«

Caspari nickte und lächelte verlegen.

Elke zog einen dicken Briefumschlag aus ihrer Umhängetasche. »Hier ist der Brief für Lukas. Ich habe viele Bilder dazugetan, damit er sieht, wie groß seine Schwester in der Zeit geworden ist, seit er sie nicht mehr gesehen hat.«

Caspari hatte seine Stimme wiedergefunden. »Ich werde ihm alles vorlesen und mit ihm darüber reden.«

Elke blieb stehen und sah ihn einen Moment lang schweigend an. »Ich habe dir bei unserem letzten Gespräch die nicht ganz faire Frage gestellt, ob du nicht nach Amerika gefahren wärst, wenn ich dich darum gebeten hätte.«

*\) *The Hilliard Ensemble & Jan Gabarek: Officium*

Caspari wollte darauf antworten, aber sie hob die Hand.

»Warte! Du hattest recht. Wie du dich damals auch entschieden hättest, es wäre immer auf irgendeine Weise falsch gewesen. Du bist gefahren, weil man ein solches Angebot nur einmal im Leben bekommt. Dafür musstest du mich in einer Zeit zurücklassen, in der ich dich an meiner Seite gebraucht hätte. Wärst du bei mir geblieben, hätte deine Promotion unterhalb deiner eigenen Ansprüche gelegen. Du hättest immer der verpassten Chance hinterhergetrauert und wärst unzufrieden mit dir und deinem Leben gewesen. Ich bin mir sicher, dass unsere Ehe daran ebenso zerbrochen wäre. Vielleicht hätte ich schon viel früher ganz deutlich über mich, über uns mit dir reden sollen. Wir wären zu einer Paartherapie gegangen und hätten unsere Beziehung wieder auf eine solide Basis gestellt. Dann wäre es nicht so eine einschneidende Erfahrung für mich gewesen, dass du nach Amerika gehst.«

»Vielleicht«, antwortete Caspari, dem keine anderen Worte auf Elkes Geständnis einfielen.

»Lange dachte ich, du hasst mich – besonders nach der Geschichte mit Lukas«, fuhr sie fort.

»O nein! Ich könnte dich nie hassen! Mein Gefühl lässt sich mit einer unendlichen Traurigkeit beschreiben. Man kann sich mit ihr arrangieren, lernt, mit ihr zu leben. Aber sie ist immer da. Sie steckt wie ein Stachel in der Seele, der sich so tief hineingebohrt hat, dass man ihn nicht wieder loswird. Manchmal sehe ich das wunderschöne Mädchen von damals vor mir, das mich mit seinen großen blauen Augen ansieht, und mir klopft das Herz bis zum Hals. In diesen Augenblicken wird mir auf schmerzliche Weise klar, was ich verloren habe.«

Elkes Augen füllten sich mit Tränen, gegen die sie anzukämpfen versuchte. Schließlich gab sie auf und ließ ihnen freien Lauf. »O Christoph«, schluchzte sie.

Er nahm sie in den Arm. »Ist gut«, tröstete er sie und strich ihr über das Haar.

Elke wischte sich mit einem Taschentuch die Tränen aus

dem Gesicht. »Ich bin manchmal hin- und hergerissen. Das Leben, das ich mit Jürgen führe, möchte ich nicht wieder hergeben – es erfüllt mich. Ich liebe ihn wirklich. Und doch ertappe ich mich hier und da, dass ich träume, wir beide hätten uns nie getrennt und lebten glücklich miteinander.«

»Vielleicht war's uns nicht bestimmt, miteinander alt zu werden«, sagte Caspari. »Aber wir haben wenigstens wunderbare Erinnerungen an die glücklichen Zeiten, die wir hatten. Und an deiner Seite steht ein Mensch, der dich liebt. Wenn's der alte Herr da oben gut mit mir meint, dann ist Clara auch so ein Mensch für mich.«

»Das wünsche ich dir von Herzen!«

Schweigend gingen sie wieder zum Blockhaus zurück, wo Elke ihn zum Abschied umarmte. – – –

Clara brauchte Bewegung. Ihr erster Tag als Schulseelsorgerin war aufregend gewesen. Der Direktor hatte sie im Lehrerkollegium offiziell in ihrer neuen Funktion begrüßt und ihr den Raum gezeigt, den sie sich mit den Schülern als Treffpunkt zum Gespräch herrichten konnte. Mit einigen Jugendlichen waren Entwürfe für die Gestaltung des Raumes besprochen worden. Der Jugenddiakon der Kirchengemeinde hatte bereits mit der Besorgung von Einrichtungsgegenständen begonnen.

Nun stand Clara nach zwei Geburtstagsbesuchen am Nachmittag noch ein Taufgespräch am Abend bevor. Die Zeit dazwischen wollte sie unter anderem mit Joggen verbringen. Dafür hatte sie eine neue Route ausgesucht. Locker lief sie die Obere Haitzer Gasse entlang und bog dann in den Kapellenweg ein. Die steil ansteigende Straße gleich zu Beginn war eine Herausforderung für ihre Kondition. Keuchend arbeitete sie sich den Berg hinauf. Als sie auf der Höhe des Dekanats war, hatte sie den schlimmsten Teil der Steigung hinter sich gelassen. Langsam kam sie wieder zu Atem, während sie weiterlief. In der Höhe des Kreisruheheims bog sie in den schmalen geteerten Hohlweg ab, der steil hinauf zum Blockhaus führte. Auf dem Parkplatz des Ausfluglokals musste sie haltmachen, um durchzuatmen. Ihre

Lungen brannten, ihr Puls raste. Für ihren nächsten Lauf musste sie sich unbedingt eine andere Strecke aussuchen.

Kommissar Werner, der ihr die ganze Zeit in einem kleinen Abstand mit seinem Wagen gefolgt war, hielt neben ihr an und ließ das Fenster herunter. »Mir wäre es lieber, wenn Sie sich auf sportliche Aktivitäten in Ihrem Fitnesscenter oder an ihrem Sandsack beschränken könnten«, meinte er. »Wenn Sie joggen, kann ich Sie schlecht beschützen. Und wenn Sie meine persönliche Meinung hören möchten: Die Strecke hier hinauf ist nicht gerade geeignet für diese Art des Laufens.«

Clara sog tief die klare feuchte Luft ein und blickte sich um. Auf dem Parkplatz standen zwei Wagen, von denen ihr einer bekannt vorkam. Es war Casparis Volvo. Sie blickte auf den Waldweg und sah zwei Gestalten dicht beieinander stehen. Die eine konnte von der Erscheinung nur Caspari sein. Die andere sah wie eine Frau aus. Clara bat Werner um sein Fernglas. Sie suchte die zwei mir dem Feldstecher und stellte scharf. Sie traute ihren Augen nicht: Caspari nahm die Frau in den Arm und hielt sie eine Weile. Es war Elke, sein Ex-Frau, die sie damals im Hof des Kreisgebäudes gesehen hatte.

Sie konnte nicht glauben, was sie sah. Die Erkenntnis schaffte sich mit einer brutalen Klarheit in ihrem Bewusstsein Raum: Caspari hatte die ganze Zeit nur darauf gewartet, dass seine Ex-Frau zu ihm zurückkehrte. Er schien seinem Ziel ein wichtiges Stück näher gekommen zu sein. Clara war für ihn der willkommene Ersatz, die Auswechselspielerin, die so lange interessant war, bis er Elke wieder ganz für sich hatte. Warum war sie nicht schon darauf gekommen, als er ihr in seiner Küche die Geschichte seiner Ehe erzählt hatte?

Wie in Trance gab sie Werner das Fernglas zurück. »Sie haben recht! Bitte, fahren Sie mich nach Hause«, sagte sie leise.

Während der kurzen Fahrt sprach sie kein Wort. Als sie ausstieg, fragte Werner, ob es ihr gut gehe. Sie nickte und zwang sich zu einem Lächeln. Nachdem sie die große Haustür hinter sich geschlossen hatte, stand sie unbeweglich im Treppenhaus. Langsam fiel der Schock von ihr ab. Tränen der Trauer und des Zorns brachen sich Bahn. Sie fuhr sich immer wieder mit dem Ärmel ihres Sweatshirts übers Gesicht, bis er feucht war. Nach ein paar Minuten fing sie sich wieder und hörte auf zu weinen. Sie ging in ihr Arbeitszimmer und holte sich Taschentücher.

Als sie wieder klar aus den Augen sehen konnte, schritt sie schwerfällig zur Treppe. Ihr ganzer Körper fühlte sich an wie Blei. Sie hatte gerade die erste Stufe genommen, da läutete die Klingel ihrer Wohnung. Sie widerstand dem Drang aufzumachen. Niemand brauchte sie so zu sehen. Als sie eine weitere Stufe nahm, klingelte es wieder. Sie hörte draußen Casparis Stimme.

Er rief Werner etwas zu. »Sind Sie sicher, dass Frau Frank im Haus ist?«

»Ja, natürlich. Ich habe sie vor fünf Minuten hineingehen sehen«, antwortete ihr Beschützer.

Caspari klingelte jetzt mehrmals hintereinander. Claras Lähmung wich dem Zorn. Wütend ging sie die beiden Stufen wieder hinunter und riss die Tür wie eine Furie auf. »Was?« raunzte sie ihn an.

Caspari war sichtlich irritiert. »Hallo, Clara. Alles in Ordnung?« fragte er vorsichtig.

»Du interessierst dich dafür, wie's mir geht?« erwiderte sie barsch. »Das überrascht mich aber! Ich hatte vorhin eher den Eindruck, dein Interesse gilt jemand anderem.«

»Ich versteh' nicht. Von wem redest du?« fragte Caspari mit einem verwirrten Ausdruck im den Augen.

Clara ließ sich von diesem Blick nicht beeindrucken. Die Zeiten, in denen sie sich etwas vorspielen ließ, waren vorbei. »Ich habe dich mit deiner Ex-Frau gesehen! Ihr habt euch offensichtlich prächtig verstanden. Wann zieht sie denn wieder bei dir ein?«

»Clara, das ist ein Missverständnis!« versuchte er zu erklären.

»O ja, das Missverständnis lag ganz auf meiner Seite«, unterbrach sie ihn zornig. »Ich habe dich für einen aufrichtigen Mann gehalten, der einem nichts vorspielt. Du hast mich ganz schön an der Nase herumgeführt, und ich dumme Gans hab's vor lauter Schmetterlingen im Bauch nicht gemerkt!«

»Clara, bitte!« unternahm Caspari einen weiteren, verzweifelten Versuch.

»Das Gespräch ist beendet, Herr Doktor!« platzte es aus ihr heraus. Sie warf ihm die Tür vor der Nase zu. Mit energischen Schritten ging sie die Treppe hinauf. Im Gästezimmer schaltete sie ihren kleinen CD-Spieler ein und legte die irische Gruppe ›The Corrs‹ auf. Das Lied mit dem Refrain ›I never really loved you anyway‹* stellte sie auf Wiederholung. Während es immer und immer wieder spielte, hämmerte sie im Schleier ihrer Tränen so lange ohne Faustschützer auf den Sandsack, bis ihre Knöchel bluteten. Erschöpft sank sie weinend auf die Couch. – – –

Caspari fühlte sich miserabel. Schweigend fuhr er mit Tina und Mario nach Fulda. Sein Glücksgefühl hatte sich ins Gegenteil verkehrt. Alle Hoffnungen, die er mit Clara verband, waren dahin. Sein Leben fühlte sich sinnlos und kalt an, fernab jeder Freude. Der dumpfe Schmerz der Trennung und der Einsamkeit machte sich wieder in ihm breit. Die Zukunft lag finster vor ihm.

Er war in sich gekehrt, als er gestern abend auf den Hof gekommen war. Viel Kraft hatte es ihn gekostet, sich auf das zu konzentrieren, was vor ihm lag: mit Lukas zu spielen, ihn zu Bett zu bringen und gemeinsam mit Tina und Mario einzelne Sequenzen der Videoaufzeichnung des Verhörs durchzusprechen. In der Nacht war er schlaflos in seinem Haus umhergewandert, hatte lang durch ein Fenster in die mondlose Nacht geblickt und das eine oder andere Stoßgebet zum Himmel geschickt.

Nun saß er im Auto und wusste nicht, wie lange er noch die Kraft hatte, weiter zu funktionieren. Er hatte es Tina überlassen, die Musik zu wählen. Aus dem Radio dröhnte eine Melodie, die ihm bekannt vorkam. Irgendeine Boy-Group versuchte sich mit katastrophalem Ergebnis an einem

*) *The Corrs: Talk On Corners*

›Supertramp‹-Hit. Caspari hörte nicht mehr hin. Statt dessen richtete er seine Konzentration auf die Straße.

Nach einer halben Stunde waren sie wieder in Arnolds Krankenzimmer. Der Gesichtsausdruck des Patienten hatte sich seit gestern verändert. Das selbstbewusste, befreit wirkende Lächeln war einem ängstlichen, eingeschüchterten Blick gewichen. Die Lippen waren fest aufeinandergepresst und bildeten eine blutleere, sich an beiden Enden nach unten neigende Linie.

Caspari setzte sich in die Nähe des Betts und blickte den Verletzten einen Augenblick lang schweigend an. Dann übernahm er die Initiative. »Guten Morgen! Inge, nehme ich an.«

Die Person auf dem Krankenbett nickte und änderte ihren Gesichtsausdruck. Sie wirkte jetzt eher wie ein störrisches Kind.

»Ich glaube, ich brauche mich Ihnen nicht vorzustellen. Ebenso wenig meine Mitarbeiter. Sie haben uns ja eingehend beobachtet.«

Schweigen.

»Kommen wir auf Ihre Mission zu sprechen. Erzählen Sie uns, wie alles anfing.«

Inge schwieg weiter.

Caspari stand auf, ging zum Fenster und blickte nach draußen. Er hatte heute keine Geduld für solche Spielchen. Tina stand auf und stellte sich ans Fußende des Betts.

»Wir können Ihnen nur helfen, wenn Sie mit uns reden.«

»Helfen?« entfuhr eine unbekannte, krächzende Stimme Arnolds Mund. »Sie haben alles zerstört! Der Riese hat meine heilige Mission sabotiert! Er hat verhindert, dass ich erfüllen konnte, was mir aufgetragen wurde!«

»Wer hat Ihnen denn diese Mission übertragen?« fragte Tina weiter.

»Der, der nicht will, dass man seine Schöpfung verkehrt!«

»Sie meinen Gott?«

»Natürlich! Wen denn sonst! *Und Gott schuf den Menschen zu seinem Bilde, zum Bilde Gottes schuf er ihn; und schuf sie als Mann und Weib.** Diese Ärzte hatten kein Recht, die Frau zu töten,

**) 1. Buch Mose, Kapitel 1, Vers 27*

damit der Mann allein lebt! Sie haben seine Schöpfung mit Füßen getreten und durch Teufelswerk geschändet! Sie sind Dämonen! Aber die Frau, die sie ausradiert zu haben glaubten, ist wieder zurückgekehrt und hat sie vernichtet! Das war mein heiliger Auftrag! Sie sollten sich nie wieder an einem der Kinder Gottes vergreifen!«

»Warum haben Sie diese Ärzte nicht einfach nur getötet? Was wollten sie mit dieser Inszenierungen ausdrücken?«

»Die Ärzte waren in Wirklichkeit Dämonen! Sie mussten demaskiert werden! Alles, womit sie Macht auf die Menschen ausübten, habe ich ihnen genommen!«

»Erklären Sie mir das bitte etwas genauer«, bat Tina.

»Mit den Worten, die aus ihrem teuflischen Mund kamen, haben sie die Menschen glauben gemacht, dass sie ihnen helfen! In Wirklichkeit war das Teufelswerk, was sie taten! Ich musste ihre Zunge abschneiden, um ihnen die Macht zu reden zu nehmen! Dann nahm ich ihnen die Finger, mit denen sie das Skalpell hielten, um Gottes Werk zu schänden! So habe ich sie ihres Blendwerks beraubt! Jeder hätte sehen können, was hinter der Maske des Arztes steckt!«

»Ihre Zeichenhandlungen scheinen nicht verstanden worden zu sein …«

»Gott hat die Herzen der Menschen verstockt, damit sie nicht auf sein Wort hören und seine Zeichen nicht sehen!«

»Haben Sie mal in Betracht gezogen, dass Ihre Mission gar nichts mit Gott zu tun hatte?« platzte Caspari mit scharfem Ton in den Dialog hinein.

Inge schwieg.

Bevor er sich wieder dem Fenster zuwandte, fing er einen ratlosen Blick von Tina ein. »Ich denke, wir machen eine Pause«, schlug sie vor.

Caspari spürte den unsinnigen Drang, diese zweite Persönlichkeit Arnolds so unter Druck zu setzen, dass sie zusammenbrach und sich ganz dem Diktat seiner Fragen unterwarf. Gleichzeitig sagte ihm sein Verstand, dass diese Inge darauf wie ein trotziges Kind reagieren und nichts mehr sagen würde. Er war derjenige, der sie aufgehalten hatte, ihm würde sie nichts erzählen. Tina hatte mit ihrer ruhigen, Verständnis zeigenden Art Inge zum Reden gebracht. Hatte sie das nicht von ihm gelernt? Warum konnte er selbst auf dieses Handwerkszeug der Verhörtechnik an diesem Tag nicht zurückgreifen? Genervt von dieser Inge und verärgert über sich selbst verließ er vor Tina und Mario die Intensivstation.

Als sie in der Cafeteria eintrafen, hatte er bereits drei große Milchkaffees auf den Tisch gestellt.

»Chef, was ist heute eigentlich mit Ihnen los?« fragte Tina ohne Umschweife.

»Ich glaube, ich brauche mal einen längeren Urlaub«, wich Caspari aus. »Heute hängt mir alles zum Halse raus.«

»Ist das wahr?« hakte Mario nach. »Uns war aufgefallen, dass Sie so merkwürdig in sich gekehrt waren, als Sie gestern von Gelnhausen kamen. Und, bei allem Respekt, Sie haben bei noch keinem Verhör so den Dampfhammer ausgepackt wie heute. Auf diese Weise holen Sie aus dieser Inge gar nix raus!«

Caspari zuckte unbeholfen mit den Schultern und starrte in seinen Kaffee.

»Christoph, wir sind Ihre Freunde. Reden Sie mit uns!« sagte Tina einfühlsam und legte ihre Hand auf seine.

Er atmete tief durch, sah auf und begann die Ereignisse des vorhergehenden Nachmittags zu erzählen. »Clara wollte mich gar nicht anhören«, sagte er verzweifelt. »Ich konnte ihr die Situation überhaupt nicht erklären. Nach den zurückliegenden Jahren gelingt's mir endlich, mit der Trennung Frieden zu schließen und mich mit Elke auszusöhnen. Und im selben Augenblick schlägt mir Clara, mit der ich ein neues Leben anfangen wollte, die Tür vor der Nase zu. Offensichtlich isses mir nicht vergönnt, eine Frau an meinem Leben teilhaben zu lassen.«

»Christoph, jetzt sehen Sie aber sehr schwarz!« beruhigte ihn Tina. »Ich glaub' nicht, dass Clara die Beziehung beendet hat. Sie ist wütend und verletzt.«

»Was, glauben Sie, würde Tina mit mir machen, wenn sie so was gesehen, hätte? Mamma mia!« warf Mario ein.

»In ihren Adern fließt irisches Blut. Den Iren sagte man doch Temperament und Sturheit nach«, fuhr Tina fort. »Geben Sie ihr Zeit! Im Grunde weiß Clara, dass Sie sie lieben. Das ist zwar ein ordentlicher ›vorehelicher‹ Krach, aber keine Trennung. Glauben Sie mir!«

Caspari fühlte sich erleichtert und ermutigt. Zugleich schämte er sich für sein unprofessionelles, ruppiges Vorgehen beim Verhör.

»Was wäre ich nur ohne Sie beide?« sagte er mit dem Anflug eines Lächelns.

Er bat Tina, das Verhör weiterzuführen. Auf dem Weg zum Krankenzimmer redeten sie noch einmal über die am Vorabend festgelegte Gesprächsstruktur.

»Spreche ich noch mit Inge?« versicherte sich Tina, als sie wieder am Krankenbett stand.

Caspari setzte sich auf einen Stuhl neben dem Aufnahmegerät und studierte die Mimik von Arnolds Gesicht. Er konnte sie nicht richtig deuten. Arnold saß völlig regungslos in seinem Bett. Plötzlich kam Leben in sein Gesicht, das bis eben noch wie eine starre Maske gewirkt hatte. Der Mund glich wieder einer dünnen blutleeren Linie. Die Augen blickten Caspari unruhig an.

»Mit dem Riesen spreche ich nicht!« entwich es in trotzigem Ton Arnolds Mund.

»Lassen Sie uns beide miteinander reden«, schlug Tina vor, »sozusagen von Frau zu Frau.«

Die Inge-Persönlichkeit nickte.

»Wenn ich Sie richtig verstanden habe, wurden Sie als weiblicher Anteil dieses Körpers geboren. Als die Ärzte ihn operierten, starben Sie. Wie wurden Sie wieder zum Leben erweckt? Ich meine, Sie waren ja plötzlich wieder da, als seien Sie auferstanden«, begann Tina ihre Fragen.

»Alle, die an Christus glauben, werden mit ihm auferstehen. Das ist Gottes Geheimnis, verstehen Sie? Genauso ist es sein Geheimnis, dass zwei Menschen sich einen Körper teilen können. Der Junge wusste die ganzen Jahre nichts von mir. Er wäre vielleicht auch alt und zufrieden irgendwann mal gestorben, ohne jemals die Wahrheit gekannt zu haben. Ich glaube, ihm ging's wie einem Zwilling, dessen Pendant stirbt. Er erinnert sich nicht daran, aber er wird sein Leben lang den Eindruck haben, dass ihm irgendwas fehlt. Aber Gott hatte andere Pläne mit seinem Leben. Er führte ihn zu den Patientenakten und ließ ihn dann innerlich zusammenbrechen. Das war die Stunde meiner Wiedergeburt!«

»Sie haben sich dann gleich an die Erfüllung Ihrer Mission gemacht?« fragte Tina.

»Nicht gleich. Erst musste ich den Jungen wieder so aufbauen, dass er in der Lage war, so weiterzumachen wie bisher. Ich beobachtete ihn, nachdem ich ihn wieder auf die Beine gestellt hatte, und lernte rasch die Fähigkeiten seines Körpers kennen, der ja auch meiner ist.«

»Er war durch die Kampftaucherausbildung perfekt geschult und auch in den nachfolgenden Jahren gut trainiert«, meinte Tina.

»Ja, Gott hat in seiner Weisheit alles gefügt, wie es besser nicht hätte sein können. Der Junge war ideal für die Mission vorbereitet. Unser Körper war stark, und sein Beruf besorgte mir die nötigen Kontakte und Hilfsmittel.«

»Bevor wir über die einzelnen … Hinrichtungen sprechen, beschreiben Sie mir doch bitte, wie Sie die Bestrafung geplant und durchgeführt haben«, forderte Tina.

»Nach einem Kundengespräch des Jungen mit dem betreffenden Arzt drängte ich ihn, in ein abgelegenes Waldstück zu fahren. Dort ließ ich ihn zurück, wie man eine Vogelfeder mit dem Kiel in eine Baumrinde klemmt. Ich wollte nicht immer sein Gejammer aus dem dunklen Raum hören, der mir als Versteck diente, wenn er seinen alltäglichen Aufgaben nachging.«

»Was für ein Versteck ist das?« fragte Tina.

»Schwer zu erklären. Stellen Sie sich vor, man hat ein schwarzes Loch in der Seele, ähnlich denen im Universum. Es kann alles von deiner Persönlichkeit verschlucken. Du bist wie in einer anderen Welt und bekommst doch alles mit, was der anderen mit dem Körper tut.«

»Sie haben also die Fähigkeit, sich von diesem schwarzen Seelenloch aufsaugen zu lassen und selbst daraus wieder hervorzukommen?«

»Ich hatte diese Fähigkeit. Mehr noch! Ich konnte auch den Jungen nach Belieben dort hineinstecken und herausholen. Oder ich habe ihn außerhalb unseres Körpers an einen Ort gebunden, um ihn später dort wieder abzuholen.«

»Sie haben die Fähigkeit verloren? Wie ist das passiert?«

»Gott hat sich von mit abgewandt. Ich habe die Mission nicht erfüllt. Das ist nun seine Strafe. Jetzt hat der Junge Macht über mich. Er sagt mir, wann ich mit Ihnen reden muss, und steckt mich nach seinem Belieben in den dunklen Raum. Dazu quält er mich seit Tagen mit grausamen Reden. Ich sei eine Ausgeburt des Teufels, sagt er. Ich hätte das Werk Satans, nicht Gottes verrichtet. Oh, meine Strafe lastet schwer!« Die Inge-Persönlichkeit stöhnte und rieb sich die tränenfeuchten Augen.

»Lassen Sie uns darüber sprechen, was Sie getan haben, nachdem Sie den Jungen auf die eine oder andere Weise verschoben haben«, drängte Tina sanft.

»Ich habe den betreffenden Dämon beobachtet, seine Gewohnheiten, sein Haus und die Umgebung, in der er lebte, genau studiert. Dann habe ich gewartet, bis er mir ins Netz geht.« Sie schilderte minutiös jeden Schritt und jeden Handgriff, den sie zur Vorbereitung und Ausführung ihres grausamen Rituals getan hatte. Die Beschreibungen deckten sich haargenau mit der kriminaltechnischen Rekonstruktion der Morde.

»Bevor wir für heute zum Ende kommen, möchte ich von Ihnen gern wissen, ob Sie einen Komplizen hatten – außer dem Jungen«, meinte Tina.

»Nein. Es war ganz allein meine Mission. Dazu war ich ganz allein berufen. Der Junge war nie mein Komplize. Er hatte immer etwas gegen die Mission. Ich musste ihn dominieren und klein halten, sonst hätte er sie gefährdet.«

»Wie kommt es dann, dass neben Ihnen eine zweite Person am Weiher war?

»Ich weiß nicht, wer das war. Er stand plötzlich mit seinem Gewehr dort. Im hohen Gras konnte ich ihn nicht sehen, aber ich habe seine Anwesenheit gespürt. Als ich hörte, wie er sein Gewehr vorbereitete, duckte ich mich noch tiefer ins Gras, um nichts abzubekommen.« – – –

Clara saß Käthe Arnold gegenüber. Die alte Dame wirkte heute noch gebrechlicher, als sie es ohnehin schon war.

Immer wieder schüttelte sie den Kopf. »Ich kann nicht glauben, dass der Junge meinen Bruder umgebracht hat. Auch wenn er eine kranke Seele hat, wie Doktor Caspari meint, kann er das niemals getan haben. Dazu standen sich die beiden viel zu nahe.«

Clara durchzuckte es, als sie seinen Namen hörte. Vor zwei Tagen hatte sie ihm die Tür vor der Nase zugeschlagen. Sie blickte verschämt auf ihre Fingerknöchel. Auf jedem klebte ein kleines Pflaster, das die aufgerissene Haut verdeckte. Der Zorn und das Gefühl der Kränkung waren noch nicht gewichen. Gegen ihren Willen drängte sich jedoch immer wieder das Bild von ihm in ihr Bewusstsein, als er mit völlig überraschtem Gesichtsausdruck und Traurigkeit im Blick sie davon zu überzeugen versuchte, dass ihr Eindruck ein Missverständnis war. Wurde sie letzten Endes das Opfer ihrer eigenen Fehlinterpretation einer Situation, die sie nur einen kurzen Moment lang durch das Fernglas beobachtet hatte? Im Augenblick war sie jedenfalls noch zu gekränkt, um in Ruhe abzuwägen, was für und gegen ihn sprach. Es fehlte ihr der Abstand, den sie brauchte, um ihn zu fragen, warum nie ein Wort über die Klimaverbesserung zwischen ihm und seiner Ex-Frau über seine Lippen gekommen war.

Käthe Arnold riss sie aus ihren Gedanken. »Bitte, Frau Frank, sprechen Sie mit Doktor Caspari. Das war nicht mein Jochen!«

Die alte Dame tat Clara leid. Deshalb gab sie ihrem Bitten nach. Wirklich nur deshalb? – – –

Caspari saß müde an seinem Notebook und surfte im Internet. Mario und Tina spielten nebenan mit Lukas Memory. Lautes Lachen und der Duft von Duschgel und Eau de Toilette drang zu ihm. Dieser Mittwoch war ihr dritter Tag der Verhöre mit den beiden Persönlichkeiten des Jochen Arnold gewesen. Caspari hatte das Bedürfnis nach Bewegung verspürt, so dass sie im ›Get Fit‹ hart trainiert hatten.

Er fuhr sich durch sein Haar, das wie immer in alle Richtungen stand. Seit erst fünf Minuten suchte er nach dem Stichwort ›Hermaphrodismus‹. Er konnte kaum glauben, wie viele Informationen es auf den unterschiedlichen Seiten dazu gab. Auf der zweiten Adresse fand er einen Text, der die Situation der Menschen genau beschrieb, die als Zwitter lebten. Die meisten waren wie Arnold als Babys oder Kleinkinder durch eine Operation körperlich auf ein Geschlecht festgelegt worden. Oft fühlten sie sich jedoch als ›Intersexuelle‹, als Menschen, die beide Geschlechter in sich tragen. Der Text plädierte dafür, von solchen Operationen abzusehen, und machte die psychischen Folgen der verordneten Festlegung auf ein Geschlecht eindrucksvoll deutlich.

Caspari druckte den Text aus, als das Telefon klingelte.

Clara meldete sich. »Bevor du diesen Anruf falsch verstehst, sage ich dir gleich, dass Frau Arnold mich darum gebeten hat.«

Caspari hatte sich seit Montag unzählige Male überlegt, was er Clara sagen würde, wenn er die Gelegenheit bekäme, sie zu sprechen. Im Moment, in dem er ihre Stimme hörte, fiel ihm nichts davon mehr ein. Statt dessen brachte er nur ihren Namen heraus. »Clara«, sagte er mit belegter Stimme.

Sie schien einen Augenblick lang zu stocken. Dann fuhr sie fort. »Frau Arnold lässt dir ausrichten, dass ihr Enkel unmöglich seinen Großonkel umgebracht haben kann – egal, wie psychisch krank Arnold ist. Dazu sei das Verhältnis der beiden zu herzlich gewesen. Arnold hat Doktor Hoffmann geliebt und genau gewusst, wieviel er ihm zu verdanken hatte.«

»Ich werde es in Betracht ziehen«, antwortete Caspari. »Mit unserem Verhör sind wir noch nicht bei Hoffmanns Ermordung angelangt.«

»Werd' ich denn bald mal meinen ständigen Begleiter los?« fragte Clara in einem etwas genervten Tonfall.

»Im Augenblick nicht. Die Gelnhäuser Kollegen arbeiten mit Hochdruck an dem Fall. Jochen Arnold oder sein anderes Ich hat uns versichert, dass er ebenso von dem Schützen überrascht wurde wie wir beide.«

Clara schwieg, als müsste sich das Gesagte in ihr setzen.

Caspari nutzte die Stille. »Du fehlst mir so«, sagte er leise. Das war das einzige, was ihm eingefallen war – und wahrscheinlich auch das Beste. Er hörte ihren Atem durch die Leitung und hoffte auf ein erlösendes Wort von ihr.

»Ich weiß«, sagte sie schließlich mit heiserer Stimme. »Ein anderes Mal. Grüß mir Lukas und deine Eltern.« Dann legte sie auf.

Caspari saß noch eine Weile vor seinem Computer und starrte ins Leere. Tina hatte ihm gesagt, er solle Clara Zeit lassen. Er hoffte inständig, dass dieser Rat der richtige war. Clara hatte ihm beim Telefonat wenigstens zugehört und die Tür für ein klärendes Gespräch nicht zugeworfen. Seine Hoffnungen auf eine Versöhnung wuchsen wieder um ein kleines Stück. – – –

Clara mochte diesen Donnerstag nicht besonders. Der Religionsunterricht war nur mäßig gelaufen. In der ersten Woche nach den Ferien litten die Schüler wieder einmal unter einem Motivationsdefizit, von dem sie sich allerdings auch nicht freisprechen konnte. Viel lieber hätte sie sich mit ihrem verflixten Stolz auseinandergesetzt, der sie daran hinderte, zu Caspari zu fahren und sich Gewissheit darüber zu verschaffen, ob er wieder mit seiner Ex-Frau anbandelte oder ob sich alles tatsächlich nur um ein großes Missverständnis handelte.

Nachdem sie Kommissar Werner und sich mit einem Kaffee versorgt hatte, setzte sie sich an die Vorbereitung der Beerdigung des alten Herrn Richter. Bei der mageren Ausbeute des Gesprächs am Montag war das Schreiben der Predigt eine echte Herausforderung. Clara hatte sich nach langen Vorüberlegungen für einen Text aus dem Römerbrief entschieden: *»Denn ich bin gewiss, dass weder Tod noch Leben, weder Engel noch Mächte noch Gewalten, weder Gegenwärtiges noch Zukünftiges, weder Hohes noch Tiefes noch eine andere Kreatur uns* *scheiden kann von der Liebe Gottes, die in Christus Jesus ist, unserm Herrn.«**

Als Thema formulierte sie: ›Weder Macht noch Erfolg, noch Streben, noch eigene Schuld kann einen Menschen von Gottes Liebe trennen!‹ Sie wusste nicht, ob die Angehörigen sich für dieses Thema erwärmen könnten. Dem alten Mann würde es gefallen, dessen war sie sich sicher. Konzentriert begann sie zu schreiben. Vor ihrem geistigen Auge sah sie Richter senior in seinem schweren englischen Ledersessel sitzen und über Schuld laut nachdenken. Was mochte er im Krieg erlebt und getan haben, das ihn am Ende seines Lebens um Vergebung bitten ließ?

Als sie sich dem Ende der Predigt näherte, meldete sich die Miss-Marple-Melodie. Clara unterbrach ihre Arbeit und hob ab.

»Hier ist Schwester Maike vom Kreisruheheim«, meldete sich eine Stimme. »Frau Pfarrerin, seit gestern abend hat Frau Arnold stark abgebaut. Wenn Sie's einrichten können, sehen Sie doch bitte nochmal nach ihr.«

Clara versprach, nach dem Konfirmandenunterricht am späten Nachmittag zu kommen. Mit Mühe fand sie anschließend wieder den Faden für ihre Predigt. Als das Zwölf-Uhr-Läuten von der Marienkirche herüberschallte, schrieb sie den letzten Satz. Zufrieden lehnte sie sich zurück und gähnte herzhaft. Als der Drucker zu arbeiten begann, stand Clara auf und ging in die Küche. Am Fenster winkte sie ihrem Personenschützer zu und lud ihn zum Mittagessen ein.

**) Römerbrief, Kapitel 8, Vers 38 f.*

Kapitel X

Caspari saß auf dem Stuhl in Arnolds Krankenzimmer und verfolgte das Gespräch zwischen Tina und dem Inge-Ich aufmerksam. Der Patient lag mittlerweile in einem besonders gesicherten Zimmer der psychiatrischen Abteilung der Klinik. Mario machte sich wie immer Notizen. Ab und zu kontrollierte er, ob der Camcorder und das Tonbandgerät noch aufnahmen.

»Wir haben in den vergangenen Tagen über die Bestrafung der Professoren Kleinert, Münch und Hagen gesprochen. Heute möchte ich gern über Doktor Hoffmann reden«, begann Tina, zu der die Inge-Persönlichkeit in den zurückliegenden Tagen Vertrauen gefasst zu haben schien.

»Sein Tod gehörte nicht zu meiner Mission!« entgegnete Inge.

»Warum haben Sie ihn dennoch bestraft?« hakte Tina nach.

»Was denken Sie von mir?« empörte sich die Inge-Persönlichkeit, während sich Entrüstung auf Arnolds Gesicht zeigte. »Ich töte doch nicht zum Spaß irgendwelche Menschen. Meine Aufgabe war es, die Dämonen ihrer Maske zu entblößen und sie in die Hölle zurückzuschicken. Doktor Hoffmann war doch auch nur ein Opfer dieser dunklen Wesen. Er fiel auf ihre Fassade des Heilers genauso herein wie alle anderen.«

»Könnte es nicht sein, dass Sie in dem ganzen Stress ihrer Mission einfach die Erinnerung an Doktor Hoffmanns Hinrichtung verloren haben?«

»Anfangs habe ich das sogar auch mal befürchtet. Aber je mehr ich darüber nachdachte, desto mehr war ich mir völlig klar darüber, dass ich es auf keinen Fall gewesen sein konnte. Ein anderer muss sich meine Bestrafungen für sein perverses Tun zu eigen gemacht haben.«

Caspari wurde an Inges Reaktion bewusst, wie sehr diese Persönlichkeit im Rahmen ihrer eigenen Werte- und Moralvorstellungen lebte und handelte. Was sie getan hatte, war göttlicher Wille und Auftrag. Auch wenn ›die Jagd‹, wie sie es nannte, einen sehr starken Reiz auf sie ausgeübte hatte, waren doch ihre Taten Ausdruck einer ›höheren‹ Moral. Ohne diesen Wertekodex mutierte eine Hinrichtung zum Mord, den Inge für abartig hielt.

»Wir haben die Details Ihrer Mission nie an die Presse gegeben«, bohrte Tina weiter. »Warum hat der Mörder von Doktor Hoffmann Ihre Hinrichtung so perfekt kopieren können?«

»Ich weiß nicht. Vielleicht war er einer von denen, die einen der drei Dämonen am Baum gefesselt gesehen haben. Das könnte ihn zu seiner eigenen Tat inspiriert haben. Ehrlich gesagt war ich so sehr von meinem Auftrag in Anspruch genommen, dass ich weder Zeit noch Energie hatte, mich um diesen Trittbrettfahrer zu kümmern. Aber wenn Sie mich fragen, könnte der Mörder von Doktor Hoffmann auch der Schütze am Weiher gewesen sein.«

»Wie kommen Sie auf diesen Gedanken?«

»Wer sonst könnte ein Interesse am Tod des Riesen haben?«

Das Abendessen für Arnold wurde hereingebracht. Mario wollte den Camcorder ausschalten, doch Caspari hielt ihn davon ab. Er blickte zum Krankenbett hinüber.

»Bevor wir gehen, muss ich mit Jochen Arnold sprechen!«

Aus Arnolds Gesicht blickten ihm zuerst Trotz und Widerwillen entgegen. Dann wandelte sich die Mimik. Caspari sah einen offenen, ihm zugewandten Mann an. Der rasche Wechsel der Persönlichkeiten verunsicherte ihn. Er fragte sich für einen Moment, ob er es mit einem grandiosen Schauspieler oder mit einem der berühmten, aber sehr seltenen Ausnahmefälle in der Psychiatrie zu tun hatte. Schnell schob er diese Gedanken beiseite und konzentrierte sich auf seine Frage.

»Herr Arnold, die andere Persönlichkeit hat uns erzählt, sie hätte Ihren Großonkel nicht getötet. Was können Sie mir dazu sagen?«

»Als ich durch Sie von seinem Tod erfuhr, war ich nicht nur verzweifelt, weil ich einen lieben Menschen verloren hatte, sondern auch, weil ich glaubte, sie hätte das getan. Anfangs ging sie gar nicht darauf ein, als ich sie fragte, warum sie meinen Großonkel hingerichtet hatte. Nach ein paar Tagen versicherte sie mir dann allerdings, dass sie damit nichts zu tun hätte. Erst war ich im Zweifel. Aber dann fiel mir ein, dass ich von ihr an jenem Abend wieder in den dunklen Raum gedrängt wurde, von wo aus ich alles wahrnehmen kann, so wie man einem Gespräch aus geringer Entfernung zuhört. In der Nacht, in der mein Großonkel starb, führte sie Selbstgespräche und sah sich die Polaroidbilder der ersten drei Ärzte an, die sie ermordet hatte.«

»Solche Bilder haben wir nicht gefunden«, erwiderte Mario erstaunt.

»Inge hat sie nach der Beerdigung meines Großonkels im Kaminofen verbrannt.«

»Sie glauben also nicht, dass sie Doktor Hoffmanns Todesengel ist?« hakte Caspari nach.

»Ich bin mir sicher, dass sie's nicht war!« sagte Arnold mit fester Stimme, die tiefer klang, als wenn die andere Persönlichkeit sprach.

»Aber wer sonst hatte ein Interesse am Tod Ihren Großonkels? Das muss jemand gewesen sein, der Ihr zweites Ich bei seiner Mission beobachtet hat. Doktor Hoffmann wurde auf haargenau dieselbe Weise umgebracht wie die anderen drei Opfer.«

»Nicht ganz«, widersprach Arnold. »Er war der einzige, der nicht im Freien an einem Baum oder an einem Brückenteil gefesselt starb, sondern in einem Folterstuhl. Die Choreographie und die Dramaturgie stimmen vielleicht, aber das Bühnenbild ist falsch – wenn Sie mir den Vergleich aus der Welt des Balletts gestatten.«

Arnold hatte einen Punkt angesprochen, der sich als eine Schwachstelle in Casparis Überlegungen erweisen könnte. Er hatte den Mord im Hexenturm mit der Kreativität des Täters erklärt. Der Schluss lag nahe, weil der gesamte Verlauf ansonsten mit den vorhergehenden Morden identisch war. Caspari musste sich eingestehen, dass die Abweichung genausogut auf einen zweiten Täter hinweisen könnte.

Noch auf dem Parkplatz des Klinikums telefonierte er mit dem Landeskriminalamt und forderte einen forensischen Psychiater an. – – –

Clara kam aus Käthe Arnolds Zimmer. Die alte Dame hatte keinen Lebenswillen mehr. Sie war bereit zu sterben. Clara vermutete, dass sie die kommenden Tage nicht überstehen würde. Käthe Arnold hatte ihr nur schwach die Hand gedrückt und sie stumm angesehen.

Schwester Maike kam ihr auf dem Flur entgegen. »Ich weiß nicht, was ich sagen soll«, meinte sie traurig. »Erst starb der alte Herr Richter so schnell, und jetzt baut Frau Arnold kurz danach so rapide ab. Hat sie denn mit Ihnen gesprochen?«

»Nein, sie hielt mir nur die Hand und weinte, als ich ein Gebet sprach«, antwortete Clara.

»Sie hat mehr ertragen, als sie es mit ihrer instabilen Gesundheit kann«, meinte Maike nachdenklich. Dann bat sie Clara, sie ins Schwesternzimmer zu begleiten. Dort überreichte sie ihr ein kleines Buch. Seine Seiten hatte eine geübte Hand in Sütterlin beschrieben. Clara hatte sich noch nie mit dieser alten Schrift zurechtgefunden, die auch die meisten Seiten der Kirchenbücher füllte.

»Familie Richter räumte nur wenig aus dem Zimmer des Verstorbenen. Die meisten Möbel und Kleider überließen sie uns mit der Bitte, sie an Senioren weiterzugeben, die mit wenig oder nichts zu uns kommen. Als wir das Zimmer ausräumten, entdeckten wir dieses Buch. Es muss dem alten Herrn hinter die Kommode gefallen sein. Vielleicht ist das so was wie ein Tagebuch. Ich kann diese Schrift nicht lesen. Würden Sie's bitte den Angehörigen bei der Beerdigung geben?«

Clara nahm das kleine Buch entgegen und versprach, es weiterzureichen. – – –

Ich glaube nicht, dass er schauspielert!« meinte der Psychiater. Caspari saß mit ihm im Gelnhäuser Polizeirevier. Gemeinsam hatten sie sich einzelne Ausschnitte aus den Aufzeichnungen der Verhöre angesehen.

»Multiple Persönlichkeiten, bei denen die unterschiedlichen Ichs völlig autonom voneinander agieren, sind doch so wahrscheinlich wie ein Sechser im Lotto«, wandte Caspari ein. »Von Fällen, in denen die eine die andere Persönlichkeit dominiert, habe ich noch nie gehört.«

»Und doch gibt es sie, wenn auch ausgesprochen selten«, entgegnete der Psychiater. »Überlegen Sie nur, was für ein Schock es für Arnold gewesen sein muss, als er erfuhr, dass er als Zwitter geboren wurde. Ich halte es durchaus für möglich, dass der bis dahin unbewusste weibliche Anteil in ihm sich verselbständigte und eine eigene Persönlichkeit entwickelte. Eine verbindliche Aussage kann ich allerdings nur treffen, wenn ich mit ihm gesprochen habe. Warum ist es denn bei Ihren Ermittlungen so wichtig, Gewissheit darüber zu bekommen, ob er Ihnen etwas vorflunkert oder nicht? Relevant wird das doch erst in der Gerichtsverhandlung, wenn es um seine Zurechnungsfähigkeit und die Schuldfrage geht.«

Caspari atmete tief durch und überlegte, wie er sein Anliegen dem Forensiker erklären sollte. »Es geht um seine Glaubwürdigkeit. Wenn er mir über das Zusammenwirken der beiden Persönlichkeiten die Wahrheit gesagt hat, dann ist er auch in seinen Aussagen über den Tod seines Großonkels glaubwürdig.«

Der Psychiater nickte. Er hatte ihn verstanden.

Caspari ließ Tina und Mario mit ihm nach Fulda fahren. Lustlos widmete er sich den Berichten über die bisherigen Verhöre, auf die man im Landeskriminalamt schon wartete. Danach bereitete er die Pressekonferenz vor, die für zehn Uhr am kommenden Tag in Wiesbaden angesetzt war. Samstag, der neunte November – vor einer Woche hatten Clara und er noch über das Requiem an diesem Tag gesprochen. Er war sich unschlüssig, ob er seinen Mut zusammennehmen und das Konzert besuchen sollte. Wie er es auch drehte und wendete, er kam zu keinem Ergebnis. Um sich abzulenken, suchte er Bertram, der sich aber in einer Verhandlung im Amtsgericht befand. Caspari würde ihn erst nach der Pressekonferenz sprechen können. – – –

Doktor Richter musste das Nesthäkchen seiner Familie sein. Seine beiden Geschwister waren zehn bis fünfzehn Jahre älter, schätzte Clara. Während seine Frau bei der Beerdigung weinte und ihm selbst bei der einen oder anderen Stelle der Predigt Betroffenheit anzusehen war, saßen seine Geschwister mit einer Mischung aus Ernst und Desinteresse auf ihren Plätzen. Es ist eine Pflichtübung für sie, ging es ihr durch den Kopf.

Beim Beerdigungskaffee wurde Clara von Frau Richter angesprochen. Sie bedankte sich für die einfühlsame Predigt.

Ihre Schwägerin kam hinzu. »Ich wusste gar nicht, dass mein alter Herr in seinen letzten Tagen fromm geworden ist«, meinte sie mit einem arroganten Unterton in der Stimme.

»Er entdeckte für sich, dass das Leben einem höheren Sinn unterworfen ist, als das, was man vor Augen hat«, entgegnete Clara sachlich. »Ihr Vater war der Meinung, dass man zu oft an den wesentlichen Dingen vorbeisieht.«

Ein Blick ins Gesicht ihrer Gesprächspartnerin ließ sie einsehen, dass kaum etwas von dem, was sie gesagt hatte, angekommen war. Im Grunde bedauerte Clara die Menschen, deren Weltbild sich auf Geld, Macht und Börsenkurse reduzierte, für die die Liebe nur eine nette, oberflächliche Beigabe war, auf die sie so selbstverständlich einen Anspruch zu haben glaubten wie auf den Erfolg.

Clara dachte gerade daran aufzubrechen, als Doktor Richter ihr seine beiden Söhne vorstellte. Stolz erzählte er, dass der ältere Physik und der jüngere Biochemie studierten – die Studiengänge der Zukunft, wie er betonte. Die beiden jungen Männer schienen das offene Wesen ihrer Mutter geerbt zu haben. Clara konnte nicht umhin, eine gewisse Erleichterung darüber zu empfinden, dass die kühle, distanzierte Art ihres Vaters und die leise Arroganz seiner Familie wohl nicht zum Erbe der nächsten Generation geworden war.

Zum Abschied überreichte sie Doktor Richter das kleine Buch seines Vaters und erzählte ihm, wo es das Pflegepersonal gefunden hatte. Doktor Richter starrte darauf, während er es in den Händen hielt. Sichtlich bewegt gab er Clara die Hand zum Abschied.

Werner erwartete sie in der Schankstube des Restaurants, in dem Familie Richter zum Kaffee eingeladen hatte. Clara sehnte sich nach diesem anstrengenden Tag nach Bewegung. Es fiel ihr nicht schwer, der Bitte ihres Beschützers entgegenzukommen und auf einen Waldlauf zu verzichten. Im ›Get Fit‹ mochte sie auch nicht trainieren, obwohl die Aussicht auf ein paar Saunagänge im Anschluss sehr verlockend war. Die Möglichkeit, Caspari dort unvorbereitet zu treffen, hielt sie aber davon ab.

Nachdem sie die Pflaster von den Fingerknöcheln abgenommen hatte, entschied sie sich für das Training am Sandsack. Vorsichtig rieb sie die neue Haut mit Ringelblumensalbe ein, bevor sie die Faustschützer anzog. Mit leichten Schlägen fing sie an. Als sie keinen Schmerz in ihren Knöcheln spürte, erhöhte sie das Tempo und die Stärke ihrer Schläge. Nach einer halben Stunde legte sie erschöpft die Faustschützer zur Seite und ging unter die Dusche.

Als sie beim Abendessen saß, klingelte es an der Tür. Der Nachtdienst ihres Polizeischutzes stellte sich vor. Es waren zwei Männer – ein junger hagerer und ein älterer, der so verwegen aussah, als hätte er früher bei der Fremdenlegion gedient. Clara überließ ihnen ihr Amtszimmer. Wenig später schlief sie über ihrem Konzept zum Requiem und zur Musik von Verdis Totenmesse auf ihrem Sofa ein. – – –

Caspari kannte bessere Beschäftigungen für einen Samstagvormittag, als eine Pressekonferenz im Landeskriminalamt. Wenigstens Tina und Mario konnten sich auf seine Dienstanweisung hin einmal in ihren eigenen vier Wänden erholen. Er war überzeugt, dass sie sich die Pause redlich verdient hatten.

Mit diesem enormen Interesse der Medien hatte Caspari allerdings nicht gerechnet. Der Saal war überfüllt. Er schilderte ohne Nennung von Arnolds Namen die Geschichte von der Operation bis zur ›Mission‹. Die ersten drei Morde, betonte er, konnten lückenlos aufgeklärt werden. Die Verhöre seien allerdings noch nicht abgeschlossen. Deshalb könnte er über den vierten Mord noch kein abschließendes Ergebnis präsentieren.

Ein Journalist fragte ihn, wie wahrscheinlich es sei, dass es sich bei dem Mord an Doktor Hoffmann um einen anderen Täter handelte. Caspari gab mit fester Stimme die Wahrscheinlichkeit als ›eher gering‹ an. Er hoffte, sich mit dieser Aussage noch die Möglichkeit offen gehalten zu haben, den Journalisten in ein paar Tagen einen Nachahmungstäter präsentieren zu können. Außerdem würde diese Einschätzung einen möglichen anderen Mörder nicht aufscheuchen, sondern ihn vielmehr in Sicherheit wiegen.

Das Telefongespräch, das Caspari vor der Pressekonferenz mit dem forensischen Psychiater geführt hatte, ließ ihn befürchten, dass die Ermittlungen im Mordfall Hoffmann in die falsche Richtung gelaufen waren.

»Ich kann natürlich nur einen ersten Eindruck von Jochen Arnold und seiner multiplen Persönlichkeit schildern«, hatte der Mediziner gesagt, »aber ich halte ihn bis jetzt nicht für einen grandiosen Schauspieler. Das glaube ich aufgrund meiner Berufserfahrung guten Gewissens sagen zu können. Wenn sich dieser Eindruck in den folgenden Gesprächen bestätigt, ist dieser Mann eine Sensation für die Fachwelt.«

Während seiner Fahrt nach Hause fragte Caspari sich, was er beim Ritualmord an Doktor Hoffmann übersehen hatte. An irgendeiner Stelle musste er bei seinen Ermittlungen einen Fehler gemacht haben. In seinem Büro auf dem Hof studierte er alle Akten, die Mario ihm für den Computer auf eine CD-Rom kopiert hatte. Wieder und wieder verglich er die Untersuchungsergebnisse der Kriminaltechnik und der Gerichtsmedizin. Es gab keine Abweichung! Das Muster war immer dasselbe. Doktor Hoffmann war wie alle anderen Opfer ermordet worden. Aber Arnolds Bemerkung von vorgestern – »die Choreographie und die Dramaturgie stimmen vielleicht, aber das Bühnenbild ist falsch« – ließ ihm keine Ruhe.

Der Psychiater hielt ihn für glaubwürdig. Caspari kam nicht umhin, diese Einschätzung ernst zu nehmen.

Als er sich eine Kaffeepause gönnte, klingelte das Telefon.

Bertram meldete sich. »Ich hörte, du hast mich gestern gesucht. Was gibt's denn?«

Caspari hatte sich eigentlich über die Suche nach dem Schützen vom Weiher informieren wollen. Doch nun kam ihm ein anderer Gedanke. Er schilderte seinem früheren Mentor sein Problem. »Heinz, vier Augen sehen mehr als zwei. Ich brauche deine Hilfe. Kann ich zu dir aufs Revier kommen?«

»Dass du Rat bei mir suchst, ehrt mich. Bring alle Daten mit. Ich warte auf dich.«

Caspari nahm die CD-ROM und seine persönlichen Aufzeichnungen und steckte sie in die Aktentasche. Als er sein Büro verlassen wollte, fiel sein Blick auf einen roten Ordner im Regal: Doktor Richters Dokumentation. Er zog ihn heraus und steckte ihn ein. Es konnte nicht schaden, diesen Ordner mitzunehmen. – – –

Clara schlenderte durch die Langgasse in Gelnhausens Altstadt und kaufte ein. Sie mochte die kleinen Läden mit ihrer familiären Atmosphäre. In einem Geschäft für Haushaltwaren erstand sie zwei große Kaffeetassen aus der Wächtersbacher Keramik. In Casparis Küchenschrank hatte sie eine ganze Sammlung davon entdeckt.

Als sie wieder ins Freie trat, sah sie Hauptkommissar Jungmann die Gasse heraufkommen. An seiner Hand hielt er ein kleines Mädchen. Die andere Hand des Kindes hielt jene Frau, die sie als Elke wiedererkannte. Jungmann grüßte von weitem und sagte etwas zu seiner Frau. Sie ließ Mann und Kind stehen und kam auf Clara zu. Die großen blauen Augen von Frau Jungmann strahlten sie an, als sie ihre Hand schüttelte.

»Frau Frank? Ich bin Elke Jungmann. Entschuldigen Sie, dass ich Sie einfach so anspreche, aber ich kann nicht anders.

Christoph hat mir von Ihnen erzählt. Ich bin so froh, dass er endlich wieder glücklich ist. Er hat in den letzten Jahren so viel durchgemacht. Wir alle haben viel durchgemacht. Passen Sie auf ihn auf! Er ist ein wunderbarer Mann.«

Clara war so überrascht von Elke Jungmanns Begrüßung, dass sie nichts weiter tun konnte als lächeln und danke sagen. Elke Jungmann wünschte ihr ein schönes Wochenende, wobei sie ihr noch einmal die Hand schüttelte. Dann ging sie zu Mann und Kind zurück, mit denen sie in ein Geschäft für Kinderkleidung verschwand.

Clara stand wie benommen in der Gasse. Sie brauchte einen Augenblick, bis sie sich wieder gefangen hatte. In Gedanken versunken ging sie zum Untermarkt, der mit seiner spätmittelalterlichen Fachwerkfassade im Herbstsonnenlicht erstrahlte. Immer wieder gingen ihr Elke Jungmanns Worte durch den Kopf. Würde eine Frau, die es auf denselben Mann abgesehen hatte, in dieser Weise mit ihrer Rivalin sprechen? Elke Jungmann hatte keine bühnenreife Show abgeliefert. Sie war offen und unverstellt auf sie zugegangen.

In Clara begann die Gewissheit zu reifen, dass die Umarmung, die sie durch das Fernglas beobachtet hatte, tatsächlich nur eine Versöhnungsgeste war. Sie atmete tief durch. Der völlig perplexe Caspari stand vor ihrem inneren Augen noch einmal vor ihrer Haustür und versuchte mit ihr zu reden. Das irische Temperament, ein Erbe ihrer Mutter, hatte sich Luft gemacht. Armer Christoph! Andererseits geschah es ihm auch recht! Warum hatte er nicht mit ihr darüber gesprochen, dass er und seine geschiedene Frau sich neuerdings um eine Aufarbeitung ihrer Vergangenheit bemühten?

Clara nahm sich vor, nach dem Requiem zu ihm zu fahren. Durch die Begegnung mit Elke Jungmann war sie wieder bereit, sich selbst einzugestehen, dass sie ihn vermisste. Am liebsten hätte Clara sofort bei Caspari angerufen. Doch es waren nur noch wenige Stunden bis zum Konzert. Sie musste den Kopf frei haben, wenn sie ihre Ansprache zu Beginn vor einem großen Publikum halten wollte. Kurz entschlossen widmete sie sich mit Hingabe dem Hausputz. Aus den

Lautsprechern der aufgedrehten Anlage dröhnten dabei die Klänge des Requiems.

Nach einem verspäteten Mittagessen duschte sie und begann, sich für den Abend zurechtzumachen und anzuziehen. Um halb acht sollte das Konzert beginnen. Ihr Badezimmerwecker zeigte erst sechs Uhr an. Sie fragte sich selbst, warum sie sich so beeilte, als plötzlich die Türglocke schellte. – – –

Bertram hatte am Computer alles gelesen, was sich auf der CD-Rom befand. Caspari saß schweigsam neben ihm und starrte zum Fenster hinaus, als Bertram sich mit den Händen über das Gesicht fuhr.

»Du hast recht! Bis auf den Ort und den Scheiterhaufen sind alle vier Ritualmorde identisch.«

»Wir übersehen irgendwas!« insistierte Caspari. »Die fünfte Hinrichtung sollte auch wieder in einem Waldstück stattfinden. Holz hatte er diesmal auch wieder dabei. Irgendwo muss doch ein eindeutiger Hinweis auf einen anderen Täter im Mordfall Hoffmann versteckt sein!«

Bertram stand auf, ging in die Revierküche und kam mit zwei Tassen Milchkaffee wieder. Während er Caspari eine hinstellte, fiel sein Blick auf den roten Ordnerrücken, der aus dessen Aktentasche ragte. »Du hast weiteres Material dabei?«

Caspari hatte Richters Ordner vollkommen vergessen. Schnell zog er ihn aus der Tasche und legte ihn auf einen Stapel Blätter, die auf Bertrams Schreibtisch lagen. »Das ist Doktor Richters persönliche Dokumentation der vier Morde. Er war so freundlich, sie mir zu seinem Ausscheiden aus dem LKA zu überlassen.«

Gemeinsam betrachteten sie Richters Bilder. Ein Viertel war an den Tatorten gemacht, die Mehrheit bei den Sektionen.

Immer wieder blätterte Bertram zurück und verglich die Fotos mehrmals miteinander, bis sie zu den Tatortfotos im Mordfall Hoffmann angelangt waren. »Hier haben wir den Unterschied zu den ersten drei Hinrichtungen«, sagte er ruhig und deutete auf zwei Bilder, die Doktor Hoffmanns Leiche im Folterstuhl sitzend zeigten. »Sieh dir mal den Fußboden auf der rechten Seite des Stuhls an«, forderte er Caspari auf. »Dort ist sehr viel Blut.«

»Doktor Richter erklärte uns, das käme daher, dass die Finger sehr schnell nach Eintritt des Todes abgetrennt worden seien«, erinnerte Caspari.

»Laut seinem Bericht sind aber zuerst die Zungen der drei ersten Opfer abgetrennt worden, dann die Finger. Gehen wir davon aus, dass unser Täter professionell und schnell gearbeitet hat, und die Fingeramputation erfolgten bei den ersten Morden sehr rasch nach Todeseintritt. Ihr hättet im Wald oder an der Baustelle genauso viel Blut finden müssen.«

»Das stimmt. Das Blut wäre zwar versickert, aber der Boden hätte sich großflächig rot verfärbt.«

»Das hat er aber nicht!« erwiderte Bertram, der sich die Fotos der ersten drei Tatorte noch einmal eingehend betrachtete.

Als sie sich die Sektionsbilder zum wiederholten Mal ansahen, deutete Caspari auf zwei Bilder. »Die Wundränder an den Fingerstümpfen sind wesentlich breiter und blutiger als bei den anderen.«

»Dieser Unterschied musste Doktor Richter doch aufgefallen sein«, meinte Bertram nachdenklich.

»Er ist der gründlichste und sorgfältigste Gerichtsmediziner, den ich kenne«, pflichtete Caspari ihm bei. »Ein solcher Lapsus ist bei ihm eigentlich undenkbar.«

»Es sei denn, es ist kein Lapsus, sondern Absicht«, warf Bertram ein.

»Was willst du damit sagen?« fragte Caspari entrüstet.

»Das weiß ich selbst nicht so genau«, entgegnete Bertram. »Allerdings ist diese Fehleinschätzung so gravierend, dass sie nicht mehr als Versehen durchgehen kann. Der Mann hat schließlich die anderen drei Ermordeten ebenfalls seziert und untersucht. Außerdem war er an jedem Tatort. Der Unterschied hätte ihm förmlich ins Auge springen müssen.«

»Du meinst also, Doktor Richter hat zu vertuschen versucht, dass Doktor Hoffmann als einzigem die Finger vor und nicht nach der Strangulierung abgetrennt wurden?« fasste Caspari zusammen. »Das heißt aber auch: Wer Hoffmann tötete, hat ihn vorher gefoltert.«

»Ich fress' 'nen Besen, wenn selbst ein mittelmäßig begabter Gerichtsmediziner diesen Unterschied nicht erkennt!« rief Bertram.

»Was verbirgt er vor uns?« fragte Caspari.

»Zum Beispiel, dass er zur Jagd geht.«

Caspari sah Bertram völlig überrascht an.

»Ich hatte leider wenig Zeit, mich persönlich um die Ermittlungen im Falle deines Schützen zu kümmern. Deshalb bin ich vorhin erst darauf gestoßen, dass er zwar im Jagdverband angemeldet ist und seine Waffen registriert sind. Aber er ist der einzige Jäger, der keinen für die Jagd tauglichen Wagen besitzt. Sein BMW-Coupé dürfte gänzlich ungeeignet dafür sein, der Polo seiner Frau auch. Ich konnte bisher noch nicht herausbekommen, ob er früher einen Geländewagen besaß. Alle anderen Jäger haben wir befragt – egal, ob sie einen grünen Daihatsu besitzen oder nicht. Diese Ermittlungen blieben bisher ergebnislos.«

Caspari hatte genug gehört. So viele Ungereimtheiten waren zuviel des Guten. Er stand auf und ging zur Tür.

Bertram rief ihm nach: »Wohin willst du?«

»Es ist an der Zeit, dass ich Richter ein paar Fragen stelle!«

»Soll nicht jemand mit dir zu ihm fahren? Wenn er in die Sache verstrickt ist, kann's gefährlich werden. Vielleicht war er ja der Heckenschütze …?«

»Nein, das muss ich allein erledigen«, brummte Caspari.

– – –

Clara sah den Mann, der vor ihrer Haustür stand, überrascht an. »Doktor Richter! Was führt Sie zu mir?«

Richter blickte sie unter der breiten Krempe seines Hutes verlegen an. »Ich weiß, das Requiem beginnt bald. Aber ich muss Sie wegen meines Vaters noch einmal sprechen. Da ist etwas, das mich sehr beschäftigt. Es dauert auch nicht lange.«

Clara überlegte einen kurzen Moment, dann ließ sie ihn eintreten. »In Ordnung, aber ich habe nur kurz Zeit.«

»Länger wird es bestimmt nicht dauern«, sagte Richter, dessen Stimme plötzlich hart und höhnisch klang.

Erschrocken blickte Clara ihn an. Mit einer flinken Bewegung zog er ein langes, schlankes Messer aus seinem linken Ärmel und hielt es ihr vor ihr Gesicht.

»Wir werden jetzt einen kleinen Spaziergang machen!« sagte er mit leiser, bedrohlicher Stimme. Er zwang Clara, Schuhe und Mantel anzuziehen. Dann gingen sie aus dem Haus. Seinen Hut zog er tief ins Gesicht. Im Laternenschein der Oberen Haitzer Gasse drängte er sie loszugehen. Sein Messer steckte wieder in seinem linken Ärmel. Sie zweifelte nicht daran, dass er in der Lage war, es schnell zu ziehen und sie damit auf offener Straße zu erstechen. Der Druck seiner Hand an ihrem Arm tat ihr weh. Die Gasse war zu dieser Zeit menschenleer. Alle waren in ihren Häusern und richteten das Abendessen oder planten die Besuche bei Freunden, im Kino oder in der Diskothek. Claras Lage war aussichtslos. Würde sie schreien, wäre sie auf der Stelle tot. Richter wäre verschwunden, bis ein Anwohner aus dem Haus käme. Sie hatte keine Chance.

Er drängte sie in die kleine unbeleuchtete Untere Haitzer Gasse. Im Dunkeln sah sie die Gärten, die an das schmale Kopfsteinpflaster angrenzten. Richter schob sie mit harter Hand in den Garten, der zum Hexenturm führte. Das Tor was nicht abgeschlossen.

»Sie haben den Schlüssel zum Turm«, entfuhr es ihr.

»Manchmal zahlt es sich aus, die Kultur zu fördern«, raunte Richter. »Man lernt Menschen kennen, die bestimmte Schlüssel haben und es gar nicht bemerken, wenn man sie sich zum Anfertigen von Duplikaten ungefragt ausleiht.«

Clara überfiel eine abgrundtiefe Angst, als Richter sie zwang, die angelehnte Tür zu öffnen. Drinnen empfing sie eine muffige, kühle Luft. Das Herz schlug ihr bis zum Hals, als Richter das Licht anschaltete. Sie blickte auf den Folterstuhl unter sich und ahnte, was er mit ihr vorhatte.

»Bitte, lassen Sie mich gehen!« flehte sie und versuchte zu verhandeln. »Wir vergessen das hier einfach.«

»Wollen Sie es etwa als Beichtgeheimnis behandeln?« fragte er höhnisch. »Nein, es gibt kein Zurück. Dazu ist es jetzt zu spät! Sie haben Ihre Nase in Dinge gesteckt, die Sie nichts angehen!« – – –

Caspari kannte zwar Richters Adresse, er war aber selbst noch nie bei ihm gewesen. Als er den Volvo parkte, fiel sein Blick auf die Garage und den Carport daneben. Darunter stand ein abgedeckter Wagen. Caspari nahm seine Taschenlampe und stieg aus. Warum, fragte er sich, deckt jemand ein Auto ab, das ohnehin schon geschützt steht? Er hob die Plane an und sah im Licht seiner Taschenlampe das Heck eines grünen Daihatsu-Geländewagens. Vorsichtig schob er die Abdeckung weiter nach oben, bis er durch die Heckscheibe ins Innere des Wagens sehen konnte. Der Strahl seiner Taschenlampe beleuchtete den Kofferraum.

Was Caspari darin erblickte, erschütterte zutiefst sein Bild des integeren, disziplinierten und korrekten Gerichtsmediziners, den er in Richter immer gesehen hatte. Vor Caspari lagen zwei rote Nummernschilder und ein Paar Gummistiefel mit dem Aufdruck ›Kamik Hunter‹ im Wageninneren. Er schaltete die Taschenlampe aus und läutete an der Haustür. Frau Richter öffnete ihm.

Überrascht sah sie ihn an, als er sich vorstellte. »Doktor Caspari? Sie wollen sicher zu meinem Mann.«

Er nickte stumm.

»Tut mir leid. Er ist vor einer halben Stunde weggefahren.«

»Wissen Sie, wohin er wollte?« drängte Caspari.

»Er geht heute abend in das Konzert in die Marienkirche.«

»In das Requiem?« Caspari sah auf seine Uhr. Sie zeigte auf zehn vor sechs. »Das fängt doch aber erst in gut eineinhalb Stunden an!«

»Wir haben zwei Karten. Nach der Beerdigung meines Schwiegervaters gestern bin ich nicht in der Stimmung, mir eine Totenmesse anzuhören, auch wenn sie noch so schön ist. Mein Mann will versuchen, meine Karte an der Abendkasse zurückzugeben.«

Caspari bedankte sich und ging zu seinem Wagen. Als er an

der Einfahrt vorbeilief, sah er im Lichtschein der Hoflampe etwas in der Garage auf dem Boden liegen. Es musste jemandem beim Einsteigen ins Auto verloren haben. Zuerst wollte er weitergehen. Doch dann ging er in die Garage und hob es auf. Es war ein kleines unscheinbares Buch, dessen Seiten in einer sauberen Sütterlin-Handschrift beschrieben waren. Caspari lächelte schwach. Während seiner Zeit auf dem Gymnasium hatte sein Vater darauf bestanden, dass er diese Schrift lesen und schreiben lernte. Seither empfand er eine Hassliebe für die geschwungenen Formen und Zeichen.

Beim Lesen der ersten Zeilen im Licht der Taschenlampe erkannte er, wer der Verfasser war. Im hinteren Drittel des Buches steckten beide Konzertkarten für das Requiem als Lesezeichen. Warum hatte Doktor Richter es in seiner Manteltasche gehabt, als er losfahren wollte? Caspari hoffte, dass dieses Buch vielleicht etwas Licht ins Dunkel um das Verhalten des Gerichtsmediziners bringen könnte.

Er setzte sich in seinen Wagen und schaltete die Innenbeleuchtung an. Er begann, nach einem breiten Absatz zu lesen. Es war das letzte Kapitel, das Richter senior der Datumsangabe nach wenige Tage vor seinem Tod geschrieben habe musste. Nachdem Caspari den Text fertiggelesen hatte, überlief es ihn eiskalt. Er ahnte, wo er Doktor Richter finden konnte, und was der Gerichtsmediziner vorhatte. Clara war in höchster Gefahr! Aufgeregt setzte er das Blaulicht aufs Autodach und fuhr mit quietschenden Reifen los.

Nach wenigen Minuten stand er vor Claras Tür und läutete. Das Blaulicht warf einen bizarren Schein auf die Häuser. Das Martinshorn hatte er vorsichtshalber nicht angeschaltet. Als niemand öffnete, lief er ums Haus herum in den Hof. Wo, zum Teufel, war bloß der Kollege vom Personenschutz? Er griff unter seinen Mantel und zog seine Pistole.

Eigentlich hätte in dem Augenblick, als er in den Hof trat, der Halogenscheinwerfer eingeschaltet sein müssen. Aber nichts tat sich. Er sah sich überall um, ging in den Garten, sah in Claras Auto und umrundete es. Dabei stolperte er über etwas. Nervös richtete er seine Pistole darauf und griff nach seiner Taschenlampe. Als er sie anschaltete, sah er zwei Beine, die zwischen den Mülltonnen hervorragten. Hastig schob er die Tonnen beiseite und erkannte einen Kollegen vom LKA, dessen Namen ihm in all der Aufregung nicht einfallen wollte. Neben dem Personenschützer lag ein weißes Tuch. Caspari hob es vorsichtig auf. Der unverkennbare Geruch von Äther stieg ihm in die Nase. Der Kollege begann leise zu stöhnen. Caspari tätschelte ihm die Wangen. Als der Mann die Augen aufschlug, blickte er Caspari überrascht an.

»Was ist passiert?«

»Keine Ahnung«, krächzte der Mann. »Ich habe ein klirrendes Geräusch im Hof gehört und wollte nachsehen. Jemand hatte die Lampe zerschlagen. Als ich mich im dunklen Hof umgesehen habe, hat mir plötzlich jemand von hinten ein furchtbar riechendes Tuch auf die Nase gepresst.«

»Haben Sie gesehen, wer das war?«

»Peinlich, das zugeben zu müssen, aber derjenige hat mich völlig überrumpelt.« Der Beamte drehte sich zur Seite und übergab sich.

Caspari wartete, bis sich sein Kollege wieder gefangen hatte. »Haben Sie einen Schlüssel vom Pfarrhaus?« fragte Caspari.

Der Beamte nickte und erhob sich benommen. Als er stand, atmete er noch einige Male tief durch. »Geht schon wieder …«

Mit bangen Erwartungen sah Caspari, wie sein Kollege die Haustür aufschloss. Gemeinsam suchten sie mit gezogenen Waffen jeden Winkel des Hauses ab. Von Clara fehlte jede Spur. Nervös ging Caspari den Flur auf und ab, während sich der Personenschützer im Bad den Mund ausspülte. Wohin mochte Richter Clara verschleppt haben? Caspari versuchte, seinen Atem zu kontrollieren und innerlich zur Ruhe zu kommen, doch es gelang ihm dieses Mal nicht.

Mit klopfendem Herzen ging er in das dunkle Wohnzimmer und flüsterte »Wo bist du?« vor sich hin. Unter ihm lag die Stadt, deren nächtliche Schatten er sah. Als könnte er

Clara auf diese Weise finden, suchte er nach einer hilfreichen Idee in der Dunkelheit. Doch sein stummes Fragen blieb unbeantwortet. Caspari überlegte, was er tun könnte, um Clara und Richter noch rechtzeitig zu finden. Schweren Herzens gestand er sich ein, dass er mit seinem Latein am Ende war. Er musste Bertram informieren und eine Großfahndung anordnen. Als er sich umdrehte, um zum Telefon zu gehen, stieß er mit dem Fuß gegen den Weidenkorb, in dem Clara ihre Zeitungen aufbewahrte. Leise fluchend bückte er sich und stellte ihn wieder auf. Dabei fiel sein Blick auf eine alte Ausgabe der Lokalzeitung, die aus dem Korb gefallen war. Auf der ersten Seite stand ein groß aufgemachter Bericht über die historischen Stadtführungen in Gelnhausen. Caspari wollte zuerst die Zeitung schnell wieder weglegen und seinen Weg zum Telefon fortsetzen. Doch irgendetwas in diesem Artikel weckte seine Aufmerksamkeit. Konzentriert blickte er darauf. Dann entdeckte er das Detail: Auf einem Foto waren alle Akteure in ihren Kostümen abgebildet. Hinter ihnen ragte der Hexenturm auf. Caspari durchfuhr es heiß: Richter hatte Clara dorthin gebracht!

In knappen Sätzen erklärte er dem Kollegen, was er entdeckt hatte. Hastig trug er ihm auf, Bertram telefonisch zu informieren. Dann stürmte er los. Hoffentlich kam er nicht zu spät! – – –

Richters Messer kam Claras Hals immer näher. »Ich habe gesagt, Sie sollen sich setzen!« wiederholte er im Befehlston.

»Nein, das werde ich nicht tun«, entgegnete sie mit dem Mut der Verzweiflung.

Richter hieb mit der langen Klinge nach ihr, als hätte er einen Degen in der Hand. Sie wich aus, indem sie einen Schritt nach hinten machte. Erneut sauste die lange, schlanke Klinge durch die Luft. Als Clara wieder nach hinten auswich, stieß sie mit den Fersen gegen etwas Hartes. Sie stand direkt vor dem Stuhl, dessen Nägel aus dem Holz des Sitzes und der Rückenlehne herausragten. Unbarmherzig hieb Richter wieder zu. Dieses Mal konnte sie sich nur mit dem Oberkörper weit nach hinten lehnen. Wieder war sie der Klinge ausgewichen, doch nun verlor sie das Gleichgewicht und drohte, in den Stuhl zu fallen. Hastig klammerte sie sich an die Armlehnen des schweren Folterinstruments und hielt sich in einer Hockstellung über dem Stuhl. Die Unterseite ihrer Oberschenkel war den Nägeln bedrohlich nahe gekommen.

Doktor Richter hielt ihr das Messer vors Gesicht. »Sie sollten meine Geduld nicht überstrapazieren! Ich habe nur eine Frage an Sie. Wenn Sie mir diese zu meiner Zufriedenheit beantworten, werde ich die Angelegenheit schnell und schmerzlos beenden. Sie werden ein schöne Leiche sein. Falls Sie ausweichen oder die falsche Antwort geben, wird es sehr schmerzhaft, bevor Sie sterben!«

»Ich weiß nicht, was Sie von mir wollen. Bitte lassen Sie mich gehen!« flehte Clara mit tränenerstickter Stimme. Ihre Hände wurden langsam müde, und ihre Arme begannen zu zittern.

»Das wäre alles nicht passiert, wenn Sie meinen Vater in Ruhe gelassen hätten. Am Weiher wollte ich Ihren Besuchen bei ihm ein Ende setzen. Da war aber dieser große Tollpatsch schneller, als ich dachte. Diesmal gibt es niemanden, der Sie retten wird. Nun ernten Sie, was Sie gesät haben«, erwiderte er zornig und führte das Messer so dicht an ihr Kinn, dass die Spitze der Klinge ihre Haut durchbohrte.

In ihrer Verzweiflung ließ sie ihren Kopf in den Nacken fallen, um dem Schmerz zu entgehen. Dabei blickte sie über Richters Schulter und bemerkte eine Bewegung auf der Galerie. Richter musste auch gespürt haben, dass sich etwas hinter seinem Rücken tat. Behände packte er sie am Hinterkopf, riss sie aus ihrer Haltung über dem Stuhl, drehte sich herum und stellte sich hinter sie. Während sie durch den Schleier ihrer Tränen kaum etwas erkennen konnte, spürte sie der kalte Stahl der Klinge an ihrem Hals.

»Richter, hören Sie auf mit dem Unsinn! Es ist vorbei!« donnerte eine tiefen Bassstimme von oben her.

Christoph! Gott sei Dank! schoss es ihr durch den Kopf.

»Professor Richter, wenn ich bitten darf. Wir wollen doch

die Etikette wahren«, erwiderte Richter mit einem leicht hysterischen Ton in der Stimme. »Seit diesem Semester bin ich ordentlicher Professor und Leiter des Rechtsmedizinischen Instituts der Universität Heidelberg.«

»Dieses Renommee ist Ihnen so wichtig, dass Sie dafür Menschen töten? Sie tun mir ehrlich leid!« hörte Clara Caspari sagen.

»Ich brauche Ihr Mitleid nicht!« brüllte Richter. Zornesröte stieg ihm ins Gesicht. »Dieser Titel steht mir zu, ich habe ihn mir verdient!«

»Aufgrund Ihres Könnens allemal. Allerdings scheint es Ihnen an charakterlicher Reife für dieses Amt zu fehlen. Wie kann man als Mörder junge Menschen verantwortungsvoll unterrichten?«

Clara hatte aufgehört zu weinen und begann wieder klar zu sehen. Caspari war im Verlauf des Gespräches langsam die Treppe bis zur Hälfte hinuntergegangen.

»Sie verstehen das nicht!« krächzte Richter.

»O doch, ich verstehe sehr gut! Sie haben das Buch mit den Aufzeichnungen ihres Vaters beim Einsteigen in Ihr Auto verloren. Ich habe mir erlaubt, das letzte Kapitel zu lesen.«

Clara spürte, dass eine Hand, die sie am Kragen gepackt hielt, plötzlich losließ, während der Druck des Messers auf ihren Hals zunahm. Richter fuhr mit der linken Hand in seine Manteltasche und fluchte leise. Sofort danach packte er sie wieder im Nacken. »Bleiben Sie, wo Sie sind, sonst bringe ich Ihre hübsche Freundin um!« drohte Richter.

»Hatten Sie das nicht ohnehin vor?« antwortete Caspari kühl. »Ich komme zu Ihnen, und wir reden!«

Richter schien es sich anders überlegt zu haben. »Na gut, kommen Sie«, entgegnete er ironisch.

»Warum musste Doktor Hoffmann sterben?« fragte Caspari. »Nur, weil er Ihren Vater versehentlich für einen Vergewaltiger und Mörder gehalten hatte?«

»Hoffmann, dieser selbstgerechte Gutmensch!« höhnte Richter. »Mein Vater hat es ihm erklärt, aber er glaubte ihm nicht …«

»… dass Ihr Vater das polnische Dienstmädchen wirklich geliebt hat – damals in Kolberg.«

Clara glaubte zu wissen, warum Caspari die Geschichte gemeinsam mit Richter zu erzählen versuchte. Er wollte Zeit gewinnen. Ohne die Waffe zu senken und sie aus den Augen zu lassen, nahm er die letzte Stufe.

»Mein Vater, dieser sentimentale Narr! Verliebt sich Hals über Kopf in das Dienstmädchen der Familie, bei der er einquartiert war. Während dessen saß meine Mutter mit zwei Kleinkindern im Bunker!«

»März 1945. Ihr Vater glaubte nicht mehr daran, lebend nach Hause zu kommen. Die Liebe zu dieser jungen Frau war wie ein Hoffnungsschimmer in einer Zeit des Todes und der Gewalt …«

»Meine beiden Geschwister hatten kaum zu essen und hörten jede Nacht die Flieger über der Stadt, während der Herr Leutnant sich mit einer Polin vergnügte!« schimpfte Richter.

»Sind Sie nicht ein bisschen unfair?« warf ihm Caspari vor. »Kolberg war von der russischen und der polnischen Armee belagert. Es gab erbitterte Gefechte. Die deutschen Soldaten mussten die Stadt so lange halten, bis die Marine die Bevölkerung evakuiert hatte. Das war kein ›Kurlaub‹ für ihren Vater. Überlegen Sie, was er durchgemacht haben muss: Täglich sah er seine Leute in den Belagerungsgefechten sterben. Er wusste nicht, ob die Evakuierung abgeschlossen sein würde, bis die Verteidigung zusammenbräche, und er liebte eine Polin – die Angehörige einer niederen Rasse nach der Nazi-Ideologie. Ihr Vater ahnte, dass er diese junge Frau nicht retten konnte.«

»Genug der Rührseligkeiten!« schrie Richter. »Bleiben Sie stehen!«

Caspari stand jetzt nur noch drei Meter von Clara entfernt.

»Wenn Sie nur mit Ihrem Zeigefinger zucken, verblutet Ihre Freundin«, raunte Richter, wobei er seinen Kopf aus dem Schussfeld drehte und Claras Kopf hinein. Sie traute sich kaum zu schlucken, so stark drückte die messerscharfe Klinge an ihrem Hals.

Caspari schien indessen völlig unbeeindruckt von Richters Drohung. Er redete einfach weiter. »Fast alle Häuser waren schon entvölkert. Auch die Herrschaft im Haus, in dem Ihr Vater einquartiert war, hatte schon ihre Sachen gepackt und war auf einem der ersten Schiffe Richtung Deutschland unterwegs. Am letzten Nachmittag schlafen Ihr Vater und seine Geliebte Sosia noch einmal miteinander. Danach eröffnet ihm das Dienstmädchen, dass sie schwanger ist. Ihr Vater bekniet sie, mit ihm auf eines der Schiffe zu gehen. Sosia lehnt das ab. Auf den Marineschiffen ist kaum genug Platz für die Deutschen. Sie würde mit ihrem starken polnischen Akzent auffallen und vielleicht in die eiskalte Ostsee geworfen werden. Vor den russischen Soldaten fürchtet sie sich. Mit einer jungen polnischen Frau wären die nicht besser umgegangen als mit einer deutschen. Was macht sie nun? Sosia gibt ihrem Vater einen langen Kuss und greift dabei nach der Pistole, die unter seiner Uniform liegt. Als die beiden sich voneinander lösen, flüstert sie ›Verzeih mir‹, steckt sich die Pistole in den Mund und drückt ab. Der jugendliche Marinesoldat Karl Hoffmann, der gerade in der Stadt unterwegs ist, um den letzten Bewohnern bei ihrer Flucht zum Hafen zu helfen, hört den Schuss und sieht Ihren Vater kurz danach aus dem Haus laufen. Er geht hinein und findet eine nackte Frau erschossen in einem Bett.«

»Warum musste ich meinen Vater auch nur nach dem Tod meiner Mutter nach Gelnhausen holen?« fragte Richter. »Hoffmann begegnete ihm im Kreisruheheim, als der seine Schwester besuchte. Er hat ihn tatsächlich nach all den Jahren wiedererkannt. Als Kriegsverbrecher wollte er meinen Vater anzeigen. Er glaubte ihm kein Wort, der selbstgerechte Heilige!«

»Musste Hoffmann deswegen sterben, weil Sie nicht wollten, dass er mit falschen Vorwürfen Ihren kranken Vater belastet?« hakte Caspari nach.

»Meinen Vater hat das wenig bewegt. Er sah das als Sühne für sein Versagen gegenüber der jungen Frau und später seiner Familie. Eine öffentliche Anklage meines Vaters hätte in erster Linie mich diskreditiert.«

»Aber warum?« fragte Caspari. »Deswegen bringt man doch keinen Menschen auf so barbarische Weise um!«

»Verstehen Sie denn nicht?« rief Richter schrill. »Ich war an eines der bedeutendsten Institute für Rechtsmedizin berufen worden. Wissen Sie, welchen Wirbel es gegeben hätte? Die Zeitungen wären voll davon gewesen! Ich sah schon die Schlagzeilen vor mir: ›Sohn eines Naziverbrechers wird Leiter der Rechtsmedizin‹. Mein Ruf, meine Reputation, alles hätte ich verlieren können.«

Clara beobachtete, wie Caspari versuchte, sich in einen anderen Winkel zu ihr und Richter zu stellen, um eine bessere Schussposition zu bekommen. Richter schien es auch zu bemerken. Geschickt drehte er sich so, dass Claras Kopf in der Schussbahn vor seinem war.

»Was, zum Henker, ist an dieser Professur so wichtig, dass Sie dafür töten?« fragte Caspari scharf.

»Sie verstehen das nicht. Für meinen Vater zählten immer nur Einfluss, Geld, Macht und Erfolg. Meinen Beruf hat er nie ernst genommen. Meine Geschwister taten es ihm gleich. Für sie war ich immer nur der Leichenfledderer mit dem schmalen Beamtengehalt. Durch diese Professur mussten sie mich akzeptieren. Ich bin jetzt nicht mehr irgendwer, sondern der Leiter eines Instituts mit internationalem Ruf! Hoffmann wollte das auch nicht verstehen. Ihm ging es nur um seine sogenannte Gerechtigkeit. Also habe ich ihm aufgelauert und ihn hierher verschleppt. Bevor ich ihn sterben ließ, wollte ich von ihm wissen, wem er bereits davon erzählt hatte, dass er meinem Vater begegnet war. Er war nicht besonders redselig. Ich musste in der Manier des ›Chirurgen‹ etwas nachhelfen, damit er redet. Als die drei Finger amputiert waren, konnte ich mir sicher sein, dass er mir alles erzählte hatte. Dann ließ ich ihn sterben. Ein Leichtes, es wie einen dieser Ritualmorde aussehen zu lassen.«

»Richter, Sie sind der Teufel persönlich!«

»Genug geredet!« schrie Richter. »Geben Sie Ihrer Freundin die Waffe. Frau Frank, Sie greifen mit der linken Hand die Pistole am Lauf. Und keine Tricks! Ich warne Sie!«

Clara verzog das Gesicht vor Schmerz, als Richter mit der linken Hand ihren Pferdeschwanz packte und den Kopf nach hinten riss.

Caspari schien seine Versuche, auf Richter zu schießen, ohne Clara zu gefährden, mittlerweile aufgegeben zu haben. »Hören Sie auf, das hat doch alles keinen Zweck mehr. Machen Sie's nicht schlimmer, als es ohnehin schon ist«, sagte er mit ruhiger Stimme.

»Halten Sie den Mund und geben Sie ihr endlich die Waffe!« brüllte Richter.

Clara spürte das kalte Metall der Pistole in ihrer Hand. Sie umgriff den Lauf der Waffe und hielt ihn fest. Richter ließ ihr Haar los und entriss ihr mit seiner freigewordenen Hand die Pistole. Blitzschnell feuerte er mit links dreimal auf Caspari, ohne das Messer von ihrem Hals zu nehmen. Der riss entsetzt seine Augen auf und taumelte rückwärts, bis er gegen einen der Stützpfosten der Treppe stieß. Sein Kopf sackte auf die Brust. Mit dem Rücken rutschte er an dem Holzpfosten nach unten. Regungslos saß er auf dem Boden.

Clara konnte nicht glauben, was sie sah. Caspari durfte nicht tot sein! Er konnte sich doch nicht einfach erschießen und sie mit diesem Verrückten allein lassen! Sie schrie laut auf und wollte zu ihm laufen.

Doch eine unbarmherzige Hand riss sie zurück. »Er wäre jetzt noch am Leben, wenn ich Sie am Weiher getroffen hätte«, fauchte Richter. »Und nun will ich wissen, mit wem Sie über die Geschichte meines Vaters gesprochen haben! Sagen Sie's mir, sonst lasse ich Sie qualvoll sterben!«

»Diese Geschichte habe ich gerade zum ersten Mal gehört«, entgegnete Clara verzweifelt.

»Lüge!« schrie Richter.

»Wenn Sie mir nicht glauben, dann sollten Sie wenigstens davon ausgehen, dass ich das Beichtgeheimnis wahre.«

»Gilt das auch für schriftliche Geständnisse?« fragte Richter, der sie nun losließ und die Pistole auf sie richtete.

»Ich kann keine Sütterlin entziffern!« rief Clara, die mit den

Nerven völlig am Ende war. Sie stand plötzlich wieder vor dem Folterstuhl.

Richter grinste diabolisch. Wahrscheinlich würde er sie auf der Stelle erschießen, so dass man sie als ›schöne Leiche‹ darin sitzend finden konnte.

Clara blickte zu Caspari. Bevor sie starb, wollte sie ihn noch einmal sehen. Er hatte sich für sie geopfert. Sie empfand Trauer darüber, dass sie ihm nun nicht mehr danken konnte. Doch an dem Platz, an dem er zusammengesunken war, saß er nicht mehr. Er tauchte statt dessen hinter Richter auf und schlug ihm hart in die Nierengegend. Richter musste dagegen ankämpfen, die Kontrolle über seinen Körper zu verlieren. Er drehte sich um und hob dabei die Waffe. Caspari schlug sie ihm blitzschnell aus der Hand. Clara machte einen Sprung zur Seite, als Richter rückwärts auf sie zutorkelte.

»Es gibt keine kugelsichere Weste in Ihrer Größe«, rief Richter überrascht. Behände holte er aus und wollte mit dem Messer zustoßen.

Caspari kam ihm mit einem gewaltigen Tritt gegen die Brust zuvor. Richter wurde nach hinten gerissen und landete mit voller Wucht in dem Folterstuhl. Sein Körper zuckte krampfartig, als sich die langen Nägel tief in sein Fleisch bohrten.

Clara wandte sich von diesem Anblick ab. Sie hatte genug gesehen. Caspari legte seinen Arm um ihre Schultern und führte sie zur Treppe. Dabei rieb er sich die Brust und stöhnte leise.

Ein markerschütternder Schrei ließ sie zusammenfahren. Clara sah Casparis erschrockenen Gesichtsausdruck, als er sie losließ und nach hinten blickte. Richter hatte sich aus dem Stuhl gezogen. Wie eine Kreatur aus der Unterwelt kam er mit dem Messer in der Hand auf sie zu. Plötzlich schienen seine Bewegungen zu zerbrechen. Clara hörte zwei Schüsse und sah, wie Richters Körper nach hinten gerissen wurde. Er taumelte und fiel wieder in den Nagelstuhl. Dann verdrehte er die Augen und ließ den Kopf sinken.

Von der Galerie blickte Jungmann herunter. »Ist alles in Ordnung mit Ihnen?« fragte er.

Clara begann hysterisch zu lachen. Eben noch hatte man versucht, sie umzubringen, vor nicht ganz einer Minute war sie in dem Glauben, ihr Freund sei tot. Im Folterstuhl saß ein Toter. Aber ansonsten war alles in Ordnung. Ihr Lachen ging nahtlos in Weinen über. Caspari nahm sie in den Arm und hielt sie, bis sie sich wieder gefangen hatte.

»Wie hast du das überlebt?« fragte sie.

Er knöpfte seinen Mantel auf, unter dem er eine dünne, schwarz glänzende Weste trug, in der drei Kugeln steckten. »Sonderanfertigung mit zusätzlicher Verstärkung. Deutsche Wertarbeit«, sagte er augenzwinkernd. »Ich habe sie heute morgen in Wiesbaden bekommen.«

Clara drückte ihn fest an sich. Caspari stieß einen leisen Schrei aus. Erschrocken ließ sie ihn wieder los.

»Die Rippen haben etwas abbekommen«, stöhnte er. »Das ließ sich auf die kurze Distanz nicht verhindern.«

Jungmann und Bertram kamen die Treppe heruntergelaufen.

»Wieso habt ihr so lange gebraucht?« brummte Caspari. »Mir ging langsam der Gesprächsstoff aus. Ich wusste nicht mehr, wie lange ich Richter noch hinhalten kann.«

»Tut mir leid«, antwortete Bertram. »Der Kollege vom Personenschutz musste sich während des Telefongesprächs nochmal übergeben, bevor er in der Lage war, mir zu sagen, wo ich dich finde.«

Jungmann versuchte unterdessen, den Puls an Richters Hals zu fühlen. Nach einer Weile schüttelte er den Kopf. »Vorbei«, sagte er mit gedrückter Stimme.

Clara ließ sich von Caspari die Treppe hinaufführen. Im Garten setzten sie sich auf eine Bank und ließen sich von dem mittlerweile eingetroffenen Notarzt untersuchen.

»Das ist wahrscheinlich nur eine Rippenprellung. Ich muss Sie aber zur Sicherheit zum Röntgen mitnehmen«, sagte er zu Caspari. Dann wandte er sich Clara zu. »Soweit ich sehen kann, fehlt Ihnen außer dem Stich am Kinn nichts. Aber Sie stehen unter Schock. Sie sollten nach allem, was Sie durchgemacht haben, nicht allein sein. Ich werde einen Notfallseelsorger für Sie anfordern.«

Clara musste über diese Ironie des Schicksals lachen. Dann brach sie abrupt ab. »Wie spät ist es?« fragte sie erschrocken.

»Viertel vor sieben«, antwortete einer der Sanitäter.

»O Gott, das Requiem!« rief sie. »Ich muss sofort dorthin.«

Caspari lächelte sie erschöpft an. »Macht sich jetzt das irische Blut in deinen Adern bemerkbar? Du bist wohl nicht kleinzukriegen.«

Folterstuhl,
Bayerisches Nationalmuseum München

Requiem

»DIE NACHT DES NEUNTEN NOVEMBERS 1938 – in die Geschichte ging sie als Reichskristallnacht ein. Dieses Datum steht für den Auftakt zur systematischen Vernichtung vieler Millionen Menschen jüdischen Glaubens und jüdischer Herkunft. Am heutigen Abend wollen wir all derer gedenken, die im Namen einer menschenverachtenden Ideologie ermordet wurden.«

Clara wusste selbst nicht, wie sie es fertigbrachte, ruhig und mit fester Stimme die Eröffnungsrede zum Requiem in dieser überfüllten Kirche zu halten. Vielleicht lag es daran, dass die großen Themen der Totenmesse – Schuld, Tod und die Bitte um Vergebung – in den letzen Wochen ihr eigenes Leben bestimmt hatten. Während sie sprach, sah sie Jochen Arnold und seine Großmutter, Doktor Richter und dessen Vater vor ihrem geistigen Auge.

Als sie am letzten Teil ihrer Rede angekommen war, nahm sie eine Bewegung am Seiteneingang wahr. Die an diesem Abend verschlossene schwere Holztür wurde von außen geöffnet. Clara sah, dass der Küster jemanden einließ, der deutlich größer war als er selbst. Caspari erschien in der Kirche. Dunkle Ringe unter seinen Augen zeugten von der Erschöpfung, die er verspüren musste. Als er näher kam, konnte sie drei Löcher in seinem Mantel sehen. Der Küster wies ihm den einzig freien Platz. Caspari setzte sich genau neben ihren eigenen Platz.

Nachdem sie ihre Eröffnung beendet und die musikalischen Akteure vorgestellt hatte, ging sie mit klopfendem Herzen auf ihn zu und setzte sich neben ihn. Sie drückte seine Hand, während sie Breughel dabei zusah, wie er mit seinem Taktstock die Musiker und Sänger zu Höchstleistungen antrieb.

»Woher hast du die Karte?« fragte sie flüsternd.

»Geklaut! Die lag als Lesezeichen in dem kleinen Buch seines Vaters, das Doktor Richter verloren hatte.«

Mit einer Mischung aus Erstaunen und Entrüstung sah sie ihn an.

»Er kann sie ohnehin nicht mehr gebrauchen«, rechtfertigte er sich.

»Wieso hat dich der Küster zu diesem Platz geführt?«

»Der wurde für deinen Polizeischutz freigehalten«, flüsterte er.

Sie sah seinen schelmischen Blick und hätte ihn am liebsten auf der Stelle umarmt.

Gewaltig drang die Musik von Verdis Requiem durch die stolze alte Kirche. Alle waren ergriffen von dem tiefen Eindruck, den dieses Meisterwerk bei den Zuhörern hinterließ. Der tosende Beifall am Ende wollte nicht nachlassen.

Während sich die Marienkirche dann allmählich leerte, saßen Clara und Caspari noch lange schweigend auf ihren Plätzen. Die Musik hatte Clara auf die Ereignisse der vergangenen Tage zurückblicken lassen. Warum waren nur alle diese Menschen gestorben? Die drei Ärzte, weil sie mit den besten Absichten Behandlungsformen entwickelt hatten, durch die Jochen Arnold und andere Patienten zu seelischen Krüppeln wurden? Doktor Hoffmann, weil er Richter bei der Verwirklichung seines Lebensziels im Weg gestanden hatte? Sie selbst war zweimal nur knapp dem Tod entronnen.

Dekan Kern kam auf sie zu. Nachdem er Caspari begrüßt hatte gratulierte er Clara. »Das war eine sehr eindrucksvolle Eröffnungsrede, Frau Frank.« Kern wandte sich Caspari zu. »Was war denn vorhin in Gelnhausen los? Vor dem Konzert hatte ich den Eindruck, es gibt wieder einen Großeinsatz. Die ganze Stadt war erfüllt von Martinshörnern.«

»Wir haben Doktor Hoffmanns Mörder gestellt«, antwortete Caspari.

»Ich dachte, das wäre dieser Serientäter«, hakte Kern fragend nach.

Clara bemerkte, wie sein Blick an den Löchern in Casparis Mantel hängenblieb, durch die sein weißes Hemd durchschimmerte.

Kern fuhr sichtlich zusammen. »Augenblick – Sie meinen

doch nicht, Sie beide …?« Sein erschütterter Blick wanderte zwischen Caspari und ihr hin und her.

Müde verließen sie die Marienkirche. Auf dem Weg zum Pfarrhaus blieb Caspari stehen.

»Was wird nun – ich meine, jetzt, wo alles vorbei ist … du und ich – bist du noch wütend?« stammelte er mit heiserer Stimme.

Clara war sicher, dass sein Kopf wieder rot war, auch wenn sie es im Laternenlicht nicht erkennen konnte. »Ach Mensch, Großer! Hast du den ganzen Abend über wirklich nichts gemerkt? Keine Angst, ich verlass' dich nicht. Allerdings musst du mir versprechen, dich an mein irisches Temperament zu gewöhnen.«

Sie umarmte und küsste ihn. Als sie seine Tränen auf ihrer Haut spürte, drückte sie ihn. Mit einem heiseren Aufschrei beendete er den Kuss.

Clara erschrak. »O Gott, deine Rippen! Tut mir leid. Ist es sehr schmerzhaft?«

»Ist zu ertragen, wenn du deine irische Herkunft beim Umarmen in den kommenden Tagen einmal vergessen könntest.«

Epilog

CASPARI HASSTE NICHTS MEHR ALS KRANK ZU SEIN. Allerdings musste er sich selbst eingestehen, dass ihn seine Rippenprellung sehr stark einschränkte. Den Bericht über Richters Geständnis und Tod hatte er längst geschrieben und musste nun den Gedanken ertragen, dass er nicht dabeisein konnte, wenn Tina, Mario und der Psychiater mit den beiden Persönlichkeiten von Arnold sprachen. Als Trost blieben ihm die Aufnahmen, die die beiden jeden Tag mitbrachten. Bei der Auswertung sah er die Erleichterung auf Jochen Arnolds Gesicht, als Mario ihm erzählte, dass der Mörder seines Großonkels gestellt worden sei.

Lange sprach Caspari am Telefon mit dem Psychiater über Arnolds Schuldfähigkeit. Wie wollte man einen Menschen wie ihn ›gerecht‹ bestrafen? Eine Verwahrungshaft würde beide Persönlichkeiten treffen – nicht nur diejenige, die für die schrecklichen Ritualmorde verantwortlich war. Dieser Fall führte die menschliche Gerechtigkeit an ihre Grenzen.

Arnold schien für sich eine Antwort darauf gefunden zu haben. In der Nacht vor seiner Überführung in die Krankenstation des Untersuchungsgefängnisses injizierte er sich eine mit Luft gefüllte Spritze in die Vene. Er starb einen qualvollen Tod, den er so still ertrug, dass ihn niemand bemerkte. Gemeinsam mit seiner Großmutter, die ihn nur wenige Tage überlebte, wurde er im Grab seiner Familie in Altenhaßlau beigesetzt. Caspari und Clara nahmen an der Beerdigung teil. Das eng gewobene Geflecht von Schicksal und Schuld berührte sie noch lange Zeit.

Nachdem sie nicht mehr zur Beweissicherung gebraucht wurden, übergab Caspari Doktor Richters Witwe die Aufzeichnungen ihres Schwiegervaters. Zuvor hatte er Clara die letzten Seiten des Kapitels aus dem Buch vorgelesen, durch das ihm im Licht der Taschenlampe die Augen über die wahren Hintergründe von Hoffmanns Tod und Doktor Richters Absichten geöffnet wurden.

»Sosia! Je näher ich auf mein Lebensende zugehe, umso mehr denke ich an sie. Ihre Augen, ihr Lachen, alles an ihr war eine Insel des Glücks inmitten einer aus den Fugen geratenen Welt, in der nur noch Verwüstung und Tod herrschten. Doch so tief unsere Liebe auch sein mochte, sie konnte dem Sturm, der um uns tobte, nicht standhalten.

In den Tagen und Nächten, die ich noch zu leben habe, irre ich in meinen Träumen wieder und wieder durch die menschenleeren Straßen Kolbergs, taub vor Schmerz, weil sie sich das Leben nahm. Ich sitze dann wieder in der verlassenen Kirche und klage Gott an, klage über diesen Verlust und den unnennbaren Schmerz.

Wie habe ich es nur damals geschafft, ihren Tod zu ertragen? Irgendwie konnte ich es. Meine Kompanie ging als letzte auf die Schiffe. Leutnant Richter, der an Deck stand, war nicht mehr derselbe, der er in Sosias Armen gewesen war. Ich hatte mich von meinen Gefühlen losgelöst und sie nicht mehr in meinem Leben geduldet. Das war der einzige Weg, mit diesem Schmerz weiterzuleben. Liebe, Zärtlichkeit, Trauer und die Fähigkeit zum Mitleid, alles das habe ich verdrängt. Heute weiß ich, dass ich mich damit vor Gott schuldig gemacht und an meiner Familie und mir selbst versündigt habe. Meine Frau erkannte den Mann, als der ich zurückgekehrt war, nicht wieder. Sie litt still unter der Kälte, mit der ich den Menschen meiner Umgebung begegnete. Gegenüber meinen Kindern wurde ich schuldig, weil ich ihnen ein Vorbild darin sein wollte, unbarmherzig mit sich selbst und anderen umzugehen. Ihre Arroganz, gegenüber Gefühlen habe ich in sie hineingepflanzt. Ich schäme mich, sagen zu müssen, dass die Saat aufgegangen ist. Allein unser Jüngster wehrte sich. Meine Frau setzte alle Hoffnungen darin, dass er nicht so kalt werden würde wie seine Geschwister. Er war weich, gefühlsbetont und überaus begabt. Ich beachtete ihn nicht, weil er sich nicht von mir formen lassen wollte. Irgendwann schien er es aufgegeben zu haben, um meine Anerkennung zu kämpfen. Heute weiß ich, wie sehr ich ihn mit meiner Kälte und Ablehnung verletzt habe.

Der Tod meiner lieben Frau veränderte mein Leben, so wie Sosias Tod es einst getan hatte. Ich lebte nun allein, hatte viel Zeit und weder die Kraft noch den Willen, mich gegen das zu wehren, was ich seit fast sechzig Jahre meines Lebens verdrängte. Meine Kinder halten mich für einen kauzigen alten Mann. Ich hingegen sehne mich nach Erlösung. Alles, was ich mir jetzt noch erbitte, ist Vergebung. Ich sehne mich danach, frei von meiner Schuld zu sterben, um Sosia und meiner Frau versöhnt zu begegnen.

Dieser Doktor Hoffmann sprach mich kürzlich an. Er hat mich in Kolberg aus dem Haus laufen sehen, in dem er darauf Sosia fand. Es war wie eine Fügung des Schicksals, dass er mich nach so vielen Jahren wiedererkannte. Als er mir eine Anklage wegen meines vermeintlichen Kriegsverbrechens androhte, glaubte ich erst, mein Weg zur Vergebung führe über die Sühne. Ich war bereit, mich öffentlich fragen zu lassen, ob ich Sosia ermordet habe. Kurze Zeit später ist Doktor Hoffmann tot. Offenbar ist die Sühne nicht der Weg, der mir vorbestimmt ist. Jedoch tut sich nun ein neuer auf, ein Weg, den ich seit Sosias Tod nicht mehr gegangen bin. Eine junge Pfarrerin besucht mich. Mein jüngster Sohn ist nicht glücklich über die Gespräche, die ich mit ihr führe. Ist es möglich, dass ich Gottes Vergebung durch sie erfahren darf, bevor ich sterbe?«

Anhang

Das ist ein Roman. Personen, Ämter und Berufe der Zeitgeschichte kommen darin vor, haben aber nichts mit der eigentlichen Handung des Romans zu tun. Etwaige Übereinstimmungen wären rein zufällig und sind nicht beabsichtigt. Die dargestellten Charaktere der Protagonisten sind ebenso wie die Handlung frei erfunden.

Literatur:

Die Bibel nach der Übersetzung Martin Luthers. – Stuttgart 1985.

Dörner, Klaus; Plog, Ursula: Irren ist menschlich. Lehrbuch der Psychiatrie und Psychotherapie. – Bonn 1992.

Habersetzer, Gabrielle & Roland: Encyclopedie des arts materiaux de l'extreme-orient. – Paris 2004.

Habersetzer, Roland: Koshiki Kata. Die klassische Kata des Karatedô. – Chemnitz 2005.

Hassler, Harald (Red.): Musiklexikon. Vierter Band. – Stuttgart 2005.

Pschyrembel: Klinisches Wörterbuch. – Hamburg 1994.

Danke!

Mein Dank gilt lieben Menschen, ohne die dieses Buch nie zustande gekommen wäre:

meiner Frau Marion für ihre Unterstützung und ihren gelegentlichen guten Rat;

Andrea Euler und Stephan Siemon sowie Anja Wylezol und Andreas Koch für ihre unermüdliche Ermutigung, Kritik und Vorschläge;

Thomas Schröder, Andreas Koch und Korinna Beringer für die fachliche Beratung in medizinischen und psychiatrischen Fragen;

Shihan Roland Habersetzer (8. Dan Karate-Do) und Sensei Wolfgang Lang (5. Dan Karate-Do), die mich lehrten, dass die Essenz der traditionellen Kampfkünste im Überwinden der Gewalt und nicht im Kampf liegt.

Matthias Fischer

Tödliche Verwandlung

Casparis zweiter Fall

Mitten in Frankfurt wird ein erfolgreicher Musikproduzent ermordet, seine Leiche inszeniert wie eine Kreuzigung. Am Tatort hinterlässt der Mörder ein Zeichen, das Rätsel aufgibt. Wenig später schlägt er wieder zu. Sein Opfer: der Manager der gefeierten Rapperin Tiziana. Für Hauptkommissar Dr. Christoph Caspari und seine Kollegen vom Landeskriminalamt beginnt ein Wettlauf mit der Zeit. Denn sie wissen: Der Serienmörder wird wieder zuschlagen. Und so ist es. Der Kreis um die Musikerin zieht sich immer enger: sie selbst und alle, die ihr nahestehen, sind in höchster Gefahr …

Die Jagd nach dem Killer führt Caspari und seine Mitarbeiter quer durch das Rhein-Main-Gebiet: Von Frankfurt über Hanau und Gelnhausen bis nach Mainz zieht sich die Spur des Schreckens, die der Unbekannte hinterlässt. Seine Botschaft an die Verfolger verschlüsselt er mit Zeichen, die die Ermittler lange Zeit nicht deuten können. In seinem zweiten Kriminalroman taucht Matthias Fischer einmal mehr in die Abgründe der menschlichen Psyche ein. Spannend und mit viel Lokalkolorit gewürzt nimmt er seine Leser mit in die Welt der Verbrechen - und der alten Sagen und auch in die Welt des modernen Musikbusiness.

416 Seiten, Taschenbuch, 9,95 €, ISBN 978-3-940168-30-6

Fritz Deppert

Buttmei

Krimi aus Südhessen

Philipp Buttmei, ein pensionierter Kriminalkommissar und Junggeselle, genießt mit seinem Hund Theo die neu gewonnene Freiheit vom Berufsleben. Obwohl er sich geschworen hatte, nie wieder kriminalistisch tätig zu werden, versucht er im Odenwald das Verbrechen an einem Freund aufzuklären, nachdem die Polizei nur einen Unfall in den Akten vermerkt hatte. Zunächst nimmt er sich ein Zimmer im Gasthof des kleinen Ortes, bevor er von den Dorfbewohnern erkannt wird, denn auch er hat Verbindungen in das Dorf, die bis zur Zeit der Nationalsozialisten zurückreichen. Als er dann bei der Tochter seines verstorbenen Freundes Quartier nimmt, tritt eine offene Feindschaft zu Tage. Aber auch die ›Mauer des Schweigens‹ beginnt zu bröckeln.

Zurück im heimischen Darmstadt hat er ein Déjà-vu-Erlebnis. Wieder ein nur scheinbarer Unfall, wieder zögern Beamte bei den Ermittlungen, und wieder muss Buttmei ermitteln. Diesmal hat er sich aber nicht mit ›Bauernschläue‹ auseinanderzusetzen, sondern mit jeder Menge handfester krimineller Energie. Sein zweiter ›Unruhestand-Fall‹ sind Nachforschungen, die er für einen Ex-Kollegen anstellt. Dessen Freund war beim Joggen im Wald von einem Auto überfahren worden. Nach anfänglichen Ermittlungen landet Buttmei plötzlich mitten im organisierten Verbrechen.

200 Seiten, 14,00 €, ISBN 978-3-940168-04-7